IMPERIUM

ROBERT HARRIS

IMPERIUM

Tradução de
ANDRÉ PEREIRA DA COSTA

3ª edição

EDITORA RECORD
RIO DE JANEIRO • SÃO PAULO

2025

CIP-Brasil. Catalogação-na-fonte
Sindicato Nacional dos Editores de Livros, RJ.

Harris, Robert, 1957-
H26i Imperium / Robert Harris; tradução de André Pereira
3ª ed. da Costa. – 3ª ed. – Rio de Janeiro: Record, 2025.
–(Trilogia do Cícero; 1)

Tradução de: Imperium
ISBN 978-85-01-07825-4

1. Cícero – Ficção. 2. Roma – História – República, 265-30 a.C. – Ficção. 3. Ficção histórica inglesa. I. Costa, André Pereira da. II. Título. III. Série.

CDD – 823
09-0421 CDU – 821.111-3

Título original inglês:
IMPERIUM

Direitos exclusivos de publicação em língua portuguesa somente para o Brasil adquiridos pela
EDITORA RECORD LTDA.
Rua Argentina, 171 – Rio de Janeiro, RJ – 20921-380 – Tel.: (21) 2585-2000
que se reserva a propriedade literária desta tradução

Impresso no Brasil

ISBN 978-85-01-07825-4

À memória de
Audrey Harris
(1920-2005)
e para
Sam

Nota do Autor

Muito embora *Imperium* seja um romance, os acontecimentos nele descritos em sua maior parte de fato ocorreram; o restante no mínimo *poderia* ter ocorrido; e nada, assim espero (como um refém da sorte), comprovadamente *não* aconteceu. Que Tiro escreveu uma biografia de Cícero é um fato atestado tanto por Plutarco quanto por Ascônio; mas esse registro se perdeu no colapso geral do Império Romano.

Minha dívida maior é com os 29 volumes dos discursos e cartas de Cícero conservados na Biblioteca Clássica Loeb e publicados pela Harvard University Press. Outra ajuda de valor incalculável foi *The Magistrates of the Roman Republic, vol. II, 99 B.C. — 31 B.C.*, de T. Robert S. Broughton, publicado pela Associação Filológica Americana. Gostaria ainda de expressar minha admiração a *sir* William Smith (1813-1893), que editou o *Dictionary of Greek and Roman Biography and Mythology*, o *Dictionary of Greek and Roman Antiquities* e o *Dictionary of Greek and Roman Geography* — três monumentos grandiosos e insuperáveis aos estudos acadêmicos clássicos vitorianos. Há, certamente, inúmeras outras obras de autoria mais recente às quais eu espero poder agradecer no devido tempo.

R. H.

16 de maio de 2006

TIRO, M. Túlio, secretário de Cícero. Não foi apenas amanuense do orador e seu assistente na atividade literária, mas gozava ele próprio de boa reputação, e inventou a arte da taquigrafia, que tornou possível registrar plena e precisamente as palavras de quem falasse em público, por mais rápida que fosse a enunciação. Após a morte de Cícero, Tiro comprou uma fazenda nos arredores de Puteoli, para onde se mudou e viveu, segundo Jerônimo, até completar 100 anos. Ascônio Pediano (in *Milon.* 38) faz referência ao quarto livro da vida de Cícero escrito por Tiro.

Dicionário de Biografia e Mitologia Grega e Romana, v. III, William L. Smith (Ed.), Londres, 1851.

"Innumerabilia tua sunt in me officia, domestica, forensia,
urbana, provincialia, in re privata, in publica, in studiis,
in litteris nostris..."

"São incontáveis os serviços que me prestas — em casa e fora
dela, na cidade e nas províncias, nos assuntos privados e
nos públicos, no estudo e na atividade literária..."

Cícero, carta a Tiro, 7 de novembro de 50 a.C.

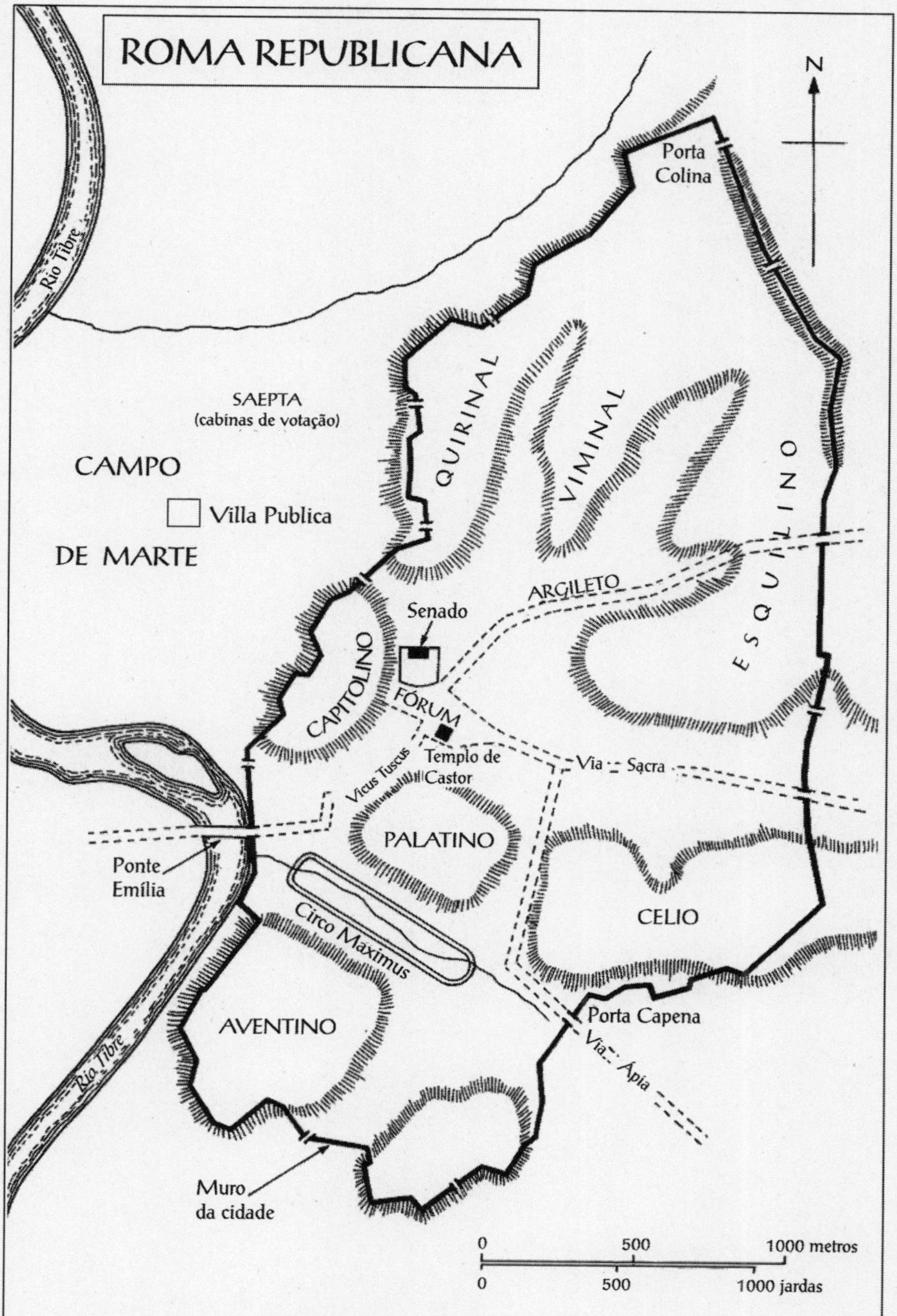
ROMA REPUBLICANA
N
Porta Colina
Rio Tibre
SAEPTA
(cabinas de votação)
CAMPO
DE MARTE
Villa Publica
QUIRINAL
VIMINAL
ESQUILINO
ARGILETO
Senado
CAPITOLINO
FÓRUM
Templo de Castor
Vicus Tuscus
Via Sacra
PALATINO
Ponte Emília
Circo Maximus
CELIO
AVENTINO
Porta Capena
Via Ápia
Rio Tibre
Muro da cidade
0
500
1000 metros
0
500
1000 jardas

PARTE UM

SENADOR

79-70 a.C.

"Urbem, urbem, mi Rufe, cole et in ista luce viva!"

"Ah! Roma, a cidade de Roma! Meu caro Rufo, é aí que deves habitar, é nessa luz que é preciso viver!"

Cícero, carta a Marco Célio Rufo, 26 de junho de 50 a.C.

I

Meu nome é Tiro. Durante 36 anos fui secretário particular do estadista romano Cícero. No início foi um trabalho empolgante, depois emocionante, em seguida trabalhoso, e por fim algo extremamente arriscado. Ao longo de todos esses anos, creio que ele passou mais tempo comigo do que com qualquer outra pessoa, incluindo sua própria família. Testemunhei seus encontros particulares e fui portador de suas mensagens secretas. Anotei seus discursos, suas cartas e suas obras literárias, e até sua poesia — uma avalanche tão grande de palavras que tive de inventar o que é comumente chamado de taquigrafia, para dar conta do seu fluxo de produção, um sistema ainda empregado para registrar as deliberações do senado, e pelo qual fui recentemente recompensado com uma modesta pensão. Essa pensão, somada a umas poucas heranças e à gentileza dos amigos, basta para me manter na aposentadoria. Não tenho necessidade de muita coisa. Os idosos vivem de ar, e eu já estou muito velho — quase centenário, pelo menos é o que me dizem.

Durante décadas após a morte de Cícero era freqüente me perguntarem, geralmente aos sussurros, quem ele foi de fato, mas eu sempre me mantive em silêncio. Como eu poderia saber quem era ou não espião do governo? Eu temia ser expurgado a todo momento. Mas, como estou no fim da vida e já não tenho medo de mais nada — nem mesmo de tortura, pois não resistiria um minuto sequer nas mãos do carrasco ou de seus ajudantes —, resolvi oferecer este livro como a minha resposta. Terei que baseá-lo nas minhas recordações, e em documentos que me foram confiados. Já que o tempo que me resta deve ser inexoravelmente curto, proponho-me a escrevê-lo rapidamente, recorrendo ao meu sistema taquigráfico, em umas poucas dezenas de rolos do melhor papel — escrita hierática, claro — que juntei durante muito tempo com tal propósito. Peço desculpas antecipadas pelos meus erros e pobreza de estilo. Também peço aos deuses que me permitam chegar ao fim da tarefa antes que meu próprio fim se antecipe. As últimas palavras de Cícero para mim foram um pedido para que eu contasse a verdade a seu respeito, e é isso que vou perseguir. Se ele nem sempre foi retratado como um paradigma de virtude, bem, que seja. O poder propicia a um homem inúmeros privilégios, mas um par de mãos limpas raramente está entre eles.

E é sobre o poder e o homem que irei cantar. Ao falar de poder estou me referindo a poder formal, político — o que conhecemos em latim como *imperium* — o poder de vida e morte, aquele de que um indivíduo é investido pelo Estado. Muitas centenas de homens experimentaram tal poder, mas Cícero foi único na história da república na medida em que o perseguiu sem o auxílio de quaisquer outros recursos que não o próprio talento. Ele não vinha, ao contrário de Metelo ou Hortênsio, de alguma das grandes famílias aristocráticas, com gerações de favores políticos dos quais se valer em época eleitoral. Não dispunha de um exército poderoso para apoiar sua candidatura, como Pompeu ou César. Não possuía a vasta fortuna de Crasso para lhe abrir caminho. Tudo que tinha era a voz. E graças a uma extraordinária força de vontade veio a fazer dela a voz mais famosa do mundo.

EU TINHA 24 ANOS quando fui servi-lo. Ele estava com 27. Eu era um escravo doméstico, nascido na propriedade de sua família nas montanhas perto de Arpino, que jamais havia sequer visto Roma. Ele era um jovem advogado, acometido de fadiga nervosa e lutando para superar consideráveis incapacidades naturais. Poucos apostariam suas fichas nele.

Naquela época, a voz de Cícero não era o temido instrumento em que mais tarde se transformou, e sim áspera e eventualmente propensa à gagueira. Penso que o problema era que havia tantas palavras fervilhando em sua cabeça que, em momentos de aflição, elas se comprimiam em sua garganta, da mesma forma que um par de ovelhas, pressionadas pelo rebanho, tenta passar ao mesmo tempo por um portão. Seja como for, suas palavras eram muitas vezes rebuscadas demais para que o público entendesse. "O Intelectual", era como seus ouvintes entediados costumavam chamá-lo, ou "o Grego" — e esses apelidos não eram nada elogiosos. Embora ninguém duvidasse do seu talento para a oratória, o porte físico de Cícero era excessivamente frágil para suportar sua ambição, e a sobrecarga das cordas vocais, devido a várias horas exercitando a argumentação, muitas vezes a céu aberto e nas diferentes estações do ano, podia deixá-lo rouco e afônico durante dias. Insônia crônica e má digestão vinham ainda somar-se a seus infortúnios. Sem meias palavras, para ser alguém na política, como ele desesperadamente queria, precisava de ajuda profissional. Assim, decidiu passar uns tempos longe de Roma, viajando para espairecer e, ao mesmo tempo, consultar-se com os principais nomes da retórica, que em sua maioria viviam na Grécia e na Ásia Menor.

Como eu era o encarregado da manutenção da pequena biblioteca de seu pai, e possuía algum conhecimento de grego, Cícero me pediu emprestado a ele, assim como quem pega um livro numa estante, e me levou para o Oriente. Meu trabalho seria o de supervisionar tudo, providenciar transporte, pagar os professores e assim por diante, e após um ano retornaria ao meu antigo senhor. No final, como costuma acontecer com os livros interessantes, nunca fui devolvido.

Nós nos encontramos no porto de Brindisi no dia previsto para a partida. Isso foi durante o governo dos cônsules Servílio Vatia e Cláudio Pulcro, no ano 675 depois da fundação de Roma. Cícero ainda não possuía nada da figura imponente em que mais tarde se transformou, cuja fisionomia era tão conhecida que ele mal conseguia andar despercebido pelas ruas mais tranqüilas. (O que terá acontecido, eu me pergunto, com todos esses milhares de bustos e retratos que um dia decoraram tantos lares e prédios públicos? Será que foram *todos* realmente destruídos ou queimados?) O rapazinho que estava de pé no cais naquela manhã de primavera era magro, tinha os ombros curvados e um pescoço excessivamente comprido, no qual um pomo-de-adão do tamanho de um punho de bebê pulava para cima e para baixo toda vez que ele engolia. Seus olhos eram esbugalhados, a pele amarelada, as bochechas caídas; em suma: era a imagem da saúde precária. "Bem, Tiro", eu me recordo de haver pensado, "melhor tratar de aproveitar bem essa viagem, porque ela não vai demorar muito."

Seguimos primeiro para Atenas, onde Cícero tinha prometido a si mesmo o prazer de estudar filosofia na Academia. Carreguei sua mala para a sala de estudos e já estava me retirando quando ele me chamou e quis saber para onde eu estava indo.

— Vou me sentar ali à sombra com os demais escravos — respondi-lhe — a não ser que haja alguma outra coisa de que o senhor necessite.

— Certamente que há — ele disse. — Quero que você me faça algo extremamente penoso. Quero que venha comigo aprender um pouco de filosofia, para que eu tenha com quem conversar durante nossas longas viagens.

Então eu o acompanhei, e tive o privilégio de ouvir Antíoco de Ascalon em pessoa expor os três princípios básicos do estoicismo — a virtude basta para se ser feliz; nada é bom, a não ser a virtude; e as emoções não são confiáveis — três regras simples que, caso os homens levassem a sério, solucionariam todos os problemas do mundo. Posteriormente, Cícero e eu muitas vezes debateríamos tais questões, e naquele reino do intelecto nossas diferenças de classe eram sempre esquecidas. Ficamos seis meses com Antíoco e depois seguimos rumo ao verdadeiro objetivo da nossa jornada.

A corrente retórica que predominava na época era o denominado método Asiático. Rebuscado e floreado, marcado por frases pomposas e ritmos sonoros, seu ensino fazia-se acompanhar de muita movimentação física e muitas caminhadas. Seu expoente em Roma era Quinto Hortênsio Hortalo, universalmente conhecido como o maior orador daqueles tempos, e cujos movimentos elegantes lhe conferiram o apelido de "Mestre da Dança". Cícero, disposto a desvendar suas manhas, fez questão de conhecer todos os mentores de Hortênsio: Menipo de Stratonicéia, Dionísio de Magnésia, Ésquilo de Cnido, Xênocles de Edremit — só os nomes já dão uma idéia do estilo. Cícero passou semanas com cada um deles, estudando pacientemente seus métodos, até que afinal sentiu que chegara a uma conclusão.

— Tiro — ele me disse uma noite, enquanto beliscava sua costumeira refeição de legumes cozidos —, cansei desses almofadinhas perfumados. Arranje um barco de Lorima para Rodes. Temos que experimentar uma abordagem diferente, vamos nos inscrever na escola de Apolônio Molon.

E então se deu que, numa manhã primaveril, logo depois do alvorecer, quando os estreitos do mar Cárpato estavam serenos e translúcidos como uma pérola (perdoem esses floreios ocasionais: eu li muita poesia grega para conservar um estilo latino austero), seguimos num barco a remo rumo àquela ilha antiga e montanhosa, onde a figura atarracada de Molon em pessoa nos aguardava no cais.

Molon era um advogado originário de Alabanda, que atuara brilhantemente nos tribunais de Roma a ponto de ter sido convidado a se dirigir ao senado em grego — uma honra incomum — após o que se retirou para Rodes, onde abriu sua própria escola de retórica. Sua teoria oratória, exatamente ao contrário da dos asiáticos, era simples: não se movimente demais, mantenha a cabeça ereta, vá direto ao assunto, faça rir, faça chorar, e, quando tiver conquistado a platéia, sente-se o quanto antes.

— Pois nada — dizia Molon — seca mais rapidamente do que uma lágrima.

Isso foi demais para Cícero, que se entregou inteiramente nas mãos do mestre.

A primeira ação de Molon foi dar-lhe de comer, naquela noite, uma travessa de ovos cozidos com molho de anchovas, e quando Cícero acabou — não sem alguma reclamação, posso garantir — deu-lhe um naco de carne assada, acompanhado de um copo de leite de cabra.

— Você precisa crescer, meu rapaz — ele disse, batendo no próprio peito. — Uma nota forte não pode ser emitida por uma corda frouxa.

Cícero olhou feio para ele, mas penosamente mastigou tudo até esvaziar o prato, e naquela noite, pela primeira vez em meses, dormiu profundamente. (Sei disso porque eu dormia no chão do lado de fora de seu quarto.)

De manhã bem cedo começaram os exercícios físicos.

— Falar no fórum — disse Molon — é como competir numa corrida. É preciso força e determinação. — Ele fingiu dar um soco em Cícero, que soltou um "Uff!" e recuou, quase caindo. Molon o fez se levantar e ficar de pernas abertas, joelhos rijos, e curvar a cintura vinte vezes tocando com as mãos no chão de cada lado dos pés. Depois, mandou-o deitar-se de costas com as mãos espalmadas atrás da cabeça e sentar-se repetidamente sem dobrar as pernas. Em seguida disse para ele deitar-se de frente e se erguer apenas com a força dos braços, vinte vezes seguidas, e outras tantas sem dobrar os joelhos. Essa foi a carga do primeiro dia, e nos dias que se seguiram foi acrescentando mais exercícios e aumentando a duração. Cícero passou a dormir profundamente, e também deixou de ter mais dificuldades para comer.

Quanto ao treinamento de oratória, Molon tirou seu aluno ansioso do pátio sombreado e o levou para o calor do meio-dia, fazendo-o recitar peças de exercício — geralmente uma cena de julgamento ou um solilóquio de Menandro — subindo uma colina íngreme sem fazer pausa. Desse modo, com lagartos rastejando sob os pés e tendo por platéia somente as cigarras nas oliveiras, Cícero fortaleceu os pulmões e aprendeu a tirar o máximo de proveito das palavras com uma única respiração.

— Controle a emissão no ponto médio — ensinou Molon. — É aí que está a força. Nem muito alto nem muito baixo.

Durante as tardes, para projeção da voz, Molon levava-o até uma praia rochosa, media 80 passos (o alcance máximo da voz humana) e fazia-o declamar contra o rugido do mar.

— O som mais próximo — dizia ele — do murmúrio de 3 mil pessoas a céu aberto, ou do barulho de centenas de homens conversando no senado. — Eram elementos capazes de tirar a concentração, e aos quais Cícero teria que se acostumar.

— Mas e quanto ao conteúdo do que eu falo? — Cícero perguntou. — Com certeza vou angariar atenção principalmente pela força dos meus argumentos, não é?

Molon deu de ombros.

— Conteúdo não me interessa. Lembre-se de Demóstenes: "Só três coisas importam na oratória. Emissão, emissão, e... emissão."

— E minha gagueira?

— A ga-ga-gagueira também não me in-in-incomoda — replicou Molon com um riso e uma piscadela de olho. — Na verdade, ela até acrescenta algum interesse e uma impressão de honestidade bastante valiosa. O próprio Demóstenes ciciava ligeiramente. O público se identifica com esses pequenos defeitos. Só a perfeição é chata. Agora, desça à praia o mais longe que puder e tente fazer com que eu o escute.

Portanto, desde o início eu fui um privilegiado por poder assistir a truques de oratória sendo transmitidos de um mestre para outro.

— Não deve haver movimentos efeminados de pescoço, nem convém ficar torcendo os dedos. Não mexa os ombros. Se tiver que usar os dedos para fazer algum gesto, procure curvar o dedo médio de encontro ao polegar e esticar os outros três. Assim, muito bem. Os olhos, claro, estão *sempre* virados na mesma direção do gesto, exceto quando temos que rejeitar algo: "Oh, deuses, impeçam semelhante desgraça!" ou "Não creio ser merecedor de tamanha honra".

Não havia permissão para anotar nada, pois nenhum orador digno desse nome poderia sequer sonhar em ler um texto em voz alta ou consultar anotações. Molon preferia o método clássico para memorizar um discurso: o do passeio imaginário pela casa do orador.

— Localize o primeiro ponto que deseja abordar no vestíbulo, e imagine-o ali, depois o segundo no pátio interno, e então vá andando pela casa da maneira como habitualmente faz, reservando um capítulo da sua fala não apenas para cada aposento, mas para todos os vãos e estátuas. Assegure-se de que cada local esteja bem-iluminado, claramente definido e reconhecível. Do contrário, você irá cambaleando feito um bêbado tentando encontrar a cama depois de uma festa.

Cícero não era o único aluno da academia de Molon naquela primavera e naquele verão. O irmão mais novo de Cícero, Quinto, juntou-se a nós pouco depois, como também seu primo Lúcio e ainda dois amigos dele: Sérvio, um advogado detalhista que pretendia virar juiz, e Ático — o elegante e charmoso Ático —, que não estava nem um pouco interessado em oratória, pois vivia em Atenas e seguramente não tinha a menor intenção de fazer carreira na política, mas que adorava passar o tempo com Cícero. Muito impressionados com a mudança em sua saúde e sua aparência, e tratando-se de sua última noite juntos — pois já estávamos no outono, e era hora de voltar a Roma —, todos se reuniram para ouvir os resultados que Molon provocara na oratória de Cícero.

Quisera eu poder lembrar o que Cícero falou naquela noite após o jantar, mas receio ser a prova viva da cínica máxima de Demóstenes segundo a qual conteúdo não vale nada comparado à emissão. Fiquei discretamente fora de vista, nas sombras, e tudo o que fui capaz de visualizar foram mariposas adejando como flocos de cinza em torno das tochas, a poeira de estrelas sobre o pátio, e os rostos fascinados daqueles jovens, vermelhos à luz da fogueira, voltados para Cícero. Mas me lembro bem das palavras de Molon, depois que seu pupilo, com uma saudação final de cabeça na direção do júri imaginário, se sentou. Após um longo silêncio ele se levantou e disse, num tom grave:

— Cícero, eu o parabenizo e me alegro por você. O que me preocupa é a Grécia e seu destino. A única glória que nos restava era a supremacia da nossa eloqüência, e agora até isso vocês nos arrebataram. Volte para casa — ele falou, fazendo um gesto com os três dedos estendidos, atravessando o terraço iluminado em direção ao mar escuro e distante —, volte para casa, meu rapaz, *e conquiste Roma*.

POIS MUITO BEM. Falar é fácil. Mas como é que se faz isso? Como se "conquista Roma" sem outras armas a não ser a própria voz?

O primeiro passo é óbvio: é necessário tornar-se senador.

Para ingressar no senado naquela época era preciso ter no mínimo 31 anos de idade e ser milionário. Para ser mais exato, recursos no montante de um milhão de sestércios tinham que ser apresentados às autoridades apenas para se habilitar a uma candidatura às eleições anuais, em julho, quando então vinte novos senadores eram eleitos para substituir aqueles que haviam morrido no ano anterior ou que tinham empobrecido a ponto de não poderem manter seus assentos. Mas onde Cícero iria conseguir um milhão? Seu pai certamente não possuía esse volume de dinheiro: a propriedade da família era pequena e tinha uma pesada hipoteca. Dessa forma, ele estava diante das três alternativas tradicionais. Mas vendê-la demoraria muito, e roubar seria excessivamente arriscado. Então, logo após retornar de Rodes, ele se casou. Terência tinha 17 anos, seios que pareciam uma tábua e cabelos negros curtos e encaracolados. Sua meia-irmã era uma vestal, prova do status social da família. E, o mais importante, ela era dona de dois blocos residenciais em uma área pobre de Roma, alguns terrenos arborizados nos subúrbios da cidade, e uma fazenda; valor total: 1.250.000 sestércios. (Ah, Terência: sem-graça, arrogante e rica — que peça! Eu a vi faz poucos meses, sendo transportada numa liteira pela estrada costeira que leva a Nápoles, berrando com os carregadores para irem mais rápido: de cabelos brancos e pele encarquilhada, mas fora isso era quase a mesma.)

Desse modo, Cícero, no devido tempo, se tornou senador — na verdade, obtivera bastante prestígio, sendo considerado o segundo melhor advogado de Roma, abaixo apenas de Hortênsio — e então teve que prestar o ano de serviço governamental compulsório, no seu caso na província da Sicília, antes de ter autorização para assumir o cargo. Seu título oficial era *questor* — o mais baixo da magistratura. As esposas não tinham permissão para acompanhar os maridos nessas jornadas de trabalho, por isso Terência — estou convencido de que profundamente pesarosa — ficou em casa. Mas eu fui junto, porque naquela época eu já me transformara numa espécie de extensão dele, para ser usado quase mecanicamente, como um braço ou uma perna extra. Parte do motivo dessa minha indispensabilidade residia no fato de que eu havia desenvolvido um método para registrar suas palavras tão rápido quanto sua capacidade de pronunciá-las. Inicialmente modesto — posso humildemente reivindicar a condição de inventor do &, o símbolo do "e" —, meu sistema finalmente virou um manual com mais de quatrocentos sinais. Descobri, por exemplo, que Cícero gostava de repetir determinadas frases, que eu aprendi a reduzir a uma linha, e às vezes a poucos sinais, comprovando, assim, o que muita gente já sabe: que os políticos, basicamente, dizem a mesma coisa várias e várias vezes. Ele ditava para mim do banheiro e do divã, do interior de carruagens em movimento e durante passeios no campo. Nunca economizou palavras, e eu nunca economizei símbolos para captá-las e registrá-las para sempre enquanto percorriam o ar. Éramos feitos um para o outro.

Mas voltemos à Sicília. Não se assustem: não vou descrever nosso trabalho em detalhes. Como a maior parte dos acontecimentos políticos, era algo entediante até quando estava acontecendo, imaginem agora, passados quase sessenta anos. O que foi memorável e significativo foi mesmo a viagem de volta. Cícero propositalmente adiou-a por um mês, de março para abril, para ter certeza de passar por Puteoli durante o recesso do senado, exatamente no período em que todo o mundo político estaria na baía de Nápoles aproveitando os banhos de mar. Fui instruído a alugar o melhor barco a remo que pudesse conseguir, de modo que ele pudesse entrar no porto em grande estilo, vestindo pela primeira vez a toga púrpura de senador da república romana.

Porque Cícero estava convencido de que, se tivesse sucesso na Sicília, seria o centro das atenções ao retornar a Roma. Em centenas de praças sufocantes, à sombra de milhares de árvores infestadas de vespas, ele distribuíra a justiça de Roma, de forma imparcial e com dignidade. Adquirira uma quantidade recorde de cereais para abastecer os eleitores quando do seu retorno à capital, e os despachara pelo menor preço possível. Seus discursos nas cerimônias oficiais foram obras-primas de sensibilidade política. Tinha sido capaz até de demonstrar interesse pelos assuntos locais. Sabia que tinha se saído bem, e nos relatórios oficiais que enviou ao senado gabava-se de suas proezas. Devo confessar que eu mesmo, algumas vezes, amenizei aqueles relatórios antes de entregá-los ao mensageiro oficial, e tentava fazê-lo entender, delicadamente, que a Sicília talvez não fosse exatamente o centro do mundo. Mas ele não dava importância.

Posso vê-lo agora, de pé na proa, estreitando os olhos na direção do cais de Puteoli naquele nosso regresso à Itália. Me pergunto o que ele estaria esperando. Um grupo de músicos saudando-o na praia? Uma delegação consular para presenteá-lo com uma coroa de louros? Havia uma multidão, é verdade, mas não era para ele. Hortênsio, que já visava o cargo de cônsul, oferecia um banquete numa grande embarcação intensamente colorida atracada nas cercanias, e os convidados aguardavam para ser levados até a festa. Cícero desembarcou ignorado. Olhou em torno, sem entender nada. Nesse momento, alguns passantes, notando seus trajes reluzentes e novos de senador, acorreram apressados em sua direção. Ele endireitou os ombros, preparando-se.

— Senador — disse um deles —, quais são as novidades de Roma?

Cícero se controlou para manter o sorriso.

— Não estou vindo de Roma, meu caro amigo. Estou retornando da minha província.

Um homem ruivo, provavelmente já bêbado, falou:

— Ooooh, meu *companheiro*! Ele está retornando da *província* dele...

Ouviram-se risos mal contidos.

— Qual é a graça? — interveio um terceiro, disposto a amainar os ânimos. — Vocês não estão sabendo? Ele esteve na África.

Agora o sorriso de Cícero era heróico.

— Na Sicília, na verdade.

Pode ter ocorrido mais alguma conversa no gênero, não me lembro. As pessoas começaram a se dispersar assim que perceberam que ali não havia nada interessante, e logo Hortênsio veio pessoalmente e apressou os convidados remanescentes a seus barcos. Cumprimentou Cícero civilizadamente, mas fez questão de não convidá-lo para sua festa. Nós ficamos ali sozinhos.

Um incidente banal, pode-se considerá-lo assim, mas o próprio Cícero costumava afirmar que foi naquele momento que a ambição se solidificou dentro dele. Fora humilhado — humilhado pela própria vaidade — e tivera uma prova brutal da sua pequenez diante do mundo. Ficou ali por muito tempo ainda, vendo Hortênsio e seus amigos festejando no mar, ouvindo a música alegre, e, quando se virou, estava transformado. Não estou exagerando. Vi isso em seus olhos. "Muito bem", sua expressão parecia querer dizer, "vocês, idiotas, podem se divertir; eu preciso trabalhar."

"Essa experiência, cavalheiros, estou inclinado a achar que foi mais valiosa para mim do que se tivesse sido recebido com salvas de palmas. Dali em diante deixei de me preocupar com o que o mundo haveria de pensar a meu respeito: a partir daquele dia, me conscientizei de que precisava ser visto diariamente. Eu era uma figura pública. Freqüentava o fórum. Nem meu porteiro nem o sono poderiam impedir alguém de ir me ver. Nem mesmo quando eu não tinha nada a fazer ficava sem fazer alguma coisa, e, conseqüentemente, o ócio absoluto foi algo que jamais conheci."

Eu me deparei com esse trecho de um de seus discursos não faz muito tempo, e posso confirmar que é a mais pura verdade. Cícero se afastou daquele cais como um sonhador, atravessou Puteoli e seguiu pela estrada sem olhar para trás. Eu o seguia lutando para carregar mais bagagem do que era capaz. No início, suas passadas eram lentas e pensativas, mas gradualmente foi aumentando a velocidade até que, finalmente, caminhava tão depressa em direção a Roma que eu tive enorme dificuldade de acompanhá-lo.

E com isso termina o meu primeiro rolo de papel, ao mesmo tempo que tem início a verdadeira história de Marco Túlio Cícero.

II

Aquele que se revelaria como o dia da virada começou como outro qualquer, uma hora antes da aurora, com Cícero, como sempre, sendo o primeiro a levantar na casa. Eu fiquei deitado mais um pouco no escuro ouvindo o barulho das tábuas do assoalho em cima da minha cabeça enquanto ele fazia os exercícios que aprendera na estada em Rodes — seis anos antes —, em seguida rolei do meu catre de palha e fui lavar o rosto. Era o primeiro dia de novembro; fazia frio.

Cícero tinha uma pequena casa na encosta do monte Esquilino, vizinho a um templo, de um lado, e a um conjunto residencial do outro, embora quem se dispusesse a subir no telhado fosse recompensado com uma vista ampla do vale enfumaçado até os grandes templos do monte Capitólio, cerca de 800 metros a oeste. Era, na verdade, a casa de seu pai, mas a saúde do velho cavalheiro estava fraca e ele raramente saía do campo, de modo que Cícero ficara com a casa para si, Terência e a filha de 5 anos, Túlia, e uma dúzia de escravos: eu, os dois secretários sob minhas ordens, Sositeu e Laurea, o mordomo, Eros, o gerente comercial de Terência, Filotimo, duas empregadas, uma babá, uma cozinheira, um criado de quarto e um porteiro. Havia também um velho filósofo cego, Diódoto, o Estóico, que de vez em quando saía de seu quarto para jantar com Cícero quando o patrão necessitava exercitar o intelecto. Portanto, éramos 15 ao todo na casa. Terência reclamava sem parar da superlotação, mas Cícero não queria se mudar, pois naquele momento ainda se achava na fase popular, e aquela casa correspondia bem a essa imagem.

A primeira coisa que fiz naquela manhã, como em todas as manhãs, foi desatar um laço de barbante do meu pulso esquerdo, ao qual estava amarrado um bloco de notas que eu mesmo havia concebido. Consistia não de uma ou duas folhas, como era comum, mas de quatro folhas de cera dobradas, cada qual numa moldura de madeira, muito finas, e tão maleáveis que eu podia dobrá-las e fechá-las. Dessa forma, eu era capaz de fazer muito mais anotações numa única sessão de ditado do que a média dos secretários; mas, mesmo assim, a torrente diária de palavras de Cícero era tamanha, que eu sempre me prevenia levando algumas folhas extras nos bolsos. Então abri a cortina do meu quartinho e atravessei o pátio até o *tablinum** acendendo as luzes e verificando se estava tudo em ordem. O único móvel era uma pequena mesa de apoio, na qual ficava uma travessa de grãos-de-bico. (O nome Cícero derivava de *cicer*, que queria dizer grão-de-bico. E, como ele acreditava que um nome incomum era uma vantagem na política, nunca descuidava de chamar a atenção para isso.) Satisfeito, passei pelo átrio até o vestíbulo, onde o porteiro já estava à espera com a mão na enorme maçaneta de metal. Verifiquei a luz que vinha pela janela estreita e, quando considerei que havia claridade suficiente, fiz um sinal com a cabeça para o porteiro, que a destrancou.

Do lado de fora, na rua gelada, a multidão habitual de miseráveis e desesperados já estava esperando, e anotei o nome de cada homem que passava pela porta. Reconhecia a maioria; perguntava o nome dos que não conhecia e mandava embora os vagabundos habituais. Mas como a ordem era: "Se tem um voto, deixe-o entrar", o *tablinum* vivia abarrotado de clientes ansiosos, todos querendo tomar o tempo do senador. Eu fiquei ali até ter certeza de que toda a fila entrara e estava voltando para dentro quando a figura de roupas sujas, cabelos compridos e a barba por fazer de um homem enlutado surgiu na porta. Não tenho vergonha de admitir que ele me deu calafrios.

---

*Cômodo correspondente a um escritório, na arquitetura doméstica romana. (*N. do T.*)

— Tiro! — ele falou. — Graças a Deus! — E se encostou à coluna da porta, exausto, os olhos pálidos, mortiços, cravados sobre mim. Creio que devia ter uns 50 anos. De início não consegui reconhecê-lo, mas uma das atribuições de um secretário político é dar nome aos rostos, e gradativamente, apesar do seu estado, um quadro foi se formando em minha mente: uma casa grande dando para o mar, um jardim bem-cuidado, uma coleção de estátuas de bronze, uma cidade em algum lugar da Sicília, no norte — Termini, era isso.

— Stênio de Termini — eu falei, e estendi a mão. — Seja bemvindo.

Não me cabia comentar sua aparência, nem perguntar o que ele fazia a centenas de quilômetros de casa e em situação tão obviamente lamentável. Deixei-o no *tablinum* e fui ao gabinete de Cícero. O senador, que deveria comparecer ao tribunal naquela manhã para defender um jovem suspeito de parricídio, e que também deveria estar presente à sessão do senado à tarde, apertava uma bola de couro para fortalecer os dedos enquanto o criado lhe vestia a toga. Ouvia uma carta que era lida pelo jovem Sositeu, e ao mesmo tempo ditava uma mensagem a Laurea, a quem eu havia ensinado os princípios do meu sistema taquigráfico. Quando entrei, ele me jogou a bola — que eu peguei instintivamente — e fez um gesto pedindo a lista de pessoas à sua espera. Leu-a avidamente, como sempre fazia. Quem estaria querendo vê-lo? Algum cidadão proeminente de um clã importante? Um Sabatini, talvez? Um Pomptini? Ou algum empresário rico o bastante para votar entre as primeiras centúrias nas eleições para cônsul? Mas hoje era a ralé de sempre, e seu rosto foi se contraindo aos poucos até alcançar o derradeiro nome.

— Stênio? — Cícero fez uma pausa. — Não é aquele siciliano, o rico dos bronzes? É melhor vermos o que ele deseja.

— Os sicilianos não têm voto — eu lembrei.

— *Pro bono* — falou, com expressão séria. — Além do mais, ele tem muito bronze. Vou atendê-lo primeiro.

Então fiz entrar Stênio, que recebeu o tratamento normal — o sorriso habitual, o aperto de mãos duplamente apertado, o olhar longo e sincero diretamente nos olhos —, foi convidado a se sentar e ouviu a pergunta sobre o que o trazia a Roma. Eu começava a me lembrar de mais coisas a seu respeito. Estivemos com ele duas vezes em Termini, quando Cícero fazia audiências na cidade. Na época ele era um dos cidadãos mais respeitados da província, mas agora todo aquele vigor e autoconfiança haviam sumido. Estava precisando de ajuda, anunciou. Achava-se à beira da ruína. Com a vida em grave risco. Fora roubado.

— É mesmo? — Cícero falou, enquanto olhava para um documento sobre sua mesa de trabalho, sem prestar muita atenção, já que um advogado ocupado costuma escutar muitas histórias tristes. — Você tem meu apoio. Roubado por quem?

— Pelo governador da Sicília, Gaio Verres.

O senador imediatamente ergueu os olhos.

Não houve como fazer Stênio parar de falar depois daquilo. À medida que ele ia revelando sua história, Cícero olhava para mim fazendo um gesto discreto para que eu anotasse — ele queria um registro daquilo — e quando Stênio finalmente fez uma pausa para tomar fôlego, Cícero delicadamente o interrompeu e pediu que voltasse um pouco em sua história, ao dia, cerca de três meses antes, em que recebeu a carta de Verres.

— Qual foi a sua reação?

— Fiquei um tanto preocupado. Ele já então tinha uma certa... *fama*. As pessoas o chamam... o nome dele significa porco selvagem. As pessoas o chamam de Porco Selvagem com Sangue no Focinho. Mas eu não podia recusar.

— Você guardou essa carta?

— Sim.

— E nela Verres se referia especificamente à sua coleção de arte?

— Oh, claro. Ele dizia que sempre ouvira falar dela e que gostaria muito de conhecê-la.

— E quanto tempo depois disso ele foi visitá-lo?

— Pouco tempo. Uma semana, no máximo.

— Estava sozinho?

— Não, os lictores o acompanhavam. Precisei arranjar lugar para todos eles. Guarda-costas geralmente são rudes, mas aqueles foram os piores delinqüentes que eu já vi na vida. O chefe deles, Sextio, é o carrasco oficial de toda a Sicília. Ele exige propina de suas vítimas ameaçando fazer mal o serviço, sabe como é, ir torturando-as aos poucos, caso não paguem adiantado. — Stênio engoliu em seco e começou a respirar fundo. Nós esperamos.

— Não tenha pressa — disse Cícero.

— Achei que Verres gostaria de tomar um banho depois da viagem, e em seguida poderíamos jantar. Mas não: ele disse que queria ver a coleção imediatamente.

— Você tinha umas peças muito bonitas, se bem me recordo.

— Eram a minha vida, senador, não sei como dizer de outra forma. Trinta anos viajando e barganhando. Bronzes, quadros, prata de Corinto e de Delos, tudo manuseado e escolhido por mim. Eu tinha o *Discóbolo*, de Míron, e o *Doríforo*, de Policleto. Taças de prata de Mentor. Verres fez muitos elogios, falou que aquilo merecia um público maior. Que era uma boa coleção para ficar em exposição permanente. Não dei muita atenção até que, enquanto jantávamos no terraço, eu ouvi barulhos vindos do pátio interno. Meu mordomo veio me avisar que uma carroça puxada por touros havia chegado e que os lictores de Verres a estavam carregando com todas as minhas peças.

Stênio calou-se de novo, e eu podia imaginar perfeitamente a vergonha que aquilo representava para um homem orgulhoso como ele: a mulher gritando, a casa inteira traumatizada, as marcas empoeiradas no lugar em que ficavam as estátuas. O único som que se ouvia no gabinete era o do meu estilete riscando a base de cera.

Cícero falou:

— Você não protestou?

— A quem? Ao governador? — Stênio deu uma gargalhada. — Não, senador. Eu estava vivo, não estava? Se ele ao menos cuidasse bem de minha coleção, eu até sublimaria minhas perdas, e ninguém jamais ouviria uma queixa de mim. Mas colecionar assemelha-se a uma doença, e eu lhe digo: seu governador Verres não cuidou bem. Lembra-se daquelas estátuas da praça?

— Claro que sim. Três peças do mais puro bronze. Mas você certamente não está querendo me contar que ele também as roubou?

— Tentou. Foi no terceiro dia em que estava sob o meu teto. Ele me perguntou de quem eram. Eu lhe disse que pertenciam à cidade, e estavam ali havia séculos. Sabia que elas têm 400 anos? Ele disse que gostaria de ter permissão para levá-las para a sua residência em Siracusa, também por empréstimo, e me pediu para requerer ao conselho. Foi aí que percebi que tipo de homem ele era, e então eu disse que não poderia, com todo o respeito, atendê-lo. Naquela noite mesmo ele partiu. Poucos dias depois, recebi uma intimação para julgamento no quinto dia de outubro, acusado de falsificação.

— Quem levou a intimação?

— Um inimigo meu chamado Agatino. Um cliente de Verres. Meu primeiro impulso foi o de enfrentá-lo. Não tinha nada a temer quanto à minha honestidade. Jamais forjei um documento na vida. Mas aí soube que o juiz seria o próprio Verres, e que ele já determinara a sentença. Eu seria chicoteado diante de toda a cidade por causa da minha insolência.

— Aí você fugiu?

— Naquela mesma noite peguei um barco para Messina.

Cícero pousou o queixo na mão e contemplou Stênio. Eu reconheci aquele gesto. Ele estava avaliando a testemunha.

— Você diz que a intimação era para o quinto dia do mês passado. Soube o que aconteceu?

— É por isso que estou aqui. Fui condenado à revelia, sentenciado a ser chicoteado e multado em 5 mil. Mas isso não é o pior: na audiência, Verres afirmou que havia graves acusações contra mim, dessa vez por espionagem em favor dos rebeldes na Espanha. Haverá um novo julgamento em Siracusa no primeiro dia de dezembro.

— Mas espionagem é crime para pena capital.

— Senador, creia em mim, ele planeja me crucificar. Proclama isso abertamente. E eu não seria o primeiro. Preciso de ajuda. Por favor. O senhor vai me ajudar?

Achei que Stênio estava a ponto de cair de joelhos e beijar os pés do senador, e suspeito que Cícero também achou, pois rapidamente se levantou da cadeira e ficou andando pela sala.

— Parece-me que existem dois aspectos a considerar neste caso, Stênio. Primeiro, o assalto à sua propriedade. E quanto a isso, francamente, não vejo o que se possa fazer. Por que você acha que homens como Verres desejam ser governadores? Porque sabem que podem obter o que bem entenderem, e com razão. O segundo aspecto, a manipulação do processo legal, este já é mais interessante.

"Conheço muitos advogados experientes que vivem na Sicília; um deles, inclusive, em Siracusa. Posso escrever para ele ainda hoje e pedir, como um favor pessoal a mim, que aceite o seu caso. Posso até dar minha opinião sobre o que deve ser feito. Ele terá que recorrer ao tribunal para declarar inválida a condenação já deferida, com base no fato de que você não se encontrava presente para responder. Se isso fracassar, e Verres der prosseguimento à ação, seu advogado deverá vir a Roma e declarar a sentença inadmissível.

O siciliano balançou a cabeça.

— Se eu só precisasse de um advogado em Siracusa, senador, não teria feito esta viagem até Roma.

Eu via que Cícero não estava gostando nem um pouco daquilo. Aquele caso poderia ocupá-lo por muitos dias, e os sicilianos, como eu lhe havia relembrado, não tinham votos. Em todo caso, *pro bono*!

— Ouça — ele disse de modo categórico —, seu caso é bom. Verres é obviamente um corrupto. Abusa da hospitalidade. Rouba. Faz acusações falsas. Trama um assassinato judicial. A posição dele é indefensável. O caso pode perfeitamente ser defendido por um advogado de Siracusa. Eu lhe garanto. Agora, me perdoe, eu tenho muitos clientes para atender, e tenho que estar no tribunal daqui a menos de uma hora.

Ele me fez um sinal com a cabeça e eu avancei, pondo a mão no braço de Stênio para conduzi-lo para fora. O siciliano repeliu meu gesto.

— Mas eu preciso do senhor — ele insistia.

— Por quê?

— Porque minha única esperança de justiça jaz aqui, não na Sicília, onde Verres controla os tribunais. E todo mundo aqui me diz que Marco Cícero é o segundo melhor advogado de Roma.

— Dizem isso mesmo? — A voz de Cícero assumiu um tom sarcástico: ele odiava aquele epíteto. — Bom, então por que ficar com o segundo? Por que não ir direto procurar Hortênsio?

— Pensei nisso — disse o visitante com sinceridade —, mas ele não quis ser meu patrono. Está representando Verres.

LEVEI O SICILIANO embora e quando voltei Cícero estava sozinho no gabinete, recostado na cadeira, olhando para a parede, passando a bolinha de couro de uma das mãos para a outra. Manuais jurídicos abarrotavam sua mesa. *Precedentes em alegação*, de Hostílio, era um que ele abrira; *Condições de venda*, de Manílio, outro.

— Você está lembrado daquele bêbado de cabelo ruivo no cais de Puteoli, no dia em que chegamos da Sicília? "Ooooh, meu *companheiro*! Ele está retornando da *província* dele..."

Fiz que sim com a cabeça.

— Era Verres. — A bola ia de lá para cá, de cá para lá. — Esse homem faz a corrupção parecer uma bobagem.

— Fico surpreso ao saber que Hortênsio está envolvido com ele.

— Fica mesmo? Pois eu não — ele parou com a bolinha e contemplou-a na palma da mão. — O Mestre da Dança e o Porco Selvagem... — Ficou pensativo por um instante. — Um homem na minha posição tem que ser louco para encarar Hortênsio e Verres juntos, e tudo por causa de um siciliano que sequer é cidadão romano.

— É verdade.

— É verdade — repetiu, embora houvesse uma estranha hesitação na forma como disse aquilo, o que me faz pensar que talvez ele já estivesse olhando o caso em toda a sua extensão. O extraordinário leque de possibilidades e conseqüências, aberto como um mosaico em sua mente. Mas se já estava eu nunca soube, pois naquele instante sua filha Túlia entrou correndo, ainda vestida com a camisola de dormir, com um desenho nas mãos para lhe mostrar, e subitamente sua atenção se desviou inteiramente para ela e ele a ergueu e instalou-a sobre os joelhos.

— Foi você que fez? Foi você *mesma* que desenhou isso, sozinha?

Eu os deixei a sós e voltei para o *tablinum*, para informar que estávamos atrasados e que o senador tinha que ir ao tribunal. Stênio, que continuava por ali, me perguntou quando poderia ter uma resposta, o que só pude responder dizendo que ele teria que fazer como os demais. Logo em seguida Cícero apareceu, de mãos dadas com Túlia, dando bom-dia com a cabeça a todos, cumprimentando cada um pelo nome ("Regra número um em política, Tiro: jamais esqueça um rosto"). Ele estava muito bem arrumado, como sempre, o cabelo penteado para trás, a pele perfumada, a toga recém-lavada; os sapatos de couro vermelho impecáveis e brilhando; o rosto bronzeado por anos discursando ao ar livre; bem-tratado, esguio, em plena forma: ele *resplandecia*. Os clientes o seguiram até o vestíbulo, onde Cícero ergueu a sorridente garotinha bem no alto, exibiu-a a todos os presentes ali reunidos, em seguida virou o rosto dela e deu-lhe um sonoro beijo nos lábios. Ouviu-se um coro de "Ahhh!" e alguns aplausos isolados. Não era apenas exibicionismo — ele teria feito a mesma coisa ainda que não houvesse ninguém olhando, porque amava sua querida Tulinha mais do que qualquer pessoa no mundo —, mas sabia que o eleitorado romano era muito sentimental, e que se sua fama de pai amoroso circulasse, não lhe traria nenhum prejuízo.

E assim nós saímos para a brilhante promessa daquela manhã de novembro, rumo ao burburinho da cidade — Cícero à frente, eu o seguindo, com meu bloco de notas a postos; Sositeu e Laurea mais atrás, carregando as pastas de documentos de que ele necessitava para o trabalho no tribunal; e, a cada lado de nós, tentando chamar a atenção do senador, mas vaidosos só por se acharem sob sua aura, umas duas dúzias de pessoas, entre partes interessadas e desocupados, incluindo-se Stênio — descendo das ajardinadas e bem conceituadas alturas do Esquilino para entrar no mau cheiro, na fumaça e no pandemônio de Subura, onde a altura dos cortiços barrava a luz do sol e as multidões que cercavam a nossa falange de simpatizantes abriam caminho à nossa passagem. Cícero era uma figura muito bem-vista ali, um herói dos comerciantes e vendedores cujos interesses ele havia representado, e que havia anos o viam passar por aquelas bandas. Sem sequer deter o passo apressado, seus olhos azuis penetrantes registravam cada cumprimento de cabeça, cada aceno em saudação, e eu raramente precisava cochichar algum nome em seu ouvido, pois ele conhecia seus eleitores muito melhor do que qualquer um.

Não sei como é agora, mas naquela época havia seis ou sete tribunais em sessão quase permanente, cada qual instalado numa parte diferente do fórum, de forma que, na hora em que todos abriam, era difícil para as pessoas se moverem em meio a tantos advogados e representantes legais. Para piorar as coisas, o pretor de cada tribunal sempre vinha de casa precedido por uma meia dúzia de lictores para lhe abrir o caminho, e, por sorte, nossa pequena comitiva desembocou no fórum no exato instante em que Hortênsio — que na época era pretor — desfilava rumo à casa senatorial. Fomos todos contidos pelos guardas para que o grande homem passasse, e não acho que ele tenha fingido propositalmente não ver Cícero naquele dia, pois se tratava de um homem de maneiras refinadas, quase efeminadas: ele simplesmente não o viu. Mas o resultado é que aquele que era tido como o segundo melhor advogado de Roma, com o sorriso cordial apagado dos lábios, assistia à passagem daquele que era tido como o melhor com tamanha expressão de ódio que eu fiquei surpreso por Hortênsio não notar seu olhar.

Nosso caso naquela manhã era no tribunal criminal central, localizado do lado de fora da Basílica Emília, onde Caio Popílio Laenas, de 15 anos, ia a julgamento acusado de ferir mortalmente o próprio pai com um estilete de metal cravado no olho. Já dava para se ver uma multidão em volta do tribunal. Cícero estava designado para a defesa, o que por si só já era uma atração. Mas, caso ele fracassasse em convencer o júri, Popílio, na condição de parricida, seria despido, descarnado até sangrar, e depois colocado num saco juntamente com um cachorro, um galo e uma cobra e jogado no rio Tibre. Havia cheiro de sangue no ar, e quando os curiosos abriram passagem para nós, eu consegui ver Popílio, um rapazinho notoriamente violento, cujas sobrancelhas formavam uma linha escura contínua e grossa. Estava sentado ao lado do tio no banco reservado à defensoria, com uma expressão desafiadora e cuspindo em quem se aproximasse.

— Vamos conseguir inocentá-lo — observou Cícero — nem que seja para evitar que o cão, o galo e a cobra tenham que passar pela terrível experiência de ser ensacados junto com Popílio.

Ele sempre entendeu que não era da conta do advogado preocupar-se com o fato de seu cliente ser ou não culpado: isso era com o tribunal. Ele se comprometia apenas a dar o melhor de si, e em troca a família de Popílio Laenas, que podia se orgulhar de ter quatro cônsules em sua árvore genealógica, estaria obrigada a apoiá-lo na disputa por algum cargo público.

Sositeu e Laurea trouxeram os documentos, e, quando eu me aprestava a organizar o material, Cícero me disse que não o fizesse.

— Poupe seu trabalho — ele disse, dando um tapinha na lateral da cabeça. — Já tenho a minha fala toda aqui dentro. — Curvou-se educadamente em direção ao seu cliente. — Bom dia, Popílio. Vamos resolver isso logo, tenho certeza. — Em seguida prosseguiu comigo, em voz baixa: — Tenho uma tarefa bem mais importante para você. Dê-me seu caderninho de notas. Quero que você vá até o senado, fale com o responsável administrativo e veja se ainda é possível colocar isso na ordem do dia desta tarde. — Ele escrevia rapidamente. — Não diga nada ao nosso amigo siciliano por enquanto. O risco é grande. É preciso ter cuidado com essas coisas, um passo de cada vez.

Só quando já me encontrava a meio caminho do fórum para o senado é que me arrisquei a dar uma olhada no que estava escrito: *No entender desta casa a condenação de alguém a pena capital à revelia deve ser proibida nas províncias.* Senti o peito apertado, pois imediatamente percebi do que se tratava. Inteligentemente, preliminarmente, obliquamente, Cícero preparava-se, afinal, para desafiar seu maior rival. Eu era o portador de uma declaração de guerra.

GÉLIO PUBLICOLA, o cônsul principal em novembro, era um comandante militar da velha guarda, bronco e deliciosamente tapado. Dizia-se, ou talvez fosse Cícero quem o dizia, que quando Gélio passou por Atenas com seu exército 20 anos antes, ofereceu-se como mediador entre as escolas de filosofia então em guerra: queria promover um debate em que ambas pudessem chegar de uma vez por todas a uma conclusão sobre o sentido da vida, poupando-se dessa forma de discussões infindáveis. Eu conhecia muito bem o secretário de Gélio e, como a agenda da tarde estava tranqüila (algo inusitado), com apenas um relatório sobre a situação militar na pauta, ele concordou em acrescentar a moção de Cícero à ordem do dia.

— Mas avise o seu patrão — ele falou — que o cônsul soube da piadinha dele sobre os filósofos, *e não gostou nada.*

Quando retornei ao tribunal, Cícero já estava concluindo seu discurso de defesa. Não foi um dos que ele posteriormente escolheu para ser preservado, por isso, infelizmente, não possuo o texto. Só me lembro que ele ganhou o caso recorrendo ao astuto expediente de prometer que, caso fosse inocentado, o jovem Popílio dedicaria o resto da vida ao serviço militar — pedido que pegou a acusação, o júri e até seu próprio cliente inteiramente de surpresa. Mas funcionou, e tão logo o veredicto foi anunciado, sem fazer um intervalo para perder mais tempo com o estupefato Popílio, ou até para comer algo coisa rápido, Cícero saiu em disparada na direção do senado, sempre seguido por sua legião de admiradores, cujo número crescia graças ao boato de que o grande advogado tinha outro discurso engatilhado.

Cícero costumava dizer que os verdadeiros problemas da república não se resolviam no recinto do senado, e sim do lado de fora, no saguão ao ar livre conhecido como *senaculum*, onde os senadores tinham que aguardar até que se obtivesse quórum. Essa concentração diária de personagens vestidas de branco, que podia durar uma hora ou mais, era uma das grandes atrações da cidade, e, enquanto Cícero se achava entre eles, Stênio e eu nos juntamos à multidão de basbaques do outro lado do prédio. (O siciliano, coitado, ainda não fazia idéia do que estava acontecendo.)

É da natureza da vida que nem todo político alcance a glória. Dos seiscentos homens que então compunham o senado, apenas oito podiam ser eleitos pretores — para presidir os tribunais — durante um ano, e apenas dois deles podiam almejar o supremo *imperium* da condição de cônsul. Em outras palavras, mais da metade daqueles que circulavam pelo *senaculum* estavam fadados a jamais serem eleitos para o cargo. Eram o que os aristocratas chamavam pejorativamente de *pedarii*, os homens que votavam com os pés, deslizando obedientemente de um lado para o outro do recinto toda vez que havia uma disputa. Mesmo assim, a seu modo, esses cidadãos constituíam a espinha dorsal da república: banqueiros, empresários e latifundiários de todas as partes da Itália; ricos, cautelosos e patrióticos; desconfiados da arrogância e exibicionismo dos aristocratas. Assim como Cícero, freqüentemente tratavam-se de "homens novos", os primeiros em suas famílias a ganhar uma eleição para o senado. Aquele era o seu pessoal, e vê-lo circulando entre eles naquela tarde era como observar um mestre-artesão em seu estúdio, um escultor com sua pedra — aqui uma das mãos descansando levemente sobre um cotovelo, ali um braço pesado estreitando uns ombros gordos; com este homem, uma piada grosseira, com aquele uma solene palavra de pêsames, as mãos cruzadas e pressionando o próprio peito em sinal de solidariedade; parado por algum chato, ele parecia ter o dia inteiro para ficar escutando sua história infeliz, mas logo é possível vê-lo acenar para alguém que passa e, saltitando graciosamente como um bailarino, lançando para trás o mais doce olhar de quem pede desculpas e lamenta muito, ir em sua direção. De vez em quando apontava para nós, e um senador ficava nos olhando por algum tempo, e talvez balançasse a cabeça, descrente, ou cumprimentasse lentamente prometendo seu apoio.

— O que ele está falando sobre mim? — Stênio perguntou. — O que ele vai fazer?

Não respondi, pois eu próprio não o sabia.

Era evidente que Hortênsio tinha percebido que algo estava se passando, mas ele não sabia bem o que era. A pauta de matérias a tratar fora afixada no lugar habitual, ao lado da porta do senado. Vi Hortênsio parando para lê-la — *a condenação de alguém a pena capital à revelia deve ser proibida nas províncias* — e virar-se, confuso. Gélio Publicola estava sentado à entrada em sua cadeira de marfim trabalhado, com os assessores em volta, aguardando o recinto ser inspecionado e um sinal de positivo para permitir o acesso dos senadores. Hortênsio aproximou-se dele, as palmas das mãos abertas como quem pede uma explicação. Gélio deu de ombros e apontou, irritado, para Cícero. Hortênsio voltou-se para descobrir o ambicioso rival no centro de um círculo conspiratório de senadores. Franziu a testa e foi se juntar aos seus amigos aristocráticos: os três irmãos Metelo (Quinto, Lúcio e Marco) e os dois cônsules mais antigos, que efetivamente dirigiam o império, Quinto Catulo (cuja irmã era mulher de Hortênsio), e Públio Servílio Vatia Isaurico, o duplo triunfador. Só de escrever seus nomes, após todos esses anos, sinto um arrepio, uma vez que homens assim, sérios, incorruptíveis e alicerçados nos velhos valores republicanos, não existem mais. Hortênsio deve lhes ter falado da moção, porque, bem devagar, os cinco se viraram para olhar Cícero. Imediatamente depois disso uma trombeta soou assinalando o início da sessão e os senadores começaram a entrar.

A velha casa senatorial era um templo governamental frio, depressivo, cavernoso, dividido por uma amplo corredor central de lajotas pretas e brancas. De ambos os lados havia longas fileiras de bancos de madeira em que se sentavam os senadores, com um tablado na extremidade para as cadeiras dos cônsules. A luz, que naquela tarde de novembro era de um azul pálido, entrava em fachos pelas janelas opacas localizadas bem debaixo das vigas do teto. Pombos batiam asas pelo recinto, soltando pequenas penas e, de vez em quando, excrementos ainda quentes bem em cima das cabeças dos senadores. Alguns diziam que dava sorte ser acertado por um desses ao discursar, outros que era mau presságio, e outros ainda achavam que dependia da cor do material. As superstições eram tão numerosas quanto as interpretações. Cícero não dava a mínima para elas, assim como não tomava conhecimento do formato que apresentavam os intestinos das ovelhas, ou se o barulho do trovão vinha da direita ou da esquerda, ou da direção do vôo de um determinado bando de pássaros: tudo bobagem, segundo ele, muito embora, posteriormente, tenha feito campanha entusiástica para a eleição ao Colégio de Áugures.

Pela antiga tradição, ainda observada à época, as portas do senado permaneciam abertas para que o povo pudesse ouvir os debates. A multidão, Stênio e eu também, veio se chegando do fórum para o recinto do senado, onde éramos contidos por uma simples corda. Gélio já discursava, relatando as notícias enviadas pelos comandantes do exército nos campos de batalha. Nas três frentes, a coisa ia bem. No sudeste da Itália, o ricaço Marco Crasso — aquele que certa vez se gabara de que nenhum homem podia se considerar rico se não fosse capaz de manter uma legião de 5 mil soldados apenas com os próprios rendimentos — estava pondo fim à revolta dos escravos de Espártaco com grande determinação. Na Espanha, Pompeu, o Grande, após seis anos de combates, estava varrendo o último dos exércitos rebeldes. Na Ásia Menor, Lúcio Lúculo obtinha uma extraordinária seqüência de vitórias sobre o rei Mitrídates. Tão logo os relatórios eram lidos, partidários de cada homem levantavam-se para fazer o elogio das proezas de seus patronos e sutilmente denegrir as dos rivais. Eu sabia, por Cícero, dos interesses políticos por trás de cada um, e os ia explicando para Stênio em voz sussurrada:

— Crasso tem ódio de Pompeu e está determinado a derrotar Espártaco antes que Pompeu possa voltar da Espanha com suas legiões e assim ficar com todo o crédito. Pompeu odeia Crasso e almeja a glória de acabar com Espártaco para poder privá-lo de um triunfo. Crasso e Pompeu odeiam Lúculo porque ele detém o comando mais atraente.

— E quem Lúculo odeia?

— Pompeu e Crasso, é claro, por conspirarem contra ele.

Eu me sentia feliz como uma criança que conseguiu acertar a lição, pois tudo então não passava de um jogo, e eu não fazia a menor idéia de que em breve nós estaríamos mergulhados nele. O debate esfriou, sem necessidade de votação, e os senadores começaram a conversar entre si. Gélio, que já devia ter mais de 60 anos, segurou o papel com a ordem do dia bem perto do rosto e apertou os olhos, em seguida olhou em torno do recinto, tentando localizar Cícero, que, como senador novato, estava confinado a um banco bem nos fundos, próximo à porta. Por fim Cícero se levantou para que ele o visse, Gélio se sentou, o ruído das vozes arrefeceu, e eu preparei meu estilete. Fez-se um silêncio, que Cícero alimentou — um velho truque para elevar a tensão. E então, depois de esperar tempo suficiente para parecer que algo estava errado, ele começou a falar — bem manso e vacilante, de início, obrigando os ouvintes a esticar os ouvidos, o ritmo das palavras fisgando-os sem que se dessem conta.

— Honoráveis membros, comparáveis aos nossos ilustres homens em armas de quem acabamos de ouvir falar, receio que o que eu vá dizer soe excessivamente insignificante. — E então sua voz foi crescendo. — Mas se é chegado o momento em que esta nobre casa não dá mais ouvidos aos apelos de um inocente, então todos esses atos de bravura revelam-se inúteis, e nossos soldados sangram em vão. — Ouviu-se um murmúrio de concordância vindo dos bancos ao seu lado. — Esta manhã veio à minha residência um desses inocentes, cujo tratamento por parte de um dos nossos pares mostrou-se tão vergonhoso, monstruoso e cruel, que os próprios deuses cairiam em prantos ao ouvi-lo. Refiro-me ao honrado Stênio de Termini, até há pouco tempo residente na província miserável, mal gerida e criminosamente administrada da Sicília.

Ao ouvir a palavra "Sicília", Hortênsio, que se aboletava no banco da frente mais próximo ao cônsul, mexeu-se levemente incomodado. Sem tirar os olhos de Cícero, virou-se e começou a cochichar com Quinto, o mais velho dos irmãos Metelo, que imediatamente se abaixou por trás dele e fez um sinal com o dedo para Marco, o caçula daquele trio fraterno. Marco se agachou para receber as instruções e então, após uma breve reverência na direção do cônsul que presidia a sessão, atravessou o corredor em minha direção. Por um instante eu achei que estava prestes a levar uma surra — os Metelo eram homens fortes, autoconfiantes —, mas ele nem olhou para mim. Ergueu a corda, passou por baixo dela, enveredou pela multidão e sumiu.

Cícero, nesse meio-tempo, continuava investindo duramente. Depois que voltáramos das aulas com Molon, com o princípio da "Emissão, emissão, emissão" fixado em sua mente, ele passara muitas horas no teatro, estudando os métodos dos atores, e desenvolvera um considerável talento para a interpretação e a imitação. Recorrendo unicamente a mínimas alterações de voz ou a gestos, era capaz, realmente, de dar vida em seus discursos às personagens a que se referia. Brindou o senado, naquela tarde, com uma belíssima performance: a arrogância autoconfiante de Verres foi contrastada com a dignidade tranqüila de Stênio, os sicilianos tão sofridos, submetidos à perversidade do carrasco público, Sextio. O próprio Stênio não conseguia acreditar no que estava presenciando. Estava na cidade havia apenas um dia, e já era objeto de um debate em pleno senado romano. Hortênsio, enquanto isso, seguia olhando fixamente para a porta e, quando Cícero começou a fazer sua peroração — "Stênio implora que o protejamos, não meramente de um ladrão, mas do próprio homem que supostamente está incumbido de punir os ladrões!" —, ele finalmente se pôs de pé com um salto. Pelas normas do senado, um pretor no exercício da função tem sempre precedência em relação a um humilde membro dos *pedarii*, e Cícero não teve escolha senão ceder-lhe a palavra.

— Senadores — disse Hortênsio, tonitruante —, já ouvimos o suficiente! Esta é com certeza uma das mais flagrantes demonstrações de oportunismo já vistas nesta nobre casa! Uma moção vaga nos é apresentada, que se aplica a um único indivíduo. Não fomos informados do motivo pelo qual esse assunto deve ser discutido. Não temos meios de verificar se o que estamos escutando é verdade. Gaio Verres, um antigo membro desta ordem, está sendo difamado sem chance de defesa. Exijo que esta sessão seja imediatamente suspensa!

Hortênsio sentou-se sob aplausos vigorosos dos aristocratas. Cícero se levantou. Seu rosto estava perfeitamente controlado.

— O senador parece não ter lido a moção — disse, fingindo perplexidade. — Onde há aqui qualquer menção a Gaio Verres? Cavalheiros, não estou pedindo que esta casa julgue Gaio Verres. Não seria justo fazê-lo sem que ele esteja presente. Gaio Verres não está aqui para se defender. E agora que já estabelecemos esse princípio, Hortênsio fará o favor de estendê-lo ao meu cliente, concordando que ele também não poderia ter sido julgado estando ausente, certo? Ou há uma lei para os aristocratas e outra para o restante de nós?

Tal declaração aumentou bastante a temperatura e levou os *pedarii* a se acercarem de Cícero e da multidão fazendo um grande estardalhaço na porta. Senti alguém me empurrando brutalmente pelas costas e vi que era Marco Metelo forçando passagem com os ombros tentando retornar ao recinto, caminhando apressadamente pelo corredor em direção a Hortênsio. Cícero notou que ele vinha, de início com uma expressão confusa no rosto, mas que logo se transformou em compreensão. Rapidamente, ergueu a mão pedindo silêncio.

— Muito bem. Já que Hortênsio faz objeção à vagueza da moção original, tratemos de repassá-la para que não fique qualquer dúvida. Proponho uma emenda: "Que, uma vez que Stênio foi condenado à revelia, fique estabelecido que ele não poderá sofrer julgamento estando ausente, e que, caso algum julgamento já tenha tido lugar, seja considerado inválido." E requeiro: vamos votar agora e, segundo as mais altas tradições do senado Romano, salvar um inocente dessa pena monstruosa que é a crucificação!

Entre manifestações de apoio e desaprovação, Cícero sentou-se e Gélio se levantou.

— A moção está posta — o cônsul declarou. — Algum outro membro deseja falar?

Hortênsio, os irmãos Metelo e alguns outros integrantes do partido, como Scribônio Cúrio, Sérgio Catilina e Emílio Alba, reuniram-se na bancada da frente e por instantes pareceu que a casa caminharia para uma divisão, o que conviria perfeitamente a Cícero. Mas, quando afinal os aristocratas voltaram a seus lugares, a figura esquelética de Catulo demonstrou ainda ser capaz de se manter de pé.

— Creio que devo falar — disse. — Sim, creio que tenho algo a dizer. — Catulo era cruel e impiedoso como uma rocha. Ta-ta-ta-ta-tataraneto (acho que é a quantidade certa de *ta-tas*) do Catulo que derrotou Amílcar na Primeira Guerra Púnica e dois séculos inteiros de História destilavam-se em sua velha voz avinagrada. — Devo falar — ele repetia. — E o que devo inicialmente dizer é que este jovem — apontando para Cícero — nada sabe a respeito das "mais altas tradições do senado Romano", pois, se o soubesse, entenderia que um senador jamais ataca outro senador, exceto na frente do próprio. Isso revela falta de estirpe. Olho para ele, todo espertinho e ávido em seu assento, e sabem o que eu penso, cavalheiros? Penso na sabedoria do velho ditado: "Uma onça de hereditariedade vale mais do que uma libra de mérito."

Agora eram os aristocratas que rolavam de rir. Catilina, sobre quem tenho muito mais a dizer em breve, apontou para Cícero e depois enfiou o dedo na garganta. Cícero corou, mas manteve o autocontrole. Chegou a esboçar um sorrisinho. Catulo virou-se, deliciado, para as bancadas às suas costas, e eu pude captar seu perfil mofino, duro e narigudo, como uma cabeça gravada numa moeda. Ele se voltou para ficar de frente para o recinto:

— Quando entrei pela primeira vez nesta casa, durante o mandato de Cláudio Pulcro e Marco Perperna... — Sua voz assumiu um tom confiante.

Cícero me deu uma olhadela. Moveu os lábios como se dissesse algo, olhou para as janelas, em seguida fez um gesto com a cabeça na direção da porta. Eu entendi na hora o que ele queria, e enquanto abria meu caminho de volta ao fórum em meio aos espectadores me dei conta de que Marco Metelo fora mandado exatamente na mesma missão. Naquela época, quando a pontualidade era mais respeitada do que é hoje, a última hora dos assuntos do dia tinha previsão para começar quando o sol caísse a oeste da Coluna Mênia. Eu via que a hora estava chegando, e com toda a certeza o funcionário responsável por controlar o horário já estaria a caminho para informar o cônsul. Era contra a lei o senado permanecer reunido após o pôr-do-sol. Claramente, Hortênsio e seus comparsas planejavam retardar a sessão, impedindo que a moção de Cícero fosse votada. Após rapidamente constatar a posição do sol, eu voltei correndo do fórum e abri caminho na multidão para alcançar o recinto do senado, onde Gélio estava comunicando:

— Última hora!

Cícero ergueu-se instantaneamente, requerendo questão de ordem, mas Gélio não levou em conta e a palavra continuou com Catulo, que desenrolava uma história interminável sobre governo provincial, do tempo provavelmente em que a loba alimentava Rômulo. (O pai de Catulo, também cônsul, tivera uma morte célebre enclausurando-se num quarto lacrado, acendendo uma fogueira e sufocando-se com a fumaça: Cícero costumava dizer que ele tinha feito aquilo para não ter de ouvir outro discurso do filho.) Quando por fim ele chegou a uma espécie de conclusão, prontamente cedeu a palavra a Quinto Metelo. Novamente Cícero se levantou, mas novamente foi vencido pela norma da prioridade aos mais velhos. Metelo tinha status pretoriano e, a menos que decidisse ele próprio dar a vez, o que naturalmente não fez, Cícero não teria direito de falar. Durante algum tempo Cícero se manteve firme, contra um crescente rumor de protestos, mas os homens ao seu redor — um deles Sérvio, um advogado amigo, que apoiava Cícero incondicionalmente e estava vendo que ele corria o risco de passar por bobo — puxavam sua toga, e assim, afinal, ele desistiu e se sentou.

Era proibido acender luzes ou tochas no recinto do senado. À medida que escurecia, o frio aumentava, e as silhuetas brancas dos senadores, imóveis no entardecer de novembro, faziam o local parecer um parlamento de fantasmas. Depois que Metelo matraqueou por uma eternidade e sentou-se em benefício de Hortênsio — o homem era capaz de falar sobre qualquer coisa durante horas —, todos sabiam que os debates tinham terminado, e imediatamente Gélio encerrou a sessão. Ele atravessou lentamente o corredor, um velho em busca do jantar, precedido por quatro lictores que conduziam sua cadeira. Assim que ele passou pela porta, os senadores saíram atrás enquanto Stênio e eu caminhamos até o fórum para esperar por Cícero. Aos poucos a multidão em torno de nós foi se dispersando. O siciliano continuava a me perguntar o que estava acontecendo, mas eu achei mais prudente não dizer nada, e assim permanecemos em silêncio. Vi Cícero sentado, sozinho, nos bancos dos fundos, aguardando o recinto esvaziar para poder sair sem ter que falar com ninguém, e eu temia que ele estivesse se sentindo humilhado. Mas, para minha surpresa, ele conversava tranqüilamente com Hortênsio e com outro velho senador que não reconheci. Falaram por algum tempo nos degraus da casa senatorial, apertaram-se as mãos e partiram, cada qual para o seu lado.

— Sabe quem era aquele? — perguntou Cícero, ao se aproximar de nós. Longe de estar deprimido, parecia muito feliz. — O pai de Verres. Ele prometeu escrever ao filho, intimando-o a suspender a sentença desde que nós concordemos em não reapresentar a moção ao plenário do senado.

Stênio sentia-se tão aliviado que achei que ia morrer de gratidão. Caiu de joelhos e começou a beijar as mãos do senador. Cícero fez uma cara aborrecida e delicadamente o obrigou a se levantar.

— Meu caro Stênio, guarde seus agradecimentos até que eu tenha realmente conseguido algo concreto. Ele apenas prometeu escrever, nada mais. Não é uma garantia.

Stênio falou:

— Mas o senhor vai aceitar a oferta?

Cícero deu de ombros.

— Qual a nossa escolha? Mesmo que eu repita a moção, eles vão continuar protelando.

Eu não pude resistir a perguntar por que, então, Hortênsio não quis fazer um acordo.

Cícero balançou lentamente a cabeça.

— Essa é uma boa pergunta. — Havia uma névoa vinda do Tibre, e as luzes nas lojas ao longo do Argileto brilhavam amarelas e quadriculadas. Ele cheirou o ar desagradavelmente úmido. — Suponho que só possa ser porque ele está envolvido. O que, no caso dele, naturalmente, significa muitíssimo. Embora pareça que até mesmo Hortênsio prefira não ser associado publicamente a um delinqüente tão notório quanto Verres. Por isso está tentando resolver o assunto discretamente. Pergunto-me o quanto ele está levando de Verres: deve ser uma quantia enorme.

— Hortênsio não foi o único que saiu em defesa de Verres — eu lembrei.

— Não. — Cícero voltou-se para mirar o prédio do senado, e pude ver que algo acabara de lhe ocorrer. — Eles estão todos metidos nessa história, não estão? Os irmãos Metelo são autênticos aristocratas, nunca ergueriam um dedo para ajudar alguém que não os seus, a não ser por dinheiro. Quanto a Catulo, o homem é louco por ouro. Esteve à frente da construção do Capitólio nos últimos dez anos, o templo é quase mais dele do que de Júpiter. Calculo que essa tarde nós estivemos olhando para perto de meio milhão só em propinas, Tiro. Uns bronzezinhos de Delos, por mais finos que sejam, perdoe-me, Stênio, não seriam suficientes para comprar esse tipo de proteção. O que é que tanto interessa Verres lá na Sicília? — Ele começou a rodar o anel no dedo. — Leve isso ao Arquivo Nacional, Tiro, e mostre-o a um funcionário responsável. Peça, em meu nome, para ver todos os pedidos de verbas oficiais submetidos ao senado por Gaio Verres.

Minha expressão facial deve ter registrado todo o meu espanto.

— Mas o Arquivo Nacional é dirigido pelo pessoal de Catulo. É claro que ele vai ficar sabendo o que você está fazendo.

— Não há outro jeito.

— E o que devo pesquisar?

— Tudo que possa interessar. Você vai saber quando vir. Vá rápido, enquanto ainda há um pouco de luz. — Ele passou o braço em torno dos ombros do siciliano. — Quanto a você, Stênio, jantará comigo esta noite, certo? É só a família, mas tenho certeza de que minha mulher ficará encantada em recebê-lo.

Eu duvidava um pouco, mas naturalmente não me cabia dizer isso.

O Arquivo Nacional, que mal tinha então 6 anos de idade, projetava-se sobre o fórum ainda mais pesadamente do que hoje, pois a concorrência era muito menor à época. Subi aqueles grandes lanços de escada até a primeira galeria, e quando encontrei um funcionário meu coração já estava acelerado. Mostrei-lhe o sinete e pedi, a mando do senador Cícero, para ver as prestações de contas de Verres. De início ele disse que nunca ouvira falar de Cícero e que, além disso, o prédio estava para fechar. Mas então eu apontei na direção do Cárcere e disse-lhe com firmeza que, caso não quisesse passar um mês atrás das grades da prisão do Estado por bloquear matéria oficial, seria melhor providenciar os documentos de imediato. (Uma lição que aprendi com Cícero foi controlar os nervos.) O funcionário fechou a cara, pensou um pouco e então me disse para segui-lo.

O Arquivo era domínio de Catulo, um templo para ele e seu clã. Sobre o pórtico estava inscrito "Q. Lutácio Catulo, filho de Quinto, neto de Quinto, cônsul por decreto do senado, incumbiu-se da construção deste Arquivo Nacional, e julgou-a satisfatória" — e ao lado da entrada havia uma estátua do cônsul em tamanho natural, parecendo um tanto mais jovem e heróica do que ele se mostrara aquela tarde no senado. Os funcionários, na maioria, ou eram seus escravos ou seus libertos, e usavam seu brasão, um pequeno cachorro, costurado nas túnicas. Preciso contar que espécie de homem era Catulo. Pelo suicídio do pai ele culpou o pretor do povo Gratidiano — um parente distante de Cícero — e, após a vitória dos aristocratas na guerra civil entre Mário e Sula, vislumbrou a possibilidade de vingança. Seu jovem protegido, Sérgio Catilina, por ordem sua, capturou Gratidiano e chicoteou-o pelas ruas até a tumba da família Catulo, onde seus braços e suas pernas foram quebrados, as orelhas e o nariz cortados, a língua arrancada da boca e retalhada, e os olhos perfurados. Nesse estado lamentável, sua cabeça foi então decepada, e Catilina levou-a em triunfo para Catulo, que aguardava no fórum. Vocês entendem agora por que eu estava tão nervoso enquanto esperava que as portas se abrissem?

Os documentos senatoriais eram mantidos em salas à prova de fogo, construídas para resistir à ação destruidora de raios, cavadas na rocha do Capitólio e, quando os escravos abriram a enorme porta de bronze, eu tive a visão de milhares e milhares de papiros enrolados, saídos das sombras da colina sagrada. Quinhentos anos de História estavam concentrados naquela única salinha: meio milênio de magistraturas e governanças, decretos pró-consulares e normas jurídicas, da Lusitânia à Macedônia, da África à Gália, e a maioria em favor das poucas famílias de sempre: os Emílios, os Cláudios, os Cornélios, os Lutácios, os Metelos, os Servílios. Era isso que dava a Catulo e a seu pessoal a confiança de olhar de cima para eqüestres provincianos como Cícero.

Deixaram-me esperando numa ante-sala enquanto procuravam os registros de Verres, e por fim me trouxeram uma pasta solitária contendo no máximo 12 rolos. Desde o índice eu percebi que tudo, com uma única exceção, eram prestações de contas do seu tempo como pretor urbano. A exceção era um pedaço de papiro em um estado tão ruim de conservação que mal valia o trabalho de desenrolar, que cobria suas atividades como magistrado iniciante 12 anos antes, na época da guerra entre Sula e Mário, e no qual estavam escritas apenas três frases: *Recebi 2.235.417 sestércios. Gastei em despesas, grãos, pagamentos de delegados, o proquestor, a coorte pretoriana 1.635.417 sestércios. Deixei 600.000 em Arimino.* Comparando aquilo com os rolos de prestações meticulosas de contas que Cícero produziu quando era um magistrado iniciante na Sicília, todas escritas por mim, eu mal pude conter o riso.

— Isso é tudo?

O funcionário me garantiu que sim.

— Mas onde estão as prestações de contas do período dele na Sicília?

— Ainda não foram submetidas ao tesouro.

— Ainda não? Ele é governador há quase dois anos!

O sujeito olhou para mim com uma expressão vazia, e pude ver que não havia por que perder mais tempo com ele. Copiei as três linhas relacionadas à magistratura iniciante de Verres e saí para a noite.

Enquanto estive no Arquivo Nacional, a escuridão se abatera sobre Roma. Na casa de Cícero, a família já estava jantando. Mas o patrão havia deixado instruções com o mordomo, Eros, para que eu fosse conduzido diretamente à sala de refeições assim que retornasse. Encontrei Cícero recostado num divã ao lado de Terência. Seu irmão, Quinto, também se encontrava lá, com a mulher, Pompônia. O terceiro divã estava ocupado pelo primo de Cícero, Lúcio, e o deslocado Stênio, ainda vestido com os trajes sujos de luto e mexendo-se desconfortavelmente. Eu senti a atmosfera carregada tão logo entrei, apesar de Cícero mostrar bom humor. Ele sempre gostou de festa. Não era a qualidade da comida ou da bebida que importava para ele, e sim a companhia e a conversa. Quinto e Lúcio, junto com Ático, eram os três homens de que ele mais gostava.

— E então? — ele me perguntou. Eu lhe contei o que encontrara e mostrei a cópia da prestação de contas de Verres como questor. Ele passou os olhos, resmungou e jogou a prancheta de cera na mesa. — Olhe só isso, Quinto. O cretino é preguiçoso até para mentir direito. Seiscentos mil, que soma mais redonda, nem um tostão a mais nem a menos, e onde ele a deixa? Porque, numa cidade que na época estava devidamente ocupada pelo exército inimigo, o sumiço pode perfeitamente ser atribuído a eles! E nenhuma prestação de contas da Sicília durante *dois* anos? Sou-lhe agradecido, Stênio, por trazer esse canalha à minha atenção.

— Oh, sim, *muito* agradecido — disse Terência, com uma falsa doçura. — *Muito* agradecido por nos fazer entrar em guerra com metade das famílias decentes de Roma. Mas parece que, a partir de agora, sempre podemos nos juntar aos sicilianos, portanto está tudo bem. De onde mesmo o senhor disse que era?

— De Termini, minha nobre senhora.

— Termini. Nunca ouvi falar, mas tenho certeza de que é um lugar encantador. Você pode fazer uns discursos para o conselho municipal, Cícero. Quem sabe não acaba sendo eleito lá, agora que Roma está definitivamente acabada para você. Pode se tornar cônsul de Termini, e eu serei a primeira-dama.

— Papel que tenho certeza você desempenharia com a graça costumeira, minha querida — Cícero falou, dando um tapinha no braço da mulher.

Eles eram capazes de seguir se alfinetando assim por horas a fio. Às vezes eu acho até que gostavam daquilo.

— Eu ainda não percebo o que você pode fazer em relação a isso — falou Quinto. Ele saíra havia pouco do serviço militar: era quatro anos mais novo que o irmão, e possuía a metade do cérebro dele. — Se questionar a conduta de Verres no senado, vão desconfiar. Se tentar levá-lo às barras do tribunal, eles se assegurarão de que seja absolvido. Melhor se manter longe disso, é o meu conselho.

— E você, o que diz, meu primo?

— Digo que nenhum homem honrado do senado romano pode assistir a essa espécie de corrupção sem fazer alguma coisa — replicou Lúcio. — Agora que você sabe dos fatos, tem o dever de torná-los públicos.

— Bravo! — disse Terência. — Você falou como um autêntico filósofo que nunca precisou trabalhar na vida.

Pompônia bocejou ruidosamente.

— Não podemos conversar sobre outro assunto? Política é muito chato.

Ela era uma mulher entediante, cujo único atrativo óbvio, à parte o busto proeminente, era ser irmã de Ático. Eu notei os olhares dos dois irmãos Cícero se encontrando e meu senhor balançar visivelmente a cabeça: ignore-a, dizia sua expressão, não vale a pena argumentar com ela.

— Está bem — ele assentiu —, chega de política. Mas eu proponho um brinde. — Ergueu a taça e os outros o acompanharam. — Ao nosso velho amigo Stênio. Quanto mais não seja, que este dia fique marcado como o início da recuperação de sua fortuna, Stênio!

Os olhos do siciliano estavam umedecidos pelas lágrimas de gratidão.

— Viva Stênio!

— E viva Termini, Cícero — acrescentou Terência, seus olhinhos escuros, olhinhos de sagüi, brilhantes de malícia por sobre a borda da taça. — Não nos esqueçamos de Termini.

FIZ MINHA REFEIÇÃO sozinho na cozinha e fui, exausto, para a cama com uma vela e um livro de filosofia que estava cansado demais para ler. (Eu tinha liberdade para pegar o que quisesse da pequena biblioteca da casa.) Mais tarde, ouvi os convidados indo embora e as fechaduras da porta da frente sendo trancadas. Ouvi Cícero e Terência subindo as escadas em silêncio e tomando caminhos distintos, pois já fazia tempo que ela dormia em outro aposento da casa para evitar ser acordada por ele antes do amanhecer. Ouvi os passos de Cícero no assoalho sobre minha cabeça, e então apaguei a vela, e este foi o último som que ouvi enquanto me permitia adormecer — seus passos para cima e para baixo, para cima e para baixo.

Apenas seis meses mais tarde tivemos notícias da Sicília. Verres havia ignorado os apelos do pai. No primeiro dia de dezembro, em Siracusa, exatamente da maneira como havia ameaçado, ele julgou Stênio à revelia, declarou-o culpado de espionagem, condenou-o a ser crucificado, e enviou autoridades a Roma para prendê-lo e levá-lo de volta para ser executado.

III

O comportamento desafiador e escarninho do governador da Sicília pegou Cícero desprevenido. Ele estava convencido de que fizera um acordo de cavalheiros que salvaguardaria a vida de seu cliente.

— Mas então, é claro — queixou-se amargamente —, nenhum deles é um cavalheiro. — Andava pela casa com um ódio que não lhe era característico. Fora enganado! Tinham-no feito de bobo! Iria ao senado agora mesmo e exporia as vilanias mentirosas daquela gente! Eu sabia que ele não levaria muito tempo para se acalmar, pois tinha plena consciência de que perdera a causa simplesmente por querer ser ouvido no senado: correria o risco da humilhação.

Mas não havia como negar o fato de que se encontrava no difícil dever de proteger seu cliente e, na manhã seguinte à que conhecera a sentença, Cícero marcou uma reunião em seu gabinete para definir a melhor forma de responder. Pela primeira vez, ao que me recordo, todos os que costumeiramente o apoiavam se recusaram a comparecer, e nós seis nos esprememos naquele pequeno espaço: Cícero, seu irmão Quinto, seu primo Lúcio, Stênio, eu (para fazer as anotações) e Sérvio Sulpício, já considerado amplamente o jurista mais capaz da sua geração. Cícero começou convidando Sérvio a dar sua opinião jurídica.

— Teoricamente — disse Sérvio — nosso amigo tem direito à apelação em Siracusa, mas somente ao governador, ou seja, ao próprio Verres;

portanto, esse é um caminho fechado para nós. Mover uma acusação contra Verres não é uma opção: como governador em exercício ele possui imunidades executivas; além do mais, Hortênsio é o pretor do tribunal de crimes de extorsão até janeiro; e, além disso tudo, o júri será composto por senadores que jamais mandarão prender um dos seus. Você poderia entrar com uma outra moção no senado, mas já tentou isso e é de presumir que, se tentar mais uma vez, provavelmente se deparará com os mesmos resultados. Continuar morando em Roma não é uma alternativa para Stênio: qualquer condenado por crime capital está automaticamente sujeito a ser banido da cidade, e por isso é inviável sua permanência aqui. Até mesmo você, Cícero, é passível de ser processado caso o abrigue sob seu teto.

— Então qual é o seu conselho?

— O suicídio — disse Sérvio. Stênio deixou escapar um terrível grunhido. — Eu realmente temo que você deva considerar tal hipótese. Antes que eles o capturem. Não gostaria de sofrer com o açoite, nem com os ferros quentes, ou os tormentos da cruz.

— Obrigado, Sérvio — disse Cícero, cortando-lhe a fala delicadamente antes que ele tivesse chance de descrever com detalhes aquelas torturas. — Tiro, precisamos descobrir um lugar para Stênio se esconder. Ele não pode ficar mais nem um minuto aqui, é o primeiro lugar onde virão procurar. Quanto à situação legal, Sérvio, sua análise me impressiona de tão perfeita. Verres é um bruto, mas um bruto esperto, razão pela qual se sente fortalecido para pressionar com tanta convicção. Em suma, tendo pensado muito sobre a matéria durante toda a noite passada, me parece que resta apenas uma possibilidade mínima.

— Qual?

— Recorrer aos tribunos.

Essa sugestão provocou imediatamente um mal-estar geral, pois os tribunos eram, naquele momento, um grupo totalmente desacreditado. Tradicionalmente, eles haviam fiscalizado e equilibrado o poder do senado ao representar a vontade das pessoas comuns. Mas dez anos antes, depois de Sula ter derrotado as forças de Mário, os aristocratas destituíramnos de seus poderes. Não podiam mais convocar reuniões, ou propor leis, ou pedir o impedimento de Verres por crimes e infrações graves. Como humilhação definitiva, qualquer senador que se tornasse tribuno era automaticamente desqualificado para concorrer a cargos mais elevados, tais como o de pretor ou de cônsul. Em outras palavras, a condição de tribuno era como a morte política — um posto para se confinar os iracundos e os rancorosos, os incompetentes e os renegados: os efluentes do quadro político. Nenhum senador de posição social elevada ou ambição política consideraria tal possibilidade.

— Sei das suas objeções — falou Cícero, pedindo silêncio com um aceno de mão. — Mas os tribunos ainda preservam um pequenino poder, não é verdade, Sérvio?

— É verdade — concordou Sérvio. — Eles mantêm resíduos de um *potestas auxilii ferendi*. — Nosso ar aparvalhado trouxe-lhe uma óbvia satisfação. — Isso significa — ele esclareceu com um sorriso — que eles têm o direito de oferecer sua proteção a indivíduos que sofreram decisões injustas de magistrados. Mas devo lhe avisar, Cícero, que seus amigos, entre os quais eu tenho a honra de me incluir faz muito tempo, pensarão coisas horríveis de você caso enverede pela política da ralé. Suicídio — repetiu. — Onde está a objeção? Somos todos mortais. Trata-se apenas de uma questão de tempo para qualquer de nós. E deve-se percorrê-lo com honra.

— Concordo com Sérvio quanto ao perigo de nos acercarmos dos tribunos — disse Quinto. (Ele geralmente empregava o "nós" quando envolvia o irmão mais velho.) — Gostemos ou não, o poder em Roma hoje em dia está com o senado e com os nobres. É por isso que a nossa estratégia tem sido sempre a de construir cuidadosamente a reputação, pela advocacia nos tribunais. Podemos causar danos irreparáveis a nós mesmos junto aos homens que de fato importam se passarmos a impressão de que somos meramente mais um desses agitadores de massas. Além disso... não sei se deveria tocar nesse assunto, Marco, mas será que você está levando em consideração a reação de Terência caso adote esse caminho?

Sérvio deu uma gargalhada nessa hora.

— Você jamais conquistará Roma, Cícero, se não puder controlar sua própria mulher.

— Conquistar Roma é brinquedo de criança, Sérvio, pode acreditar em mim, comparado a controlar minha mulher.

E assim a discussão prosseguiu. Lúcio se mostrou favorável a uma aproximação imediata com os tribunos, não importando as conseqüências. Stênio estava por demais envolvido pela tragédia e pelo pavor para emitir uma opinião coerente sobre qualquer coisa. No final, Cícero me perguntou o que eu achava. Em outros meios isso poderia causar surpresa, a opinião de um escravo não tinha grande importância aos olhos da maioria dos romanos, mas aqueles homens já estavam habituados ao modo como Cícero freqüentemente buscava meus conselhos. Eu respondi cautelosamente que me parecia que Hortênsio não gostaria de ter de patrocinar a ação de Verres, e que a perspectiva de o caso virar um escândalo público poderia forçá-lo a pressionar ainda mais seu cliente a se mostrar razoável: procurar os tribunos era arriscado, mas, considerando-se tudo, valia a pena o risco. A resposta agradou Cícero.

— Às vezes, em política — ele falou, encerrando a discussão com um aforismo que nunca mais esqueci —, se você se sente acuado, o que deve fazer é partir para a briga; começar uma briga, mesmo que não saiba como irá vencê-la, porque é somente quando a briga começa, e tudo está em movimento, que se pode ter esperança de ver o caminho adiante. Obrigado, cavalheiros. — E com isso a reunião estava encerrada.

NÃO HAVIA TEMPO a perder, uma vez que as notícias de Siracusa já tinham chegado a Roma, era fácil concluir que os homens de Verres não deviam estar muito longe. Enquanto Cícero falava, eu já tinha idéia de um possível esconderijo para Stênio e, assim que a reunião acabou, procurei o gerente comercial de Terência, Filotimo. Ele era um rapaz roliço e lascivo, que geralmente podia ser encontrado na cozinha, azucrinando as criadas para satisfazer um ou outro dos seus vícios, quando não ambos. Perguntei-lhe se não haveria um apartamento disponível em um dos conjuntos residenciais da sua patroa, e quando ele respondeu que havia, eu o convenci a me entregar a chave. Verifiquei se não havia alguém suspeito passando pela rua e, quando me senti seguro, convenci Stênio a me seguir.

Stênio estava em estado de absoluta depressão, seus sonhos de voltar para casa haviam ido por terra, tinha pavor de ser preso. E eu receava que, quando visse o prédio decrépito em Subura no qual eu lhe dissera de teria que morar, ele sentisse que até nós o estávamos abandonando. As escadas eram precárias e escuras. Nas paredes havia vestígios de um incêndio recente. Seu quarto, no quinto andar, era pouco maior do que uma cela, com um catre num canto e uma janela mínima cuja vista dava para outro apartamento, idêntico, do outro lado da rua, tão perto que Stênio poderia trocar apertos de mão com o vizinho. Como latrina havia um balde. Mas, se não oferecia qualquer conforto, ao menos o pequeno apartamento lhe oferecia segurança — escondido, desconhecido, dentro daquele labirinto de ruelas, seria praticamente impossível descobri-lo. Ele me pediu, em tom lamentoso, para ficar mais um pouco ali com ele, mas eu precisava voltar e reunir todos os documentos relativos ao caso, de modo que Cícero pudesse apresentá-los aos tribunos. Estávamos lutando contra o tempo, eu lhe disse, e parti logo.

O local em que se reuniam os tribunos ficava ao lado do prédio do senado, na velha Basílica Pórcia. Embora agora se tratasse apenas de uma casca, da qual a suculenta carne do poder fora totalmente sugada, o lugar ainda era freqüentado. Os inconformados, os desapossados, os famintos, os militantes — eram essas as pessoas que buscavam a basílica dos tribunos. Enquanto Cícero e eu atravessávamos o fórum, podíamos ver uma multidão expressiva amontoando-se nos degraus para ver o que se passava lá dentro. Eu carregava uma pasta de documentos, mas mesmo assim tentei abrir passagem para o senador da melhor forma que pude, recebendo chutes e xingamentos, uma vez que aqueles cidadãos não morriam de amores por uma toga púrpura bordada.

Eram dez tribunos, eleitos anualmente pelo povo, que sempre se sentavam nos mesmos bancos compridos de madeira, sob um mural que retratava a derrota dos cartagineses. Não era um prédio muito grande, e sim compacto, barulhento e quente, a despeito do frio dezembro lá fora. Um jovem, estranhamente descalço, discursava para a multidão quando entramos. Era um rapaz feio, de cara amarrada, com uma voz grosseira e cortante. Sempre havia muitos querelantes na Basílica Pórcia, e de início eu o tomei por um deles, pois sua fala parecia inteiramente devotada a discutir por que um determinado pilar não podia, de modo algum, ser demolido, ou sequer movido uma polegada para lá ou para cá, de forma a abrir mais espaço para os tribunos. E mesmo assim, por alguma estranha razão, ele chamava atenção. Cícero começou a escutá-lo muito atentamente, e após algum tempo percebeu — devido às constantes referências a "meu ancestral" — que aquela criatura era nada mais nada menos do que o bisneto do famoso Marco Pórcio Catão que havia construído a basílica e lhe dado o nome.

Menciono isso aqui porque o jovem Catão — ele estava então com 23 anos — viria a se tornar uma importante figura, tanto na vida de Cícero quanto na morte da república. Mas naquele momento ninguém poderia adivinhar tal coisa. Ele não parecia ter destino mais significativo do que o hospício. Encerrou seu discurso e, ao sair, os olhos injetados e sem conseguir distinguir nada nem ninguém, esbarrou em mim. O que permanece guardado em minha mente é o odor animal que vinha dele, o cabelo grudado na testa e os rios de suor que lhe escorriam pela manga da túnica. Mas ele havia conseguido o que queria, e aquele pilar continuou no mesmo lugar enquanto o prédio permaneceu de pé — o que, infelizmente, não durou muitos anos.

Voltando à minha história, os tribunos não eram lá grande coisa, mas havia um entre eles que sobressaía pelo talento e energia: Lólio Palicano. Era um homem orgulhoso, mas de origem humilde, de Piceno, nordeste da Itália, base política de Pompeu, o Grande. Era voz corrente que quando Pompeu voltasse da Espanha usaria sua influência para conseguir uma pretoria para seus correligionários, e Cícero ficara tão surpreso quanto todo mundo no início do verão quando Palicano subitamente anunciou sua candidatura a tribuno. Naquela manhã em especial ele parecia bem satisfeito com seu grupo. O novo quadro de tribunos sempre iniciava suas atividades no décimo dia de dezembro, portanto ele devia ser muito recente no trabalho.

— Cícero! — ele berrou assim que nos viu. — Estava justamente me perguntando quando é que você viria aqui!

Ele contou que já soubera das notícias de Siracusa, e que queria falar sobre Verres. Mas em particular, pois havia muito mais em jogo, disse misteriosamente, do que o destino de um homem. Propôs que nos encontrássemos em sua casa no Aventino dentro de uma hora, com o que Cícero concordou, e para onde imediatamente mandou um dos seus assessores nos conduzir, dizendo que iria em seguida, sozinho.

A casa revelou-se simples e despretensiosa, assim como o dono, próxima à Porta Laverna, fora dos muros da cidade. Aquilo de que me recordo mais claramente é do busto de Pompeu em tamanho maior do que o natural, assentado sobre o elmo e a armadura de Alexandre, o Grande, que dominava o átrio.

— Bem — falou Cícero, após contemplar a imagem por alguns segundos —, acho que é bem diferente das Três Graças. — Era exatamente um de seus típicos comentários espirituosos e impróprios que costumavam ser repetidos pela cidade inteira, e invariavelmente chegavam ao conhecimento da vítima. Felizmente, só eu estava presente na ocasião, mas aproveitei para contar o que o funcionário do cônsul dissera a respeito de seu gracejo em relação ao episódio da mediação entre os filósofos por parte de Gélio. Cícero fingiu algum constrangimento e prometeu ser mais prudente no futuro. Ele sabia que o povo gostava que seus estadistas fossem neutros, disse, mas, naturalmente, logo esqueceu a promessa.

— Você fez um belo o discurso na semana passada — disse Palicano assim que chegou. — Você tem o dom, Cícero, tem mesmo, se me permite dizer isso. Mas aqueles filhos-da-puta de sangue azul o pressionaram, e agora você está em dificuldades. O que está planejando fazer a respeito? — (Foi mais ou menos assim que ele falou — palavras grosseiras em tom grosseiro — e os aristocratas costumavam escarnecer de seu jeito de falar.)

Abri a pasta e passei os documentos para Cícero, que rapidamente pintou o quadro referente a Stênio. Quando acabou, quis saber das suas chances de receber ajuda dos tribunos.

— Depende — disse Palicano, passando a língua nos lábios e rindo abertamente. — Sente-se aqui e vejamos o que dá para fazer.

Ele nos levou até outra sala, pequena e totalmente dominada por um enorme afresco de Pompeu com uma coroa de louros na cabeça, todo vestido de Júpiter, com raios flamejantes sendo lançados dos dedos.

— Gosta? — perguntou Palicano.

— É incrível — disse Cícero.

— É mesmo — ele disse, com satisfação. — *Isso* é que é arte.

Sentei-me num canto, embaixo da deidade de Piceno, enquanto Cícero, cujos olhos eu tentava evitar, foi se instalar no divã, no lado oposto ao nosso anfitrião.

— O que vou lhe dizer, Cícero, não é para ser repetido fora desta casa. Pompeu, o Grande — Palicano fez uma reverência à pintura, para que não tivéssemos dúvida sobre a quem ele se referia — logo estará de volta a Roma pela primeira vez em seis anos. Virá com seu exército, para evitar alguma trapaça por parte de nossos nobres amigos. Vai reivindicar o posto de cônsul. E vai consegui-lo. Sem oposição.

Ele se curvou para frente, ansioso, esperando uma reação de choque ou surpresa, mas Cícero recebeu a inconfidência sensacional com a tranqüilidade de quem conversa sobre o tempo.

— Quer dizer que, em troca da ajuda com Stênio, você quer o meu apoio a Pompeu?

— Você é esperto, Cícero, você tem o dom. O que acha?

Cícero descansou o queixo na mão e olhou fixamente para Palicano.

— Inicialmente, Quinto Metelo não vai gostar muito. Você conhece o velho poema: "Em Roma estão os Metelos, de fato / Eleitos para o consulato." Ele vem sendo preparado desde que nasceu para ter sua vez no próximo verão.

— É mesmo? Bom, ele pode tentar me convencer. Quantas legiões Quinto Metelo tinha a apoiá-lo, da última vez que o viu?

— Crasso tem legiões — Cícero aparteou. — Lúculo também.

— Lúculo está muito longe daqui, além do que, tem mais o que fazer. Quanto a Crasso, bem, é verdade que ele odeia as vísceras de Pompeu.

Mas o problema é que ele não é um autêntico soldado. Crasso é um homem de negócios, e essa gente sempre aceita um acordo.

— E tem ainda uma pequenina questão: isso seria totalmente inconstitucional. É preciso ter no mínimo 42 anos para disputar a eleição para cônsul, e qual é a idade de Pompeu?

— Só 34.

— É mesmo? Quase um ano mais novo do que eu. E de um cônsul se exige ainda que tenha sido eleito para o senado e tenha servido como pretor, requisitos que Pompeu não preenche. Ele nunca fez um discurso político na vida. Para falar com todas as letras, Palicano, poucas vezes um homem foi tão pouco qualificado para um cargo.

Palicano fez um gesto desdenhoso.

— Tudo isso pode ser verdade, mas encaremos os fatos: Pompeu dirigiu vários países durante anos, e o fez com plena autoridade pró-consular, fique você sabendo. Ele *é* um cônsul, de fato e de direito. Sejamos realistas, Cícero. Não se pode esperar que um homem como Pompeu retorne a Roma para começar de baixo, candidatando-se a questor como qualquer político de carreira. O que isso contribuiria para a dignidade dele?

— Aprecio seus sentimentos, mas você quis saber a minha opinião, e eu a estou dando, e digo mais: os aristocratas não vão ficar de braços cruzados. É claro, talvez se ele tiver 10 mil homens nos arredores da cidade, eles não terão outra escolha que não permitir que ele vire cônsul, mas, mais cedo ou mais tarde, o exército irá para casa e aí como ele vai... Ah! — De repente Cícero jogou a cabeça para trás e começou a rir. — Isso é genial!

— Você entendeu? — disse Palicano, com um sorriso largo.

— Entendi. — Cícero balançou a cabeça, de modo aprovador. — Muito bom.

— Bem, estou lhe oferecendo a oportunidade de participar disso. E Pompeu, o Grande, não se esquece dos amigos.

Naquele momento eu não fazia a menor idéia de sobre o que eles falavam. Somente quando caminhávamos de volta para casa, mais tarde, é que Cícero me explicou tudo. Pompeu estava planejando reivindicar o cargo de cônsul tendo por plataforma a restauração plena do poder dos tribunos. Daí a surpreendente decisão de Palicano de se tornar um tribuno. A estratégia não nascera de um desejo altruístico da parte de Pompeu de dar ao povo romano maior liberdade — embora, eu suponho, é bem possível que ele às vezes deitasse em sua banheira, na Espanha, e fantasiasse ser um defensor dos direitos dos cidadãos. Não, tratava-se puramente de uma questão de interesse próprio. Pompeu, como bom general, percebeu que, advogando tal programa, montaria uma armadilha para os aristocratas, atacando pelos dois flancos simultaneamente e deixando-os cercados entre seus soldados, acampados fora dos muros de Roma, e o povo, nas ruas da cidade. Hortênsio, Catulo, Metelo e os demais não teriam alternativa senão conceder o posto de cônsul a Pompeu, assim como aceitar a restauração dos tribunos, ou correr o risco de uma derrota completa. E quando o fizessem, Pompeu poderia dispensar seu exército e, se necessário, governar contornando o senado e apelando diretamente ao povo. Ele seria uma liderança inquestionável. Tratava-se, segundo me dizia Cícero, de um plano brilhante, que ele vislumbrara quando se encontrava sentado no divã de Palicano.

— O que exatamente eu ganharia com isso? — perguntou Cícero.

— A suspensão da condenação do seu cliente.

— E mais nada?

— Isso vai depender de como você irá se portar. Não posso fazer promessas específicas. Teremos de esperar a volta de Pompeu.

— É uma oferta fraca, se posso dizer assim, meu caro Palicano.

— Bom, você não está numa posição lá muito boa, se posso dizer assim, meu caro Cícero.

Cícero se levantou. Eu podia ver que ele estava se sentindo ofendido.

— Eu sempre posso conseguir algo melhor — ele falou.

— E deixar seu cliente morrer em agonia numa cruz de Verres? — Palicano levantou-se também. — Duvido, Cícero. Duvido que você seja tão cruel. — E então foi nos levando para fora, passando por Pompeu na pele de Júpiter, passando por Pompeu na pele de Alexandre. — Vejo você e seu cliente na basílica amanhã de manhã. — Ele se despediu, apertando a mão de Cícero na soleira da porta de entrada.

— Depois disso, você será nosso credor, e nós o observamos. — A porta se fechou com um ruído confiante.

Cícero girou nos calcanhares e foi em direção à rua.

— Se essa é a espécie de arte que ele exibe em público — ele falou —, o que você acha que ele guarda na latrina? E não me venha com essa de conter minha língua, Tiro, porque estou pouco me importando com quem a escute.

Ele foi caminhando à minha frente até as portas da cidade, mãos cruzadas às costas, a cabeça projetada adiante, pensativo. Claro que Palicano tinha razão. Cícero não tinha escolha. Não podia abandonar seu cliente. Mas estou certo de que ele devia estar avaliando os riscos políticos de ir além de um mero apelo aos tribunos e participar de uma campanha sangrenta pela restauração do poder deles. Isso poderia lhe custar o apoio dos moderados, como Sérvio.

— Bom — ele falou com um sorriso enigmático quando chegamos em casa —, eu quis entrar numa briga, e parece que consegui.

Ele perguntou a Eros, o mordomo, onde estava Terência, e pareceu aliviado quando soube que ela ainda estava no quarto. Pelo menos ele não precisaria ter que lhe contar as novidades por mais algumas horas. Fomos para o gabinete, e ele mal tinha começado a ditar seu discurso aos tribunos: "Cavalheiros, é uma honra encontrar-me diante de vós pela primeira vez", quando ouvimos gritos e o barulho de algo caindo vindos da porta da frente. Cícero, que sempre gostara de pensar de pé e perambulando, correu para ver o que estava acontecendo. Eu corri atrás dele. Seis homens mal-encarados amontoavam-se no saguão de entrada, todos brandindo porretes. Eros estava rolando no chão, segurando o estômago, o sangue jorrando de um lábio partido. Outro estranho, armado não com um porrete mas com um papel que parecia ser oficial, avançou em direção a Cícero comunicando-lhe que tinha autoridade para vasculhar a casa.

— Autorização de quem? — Cícero mantinha-se calmo, mais calmo do que eu estaria em seu lugar.

— Gaio Verres, pró-pretor da Sicília, concedeu esta autorização em Siracusa no primeiro dia de dezembro. — Acenou o papel diante dos olhos de Cícero durante um tempo ultrajantemente curto. — Estou procurando o traidor Stênio.

— Não vai achá-lo aqui.

— Eu serei o juiz disso.

— E você, quem é?

— Timarquides, liberto de Verres, e não vou ficar aqui de papo enquanto ele foge. Você aí — falou, dirigindo-se ao mais próximo dos seus homens — cuide da parte da frente. Vocês dois cuidem dos fundos. Os outros venham comigo. Vamos começar pelo seu gabinete, senador, se não se importa.

Logo a casa se encheu dos sons da busca — botas sobre o piso de mármore e as tábuas de madeira, gritos das escravas, vozes masculinas fortes, o ruído eventual de coisas se quebrando. Timarquides seguia fuçando pastas de documentos pelo gabinete, observado da porta por Cícero.

— Provavelmente ele não deve estar dentro de uma dessas aí — disse Cícero. — Não é um duende.

Não achando nada no gabinete, os homens subiram as escadas até o espartano quarto do senador.

— Tenha a certeza, Timarquides — disse Cícero, ainda mantendo a calma, mas, evidentemente, com muito maior dificuldade à medida que via sua cama sendo desarrumada —, de que você e seu chefe pagarão por isso, multiplicado por cem.

— Sua esposa — Timarquides quis saber. — Onde ela dorme?

— Ah — disse Cícero, com a maior tranqüilidade. — Isso eu realmente não faria, se fosse você.

Mas Timarquides estava disposto a tudo. Fizera uma longa viagem, não estava encontrando nada, e os modos de Cícero já o estavam exasperando. Foi avançando pelo corredor, seguido por três dos seus homens, gritando

— Stênio! Nós sabemos que você está aí! — e escancarou a porta do quarto de Terência. O grito estridente que se seguiu e a sonora bofetada da mão dela no rosto do invasor ressoaram por toda a casa. Depois veio uma saraivada de ofensas caprichadas, emitidas numa voz tão imperiosa e em tal volume que o ancestral distante de Terência, que comandara as fileiras romanas contra Aníbal na Batalha de Canas um século e meio atrás, certamente se sentaria na tumba, totalmente ereto.

— Ela se lançou em cima daquele pobre liberto — Cícero costumava contar depois — como uma tigresa saltando de uma árvore. Eu quase tive pena do coitado.

Timarquides deve ter entendido que sua missão fracassara e resolveu bater em retirada, pois num segundo ele e seus asseclas já se projetavam escada abaixo, seguidos por Terência, e por Túlia, escondida atrás de sua saia e, de vez em quando, brandindo os pequeninos punhos magros imitando a mãe. Escutamos Timarquides chamar seus homens, uma correria de pés e a porta bater, e depois disso a velha casa caiu novamente em silêncio, só quebrado pelo choro distante de uma das criadas.

— E isso — Terência falou, dando uma respirada profunda e investindo contra Cícero, com as bochechas coradas, os seios pequenos arfando —, *isso* porque você foi falar no senado em favor desse siciliano idiota?

— Receio que sim, minha querida — ele respondeu entristecido. — Eles estão decididos a me assustar.

— Bom, você não pode permitir isso, Cícero. — Ela segurou a cabeça dele entre as mãos e a apertou com firmeza, num gesto não propriamente de carinho, mas de paixão, e olhou-o fixamente bem dentro dos olhos. — Você tem que *arrasá-los*.

O resultado foi que, na manhã seguinte, ao nos dirigirmos à Basílica Pórcia, Quinto postou-se num dos lados de Cícero, Lúcio no outro, e atrás dele, magnificamente investida nos trajes formais de matrona romana e carregada numa liteira especialmente alugada para a ocasião, vinha Terência. Era a primeira vez que ela se abalava para vê-lo discursar, e sou capaz de jurar que ele estava mais nervoso por aparecer diante dela do que diante dos tribunos. Ele contava com um grande séquito de clientes para darlhe apoio ao sair de casa, e outros mais se juntaram ao longo do caminho, especialmente depois que fizemos uma parada nas imediações do

Argileto para resgatar Stênio de seu esconderijo. Éramos mais de uma centena quando surgimos no fórum e avançamos pela sala dos tribunos. Timarquides acompanhava tudo a distância com seu bando, mas éramos em número muito grande para ele se arriscar a nos atacar, e ele sabia que, caso tentasse algo na basílica, seria trucidado.

Os dez tribunos encontravam-se na bancada. A sala estava lotada. Palicano ergueu-se e leu a moção — "Que, no entender deste colegiado, a proclamação de banimento de Roma não se aplica a Stênio" — e Cícero levantou-se perante o tribunal, o rosto branco de tão nervoso. Com freqüência ele sofria de enjôo antes de um discurso importante, tal como nessa ocasião, e precisava parar para vomitar na sarjeta. A primeira parte de sua fala foi mais ou menos igual à do senado, a não ser pelo fato de que agora podia convocar seu cliente e dirigir-se a ele sempre que necessário para conquistar a simpatia dos juízes. E, com certeza, imagem mais perfeita de uma vítima pronta e acabada jamais surgira perante um tribunal romano como se mostrou Stênio naquele dia. Porém a peroração de Cícero foi totalmente nova, nada parecida com sua oratória forense habitual, e significou um marco decisivo em suas posições políticas. Ao chegar a esse ponto de sua exposição, seus nervos já estavam no lugar e havia paixão em seu discurso.

— Segundo um velho ditado dos comerciantes de Macelo, cavalheiros, o peixe apodrece pela cabeça, e se há algo de podre na Roma de hoje, e alguém tem dúvida de que há?, posso lhes assegurar que começou pela cabeça. Começou pelo topo. Começou pelo senado. — Murmúrios e pés batendo no chão. — E só existe uma coisa a se fazer com relação a uma cabeça de peixe podre e malcheirosa, e isso qualquer comerciante poderá nos ensinar: cortar. Cortar e jogar fora! — Palmas renovadas. — Porém é necessário bem mais do que um facão para extirpar essa cabeça, pois se trata de uma cabeça aristocrática, e todos nós aqui sabemos como elas são! — Risos. — Trata-se de uma cabeça inchada pelo veneno da corrupção e inflada de orgulho e de arrogância. E será necessário ter mão firme para manejar esse facão, e serão necessários ainda nervos de aço, porque esses aristocratas têm pescoços de metal, posso lhes garantir: pescoços de metal, todos eles! — Risos. — Mas este homem virá. Não está muito longe. Seus poderes serão restaurados, prometo-lhes, por mais que a luta seja árdua. — Alguns manifestantes mais ousados começaram a gritar o nome de Pompeu. Cícero acenou com a mão, três dedos esticados. — A vocês, agora, compete demonstrar a importância desta luta. Demonstrando coragem, cavalheiros. A começar por hoje. Dando um basta à tirania. Libertem meu cliente. E em seguida libertem Roma!

Mais tarde, Cícero se sentiu de tal forma constrangido pelo caráter agitador desse discurso que me pediu para destruir a única cópia existente, por isso devo confessar que escrevo aqui de memória. Mas eu o registrei muito claramente — a força das palavras, a paixão da emissão, a excitação da multidão à medida que ele a incitava, o olhar cúmplice que trocou com Palicano à saída do tribunal, e Terência incapaz de mover um músculo, simplesmente olhando para a frente enquanto os comuns dos mortais em torno dela irrompiam em aplausos. Timarquides, que ficara em pé nos fundos do recinto, tratou de escapulir antes de a ovação terminar, sem dúvida para ir cavalgando a todo galope até a Sicília e relatar ao patrão o que ocorrera — pois a moção (devo acrescentar de passagem) foi aprovada por dez votos a zero, e Stênio, enquanto permanecesse em Roma, estava a salvo.

IV

Uma outra máxima de Cícero rezava que, se você precisa fazer algo impopular, deve fazê-lo de forma entusiástica, pois em política não fica bem ser vencido pela timidez. Assim, embora nunca antes ele tivesse expressado uma opinião sobre Pompeu ou os tribunos, nenhuma outra causa poderia encontrar um defensor mais devotado. E os pompeanos ficaram naturalmente encantados por poder contar com um reforço de tamanho brilho em suas fileiras.

Aquele inverno foi longo e frio em Roma, e, eu imagino, para Terência mais do que para qualquer um. Seu código de honra particular exigia que ela defendesse o marido contra os inimigos que invadiram sua casa. Porém, depois de se sentar junto com aquela gente malcheirosa para ouvir Cícero desancar sua própria classe social, ela agora via sua sala de visitas e sua sala de jantar tomadas, a qualquer hora, pelos novos parceiros políticos do marido: homens do norte atrasado, que falavam com um sotaque horrível e que gostavam de pôr os pés em cima de suas mesas e de ficar conspirando noite adentro. Palicano era o líder, e em sua segunda visita à casa, em janeiro, levou consigo um dos novos pretores, Lúcio Afrânio, um senador aliado de Piceno, a terra natal de Pompeu. Cícero se esforçava por parecer simpático e, em outros tempos, a própria Terência se sentiria honrada em receber um pretor em sua casa. Mas Afrânio não era de família ou de estirpe nobre. Na verdade, tinha tido a ousadia de perguntar se ela gostava de dançar e, quando ela recuou, horrorizada, ele declarou que pessoalmente era o que ele mais gostava de fazer. Ergueu a toga, mostrou as pernas e quis saber se ela já vira pernas mais lindas que as dele.

Esses homens eram os representantes de Pompeu em Roma e traziam com eles um pouco do odor e do jeito de ser típicos de um acampamento de exército. Eram grosseiros até a brutalidade; mas talvez tivessem que ser assim mesmo, dado o que estavam planejando. A filha de Palicano, Lólia — uma mulher jovem e balofa, bem do tipo que Terência não apreciava —, de vez em quando juntava-se aos homens, já que era casada com Aulo Gabínio, um dos tenentes picentinos de Pompeu, atualmente servindo com o general na Espanha. Gabínio representava um elo com os comandantes legionários, os quais, em troca, forneciam informações a respeito da lealdade das centúrias — algo a ser considerado, pois, segundo Afrânio, não fazia o menor sentido trazer o exército até Roma para restaurar o poder dos tribunos e só aí descobrir que as legiões poderiam passar alegremente para o lado dos aristocratas mediante um suborno razoável.

No final de janeiro, Gabínio mandou informar que os últimos baluartes rebeldes de Uxama e Calagorra haviam sido tomados, e que Pompeu estava pronto para retornar com as legiões. Cícero exercera um papel ativo durante semanas junto aos *pedarii*, conversando com os senadores nos intervalos das sessões, tentando convencê-los de que os escravos rebeldes no norte da Itália constituíam uma ameaça aos seus negócios e ao comércio em geral. Ele os influenciara bem. Quando o assunto foi à discussão no senado, apesar da intensa oposição dos aristocratas e dos que apoiavam Crasso, a casa, em votação apertada, decidiu permitir que Pompeu mantivesse mobilizado seu exército espanhol e o trouxesse de volta à pátria-mãe para dizimar as forças de Espártaco no norte. Daí em diante, o cargo de cônsul estava garantido e, no dia em que a moção foi aprovada, Cícero chegou em casa sorrindo. Na verdade, ele fora esnobado pelos aristocratas, que agora o odiavam mais do que a qualquer outro homem em Roma, e o cônsul principal, o extremamente esnobe Públio Cornélio Lêntulo Sura, chegara mesmo a se negar a reconhecê-lo quando ele tentou discursar. Mas o que importava? Ele fazia parte do círculo íntimo de Pompeu, o Grande, e, como qualquer idiota sabe, a maneira mais rápida de se subir na política é manter-se próximo a quem está no topo.

Ao longo daqueles meses de trabalho intenso, fico até envergonhado de dizer, nós deixamos Stênio de Termini de lado. Às vezes ele aparecia pela manhã e ficava o dia todo rondando o senador na esperança de conseguir uma entrevista. Continuava morando no sórdido conjunto residencial de Terência. Estava com pouco dinheiro. Era incapaz de se aventurar além dos muros da cidade, uma vez que sua imunidade terminava nos limites de Roma. Não fazia a barba nem cortava o cabelo, e tampouco, pelo cheiro, trocara de roupa desde outubro. Ele recendia não exatamente a loucura, mas a obsessão, sempre com pedacinhos de papel que amassava e jogava na rua.

Cícero continuava arranjando desculpas para não recebê-lo. Possivelmente achava que já havia cumprido sua obrigação para com ele. Mas essa não era a única explicação. A verdade é que a política sofre de uma certa idiotia, é capaz de se concentrar apenas em uma coisa de cada vez, e o pobre Stênio já virara um assunto obsoleto. Agora todos só falavam no confronto próximo entre Crasso e Pompeu; o problema do siciliano era maçante.

No fim da primavera, Crasso — após finalmente derrotar a força principal dos rebeldes no calcanhar da Itália, matar Espártaco e fazer 6 mil prisioneiros — dera início à sua marcha para Roma. Logo em seguida, Pompeu atravessou os Alpes e dizimou a rebelião escrava no norte. Mandou uma carta aos cônsules que foi lida no senado, dando a Crasso um crédito mínimo por sua façanha e proclamando que fora ele quem de fato pusera termo "total e absoluto" à guerra dos escravos. O sinal para seus aliados não tinha como ser mais claro: somente um general poderia sair vencedor naquele ano, e não seria Marco Crasso. Por fim, para que não restasse qualquer dúvida, no encerramento do texto Pompeu anunciava que também ele estava a caminho de Roma. Não é de surpreender que, em meio a eventos históricos tão eletrizantes, Stênio ficasse esquecido.

Num certo dia de maio, se não me engano, ou possivelmente no começo de junho — não me recordo da data exata — um mensageiro chegou à casa de Cícero com uma carta. Não sem uma certa relutância o homem deixou que eu a pegasse, mas se recusou a partir sem uma resposta: eram suas ordens, ele falou. Apesar de estar em trajes civis, era notável que ele era do exército. Levei a mensagem ao gabinete e percebi a expressão sombria de Cícero ao lê-la. Em seguida ele me passou o bilhete e, quando vi o sobrescrito — "De Marco Licínio Crasso, imperador, para Marco Túlio Cícero: Saudações" — entendi o motivo da preocupação. Não que houvesse algo de ameaçador na missiva. Tratava-se de um mero convite para um encontro com o general vitorioso na manhã seguinte na estrada para Roma, perto da cidade de Lanúvio, a cerca de 30 quilômetros dali.

— Como eu poderia recusar? — perguntou Cícero, como que ele próprio respondendo à pergunta. — Não, não posso. Seria interpretado como um insulto mortal.

— Provavelmente ele vai pedir seu apoio.

— Será? — disse Cícero com sarcasmo. — O que o leva a pensar isso?

— Não poderia acenar-lhe com um incentivo restrito, que não colida com seu compromisso com Pompeu?

— Não, esse é o problema. Pompeu deixou isso muito claro. Exige lealdade absoluta. Portanto, Crasso colocará a questão nesses termos: "Você está comigo ou contra mim?", e aí vou ter que encarar o pior pesadelo de um político: a exigência de dar uma resposta direta. — Ele suspirou. — Mas teremos que ir, claro.

Na manhã seguinte partimos bem cedo, ainda antes da aurora, numa biga, com o criado de quarto de Cícero servindo de cocheiro. Era a hora mais perfeita do dia na época mais perfeita do ano, quente o bastante para as pessoas já estarem se banhando nas piscinas públicas próximas à Porta Capena, mas ainda sob uma atmosfera refrescante. Não havia sinal daquela poeira típica que vinha da estrada. As folhas das oliveiras eram de um verde vivo e brilhante. Até os túmulos que ladeavam a Via Ápia naquele trecho específico, logo depois do muro, pareciam reluzentes e felizes sob a primeira hora do sol. Normalmente, Cícero gostava de chamar minha atenção para algum monumento em particular, e me dava uma aula a respeito — a estátua de Cipião, o Africano, ou a tumba de Horácia, assassinada pelo irmão por demonstrar excessivo pesar pela morte do amante. Mas, naquela manhã, seu tradicional bom humor o havia abandonado. Estava preocupado demais com Crasso.

— Metade de Roma pertence a ele, inclusive essas tumbas, não posso me esquecer disso. É possível abrigar uma família inteira dentro de uma delas! Por que não? Crasso seria capaz! Você já o viu em ação? Digamos que ele tome conhecimento de que um incêndio irrompeu e está se alastrando por um conjunto de residências particulares: ele envia uma equipe de escravos aos apartamentos para fazer aos proprietários uma oferta de compra por uma ninharia. Quando os coitados aceitam, ele envia outra equipe para apagar o fogo! Este é apenas um dos seus truques. Você sabe como Sicínio o chama, sempre tendo em mente que Sicínio não tem medo de ninguém? Ele chama Crasso de "o touro mais perigoso da manada".

Enterrou o queixo no peito e isso foi tudo o que disse ao longo de quase 12 quilômetros, quando já estávamos em pleno campo, não muito longe de Boville. Foi aí que ele chamou minha atenção para algo curioso: piquetes militares montando guarda diante do que pareciam pequenos depósitos de material de construção. Já tínhamos passado por quatro ou cinco deles, com intervalos de uns 800 metros entre um e outro e, quanto mais avançávamos pela estrada, mais intensa se mostrava a atividade de martelos, serras, pás. Foi o próprio Cícero que finalmente forneceu a resposta. Os legionários estavam fazendo cruzes. Logo em seguida, encontramos uma coluna da infantaria de Crasso avançando em direção a Roma, e tivemos que nos afastar para a beira da estrada para dar-lhe passagem. Atrás dos legionários vinha uma extensa e cambaleante procissão de prisioneiros, centenas de escravos rebeldes derrotados, braços amarrados às costas — um exército de fantasmas, tenebroso, cinzento, pálido, marchando para um destino que, conforme vimos, estava sendo preparado para eles, mas o qual presumivelmente ignoravam. Nosso cocheiro murmurou algo para exorcizar o demônio, concentrou o olhar no dorso dos cavalos e fomos em frente. Cerca de 2 quilômetros adiante, a matança começou, em pequenos magotes de ambos os lados da estrada, nos quais os prisioneiros eram pregados nas cruzes. Tento não me lembrar disso, mas a cena de vez em quando me volta em sonhos, sobretudo, por alguma razão, as cruzes com suas vítimas empaladas e berrando sendo erguidas por soldados por meio de cordas, cada madeiro se encaixando com um ruído surdo dentro do buraco fundo escavado para ele. Disso eu me recordo, e também do momento em que, passando pelo topo de uma colina, vimos uma longa fileira de cruzes estendendo-se por quilômetros e quilômetros, a resplandecer ao sol da meia-manhã, o ar como que tremeluzindo ante as lamúrias de agonia da morte, os zumbidos das moscas e o grasnar de corvos voando em círculos.

— Então foi para isso que ele me tirou de Roma — sussurrou Cícero, furioso — para me intimidar mostrando-me esses pobres miseráveis. — Ele estava muito pálido, porque era suscetível demais à morte e ao sofrimento, mesmo quando infligidos aos animais, e por essa razão procurava não ir aos jogos. Suponho que isso também explique a aversão que possuía por qualquer assunto militar. Cícero fizera o mínimo possível de serviço militar na juventude, e era praticamente incapaz de manejar uma espada ou de arremessar um dardo; durante toda a sua carreira teve que conviver com o rótulo de desertor.

No ponto combinado, cercado por um canal e altos muros de pedra, nos deparamos com o grosso das legiões de Crasso acampadas ao lado da estrada, exalando aquele cheiro de suor e couro empoeirado que sempre denuncia um exército em campo. Estandartes flutuavam sobre o pórtico de entrada, junto ao qual o filho de Crasso em pessoa, Públio, então um jovem oficial pressuroso, aguardava para conduzir Cícero à tenda do general. Dois outros senadores estavam se despedindo quando nós chegamos, e de repente vimos o próprio Crasso na entrada, instantaneamente reconhecível — o "Velho Careca", como era chamado pelos soldados —, vestido com a túnica escarlate de comandante, apesar do calor. Parecia afável, acenando aos visitantes anteriores, desejando-lhes boa viagem enquanto nos cumprimentava também efusivamente — a mim inclusive, apertando-me a mão calorosamente como se eu também fosse um senador e não um escravo que, em outras circunstâncias, poderia estar pendendo de uma de suas cruzes. E, olhando retrospectivamente, tentando me fixar com precisão naquilo que fazia dele uma pessoa tão desconcertante, creio que era o seguinte: o jeito amistoso de ser, indiscriminado e imparcial, que com certeza nunca se enfraquecia ou diminuía mesmo quando já estava decidido a matar. Cícero me contou que Crasso possuía no mínimo 200 milhões, mas conversava tranqüilamente com qualquer um, em qualquer lugar, e sua tenda de campanha — assim como sua casa em Roma — era modesta e despojada.

Ele nos levou para dentro — eu também, ele fez questão — desculpando-se pelo espetáculo dantesco ao longo da Via Ápia, e afirmando que fora necessário. Parecia particularmente orgulhoso da logística que lhe permitira crucificar 6 mil homens numa extensão de pouco mais de 550 quilômetros de estrada, desde o vitorioso campo de batalha até os portões de Roma, sem, segundo ele, "nenhuma cena de violência". Eram 17 crucificações a cada quilômetro e meio, mais ou menos, o que dava 117 passos entre uma cruz e outra — sua cabeça era ótima para números —, e o segredo residia em não causar pânico entre os prisioneiros, caso contrário teria que enfrentar outra batalha. Portanto, mais ou menos a cada 1,5 quilômetro — às vezes 3 e chegando até quase 5, variando para não levantar suspeitas —, uma quantidade determinada de escravos recapturados ficava estacionada à margem da estrada enquanto o restante da coluna seguia avançando, e só quando os companheiros não se encontravam mais à vista é que as execuções tinham início. Desse modo, o serviço era executado com o mínimo de desgaste para o máximo efeito inibidor — a Via Ápia, afinal de contas, era a estrada mais movimentada da Itália.

— Duvido que mais algum escravo, sabendo disso, ouse se rebelar contra Roma no futuro — Crasso sorriu. — Você, por exemplo? — ele voltou-se para mim, e quando respondi com todo o fervor que eu certamente não o faria, ele beliscou minha bochecha e despenteou meu cabelo. O toque de sua mão fez minha pele estremecer.

— Ele está à venda? — Crasso perguntou a Cícero. — Gostei dele. Pagaria um bom preço. Digamos... — Ofereceu uma quantia que era pelo menos dez vezes mais do que eu valia, e por um terrível instante achei que a oferta seria aceita e que eu perderia meu lugar na vida de Cícero, algo a que eu não sobreviveria.

— Ele não está à venda, por preço nenhum — disse Cícero. A viagem o deixara irritado; havia dureza em sua voz. — E, para evitarmos qualquer mal-entendido, imperador, creio que devo ir logo lhe dizendo que empenhei meu apoio a Pompeu, o Grande.

— Pompeu o quê? — ironizou Crasso. — Pompeu, o *Grande*? Grande como o quê?

— Prefiro não comentar — replicou Cícero. — Comparações podem ser odiosas.

Diante dessa observação, o próprio Crasso, apesar de toda a sua férrea bonomia, meneou um pouco a cabeça para trás.

Existem determinados políticos que não conseguem dividir o mesmo espaço com outro, por mais que interesses mútuos exijam que eles tentem fazê-lo, e logo ficou claro para mim que Cícero e Crasso eram dessa espécie de homens. É nisso que os estóicos falham quando afirmam que a razão, e não a emoção, é que deve desempenhar o papel principal nos assuntos humanos. Receio que o inverso é que seja verdade, e sempre será, mesmo, talvez sobretudo, no mundo sabidamente calculista da política. E se a razão não pode predominar nem na política, em que outra esfera poderá nutrir esperanças? Crasso convocara Cícero para tentar conquistar sua amizade. Cícero fora determinado a preservar a boa-vontade de Crasso. Entretanto nenhum dos dois podia sequer disfarçar o desconforto em relação ao outro, e o encontro foi um desastre.

— Então podemos ir direto ao ponto, não? — disse Crasso, depois de convidar Cícero a se sentar. Ele tirou a túnica e entregou-a ao filho, em seguida instalou-se no divã. — Há duas coisas que eu gostaria de saber de você, Cícero. Uma é sobre seu apoio à minha candidatura a cônsul. Estou com 44 anos, portanto tenho mais que a idade necessária, e acredito que este seja o meu ano. A outra é um triunfo. Por ambas estou disposto a pagar o preço que for. Normalmente, como você bem sabe, eu exijo contrato de exclusividade, mas, considerando-se seu compromisso anteriormente assumido, imagino que terei que me conformar com metade de você. A metade de Cícero — e isso ele repetiu com um aceno reverencial de cabeça — valendo duas vezes mais do que a totalidade da maioria dos homens.

— Isso é muito lisonjeiro, imperador — respondeu Cícero, aceitando a provocação. — Obrigado. Meu escravo não pode ser comprado, mas eu sim, é disso que se trata? Quem sabe o senhor me permita pensar a respeito.

— O que há para pensar? Todo cidadão dispõe de dois votos para cônsul. Conceda-me um, e o outro pode dar a quem mais lhe aprouver. Apenas certifique-se de que todos os seus amigos seguirão seu exemplo. Diga-lhes que Crasso jamais esquece aqueles que o atendem. Ou, nesse caso, aqueles que não o atendem.

— Creio que ainda preciso pensar a respeito.

Uma sombra passou pelo rosto cordial de Crasso, como um tubarão em águas claras.

— E quanto ao meu triunfo?

— Pessoalmente, acredito com toda sinceridade que se trata de uma honra merecida. Mas, como sabe, para se habilitar a um triunfo é preciso que a ação militar correspondente se estenda ao domínio do Estado. O senado analisou os precedentes. Aparentemente, não basta recuperar territórios perdidos. Por exemplo, quando Fúlvio retomou Cápua após a cidade ter passado para Aníbal, não lhe concederam triunfo. — Cícero explicou tudo isso demonstrando autêntico pesar.

— Mas isso não passa de um aspecto técnico, certo? Se Pompeu pode ser cônsul sem cumprir qualquer das exigências necessárias, por que eu não mereço ao menos um triunfo? Sei que você não está familiarizado com as dificuldades do comando militar, ou mesmo — ele acrescentou, viperino — com o serviço militar, mas com certeza haverá de concordar que eu atendo a todos os demais requisitos, matei 5 mil nos campos de batalha, fui sagrado imperador pelas legiões, levei paz à província, liderei minhas tropas, certo? Se alguém com seu prestígio e sua influência propusesse uma moção ao senado, veria como sei ser muito generoso.

Fez-se uma longa pausa, e fiquei me perguntando como Cícero conseguiria escapar daquele dilema.

— Eis *ali* o seu triunfo, imperador! — ele disse subitamente, apontando em direção à Via Ápia. — Aquele é o monumento à sua espécie de homem! Pois, enquanto os romanos tiverem línguas para falar, lembrarão o nome de Crasso como o homem que crucificou 6 mil escravos ao longo de 550 quilômetros de estrada, com 117 passos entre as cruzes. Nenhum outro grande general seria capaz de tamanho feito. Cipião, o Africano, Pompeu, Lúculo... — Ele fez um gesto de desdém com as mãos. — Nenhum deles seria capaz sequer de *pensar* em algo assim.

Cícero sentou-se novamente e sorriu para Crasso; Crasso sorriu de volta. O tempo passou. Eu senti que estava começando a suar. O encontro se transformara numa espécie de competição para ver qual dos sorrisos se apagaria primeiro. Por fim, Crasso se levantou e estendeu a mão para Cícero.

— Muito obrigado por ter vindo, meu jovem amigo — ele disse.

ALGUNS DIAS MAIS TARDE, quando o senado se reuniu para discutir a concessão de homenagens, Cícero votou com a maioria negando um triunfo a Crasso. O vencedor de Espártaco teve que se contentar com uma ovação, uma espécie de prêmio de consolação. Ao invés de entrar na cidade numa carruagem puxada por quatro cavalos, teve que entrar a pé; a habitual fanfarra de trombetas foi substituída pelo toque de flautas e, em vez da tradicional coroa de louros, só lhe foi concedido um ramo de murta.

— Se o homem tivesse um mínimo de amor-próprio — falou Cícero —, haveria de recusar isso.

Devo acrescentar que Crasso mais que rapidamente mandou dizer que concordava com tudo.

Quando os debates se voltaram para as homenagens a Pompeu, Afrânio deu um belo golpe. Recorreu à sua condição de pretor para falar primeiro e declarou que Pompeu aceitaria com toda a gratidão qualquer coisa que a casa deliberasse a seu respeito: ele deveria estar chegando aos arredores da cidade com 10 mil homens no dia seguinte, e esperava poder agradecer aos senadores pessoalmente, se possível. *Dez mil homens*? Diante disso, até os aristocratas mostravam-se publicamente bem pouco propensos a esnobar o conquistador da Espanha, e os cônsules foram convencidos por unanimidade a atender os mínimos desejos de Pompeu e a conferir-lhe um triunfo completo.

Na manhã seguinte, Cícero vestiu-se com mais esmero do que o normal e consultou-se com Quinto e Lúcio sobre a linha que deveria adotar na conversa com Pompeu. Decidiu-se por uma abordagem mais ousada. No ano vindouro ele faria 36 anos, a idade mínima necessária para se candidatar a edil de Roma, sendo que quatro eram eleitos anualmente. As funções do cargo — zelar pelos prédios públicos e pela ordem pública, promover diversos festivais, conceder licenças comerciais, distribuir alimentos etc. — eram um meio interessante de consolidação das bases políticas. Era isso o que ele estava buscando, todos concordavam: a volta de Pompeu em troca de um cargo de edil.

— Acho que eu mereço — disse Cícero.

Depois que tudo ficou bem definido, nós nos juntamos às multidões de cidadãos e marchamos rumo ao Campo de Marte, onde, segundo os rumores, Pompeu pretendia estacionar suas legiões. (Era ilegal, ao menos naquela época, possuir *imperium* militar dentro das sagradas fronteiras de Roma; assim, Crasso e Pompeu viram-se ambos obrigados, se quisessem preservar o comando de seus exércitos, a montar seus esquemas fora dos muros da cidade.) Havia enorme interesse em se ver como estaria o grande homem, pois Alexandre, como os seguidores de Pompeu o chamavam, estivera combatendo longe de casa durante quase sete anos. Alguns se perguntavam o quanto ele teria mudado; outros — entre os quais eu — jamais haviam posto os olhos sobre ele. Cícero já ouvira de Palicano que Pompeu pretendia instalar seu quartel-general na Villa Publica, a casa de hóspedes do governo próxima ao local de votação, foi para lá que rumamos — Cícero, Quinto, Lúcio e eu.

O lugar estava cercado por um cordão duplo de soldados, e quando conseguimos abrir passagem no meio da multidão e alcançar o muro do perímetro, ninguém podia ter acesso à área a menos que recebesse autorização expressa. Cícero sentiu-se muito ofendido pelo fato de os guardas jamais terem ouvido falar nele, e nossa sorte foi que Palicano passava perto do portão na hora e conseguiu mandar seu cunhado, o comandante legionário Gabínio, em nosso socorro. Uma vez lá dentro, vimos que meia Roma oficial já se achava ali, perambulando tranqüilamente à sombra das colunatas, cochichando com curiosidade ao se sentir tão próxima do poder.

— Pompeu, o Grande, chegou no meio da noite — Palicano nos informou, acrescentando solenemente: — Os cônsules, agora, estão todos com ele. — Prometeu retornar com novas informações assim que as obtivesse, e então desapareceu, todo pimpão, entre os guardas de segurança, no interior da casa.

Passaram-se várias horas sem qualquer sinal de Palicano, durante as quais vimos mensageiros indo e voltando, testemunhamos, famintos, farto consumo de comida, assistimos aos cônsules partindo e então vimos chegar Catulo e Isaurico, o mais velho dos estadistas. Senadores ansiosos, sabendo que Cícero era um fervoroso partidário de Pompeu e acreditando que ele era um dos seus conselheiros mais chegados, iam a todo momento a seu encontro para saber o que de fato estava se passando. "Tudo em sua hora", ele respondia, "tudo em sua hora." — Por fim, eu imaginei que ele devia estar achando aquela situação constrangedora, pois me mandou arranjar uma banqueta e, quando voltei, ele a encostou a uma pilastra, recostou-se e fechou os olhos. Pelo meio da tarde chegou Hortênsio, com seus soldados abrindo-lhe caminho por entre os curiosos, sendo imediatamente admitido no interior da Villa. Quando ele surgiu, acompanhado de perto pelos três irmãos Metelo, foi impossível até mesmo para Cícero não perceber que aquilo se tratava de uma humilhação. O irmão Quinto foi enviado para ver se conseguia pescar alguma fofoca do lado de fora do senado, enquanto Cícero matava o tempo passeando para lá e para cá entre as colunas e me mandava, pela vigésima vez, tentar encontrar Palicano, ou Afrânio, ou Gabínio: qualquer um que pudesse fazê-lo entrar.

Eu corri até a entrada apinhada de gente, erguendo-me na ponta dos pés, tentando ver por cima de todas aquelas cabeças. Um mensageiro saiu, deixando a porta ligeiramente aberta e, por um instante, vi figuras de toga branca rindo e conversando em torno de uma pesada mesa de mármore coberta por documentos. Mas então tive a atenção despertada por uma comoção vinda da rua. Aos gritos de "Viva o imperador!" e muita excitação e entusiasmo, o portão foi escancarado e, flanqueado por lictores, surgiu Crasso. Ele tirou o elmo emplumado e entregou-o a um dos guardas, passou a mão na testa e olhou em volta. Seu olhar recaiu sobre Cícero. Fez-lhe uma leve reverência com a cabeça, acompanhada por um dos seus discretos sorrisos varonis, e aquela foi uma das poucas ocasiões em que, posso afirmar, Cícero ficou sem palavras. Em seguida, Crasso ajeitou a túnica escarlate ao redor do corpo — de forma imponente, é preciso admitir — e avançou para o interior da Villa Publica, enquanto Cícero se deixava cair pesadamente na banqueta.

Tenho observado com freqüência esse aspecto curioso do poder: muitas vezes, quanto mais alguém se acha fisicamente próximo de sua fonte, menos bem informado está sobre o que de fato se passa. Por exemplo, já vi senadores serem obrigados a abandonar o recinto do senado e enviar seus escravos ao mercado público para ficar sabendo o que estava acontecendo na cidade que eles supostamente governavam. Ou conheci generais, cercados de oficiais e embaixadores, que precisaram interceptar pastores de cabras das redondezas para descobrir os acontecimentos mais recentes no campo de batalha. O mesmo se passou naquela tarde com Cícero, sentado a menos de vinte passos da sala em que Roma estava sendo retalhada como um frango assado, mas que só soube do que fora decidido por Quinto, que obtivera a informação de um magistrado no fórum, que, por seu turno, a ouvira de um funcionário do senado.

— Más notícias — disse Quinto, apesar de ser possível ler isso em seu rosto. — Pompeu para cônsul e os direitos dos tribunos restaurados, e sem qualquer resistência por parte dos aristocratas. Mas em troca, escute o que estou dizendo, *em troca*, Hortênsio e Quinto Metelo serão eleitos cônsules no ano que vem, com total apoio de Pompeu, enquanto Lúcio Metelo sucederá Verres no governo da Sicília. Finalmente, Crasso, *Crasso!* governará com Pompeu como cônsul adjunto, os exércitos de ambos sendo dissolvidos no mesmo dia em que tomarem posse.

— Mas eu deveria estar lá — disse Cícero, olhando desanimado para a Villa. — *Eu deveria estar lá*!

— Marco — disse tristemente seu irmão, colocando-lhe a mão no ombro —, nenhum deles queria você.

Cícero parecia estar em estado de choque diante das mudanças: ele próprio excluído, os inimigos recompensados, Crasso elevado à condição de cônsul... mas consertou os ombros e partiu, irado, em direção à porta. E talvez sua carreira tivesse acabado ali, pela espada de um dos lictores de Pompeu, pois eu creio que, em seu desespero, Cícero estava determinado a forçar sua entrada na mesa de negociações e exigir sua parte. Mas era tarde demais. Os homens fortes, feito o acerto, já estavam de saída, com os assessores à frente e os seguranças atentos à sua passagem. Crasso emergiu primeiro, e em seguida, das sombras, Pompeu, sua identidade imediatamente óbvia não apenas devido à aura de poder que o cercava — a forma como o ar em torno parecia quase crepitar à sua passagem —, mas pelo conjunto de seus traços. Possuía um rosto largo, com as maçãs salientes, cabelos fartos e ondulados formando um topete no alto, como a proa de um navio. Era um rosto pleno de força e comando, ao qual o corpo correspondia, com ombros largos e um peito poderoso: o torso de um gladiador. Era fácil entender por que, quando mais jovem, e já famoso pela crueldade, ele era conhecido como Açougueiro.

E assim foram avançando os dois, o Careca e o Açougueiro, sem se falar e sequer olhar um para o outro, rumo ao portão, que se escancarou à sua aproximação. Um tropel de senadores, vendo o que se passava, saiu-lhes em perseguição, e nós igualmente entramos naquela correria, deixando a Villa Publica e penetrando no que parecia um sólido muro de sons e calor. Vinte mil pessoas deviam estar concentradas no Campo de Marte naquela tarde, todas demonstrando aos berros sua aprovação. Uma avenida estreita fora isolada pelos soldados, com os braços encadeados pelos cotovelos, os pés levantando o pó do chão na tentativa de conter a multidão. Havia espaço apenas suficiente para Pompeu e Crasso passarem lado a lado, embora eu não conseguisse ver suas expressões nem se haviam começado a conversar, já que estávamos bem para trás na procissão. Eles avançaram lentamente até o tribunal, onde tradicionalmente ficavam as autoridades na época de eleição. Pompeu empertigou-se primeiro, para receber uma salva de palmas renovada, que agradeceu por alguns instantes, virando o rosto largo e brilhante para um lado e para o outro, como um gato contra o sol. Então retrocedeu dando lugar a Crasso. A esta demonstração de sintonia entre os dois notórios rivais, a multidão deixou escapar outra manifestação ruidosa, que voltou a se verificar, inclusive ainda mais fervorosamente, quando Pompeu segurou firme a mão de Crasso e ergueu-a sobre sua cabeça.

— Que espetáculo repulsivo — disse Cícero. Ele teve que gritar dentro da minha orelha para se fazer ouvir. — O cargo de cônsul disputado e conquistado à ponta de espada. Estamos testemunhando o começo do fim da república, Tiro, lembre-se das minhas palavras! — Eu não podia deixar de pensar, contudo, que, caso ele estivesse naquela reunião e houvesse ajudado a montar essa solução de compromisso, estaria agora se referindo a ela como uma obra-prima de engenharia política.

Pompeu acenava para a multidão pedindo silêncio, e então começou a falar naquele tom de inspeção às tropas.

— Povo de Roma! Os líderes do senado gentilmente acharam por bem me conceder um triunfo, e sinto-me feliz em aceitá-lo. Também me disseram que terei permissão para me candidatar a cônsul, e sinto-me igualmente feliz em aceitá-la. A única coisa que me deixa mais feliz é que meu velho amigo Marco Licínio Crasso será o meu colega. — Ele concluiu prometendo que, no ano seguinte, promoveria um grande festival de jogos, dedicado a Hércules, em homenagem às suas vitórias na Espanha.

Bem, tratava-se de belas palavras, sem dúvida, mas ele as pronunciara de forma tão rápida, esquecendo-se de fazer as pausas necessárias após cada frase, que aqueles poucos que tinham se esforçado por conseguir ouvir o que ele dizia não tiveram condições de repeti-lo para os que se encontravam atrás e não conseguiam escutar. Duvido que mais do que poucas centenas de pessoas presentes àquela vasta assembléia tenham entendido o que ele falou, mas de toda maneira o ovacionaram, e mais ainda quando Crasso, imediata e astuciosamente, tomou a palavra.

— Eu me comprometo oficialmente — ele disse, com a voz firme de orador experiente — simultaneamente aos jogos de Pompeu, na mesma data, a reservar dez por cento de *toda* a minha fortuna para fornecer alimentação gratuita ao povo de Roma: alimentação gratuita para cada um de vocês, durante *três meses.* E um grande banquete nas ruas, um banquete para cada cidadão, um banquete digno de Hércules!

A multidão entrou no mais absoluto êxtase.

— Que mau-caráter — disse Cícero, impressionado. — Um décimo da fortuna dele é a quantia insignificante de 20 milhões! Mas vai lhe sair barato. Viu só como ele soube transformar uma posição inferior em uma bem mais forte? Aposto que com *essa* você não contava — ele falou para Palicano, que lutava para nos alcançar vindo do tribunal. — Ele se fez parecer um igual a Pompeu. Jamais deveriam ter-lhe concedido um palanque.

— Venha conhecer o imperador — Palicano procurava convencê-lo. — Ele deseja lhe agradecer pessoalmente. — Eu podia perceber que Cícero estava indeciso, mas Palicano era insistente, puxava-o pela manga, e imagino que achava que devia tentar salvar alguma coisa daquele dia.

— Ele vai discursar? — gritou Cícero, seguindo Palicano rumo ao tribunal.

— Ele não é muito de discursar — respondeu Palicano por cima do ombro. — Ainda não.

— Isso é um equívoco. Espera-se que ele fale alguma coisa.

— Bom, então eles ficarão desapontados, você não acha?

— Que desperdício — Cícero me sussurrou, lamentando. — O que eu não daria para ter uma platéia como essa! Quantas vezes é possível se ver tantos eleitores reunidos num só lugar?

Mas Pompeu tinha pouca experiência de falar em público, e além disso, estava habituado a dar ordens aos homens, não a lhes bajular. Com um aceno final para a multidão, ele saltou do rostro para o chão. Crasso acompanhou-o e os aplausos foram aos poucos cessando. Houve uma impressão palpável de anticlímax, com o povo circulando e se perguntando o que iria acontecer em seguida.

— Que desperdício — repetia Cícero. — *Eu* lhes daria um espetáculo.

Atrás do tribunal havia uma pequena área fechada, onde era costume dos magistrados ficar aguardando antes de começar a eleição. Palicano nos conduziu até lá, passando pelos guardas, e um ou dois minutos depois o próprio Pompeu apareceu. Um escravo negro jovem entregou-lhe uma toalha e ele começou a enxugar o rosto suado e a nuca. Uma dúzia de senadores aguardava para cumprimentá-lo e Palicano empurrou Cícero para o meio da fila, em seguida retrocedeu levando Quinto, Lúcio e a mim para assistir. Pompeu ia percorrendo a fila, apertando a mão de cada senador, tendo Afrânio às suas costas para dizer quem era quem.

— Que bom encontrá-lo — dizia Pompeu. — Que bom encontrá-lo. Que bom encontrá-lo.

Quando ele chegou mais perto, tive a oportunidade de observá-lo bem. Tinha uma expressão nobre, sem sombra de dúvida, mas havia também uma vaidade desagradável naqueles traços carnais, e sua postura grandiosa, distante, apenas enfatizava seu óbvio tédio por ter que aturar todos aqueles civis maçantes. Ele rapidamente alcançou Cícero.

— Este é Marco Cícero, imperador — disse Afrânio.

— Que bom encontrá-lo.

E já ia seguindo adiante, mas Afrânio pegou-o pelo cotovelo e sussurrou algo.

— Cícero é tido como um dos advogados mais importantes da cidade, e nos foi de enorme valia no senado.

— É? Bem, sendo assim... continue fazendo seu belo trabalho.

— Continuarei — disse Cícero rapidamente —, pois no ano que vem espero ser edil.

— Edil? — Pompeu sorriu diante da simples idéia. — Não, não, creio que não. Tenho outros planos a esse respeito. Mas estou certo de que sempre poderemos encontrar algo para um advogado inteligente.

E com isso o imperador de fato se foi.

— Que bom encontrá-lo... Que bom encontrá-lo... — deixando Cícero humilhado e engolindo em seco.

V

Naquela noite, pela primeira e última vez em todos os anos que passei a seu serviço, vi Cícero beber demais. Ouvi-o discutindo com Terência durante o jantar — não uma das suas brigas habituais, envoltas em cortesia gelada, fina, mas sim uma discussão séria, que ecoou por toda a casa, em que ela o acusou de estupidez por continuar confiando numa malta tão obviamente desclassificada: picentinos, todos eles, nem ao menos romanos!

— Mas, claro, você também não é propriamente um romano.

Um golpe nas origens provincianas de Cícero, que sempre vinham à tona. Infelizmente, não escutei o que ele disse em resposta, pois o fez num tom muito baixo, malévolo, mas, seja lá o que tenha sido, deve ter tido um efeito devastador, pois Terência, que não era mulher de se deixar abater por qualquer coisa, saiu da sala de jantar aos prantos e desapareceu escada acima.

Achei melhor deixá-los a sós. Porém, uma hora mais tarde, escutei um barulho de algo se quebrando e, quando fui verificar, Cícero estava de pé oscilando ligeiramente, com o olhar fixo num prato quebrado. A frente de sua túnica estava encharcada de vinho.

— Não estou me sentindo muito bem — disse ele.

Levei-o para o quarto passando seu braço pelos meus ombros — procedimento nada fácil, já que ele era mais pesado do que eu —, deitei-o na cama e tirei seus sapatos.

— Divórcio — ele murmurava com a boca no travesseiro — é a solução, Tiro, o divórcio, e daí, se eu tiver que abandonar o senado por não ter como me sustentar lá? Ninguém sentirá mesmo a minha falta. Apenas mais um "homem novo" que veio do nada. Oh, meu caro Tiro! — Consegui pôr o urinol à sua frente pouco antes de ele vomitar. Cabeça baixa, ele direcionou o próprio vômito. — Iremos para Atenas, meu caro companheiro, e viveremos com Ático e estudaremos filosofia e ninguém vai sentir a nossa falta por aqui... — Essas últimas palavras saindo num jorro longo e autopiedoso de sílabas misturadas e consoantes sibilantes que nenhum dos meus sinais taquigráficos seria capaz de registrar.

Deixei o urinol de lado, apaguei a luz e antes mesmo de fechar a porta ele já estava roncando. Confesso que fui para a cama naquela noite com o coração apertado.

E no entanto, na manhã seguinte, fui acordado exatamente no mesmo horário pré-aurora pelos ruídos de Cícero praticando seus exercícios — um tanto mais lento do que de costume, talvez, mas ainda cedo, pois estávamos no auge do verão e ele bem poderia ter tirado mais umas boas horas de sono. Assim era a natureza daquele homem. O fracasso servia de combustível para sua ambição. Toda vez que sofria uma humilhação — fosse como advogado, no início de carreira, quando sua constituição física deixava a desejar, ou quando do retorno da Sicília, ou mesmo agora, diante do tratamento desdenhoso de Pompeu — o fogo que havia nele ficava temporariamente arrefecido, mas sòmente para se reavivar com intensidade ainda maior.

— É a perseverança — ele costumava dizer — e não o gênio o que leva um homem ao topo. Roma está cheia de gênios sem reconhecimento. Só a perseverança faz alguém seguir adiante neste mundo.

E foi assim que o escutei preparando-se para outro dia de luta no fórum romano e senti que a casa retomava seu ritmo costumeiro.

Eu me vesti. Acendi as luzes. Pedi ao porteiro para abrir a porta da frente. Chequei os clientes, em seguida fui ao gabinete de Cícero e passei-lhe a lista de nomes. Não fizemos qualquer menção, nem naquele momento nem nunca, ao que havia ocorrido na noite anterior, e suspeito que isso contribuiu para que nos sentíssemos ainda mais próximos. Para ser franco, ele parecia meio esverdeado, e precisava forçar os olhos para focalizar os nomes, mas quanto ao restante estava tudo perfeitamente normal.

— Stênio! — ele grunhiu, quando viu que o siciliano estava à sua espera, como de hábito, no *tablinum*. — Que os deuses tenham piedade de nós!

— Ele não está só — avisei. — Trouxe outros dois sicilianos desta vez.

— Você está querendo dizer que ele está se multiplicando? — Tossiu para limpar a garganta. — Certo, vamos atendê-lo primeiro e nos livrarmos dele de uma vez por todas.

E como num estranho sonho recorrente do qual não conseguimos despertar, vi-me de novo conduzindo Stênio de Termini à presença de Cícero. Ele apresentou seus acompanhantes como Heráclio de Siracusa e Epícrates de Bidis. Os dois eram idosos, vestiam-se como ele em trajes escuros de luto, com cabelos e barbas por cortar.

— Agora ouça, Stênio — disse Cícero gravemente, após apertar as mãos do trio de aspecto soturno —, isso tem que acabar.

Mas Stênio achava-se naquele estranho e remoto reino particular no qual sons exteriores raramente penetram: o reino dos querelantes compulsivos.

— Sou-lhe muito agradecido, senador. Antes de mais nada, agora que obtive os registros do tribunal de Siracusa — ele falou, tirando uma folha de papel de sua pasta de couro e confiando-a às mãos de Cícero —, o senhor pode constatar o que aquele monstro fez. Isso é o que foi escrito antes do veredicto dos tribunos. E isto — ele falou, entregando-lhe outra folha de papel — é o que foi escrito depois.

Com um suspiro, Cícero colocou os documentos um ao lado do outro e arregalou os olhos.

— Então, vejamos. Este aqui é o registro oficial do seu julgamento por traição, no qual vejo que está escrito que você esteve presente à audiência. Bom, sabemos que isso é absurdo. E aqui... — suas palavras começaram a vacilar à medida que ia se apercebendo das implicações — aqui está dizendo que você não esteve presente. — Ele ergueu os olhos embaçados, que começavam a clarear. — Quer dizer que Verres está falsificando os documentos de sua própria corte e, portanto, falsificando a própria falsificação?

— Exatamente! — gritou Stênio. — Quando se deu conta de que o senhor estava me representando perante os tribunos, e de que Roma inteira sabia que eu não poderia ter estado em Siracusa no primeiro dia de dezembro, ele teve que destruir o registro da própria mentira. Mas o primeiro documento já havia sido enviado para mim.

— Bem, bem — disse Cícero, continuando a analisar os papéis —, talvez ele esteja mais preocupado do que pensamos. E vejo que aqui também diz que você teve um advogado de defesa para representá-lo naquele dia: "Gaio Cláudio, filho de Gaio Cláudio, da tribo Palatina". Você é um homem de sorte, para ter seu próprio advogado romano. Quem é ele?

— É o gerente comercial de Verres.

Cícero ficou observando Stênio atentamente por um ou dois minutos.

— O que mais você tem aí nessa sua pasta? — perguntou.

De dentro dela, então, foram saindo para o chão do gabinete, naquela quente manhã de verão, cartas, nomes, trechos de registros oficiais, anotações rabiscadas de boatos e rumores — o trabalho árduo de sete meses realizado por três homens desesperados, pois ficou claro que Heráclio e Epícrates também haviam sido despojados de seus pertences por Verres, um tendo perdido 60 mil sestércios, o outro, 30 mil. Em ambos os casos, Verres abusara de seu cargo para fazer falsas acusações e obter veredictos ilegais. Ambos tinham sido roubados praticamente na mesma época que Stênio. Ambos eram até então lideranças em suas comunidades. Ambos haviam sido obrigados a fugir da ilha sem um tostão e a buscar refúgio em Roma. Ao saber que Stênio recorrera aos tribunos, eles o procuraram propondo cooperação.

— Como vítimas individuais, eles eram frágeis — disse Cícero, anos mais tarde, relembrando o caso —, mas, quando se juntaram numa causa comum, descobriram que possuíam uma rede de contatos que se espalhava por toda a ilha: Termini ao norte, Bidis ao sul, Siracusa a leste. Eram homens sagazes por natureza, astutos por experiência, instruídos por educação, e seus conterrâneos lhes haviam confiado os segredos de seus sofrimentos, como jamais teriam feito a um senador romano.

Aparentemente, Cícero ainda se mostrava o advogado controlado de sempre. Porém, à medida que o sol ia se firmando e eu apagava as luzes, e enquanto eu recolhia um documento atrás do outro, pude notar sua excitação crescente. Ali estava o depoimento juramentado de Dio de Halesa, de quem Verres havia primeiramente exigido uma propina de 10 mil por um veredicto de inocente para, em seguida, roubar-lhe todos os cavalos, tapeçarias e peças de ouro e prata. Ali estavam os testemunhos escritos de religiosos cujos templos haviam sido assaltados — um Apolo de bronze, assinado em prata pelo escultor Míron e doado por Cipião havia 150 anos, roubado do templo de Esculápio, em Agrigento; uma estátua de Ceres levada de Catina, e outra de Vitória, levada de Henna; o saque ao antigo templo de Juno, em Melita. Ali estava o depoimento de fazendeiros de Herbita e Agírio, ameaçados de serem açoitados até a morte caso se negassem a pagar pela proteção dos agentes de Verres. Ali estava a história do pobre Sopater de Tíndaris, capturado em pleno inverno pelos lictores de Verres e amarrado, nu, a uma estátua eqüestre à vista de toda a comunidade, até que ele e seus concidadãos concordassem em abrir mão oficialmente de um valioso bronze de Mercúrio que ficava no ginásio local.

— Não é uma província que Verres está arrasando — murmurou Cícero, reflexivo —, é um perfeito Estado criminoso que ele está criando.

Havia mais uma dúzia de histórias sórdidas como aquelas.

Com o assentimento dos três sicilianos, eu reuni os documentos e tranquei-os no cofre do senador.

— É vital, cavalheiros, que nenhuma palavra sobre isso saia daqui — Cícero lembrou a todos. — Continuem colhendo depoimentos e testemunhos, mas, por favor, façam-no com discrição. Verres já recorreu à violência e à intimidação muitas vezes, e podem estar certos de que as usará novamente para se proteger. Precisamos nos fazer de desentendidos.

— Isso quer dizer — quis saber Stênio, mal contendo a alegria — que o senhor vai nos ajudar?

Cícero olhou para ele mas não respondeu.

MAIS TARDE, NAQUELE mesmo dia, quando retornou dos tribunais, o senador tratou de fazer as pazes com a esposa. Mandou o jovem Sositeu ao antigo mercado de flores no Fórum Boário, em frente ao Templo de Portuno, para comprar um buquê de flores perfumadas de verão, que entregou a Túlia dizendo-lhe, solenemente, que tinha uma missão vital para ela. A filha deveria levá-las à mãe anunciando que tinham sido enviadas por um rude admirador provinciano. "Entendeu bem, Tulinha? Um rude admirador provinciano." Ela se foi, toda importante, em direção ao quarto de Terência, e suponho que a coisa tenha funcionado, pois naquela noite, quando, por insistência de Cícero, as almofadas foram levadas para o terraço e a família jantou sob o céu estrelado de verão, as flores ocupavam um lugar de honra no centro da mesa.

Sei disso porque, perto do final da refeição, fui inesperadamente chamado por Cícero. Era uma noite calma, sem uma brisa sequer para agitar as velas, e os ruídos noturnos de Roma, lá embaixo, no vale, pareciam em sintonia com o odor das flores no quente ar de junho — sons de música, vozes, o grito dos vigias ao longo do Argileto, o latido distante dos cães de guarda nos arredores da Tríade Capitolina. Lúcio e Quinto ainda riam de alguma piada de Cícero, e nem Terência conseguia esconder o bom humor, ameaçando o marido com o guardanapo e ralhando com ele, que assim já era demais. (Pompônia, felizmente, tinha ido visitar o irmão em Atenas.)

— Ah — disse Cícero, olhando ao redor —, agora Tiro chegou, o mestre de todos nós em matéria de política, o que significa que eu posso prosseguir com a minha pequena declaração. Achei que ele devia estar presente para também escutá-la: resolvi disputar a eleição para edil.

— Oh, muito bem! — disse Quinto, achando que se tratava de uma continuação da piada. Mas de repente parou de rir e falou, revelando uma certa confusão: — Mas isso não tem a menor graça.

— Vai ter, caso eu vença.

— Mas não tem como vencer. Você ouviu o que Pompeu falou. Ele não quer que você se candidate.

— Não cabe a Pompeu decidir quem será candidato. Somos todos cidadãos livres, livres para fazer nossas próprias escolhas. Eu escolho concorrer a edil.

— Não faz sentido concorrer para perder, Marco. Esse é o tipo de gesto heróico descabido em que só Lúcio acredita.

— Brindemos ao heroísmo descabido — disse Lúcio, erguendo sua taça.

— Mas não podemos vencer em oposição a Pompeu — insistia Quinto. — E de que vale incorrer na inimizade de Pompeu?

Ao que Terência replicou:

— Depois de ontem, melhor seria perguntar "De que vale incorrer na amizade de Pompeu?"

— Terência tem razão — disse Cícero. — Ontem eu aprendi uma lição. Digamos que eu espere um ou dois anos, me pendurando em cada palavra de Pompeu na esperança de obter seus favores, bancando seu moleque de recados. Todos nós já vimos esse tipo de gente no senado, que vai envelhecendo, à espera de que meias promessas sejam cumpridas. Eles vão sendo corroídos. E, antes mesmo que se dêem conta, seu momento passou e não possuem nada mais com que barganhar. Prefiro me afastar de uma vez da política a deixar que isso aconteça comigo. Quem almeja o poder, tem de agarrá-lo em algum momento. E meu momento é esse.

— Mas como você vai conseguir?

— Processando Gaio Verres por extorsão.

E assim foi. Eu já sabia que Cícero faria isso desde aquela manhã bem cedo, e ele também, tenho certeza, mas achou por bem pensar um pouco mais a respeito — para avaliar a decisão e ver se ela lhe seria conveniente. E ela lhe foi muitíssimo conveniente. Eu nunca o vira tão determinado. Parecia um homem que acreditava ter a força da História correndo nas veias. Ninguém dizia nada.

— Vamos lá! — ele falou com um sorriso. — Por que essas caras sisudas? Eu ainda não perdi nada! E não creio que vá perder. Recebi uns sicilianos hoje cedo. Eles conseguiram reunir os testemunhos mais arrasadores contra Verres, não foi, Tiro? Temos todo esse material trancado no cofre lá embaixo. E quando ganharmos, já pensaram?! Eu derroto Hortênsio em pleno tribunal, e aí essa história absurda de "segundo melhor advogado" cairá por terra para sempre. Assumo a condição social do homem que incrimino, segundo os direitos tradicionais do promotor vitorioso, o que significa que me torno um pretoriano da noite para o dia. E dessa forma dou um basta a essa história de ficar levantando e sentando dos bancos dos fundos do senado, na esperança de ser notado. E me coloco de forma tão nítida perante os olhares do povo romano que minha eleição para edil estará praticamente assegurada. Mas o melhor de tudo é que sou *eu* que faço isso tudo. Eu, Cícero. Sem ficar devendo favor algum a ninguém, especialmente a Pompeu, o Grande.

— Mas, e se perdermos? — disse Quinto, falando, finalmente. — Somos advogados de defesa. Nunca acusamos. Você mesmo disse centenas de vezes: defensores conquistam amigos; promotores apenas fazem inimigos. Se você não derrotar Verres, existe uma grande chance de que ele venha a ser eleito cônsul. E aí não descansará enquanto não destruí-lo.

— Isso é verdade — admitiu Cícero. — Se temos que matar um animal perigoso, devemos fazê-lo logo no primeiro golpe. Mas, será que vocês não percebem? Desse modo eu posso conquistar tudo. Posição, fama, cargos, dignidade, autoridade, independência, clientela em Roma e na Sicília. Isso abre o caminho para eu me tornar cônsul.

Aquela foi a primeira vez que eu o ouvi mencionar sua grande ambição, e isso dava bem a medida de sua confiança renovada: ser capaz de pronunciar a palavra. *Cônsul*. Para qualquer homem na vida pública, era a apoteose. Os próprios anos se distinguiam uns dos outros, nos documentos oficiais e nas pedras fundamentais, pelos nomes dos cônsules principais. Era a coisa mais próxima da imortalidade sob o céu. Quantos dias e quantas noites ele deve ter pensado nisso, sonhado com isso, alimentado isso, desde sua desastrada adolescência? Às vezes, manifestar prematuramente uma ambição é insensato — expô-la cedo demais à chacota e ao ceticismo do mundo pode destruí-la antes ainda do nascedouro. Às vezes, porém, ocorre o contrário, e o próprio ato de manifestar algo o faz parecer subitamente possível, plausível até. Foi o que se deu naquela noite. Quando Cícero pronunciou a palavra "cônsul" ele a fincou no solo como uma bandeira para admiração de todos nós. E, por um instante, vislumbramos em seus olhos o futuro brilhante, iluminado, e percebemos que ele estava certo: que, derrotando Verres, teria uma chance; e poderia — com um pouquinho só de sorte — ir direto ao topo.

HAVIA MUITO O QUE fazer nos meses seguintes, e como sempre boa parte do trabalho recaía sobre mim. Em primeiro lugar, montei um grande mapa do eleitorado para a edilidade, o qual, naquela época, era constituído por todos os cidadãos romanos, distribuídos por 35 tribos. O próprio Cícero pertencia à Cornélia, Sérvio à Lemônia, Pompeu à Clustumina, Verres à Romília, e assim por diante. Um cidadão votava no Campo de Marte como membro de sua tribo, e os resultados da votação de cada tribo eram então divulgados em voz alta pelos magistrados. Os quatro candidatos que conquistassem os votos do maior número de tribos eram devidamente declarados vencedores.

Havia inúmeras vantagens para Cícero nesse formato de colégio eleitoral. Por um lado — diferentemente do sistema para escolha de pretores e cônsules — o voto de cada homem, independente de sua riqueza, tinha o mesmo valor, e como a base de apoio de Cícero era mais forte entre os homens de negócios e a maioria de pobres, era difícil para os aristocratas bloqueá-lo. Por outro lado, tratava-se de um eleitorado relativamente fácil de conquistar. Cada tribo tinha seu próprio reduto em algum ponto de Roma, uma sede grande o suficiente para abrigar um espetáculo ou um banquete. Fiz uma revisão nos nossos arquivos para preparar uma relação de todos os homens que Cícero defendera ou ajudara no decorrer dos últimos seis anos, organizados por tribo. Esses homens em seguida foram localizados e solicitados a convidar o senador para falar nos próximos eventos de suas tribos. É absolutamente incrível a quantidade de favores que eram devidos a Cícero em apenas seis anos de prática forense contínua. Sua agenda de campanha ficou, assim, lotada de compromissos, e seus dias de trabalho foram se tornando cada vez mais longos. Após comparecer aos tribunais e ao senado ele voltava correndo para casa, tomava um banho rápido, mudava de roupa e corria novamente para fazer novos comícios empolgantes. Seu mote era "Justiça e Reforma".

Quinto, como de hábito, atuava como coordenador da campanha, enquanto o primo Lúcio ficava incumbido de organizar o caso contra Verres. O governador deveria retornar da Sicília no fim do ano, quando — no exato instante em que entrasse na cidade — perderia seu *imperium*, e com ele o direito à imunidade política. Cícero estava decidido a atacar na primeira oportunidade e, se possível, sem dar tempo a Verres de destruir provas e intimidar testemunhas. Por esse motivo, para não levantar suspeitas, os sicilianos deixaram de ir à casa de Cícero, e Lúcio se tornou o elo com os clientes, reunindo-se com eles secretamente em diferentes lugares da cidade. Foi assim que passei a conhecê-lo melhor, e quanto mais eu sabia dele, mais o apreciava. Em muitos aspectos, Lúcio lembrava Cícero. Era quase da mesma idade, inteligente e simpático, um filósofo nato. Os dois cresceram juntos em Arpino, estudaram juntos em Roma, e viajaram juntos pelo Oriente. Mas havia uma enorme diferença: Lúcio não tinha a menor ambição. Morava sozinho numa casinha cheia de livros, e não fazia outra coisa o dia inteiro a não ser ler e pensar — ocupação altamente perigosa para um homem que, pela minha experiência, levava invariavelmente à dispepsia e à melancolia. Mas, curiosamente, a despeito de sua predisposição solitária, ele logo começou a ter prazer em abandonar os estudos todos os dias e ficava tão irado com as perversidades de Verres que seu afã de levá-lo às barras da justiça tornou-se maior até mesmo que o de Cícero.

— Ainda vamos fazer de você um advogado, meu primo — Cícero comentava admirado ao ver Lúcio produzir mais um conjunto de provas irrefutáveis.

Por volta do final de dezembro, um incidente finalmente trouxe à baila, e de forma dramática, todas essas facetas da vida de Cícero. Eu abri a porta numa manhã escura e dei de cara, bem na dianteira da fila habitual, com o homem que víramos recentemente na basílica dos tribunos, atuando como advogado de defesa do patrono do seu bisavô — Marco Pórcio Catão. Estava sozinho, sem um único escravo para servi-lo, e parecia ter dormido na rua a noite inteira. (Suponho que o tenha feito de fato, tudo levava a crer, muito embora a aparência de Catão fosse normalmente desleixada — como a de um santo ou um místico —, o que tornava difícil tal afirmação.) Naturalmente, Cícero ficou intrigado para descobrir o que um homem de berço tão eminente estaria fazendo à sua porta, pois Catão, estranho como era, vivia no âmago da velha aristocracia republicana, ligado pelos laços de sangue e casamento às famílias Servílio, Lépido e Emílio. Mas era tamanha a satisfação interior de Cícero em ter à porta visitante tão ilustre que ele próprio saiu do *tablinum* para recebê-lo e conduzi-lo pessoalmente ao gabinete. Era o tipo de cliente com que sempre sonhara encontrar pela manhã.

Eu me instalei a um canto para fazer as anotações, e o jovem Catão, que nunca foi homem de conversa fiada, foi direto ao ponto. Precisava de um bom advogado, ele disse, e gostara da forma como Cícero havia se portado perante os tribunos, pois era monstruoso que qualquer homem, no caso Verres, pudesse se considerar acima da lei. Falando com todas as letras, ele estava de casamento marcado com a prima, Emília Lépida, uma atraente garota de 18 anos, cuja vida desde cedo fora assinalada pela tragédia. Aos 13, foi humilhantemente desprezada pelo noivo, o jovem e arrogante aristocrata Cipião Nasica. Aos 14, perdeu a mãe. Aos 15, o pai. Aos 16, o irmão, ficando absolutamente só.

— Pobre menina! — disse Cícero. — Se ela é sua prima, suponho que deva ser a filha de Emílio Lépido Liviano, que foi cônsul seis anos atrás, certo? Creio que era o irmão de sua falecida mãe, Lívia? (Como muitos pretensos radicais, Cícero tinha um conhecimento surpreendentemente profundo da aristocracia.)

— Correto.

— Meus parabéns, então, Catão, por uma união tão conveniente. Com o sangue dessas três famílias nas veias, e com todos os parentes mais próximos mortos, ela deve ser a herdeira mais rica de Roma.

— É — respondeu Catão com azedume. — E esse é o problema. Cipião Nasica, seu antigo pretendente, que acaba de voltar da Espanha após lutar no exército de Pompeu, dito o Grande, se deu conta do quanto ela havia enriquecido, agora que o pai e o irmão se foram, e a está reclamando para ele.

— Mas com certeza cabe somente à moça decidir, não é?

— E ela já se decidiu — disse Catão. — Por ele.

— Ah — replicou Cícero, sentando-se novamente —, neste caso é você quem está em dificuldades. Presumivelmente, se ela ficou órfã aos 15 anos, devem ter-lhe designado um tutor. Você sempre pode procurá-lo. Ele provavelmente tem condições de impedir o casamento. Quem é?

— Seria eu.

— Você? Você, tutor da mulher com quem pretende se casar?

— Sou. Sou seu parente do sexo masculino mais próximo.

Cícero pousou o queixo na mão e considerou seu provável novo cliente — cabelos desgrenhados, pés descalços imundos, túnica sem trocar por semanas.

— Então, o que você quer que eu faça?

— Quero que você entre com os processos legais contra Cipião, e contra Lépida, se necessário, e dê um basta nisso tudo.

— Esses processos, você vai abri-los na qualidade de pretendente rejeitado, ou na de tutor da garota?

— Tanto faz — Catão deu de ombros. — Ambas.

Cícero coçou a orelha.

— Minha experiência com as garotas — ele falou cautelosamente — é tão limitada quanto infinita é a minha fé na força da lei. Mas até eu, Catão, *até* eu devo dizer que tenho minhas dúvidas de que o melhor caminho para o coração de uma garota passe por um processo litigioso.

— O coração de uma garota? — repetiu Catão. — O que é que o coração de uma garota tem a ver com isso? Trata-se de uma questão de princípios.

E de dinheiro, poderia ser acrescentado, caso se tratasse de outro homem qualquer. Mas Catão possuía aquela prerrogativa exclusiva dos muito ricos: pouco interesse por dinheiro. Ele herdara muita coisa, e gastava tudo sem sequer perceber. Não. Catão sempre fora motivado por um princípio: o desejo permanente de jamais prevaricar em matéria de princípios.

— Teremos que recorrer ao tribunal de apropriação indébita — disse Cícero — e entrar com uma queixa de quebra de contrato. Teremos que provar a existência de um contrato anterior entre você e Lépida, e alegar que ela, portanto, foi desonesta e mentirosa. Teremos que provar que Cipião é um vigarista, um caçador de dotes. E terei que convocar os dois para depor e apertá-los duramente.

— Pois faça isso — disse Catão, com um brilho nos olhos.

— E, no final de tudo, provavelmente ainda vamos perder, pois não há nada que os jurados apreciem mais do que amantes maltratados pelo destino, salvo talvez órfãos. E ela é as duas coisas. E você vai virar motivo de piadas para Roma inteira.

— O que importa o que as pessoas pensem de mim? — disse Catão desdenhosamente.

— E mesmo se vencermos, bom, imagine só a cena. Você pode acabar tendo que sair do tribunal arrastando Lépida pelas ruas, com ela resistindo, aos berros, até seu novo lar conjugal. Seria o escândalo do ano.

— Então é a isso que fomos reduzidos? — observou Catão amargurado. — O homem honesto em segundo plano, assistindo à vitória do canalha? E é essa a justiça romana? — Ele ergueu-se de um salto. — Preciso de um advogado que tenha nervos de aço, e se não puder encontrar um que me ajude, juro que eu mesmo entrarei com a ação.

— Sente-se, Catão — falou Cícero delicadamente, e como Catão não se mexeu, ele repetiu. — Sente-se, Catão, que vou lhe dizer umas coisinhas sobre a lei. — Catão vacilou, franziu o cenho, e sentou-se, mas na beirada da cadeira, de modo a poder levantar-se de imediato à primeira menção de que deveria moderar suas convicções. — Um conselho, se posso dizer assim, de um homem dez anos mais velho. Não podemos levar tudo ao extremo. Na maior parte das vezes os casos melhores e mais importantes nem chegam aos tribunais. E esse me parece um deles. Vejamos o que eu posso fazer.

— E se você fracassar?

— Aí você pode agir da forma como bem entender.

Depois que ele se foi, Cícero me falou:

— Esse rapaz vive buscando oportunidades para testar seus princípios, do mesmo modo que um bêbado procura briga num bar.

De qualquer forma, Catão concordou em deixar Cícero procurar Cipião em seu nome, e eu seria capaz de jurar que Cícero estava adorando aquela chance de poder observar a aristocracia *in loco*.

Literalmente, não havia nenhum homem em Roma de linhagem melhor do que Quinto Cecílio Metelo Pio Cornélio Cipião Nasica — Nasica quer dizer "nariz comprido", o qual ele mantinha firmemente apontado para cima —, pois era não apenas filho natural de um Cipião, como também filho adotivo de Metelo Pio, máximo pontífice e chefe do clã dos Metelo. Pai e filho adotivo haviam regressado fazia pouco tempo da Espanha, e encontravam-se então na imensa propriedade de campo de Pio, em Tivoli. Aguardava-se a entrada dos dois na cidade no 29º dia de dezembro, cavalgando atrás do vitorioso Pompeu. Cícero resolveu marcar um encontro para o 30º dia.

O 29º dia chegou — e que dia! Roma não assistia a um espetáculo como aquele desde os tempos de Sula. Enquanto eu esperava nas imediações do Portão Triunfal, tinha a impressão de que todo mundo na cidade havia se alinhado na rota do desfile. Os primeiros a passar pelo portão do Campo de Marte foram os senadores em sua totalidade, Cícero entre eles, a pé, liderados pelos cônsules e demais magistrados. Em seguida os músicos, fazendo ecoar suas trombetas. Depois as carruagens e as liteiras abarrotadas de despojos da guerra espanhola — ouro e prata, em moedas e barras, armas, estátuas, quadros, vasos, móveis, pedras preciosas e tapeçarias — e maquetes em madeira das cidades que Pompeu havia conquistado e saqueado, e placas com os nomes de todos os homens famosos que ele matara em combate. Depois vinham os touros brancos, enormes e pesados, destinados ao sacrifício, com os cornos dourados enfeitados por guirlandas de flores e fitas, guiados por seus carniceiros. Seguiam-se elefantes de passos lentos — o símbolo heráldico dos Metelo — e carros de boi vacilantes sob suas cargas de jaulas contendo animais selvagens das montanhas espanholas, que rugiam e avançavam, enfurecidos, sobre as barras. Logo após, as armas e insígnias dos rebeldes vencidos, e os próprios prisioneiros, os seguidores derrotados de Sertório e Perperna, caminhando devagar e acorrentados. Na seqüência, as coroas e atributos dos aliados, trazidos pelos embaixadores de diversas nações. Os 12 lictores do imperador vinham em seguida, com seus bastões e machados envoltos em folhas de louro. E, por último, para aplausos frenéticos da multidão, os quatro cavalos brancos da carruagem do imperador passaram a trote pelo portão, e dentro dela ia Pompeu em pessoa, no veículo em formato de barril, incrustado de jóias preciosas, do triunfador. Ele usava um manto cravejado de ouro sobre a túnica florida. Na mão direita levava um ramo de louros e na esquerda um cetro. Havia uma coroa de louros de Delfos sobre sua cabeça, e seu rosto garboso e corpo musculoso estavam pintados de vermelho, pois naquele dia ele era de fato a personificação de Júpiter. Ao seu lado o filho Gneu, de 8 anos e cabelos louros encaracolados, e atrás dele um escravo que lhe ia repetindo nos ouvidos que ele era humano e que tudo aquilo passaria. Atrás da carruagem, montado num cavalo preto de combate, vinha o ancião Metelo Pio, com a perna firmemente enfaixada, fruto de um ferimento sofrido em batalha. Perto dele estava Cipião, seu filho adotivo — um belo rapaz de 24 anos: não era de admirar, eu pensei comigo, que Lépida o preferisse a Catão — e em seguida os comandantes legionários, Aulo Gabínio inclusive, seguidos por todos os cavaleiros com as armaduras reluzindo ao pálido sol de dezembro. E, finalmente, as legiões da infantaria de Pompeu, em marcha batida, milhares e milhares de veteranos, bronzeados, o som de suas botas como que fazendo estremecer a terra, bradando a plena voz "O Triunfo!", entoando hinos aos deuses e cantando músicas grosseiras sobre seu comandantes, como tradicionalmente lhes era permitido fazer nesta sua hora de glória.

Levou quase a manhã inteira até que todos desfilassem, a procissão atravessando as ruas rumo ao fórum onde, segundo a tradição, enquanto Pompeu subia os degraus do Capitólio para o sacrifício perante o Templo de Júpiter, seus prisioneiros mais eminentes eram lançados às profundezas do Cárcere e garroteados — afinal, o que podia ser mais simbólico? — no dia em que cessava a autoridade militar do conquistador cessavam igualmente as vidas dos conquistados. Eu podia ouvir o burburinho distante na cidade, mas me poupei daquela visão e continuei junto ao Portão Triunfal com uma multidão em menor número para presenciar a ovação à entrada de Crasso. Ele fez o melhor que pôde, marchando com os filhos ao lado, mas, apesar dos esforços de seu pessoal para levantar o ânimo dos espectadores, foi um espetáculo pobre diante da magnificência do espetáculo ofuscante de Pompeu. Tenho certeza de que ele deve ter se sentido bastante incomodado por ter que abrir caminho em meio à bosta dos cavalos e aos excrementos pesados dos elefantes deixados para trás por seu colega consular. Sequer tinha muitos prisioneiros para exibir, coitado, depois de haver crucificado quase todos ao longo da Via Ápia.

No dia seguinte, Cícero foi à casa de Cipião, comigo a tiracolo levando uma pasta de documentos — um de seus truques preferidos para tentar intimidar a oposição. Não tínhamos prova alguma; eu simplesmente enchi a pasta com velhas anotações. A residência de Cipião ficava na Via Sacra, com lojas em frente — naturalmente não quaisquer lojas, e sim joalheiros exclusivos, que protegiam suas valiosas mercadorias atrás de grades de ferro. Nossa chegada era aguardada, já que Cícero mandara informar sobre sua intenção de visitá-lo, e assim fomos imediatamente conduzidos ao átrio por um criado uniformizado. O local já tinha sido descrito como "uma das maravilhas de Roma", e de fato o era, mesmo naquele tempo. Cipião era capaz de traçar sua linha genealógica até pelo menos 11 gerações, 9 das quais haviam produzido cônsules. As paredes à nossa volta eram decoradas com máscaras de cera dos Cipiões, algumas das quais centenárias, amareladas de fumaça e poeira (posteriormente, a adoção de Cipião por Pio acrescentou mais seis máscaras consulares para acabar de abarrotar o átrio), e elas exalavam aquela combinação seca e perfumada de pó e incenso que, para mim, traduz o cheiro da Antigüidade. Cícero ficou examinando as inscrições. A máscara mais antiga tinha

325 anos. Mas, naturalmente, foi a de Cipião, o Africano, conquistador de Aníbal, a que mais o fascinou, levando-o a ficar um longo tempo curvado observando-a. Era um rosto nobre, sensível — suave, etéreo, mal delineado, mais a representação de uma alma do que de carne e sangue.

— Processado, evidentemente, pelo bisavô do nosso atual cliente — suspirou Cícero, empertigando-se. — Ser do contra é algo que está no sangue dos Catão.

O criado retornou e nós o acompanhamos ao *tablinum*. Lá se achava o jovem Cipião, esparramado num divã, cercado por uma infinidade de objetos preciosos — estátuas, bustos, antiqualhas, tapetes e afins. Parecia a câmara mortuária de algum potentado oriental. Ele nem se levantou quando Cícero entrou (um insulto a um senador). Sequer o convidou a se sentar, mas meramente pediu numa voz langorosa para que ele fosse direto ao assunto. Foi o que fez Cícero, com voz firme mas cortês, informando-o de que o caso era legalmente irrepreensível, dado que Catão estava formalmente comprometido com a senhorita, além de ser seu tutor. Apontou para a pasta de documentos, que eu mantinha à frente do meu corpo como uma bandeja, e falou rapidamente sobre a jurisprudência, concluindo por dizer que Catão estava decidido a entrar com uma ação no tribunal de crimes de expropriação, e que também faria uma moção *obsignandi gratia*, para impedir a jovem de manter futuros contatos com quaisquer pessoas relacionadas ao caso. Só havia uma maneira segura de evitar tal humilhação: era Cipião retirar imediatamente o seu pleito.

— Ele é mesmo muito doido, não? — disse Cipião languidamente, e recostou-se no divã com as mãos atrás da cabeça, sorrindo para o teto pintado.

— É só o que você tem a dizer? — quis saber Cícero.

— Não — disse Cipião. — O que tenho a dizer é isto: Lépida! — e, nesse instante, uma jovem recatada surgiu por detrás de um painel, de onde obviamente estava escutando tudo, e moveu-se graciosamente para se postar a seu lado no divã. Ela deu a mão a Cipião. — Esta é minha esposa. Nós nos casamos ontem à noite. O que você está vendo aí em volta são os presentes de casamento dos nossos amigos. Pompeu, o Grande, veio diretamente da cerimônia sacrificial no Capitólio para ser uma das testemunhas.

— O próprio Júpiter poderia ter sido testemunha — retrucou Cícero —, mas não seria suficiente para tornar a cerimônia legal.

No entanto eu podia perceber pela forma como seus ombros se curvaram ligeiramente que aquela luta estava perdida. A posse, como dizem os juristas, é noventa por cento da lei, e Cipião tinha não somente a posse, mas evidentemente a plena aquiescência de sua nova noiva.

— Bem — Cícero falou, olhando para os presentes ao redor — em meu nome, não no do meu cliente, imagino, dou-lhes minhas congratulações. Talvez meu presente de núpcias para vocês deva ser convencer Catão a reconhecer a realidade.

— Este — disse Cipião — seria o presente mais precioso já oferecido a alguém.

— Meu primo tem bom coração — disse Lépida. — O senhor poderia levar-lhe minhas saudações sinceras, e minha esperança de que algum dia possamos nos reconciliar?

— É claro — disse Cícero, com um gesto cavalheiresco de cabeça, e já ia se virando para sair quando subitamente se deteve. — Eis aqui uma bela peça. Esta é realmente uma belíssima peça.

Ele se referia a uma estátua de bronze de Apolo nu, provavelmente quase do tamanho de um homem, tocando uma lira — uma sublime representação de masculinidade graciosa, capturada em pleno movimento de dança, com cada fio de cabelo da cabeça e cada corda do instrumento perfeitamente delineados. Gravado em sua coxa em letras miúdas prateadas via-se o nome do escultor: Míron.

— Oh, isso aí — disse Cipião, aparentando indiferença — foi doado, ao que parece, a algum templo, por meu ilustre ancestral, Cipião, o Africano. Por quê? Você a conhece?

— Se não estou enganado, é do templo de Esculápio, em Agrigento.

— Isso mesmo, é esse o lugar — disse Cipião. — Na Sicília. Verres a tomou dos padres de lá e me deu na noite passada.

DESSA FORMA CÍCERO ficou sabendo que Gaio Verres havia retornado a Roma e já estava estendendo os tentáculos de sua corrupção pela cidade.

— Canalha! — exclamou Cícero descendo a encosta. Abria e fechava os punhos numa expressão de fúria impotente. — Canalha, canalha, *canalha*!

Ele tinha bons motivos para se preocupar, porque era fácil concluir que, se Verres havia presenteado o jovem Cipião com um Míron, então Hortênsio, os irmãos Metelo e todos os seus aliados proeminentes no senado deviam ter recebido propinas ainda mais polpudas — e era precisamente por aqueles homens que o júri de qualquer julgamento futuro seria composto. Um golpe secundário foi a descoberta de que Pompeu estivera presente à mesma cerimônia nupcial a que Verres havia comparecido junto com as lideranças aristocráticas. Pompeu sempre mantivera laços fortes com a Sicília — quando era ainda um jovem general fora incumbido de restaurar a ordem na ilha, e até pernoitara uma noite na casa de Stênio. Cícero esperava dele se não exatamente apoio — ele aprendera a lição — mas ao menos uma neutralidade benigna. Ocorria-lhe, agora, a terrível perspectiva de que, caso levasse adiante o processo, teria todas as facções poderosas de Roma unidas contra ele.

Mas naquele momento não havia tempo a perder ponderando as implicações. Catão insistira em saber imediatamente o resultado da entrevista de Cícero, e o aguardava na casa de sua meia-irmã Servília, que também ficava na Via Sacra, poucas casas antes da residência de Cipião. Quando entramos, três garotinhas — nenhuma com mais de 5 anos de idade, me pareceu — vieram correndo para o átrio, seguidas pela mãe. Foi a primeira vez, creio eu, que Cícero se encontrou com Servília, que viria a ser, mais tarde, a mulher mais formidável das inúmeras mulheres formidáveis que viveram em Roma. Tinha cerca de 30 anos, graciosa mas não exatamente bonita, cerca de cinco anos mais velha do que Catão. Com seu primeiro marido, Marco Brutus, tivera um filho quando tinha somente 15 anos; com o segundo, o fraco Júnio Silano, dera à luz aquelas três meninas em pequenos intervalos. Cícero cumprimentou-as sem o menor constrangimento, abaixando-se para falar com elas enquanto Servília se aproximava. Ela insistia para que as filhas falassem com as visitas e, dessa forma, fossem se familiarizando com o mundo dos adultos, pois elas eram sua grande esperança no futuro, e queria que se mostrassem sofisticadas.

Por fim, veio uma ama e levou as meninas, e Servília nos conduziu ao *tablinum*. Lá estava Catão nos aguardando, com Antipater, o Tirense, um filósofo estóico que raramente saía do seu lado. Catão recebeu a notícia do casamento de Lépida de forma tão ruim quanto se poderia prever, praguejando e andando de lá para cá, o que me fez lembrar de um outro comentário de Cícero — o de que Catão era sempre o perfeito estóico, desde que nada desse errado.

— Por favor, acalme-se, Catão — disse Servília após um instante. — Está perfeitamente claro que esse assunto está morto e enterrado, e você precisa se acostumar com a idéia. Você não a amava, você nem sabe o que é o amor. Não precisa do dinheiro dela: já tem até demais. Essa moça não passa de uma insignificante, você pode conseguir cem melhores do que ela.

— Ela me pediu que lhe apresentasse suas mais sinceras saudações — disse Cícero, o que provocou em Catão novo acesso de ira.

— Eu não vou agüentar isso! — ele gritou.

— Vai, sim senhor — disse Servília. Ela apontou para Antipater, que se assustou. — Diga a ele, mestre. Meu irmão acha que seus belos princípios são todos frutos do intelecto, quando são meras emoções infantis alimentadas por falsos filósofos como nobres pontos de honra. — E em seguida, para Cícero de novo: — Se ele tivesse um pouco mais de experiência com o sexo feminino, senador, saberia o quanto tem sido tolo. Mas você nunca se deitou com uma mulher, não é verdade, Catão?

Cícero pareceu constrangido, pois sempre tivera aquela espécie de leve pudor das classes eqüestres em relação a assuntos sexuais, e não estava habituado às maneiras livres dos aristocratas.

— Creio que isso enfraquece a essência masculina e reduz a força do pensamento — disse Catão gravemente, causando tamanho acesso de riso na irmã que seu rosto ficou vermelho como Pompeu pintado no dia anterior, e saiu da sala carregando seu estóico com ele.

— Peço-lhe desculpas — disse Servília, virando-se para Cícero. — Às vezes chego a pensar que ele é um pouco retardado. Mas quando põe uma idéia na cabeça, não larga mais, o que não deixa de ser uma qualidade, eu acho. Ele elogiou seu discurso sobre Verres perante os tribunos. Fez o senhor parecer um sujeito perigoso. Eu costumo gostar de gente perigosa. Precisamos nos ver novamente. — E estendeu a mão para se despedir de Cícero. Ele a segurou, e eu tive a impressão de que ela apertou a mão dele por mais tempo do que manda a etiqueta. — O senhor estaria disposto a ouvir um conselho de uma mulher?

— De você — falou Cícero, após ter finalmente resgatado a própria mão — com toda a certeza.

— Meu outro irmão, Cépio — irmão de verdade, quero dizer — está comprometido com a filha de Hortênsio. Ele me contou que Hortênsio andou falando a seu respeito outro dia, dizendo que desconfia que você está planejando processar Verres, e que já tem um plano em mente para enfrentá-lo. Não sei muito mais do que isso.

— E no caso improvável de que eu estivesse realmente planejando tal feito — disse Cícero, com um sorriso — qual seria o seu conselho?

— Muito simples — replicou Servília, com a maior seriedade. — Desista.

VI

Longe de desmotivá-lo, aquela conversa com Servília e a visita a Cipião convenceram Cícero de que era preciso agir ainda mais rapidamente do que ele planejara. No primeiro dia de janeiro, no ano 684 da fundação de Roma, Pompeu e Crasso assumiram como cônsules. Eu acompanhei Cícero até o local das cerimônias, no Capitolino, e depois fui me juntar à multidão nos fundos do pórtico. O templo de Júpiter estava na fase final de reforma, sob a supervisão de Catulo, e as novas colunas de mármore trazidas do monte Olimpo e o telhado de bronze dourado reluziam à luz do sol tímido. Segundo a tradição, o açafrão era queimado nas piras sacrificiais, e as chamas amareladas crepitantes, o cheiro das especiarias, a claridade brilhante da atmosfera invernal, os altares de ouro, os novilhos à espera da hora do abate, os mantos nas cores branca e púrpura dos senadores presentes — tudo causou em mim uma impressão inesquecível. Não o reconheci, mas Verres também se achava lá, ao lado de Hortênsio, como me contou depois Cícero, que notou os olhares dos dois sobre ele, bem como as risadinhas compartilhadas.

Durante alguns dias após a cerimônia nada pôde ser feito. O senado ouviu um discurso de posse hesitante de Pompeu, que nunca antes tinha posto os pés naquele recinto, e que só era capaz de acompanhar o que ocorria recorrendo com freqüência a um manual de procedimentos escrito especialmente para ele por Varro, um intelectual que servira sob seu comando na Espanha. Catulo, como de hábito, tinha a primeira palavra, e fez um discurso notável de estadista, admitindo que, embora ele pessoalmente fosse contrário, a exigência de restauração dos direitos dos tribunos era imperativa, e que os aristocratas deviam apenas a si mesmos a culpa pela própria impopularidade.

— Você tinha que ter visto as caras de Hortênsio e Verres quando ele falou *isso* — Cícero me disse mais tarde.

Em seguida, de acordo com o antigo costume, os cônsules foram até o monte Albano para presidir as comemorações do Festival Latino, que durava quatro dias, e aos quais se seguiam mais dois dias de observância religiosa, período em que os tribunais ficavam fechados. Portanto, somente após a segunda semana do novo ano é que Cícero pôde, finalmente, dar início à sua batalha.

Na manhã em que Cícero pretendia fazer seu pronunciamento, os três sicilianos — Stênio, Heráclio e Epícrates — foram abertamente à sua casa pela primeira vez em seis meses, e com Quinto e Lúcio, acompanharam Cícero até o fórum. Havia também na comitiva algumas autoridades tribais, sobretudo de Cornélia e de Esquilina, onde sua base de apoio era particularmente forte. Alguns curiosos abordaram Cícero à sua passagem, querendo saber aonde ele ia com aqueles três amigos de aspecto esquisito, ao que ele respondeu, espertamente, que poderiam saber se os acompanhassem — e que não ficariam desapontados. Cícero sempre gostou de multidões, e dessa forma garantiu mais uma ao chegar ao tribunal de causas de extorsão.

Naquele tempo, esse tribunal sempre se reunia diante do Templo de Castor e Pólux, no extremo oposto do prédio do senado. Seu novo pretor era Acílio Glábrio, de quem pouco se sabia, a não ser que era íntimo de Pompeu. Digo muito porque, quando jovem, ele fora obrigado pelo ditador Sula a se divorciar da esposa, muito embora esta já estivesse esperando um filho seu, que a deu em casamento a Pompeu. Mais tarde, essa pobre mulher, de nome Emília, veio a morrer durante o parto na casa de Pompeu, diante do que Pompeu devolveu a criança — um menino — ao pai natural; o garoto estava então com 12 anos, e era a alegria da vida de Glábrio. Foi esse estranho episódio que, segundo dizem, transformou os dois homens não em inimigos, mas em bons amigos, e Cícero se esforçou por descobrir se isso seria útil ou não à sua causa. No fim, não foi capaz de se decidir a respeito.

A cadeira de Glábrio já fora posicionada, sinal de que o tribunal estava pronto para abrir os trabalhos do dia, e devia estar fazendo frio porque tenho uma perfeita lembrança de que Glábrio usava luvas e sentava-se próximo a um braseiro naquele palanque montado diante do templo, a meio caminho da escadaria. Seus lictores, com os bastões apoiados nos ombros e batendo com os pés no chão por causa do frio, alinhavam-se sobre os degraus às suas costas. Era um local movimentado, pois além de abrigar o tribunal de causas de extorsão, no templo ainda funcionava um Escritório de Aferição, onde os comerciantes iam verificar pesos e medidas de suas mercadorias. Glábrio se mostrou surpreso ao ver Cícero com sua comitiva indo em sua direção, e muitos outros passantes pararam para ver o que estava acontecendo. O pretor acenou para seus lictores permitirem a aproximação do senador. Quando abri a pasta de documentos e entreguei a Cícero o *postulatus*, percebi ansiedade em seus olhos, mas também alívio pelo fim de tanta expectativa. Ele subiu os degraus e se virou para se dirigir aos espectadores.

— Cidadãos — ele falou —, venho hoje colocar minha vida a serviço do povo romano. Quero anunciar minha intenção de me candidatar ao cargo de edil de Roma. Não o faço por desejo de glória pessoal, mas porque as atuais condições de nossa república exigem que os homens de bem se ergam pedindo justiça. Todos me conhecem. Todos conhecem as causas em que acredito. Todos sabem que há muito tempo venho observando atentamente certos cavalheiros aristocratas do senado! — Ouviu-se um murmúrio de aprovação. — Bem, tenho em mãos um *postulatus*, um requerimento para processar alguém, no linguajar dos advogados. E estou aqui para noticiar minha intenção de levar às barras da justiça Gaio Verres, pelos graves crimes e delitos por ele cometidos durante seu mandato como governador da Sicília. — Ele agitou o requerimento sobre a cabeça, obtendo finalmente algumas tímidas manifestações de apoio. — Se for condenado, ele não somente terá que restituir o que roubou, como perderá todos os direitos de cidadão. Sua única escolha será entre o exílio ou a morte. Vai lutar como um animal acuado. Será uma batalha longa e árdua, não se deixem enganar, e eu estou apostando tudo em seu resultado: o cargo que almejo, minhas esperanças no futuro, a reputação que me veio tão precocemente e que me esforcei tanto por alcançar, e o faço na firme convicção de que o direito há de prevalecer!

Com isso ele se virou e galgou os últimos degraus até Glábrio, que olhava para tudo aquilo totalmente confuso, e entregou-lhe o requerimento. O pretor olhou rapidamente o documento e passou-o para um dos funcionários. Apertou a mão de Cícero — e foi tudo. A multidão começou a se dispersar e nada mais restou a não ser voltar para casa. Receio que tudo tenha resultado em algo constrangedoramente sem graça, o problema residindo no fato de que Roma assistia, constantemente, a indivíduos solitários declarando sua intenção de concorrer a algum cargo — eram, no mínimo, cinqüenta eleitos por ano — e praticamente ninguém encarava o pronunciamento de Cícero sob a mesma perspectiva histórica da qual ele o fazia. Quanto ao processo, já havia mais de um ano que tinha provocado uma comoção inicial em relação a Verres, e o povo, como o próprio Cícero assinalava com freqüência, tem memória curta; haviam se esquecido de tudo sobre o malvado governador da Sicília. Eu via que Cícero estava padecendo de uma horrível sensação de anticlímax, da qual nem mesmo Lúcio, que era normalmente bom em fazê-lo rir, conseguia tirá-lo.

Chegando em casa, Quinto e Lúcio tentaram animá-lo imaginando as reações de Verres e Hortênsio ao tomar conhecimento da ação interposta: o escravo voltando apressado do fórum com as notícias, Verres empalidecendo, uma reunião de emergência sendo convocada. Mas Cícero não queria saber de nada daquilo. Imagino que estivesse pensando no conselho que recebera de Servília, e na forma como Hortênsio e Verres riram dele no dia da inauguração.

— Eles sabiam que isso ia acontecer — ele falou. — Eles têm um plano. A questão é: qual? Será que sabem que nossas provas são frágeis? Será que têm Glábrio no bolso? O quê?

A resposta estaria em suas mãos antes que a manhã terminasse. Veio na forma de um documento oficial do tribunal de causas de extorsão, que lhe foi entregue por um dos lictores de Glábrio. Ele o pegou com o cenho franzido, abriu o lacre, leu rapidamente e então disse:

— Ah...

— O que é? — Lúcio perguntou.

— O tribunal recebeu um segundo requerimento para processar Verres.

— Isso é impossível — disse Quinto. — Quem mais faria uma coisa dessas?

— Um senador — replicou Cícero, analisando o documento. — Cecílio Niger.

— Eu o conheço — bradou Stênio. — Foi questor de Verres, no ano anterior àquele em que tive de fugir da ilha. Dizia-se que ele e o governador estavam brigando por dinheiro.

— Hortênsio informou o tribunal de que Verres não faz objeção a ser processado por Cecílio, sob o argumento de que ele pede "reparação pessoal", ao passo que eu, aparentemente, estou em busca de mera "notoriedade pública".

Todos nos olhamos, desanimados. Meses de trabalho pareciam estar indo para o lixo.

— É esperteza pura — lamentou Cícero. — Coisa de Hortênsio. Que demônio mais esperto! Eu achava que ele tentaria desqualificar o caso para não chegar à fase de audiências. Nunca imaginei que, em vez disso, ele buscaria controlar o processo assim como a defesa.

— Mas ele não pode fazer isso! — explodiu Quinto. — O direito romano é o sistema mais justo do mundo!

— Meu caro Quinto — retrucou Cícero, com uma expressão tão superior de sarcasmo que me constrangeu —, de onde *você* tira tantas frases feitas? Dos livros infantis? Como acha que Hortênsio vem dominando a prática forense romana durante a maior parte dos últimos vinte anos? Jogando *limpo*? Isto aqui é um documento oficial. Estou sendo convocado ao tribunal de causas de extorsão amanhã de manhã para apresentar minhas razões para ter precedência sobre Cecílio na lavratura de um processo. Tenho que dar o meu melhor perante Glábrio e um júri pleno. Júri este, devo lembrá-los, que será composto por 32 senadores, muitos dos quais, podem ter certeza, acabam de receber uma lembrancinha de ano-novo em bronze ou mármore.

— Mas nós, sicilianos, é que somos as vítimas! — exclamou Stênio. — Certamente cabe a nós decidir quem queremos por advogado, não é assim?

— Não exatamente. O promotor é designado pelo tribunal, e como tal representa o povo romano. A opinião de vocês importa, mas não é decisiva.

— Então estamos derrotados? — quis saber Quinto, com ar frustrado.

— Não — disse Cícero —, não estamos derrotados — e eu podia ver um vestígio daquela velha chama de novo em seus olhos, já que nada mais tinha o poder de lhe revigorar as energias do que se sentir ludibriado por Hortênsio. — E se formos derrotados, bem, ao menos que seja lutando. Preciso começar a preparar minha fala, e você, Quinto, veja se me consegue uma multidão para amanhã. Cobre todos os favores que me devem. Por que não apelar para essa sua linha de pensamento de que a justiça romana é a melhor do mundo, e assim tentar convencer alguns respeitáveis senadores a me acompanhar até o fórum? Alguns são até capazes de acreditar mesmo nisso. Quando eu subir os degraus para aquele tribunal amanhã, quero que Glábrio sinta que Roma inteira está com os olhos sobre ele.

NINGUÉM PODE realmente afirmar que entende de política se nunca passou uma noite toda escrevendo um discurso para fazer no dia seguinte. Enquanto o mundo dorme, o orador perambula em torno do abajur aceso, perguntando-se que loucura é essa que o faz prosseguir nesse ofício.

Argumentos são levantados e descartados. Rascunhos de versões para aberturas e seqüências e perorações espalham-se pelo chão. A mente, exausta, não é capaz de manter mais qualquer coerência quanto à finalidade do trabalho, de tal modo que, com freqüência — geralmente uma ou duas horas após a meia-noite —, chega a um ponto em que desistir, fingir uma doença e ficar escondido em casa parecem as únicas opções que restam. E então, de repente, sob a pressão do pânico, quando a humilhação começa a dar sinal, as partes vão ganhando coerência, e ei-lo pronto: um discurso. Um orador de segunda classe agora se recolhe agradecido à cama. E um Cícero se ergue e trata de decorá-lo.

Uma fruta e um pouco de queijo com vinho diluído em água foi só o que sustentou Cícero ao longo daquela noite. Uma vez tendo organizadas todas as seções de seu discurso, ele me dispensou para poder dormir um pouco, mas não creio que tenha conseguido ficar na cama nem por uma hora. De manhã cedo tomou um banho de água quase gelada para se reanimar e vestiu-se com esmero. Quando fui vê-lo, pouco antes de sairmos para o tribunal, parecia descansado como um pugilista se aquecendo no ringue, flexionando os ombros e saltitando nas pontas dos pés para lá e para cá.

Quinto fizera muito bem a sua parte e, tão logo a porta se abriu, fomos saudados por uma multidão ruidosa de sectários, prestes a seguir caminho pelas ruas. Juntamente com o povo comum de Roma, três ou quatro senadores particularmente interessados no bem da Sicília encontravam-se ali para demonstrar seu apoio. Lembro-me do taciturno Gneu Marcelino, do íntegro Calpúrnio Piso Frugi, que fora pretor no mesmo ano de Verres, a quem desprezava como um canalha, e pelo menos um membro do clã dos Marcelo, os tradicionais patronos da ilha. Cícero acenou da soleira da porta, ergueu Túlia nos braços e deu-lhe um dos seus beijos estalados, exibindo-a para a multidão. Então devolveu-a à mãe, com quem trocou um abraço em público, coisa rara, antes que Quinto, Lúcio e eu lhe abríssemos passagem e ele tomasse o lugar no centro da multidão.

Tentei desejar-lhe sorte, mas, como costumava ocorrer sempre antes de um discurso importante, ele era inatingível. Olhava para as pessoas mas não as via. Estava tomado pela atuação, interpretando um drama interior, vivido desde a infância, do patriota solitário, armado apenas com sua voz, enfrentando tudo que fosse corrupto e desprezível no Estado. Como se sentisse a parte que lhe cabia naquele fantástico espetáculo, a multidão, gradualmente, ia crescendo, até que, quando chegamos ao Templo de Castor, devia haver entre duzentas a trezentas pessoas aplaudindo estrondosamente sua entrada no tribunal. Glábrio já se encontrava em seu posto, entre as grandes colunas do templo, assim como o corpo de jurados, entre os quais o próprio espectro assustador de Catulo. Eu podia ver Hortênsio na bancada reservada aos espectadores mais distintos, examinando as mãos muito bem tratadas e aparentando a tranqüilidade de uma manhã de verão. Perto dele, também parecendo bastante à vontade, se achava um homem entrado nos 40 anos, de cabelos ruivos anelados e rosto bronzeado, que eu entendi que devia ser Gaio Verres. Para mim era meio estranho pôr os olhos naquele monstro, que ocupara nossos pensamentos por tanto tempo, e descobrir nele uma aparência tão comum — na realidade, parecia bem mais uma raposa do que um porco selvagem.

Duas cadeiras haviam sido providenciadas para os litigantes rivais. Cecílio já estava sentado, com um maço de anotações no colo, e nem levantou os olhos quando Cícero chegou, preocupado apenas em estudá-las. A sessão teve início e Glábrio disse a Cícero que, na condição de proponente original da ação, ele teria a palavra — o que era uma desvantagem significativa. Cícero deu de ombros e se levantou, aguardou que se fizesse silêncio absoluto e começou, devagar como sempre, dizendo que compreendia que as pessoas se mostrassem surpresas por vê-lo naquele papel, ele que jamais imaginara entrar numa arena como promotor. Não tivera o desejo de fazê-lo agora, ele falou. No íntimo, inclusive, havia aconselhado aos sicilianos que deixassem a tarefa para Cecílio. (Nesta hora eu quase engasguei.) Mas, na verdade, ele disse, não fazia isso apenas pelos sicilianos. "O que estou fazendo é pelo bem do meu país." E calculadamente foi caminhando pelo recinto do tribunal até onde se encontrava Verres sentado e lentamente ergueu o braço e apontou para ele.

— Aqui está um monstro humano de ambição, de impudência, de imoralidade sem paralelo. Se trago este homem a julgamento, quem poderá me criticar por fazê-lo? Digam-me, em nome de tudo quanto é mais justo e mais sagrado, que melhor serviço eu posso prestar ao meu país nos dias de hoje?!

Verres não se mostrava nem um pouco ofendido, ao contrário, ria desafiadoramente para Cícero e balançava a cabeça. Cícero encarou-o com desprezo durante um longo tempo, em seguida virou o rosto para o júri.

— A acusação que pesa sobre Gaio Verres é a de que, durante um período de três anos, ele arrasou com a província da Sicília: dilapidou as comunidades sicilianas, pilhou os lares sicilianos, saqueou os templos sicilianos. Se toda a Sicília pudesse bradar a uma só voz, eis o que diria: "Todo o ouro, toda a prata, todos os tesouros maravilhosos que outrora havia em minhas cidades, em minhas casas, em meus templos, tudo isso você, Verres, roubou e arrancou de mim; e por essa razão eu o acuso, segundo a lei, do desvio da soma de um milhão de sestércios!" São essas as palavras que a Sicília inteira gostaria de gritar, se pudesse bradar a uma só voz, mas como não pode, ela incumbiu-me de levar o caso adiante em seu nome. Portanto, que incrível impudência é esta que *você* (e agora ele, finalmente, se dirigia a Cecílio) ousa demonstrar ao pretender patrocinar este caso para o qual ela própria já declarou não querê-lo?!

Ele avançou em direção a Cecílio e ficou bem às suas costas. Deixou escapar um suspiro exagerado de tristeza.

— Não falarei com você de amigo para amigo — ele disse, e deu uma batidinha no ombro de Cecílio de modo que o rival se visse obrigado a se virar no assento para olhá-lo, um movimento nervoso que provocou boas gargalhadas. — Eu sinceramente o aconselho a analisar a própria mente. Rememore. Pense no que você é, e no que tem condições de ser. Este processo é uma empresa formidável e extremamente penosa. Você tem força de voz e de memória? Tem inteligência e capacidade para suportar semelhante missão? Ainda que tivesse o dom de grandes dotes naturais, ainda que tivesse recebido uma educação adequada, você pode esperar agüentar tanta pressão? Vamos ver isso aqui, nesta manhã. Se puder responder ao que estou lhe dizendo, se for capaz de usar uma única expressão que não esteja contida em algum manual de textos compilados dos discursos de alguma outra pessoa e que lhe foi dado por seu professor na escola, aí talvez você não seja uma farsa no presente julgamento.

Cícero caminhou até o centro do tribunal, e então se voltou para a multidão no fórum, bem como para o júri.

— Bem, os senhores perguntarão, isso quer dizer então que é *você* que possui todas essas qualidades? Digo que sim, eu mesmo! Dei o melhor de mim, trabalhei duro desde menino, para adquiri-las se fosse capaz. Todos sabem que minha vida sempre girou em torno deste fórum e dos tribunais; que poucos homens da minha idade, ou nenhum, já defenderam tantas causas; que todo o tempo que poderia compartilhar com os amigos eu gasto no estudo e no trabalho duro que essa profissão exige, a fim de me tornar mais apto e qualificado para a prática forense. Mesmo assim, quando penso no grande dia em que o acusado é convocado a comparecer e em que tenho de fazer meu discurso, não fico apenas ansioso, mas chego a tremer fisicamente da cabeça aos pés. Você, Cecílio, não tem esse tipo de medo, não tem esses pensamentos, não tem essa ansiedade. Acha que, se puder decorar uma ou duas frases de algum velho discurso, como "eu imploro a Deus misericordioso e todo-poderoso" ou "eu espero, cavalheiros, que tenha sido possível", estará excelentemente preparado para atuar neste tribunal.

"Cecílio, você é um zero, e não vale nada. Hortênsio vai *destruí-lo*! Mas jamais me atingirá com sua esperteza. Jamais me deixará confuso com alguma exibição de ingenuidade. Jamais vai empregar seus grandes poderes para me enfraquecer e me tirar da minha posição. — Ele olhou para Hortênsio, e cumprimentou-o com a cabeça num gesto de humildade zombeteira, ao qual Hortênsio respondeu levantando-se e cumprimentando-o de volta, causando novas risadas. — Estou perfeitamente acostumado com todos os métodos de ataque desse cavalheiro — prosseguiu Cícero — e com todos os seus recursos de oratória. Por mais capaz que ele seja, vai sentir, quando vier falar contra mim, que o julgamento é, entre outras coisas, um julgamento de sua própria capacidade. E aviso de antemão ao cavalheiro que, caso os senhores decidam que serei eu a conduzir este caso, ele terá de fazer uma mudança radical em seus métodos de defesa. Se *eu* ganhar, ele não terá motivo algum para achar que o tribunal pode ser subornado sem sérios riscos para um grande número de pessoas.

A menção a suborno gerou um breve murmúrio, e fez com que o normalmente calmo Hortênsio ficasse de pé, mas Cícero fez-lhe um sinal para voltar a se sentar. E prosseguiu, martelando retoricamente seus oponentes como os golpes de um ferreiro batendo numa forja. Não vou reproduzir tudo aqui: o discurso, que levou no mínimo uma hora, está perfeitamente disponível para quem quiser lê-lo. Ele investiu duramente contra Verres por causa da corrupção, contra Cecílio por suas ligações prévias com Verres, e contra Hortênsio por desejar um oponente de segunda categoria. E concluiu desafiando os próprios senadores, caminhando em direção ao júri e olhando um a um nos olhos.

— Cabe a vocês, portanto, cavalheiros, escolher aquele que julgam mais qualificado em termos de boa-fé, engenho, sagacidade e força de caráter para levar este importante caso perante este grande tribunal. Se derem a preferência a Quinto Cecílio, não pensarei que fui derrotado pelo melhor. Mas Roma pensará que um promotor honrado, duro e enérgico como eu não era bem o que os senhores desejavam, e não era o que os senadores sempre desejaram. — Ele fez uma pausa, seu olhar indo pousar por fim sobre Catulo, que o olhou fixamente de volta, e então disse muito calmamente: — Cavalheiros, providenciem para que tal não aconteça.

Houve fortes aplausos, e agora era a vez de Cecílio. Ele tinha origens muito humildes, mais ainda do que Cícero, e não era um homem exatamente destituído de méritos. Haveria quem dissesse que tinha certa prioridade na ação, ainda mais quando ele começou assinalando que seu pai havia sido um escravo siciliano liberto, que ele próprio nascera na província, e que aquela ilha era o lugar que ele mais amava no mundo. Mas sua fala estava recheada de dados estatísticos sobre produção agrícola em queda e sobre a gestão administrativo-financeira de Verres. Passava a impressão de estar mais irritado do que tomado pela paixão. Pior, lia as anotações em tom monocórdio, de tal forma que, uma hora depois, quando se aproximava da peroração, Cícero quase caiu da cadeira, fingindo estar dormindo. Cecílio, que se encontrava de frente para o júri, e desse modo não podia ver do que todos riam, foi seriamente afetado por esse estratagema. Esforçou-se por chegar ao fim e então se sentou, vermelho de raiva e embaraço.

Em matéria de retórica, Cícero obtivera uma vitória de proporções arrasadoras. Mas, quando as tabuletas de votação foram passadas aos jurados, e o funcionário do tribunal terminou de recolhê-las numa urna, Cícero percebeu, mais tarde ele me contou, que fora derrotado. Entre os 32 senadores, ele reconheceu pelo menos 12 fortes inimigos, e apenas a metade de amigos. A decisão, como sempre, caberia ao grupo dos que estavam sempre indecisos, e dava para ver que muitos desses estavam espichando o pescoço à espera de um sinal de Catulo, para seguir seu comando. Catulo marcou sua tabuleta, exibiu-a para os homens a seu lado, e em seguida colocou-a na urna. Quando todos haviam votado, o funcionário levou a urna até a bancada e, à vista de todo o tribunal, começou a contar as tabuletas. Hortênsio, deixando de lado sua calma aparente, levantou-se, assim como Verres, tentando ver como ia a disputa. Cícero permaneceu sentado, rígido como uma estátua. Cecílio estava meio inclinado na cadeira. À minha volta, as pessoas que adquiriram o hábito de assistir às sessões dos tribunais e conheciam os rituais tanto quanto os juízes, cochichavam que tinha dado empate, que a contagem estava sendo refeita. Finalmente, o funcionário passou o resultado para Glábrio, que se ergueu e pediu silêncio. Os votos, ele disse, foram 14 para Cícero — meu coração parou: ele perdera! —, 13 para Cecílio, com cinco abstenções, e que Marco Túlio Cícero era, assim, designado promotor especial (*nominis delator*) no caso Gaio Verres. Enquanto os espectadores aplaudiam, e Hortênsio e Verres sentavam-se, atônitos, Glábrio pediu a Cícero que ficasse de pé e erguesse a mão direita, e em seguida o fez pronunciar o tradicional juramento de conduzir o processo com absoluta honestidade.

Quando terminou, Cícero requereu um adiamento. Hortênsio levantou-se calmamente para objetar: por que seria necessário? Cícero alegou que precisava viajar à Sicília para convocar testemunhas e reunir provas. Hortênsio interrompeu para dizer que era inadmissível que Cícero requeresse o direito de processar para só então revelar, no último momento, que lhe faltavam elementos para levar o caso ao tribunal! A questão era válida, e pela primeira vez eu entendi o quanto Cícero se achava inseguro em relação à força da sua posição. Glábrio pareceu inclinado a concordar com Hortênsio, mas Cícero alegou que somente agora, desde que Verres deixara a província, suas vítimas sentiam-se seguras para falar. Glábrio ponderou as alegações, consultou o calendário e anunciou, relutante, que o caso ficava adiado por 110 dias.

— Mas esteja certo de que terá condições de abri-lo imediatamente após o recesso de primavera — ele fez um alerta a Cícero.

E, com isso, o tribunal foi desconvocado.

PARA SUA SURPRESA, Cícero descobriu posteriormente que devia sua vitória a Catulo. Aquele velho senador, duro e esnobe, era, apesar de tudo, patriota até os ossos, razão pela qual suas opiniões angariavam tamanho respeito. Ele manteve o ponto de vista de que o povo tinha o direito, sob as velhas leis, de ver Verres submetido ao processo mais rigoroso possível, ainda que Verres fosse seu amigo. Compromissos familiares com seu cunhado, Hortênsio, naturalmente o impediram de votar abertamente em Cícero, por isso preferiu abster-se, levando quatro indecisos com ele.

Agradecido por estar ainda na "Caçada ao Porco Selvagem", como ele denominava a causa, e encantado por haver derrotado Hortênsio, Cícero mergulhou no trabalho de preparar sua expedição à Sicília. Os documentos oficiais de Verres foram lacrados pelo tribunal sob a designação *obsignandi gratia*. Cícero entrou com uma moção ao senado requerendo que o ex-governador submetesse suas contas dos últimos três anos (o que ele nunca fez). Mandaram-se cartas para as principais cidades da ilha, convidando-as a encaminhar provas. Eu revi nossos arquivos e peguei os nomes de todos os líderes que tinham oferecido hospitalidade a Cícero quando este, magistrado iniciante, necessitava de acomodação em suas viagens pela província. Cícero também redigiu uma carta de cortesia ao governador, Lúcio Metelo, informando-o de sua visita e solicitando cooperação oficial — não que esperasse muito mais do que uma recepção formal, mas considerou que seria útil fazer a notificação por escrito, para demonstrar que pelo menos havia tentado. Resolveu levar o primo com ele — Lúcio trabalhara no caso durante seis meses — e deixar o irmão organizando sua campanha eleitoral. Eu iria também, junto com meus assistentes, Sositeu e Laurea, pois certamente haveria muito o que registrar e anotar. O ex-pretor, Calpúrnio Piso Frugi, ofereceu a Cícero os serviços de seu filho de 18 anos, Gaio, um rapaz de grande charme e inteligência, por quem todo mundo imediatamente se encantava. Por insistência de Quinto, compramos ainda quatro escravos fortes e leais, para trabalhar aparentemente como carregadores e guias, mas na verdade para funcionar como guarda-costas. Naquela época, o sul era uma terra sem lei — muitos dos seguidores de Espártaco ainda sobreviviam nas montanhas; havia piratas; e ninguém podia garantir que espécie de medidas Verres poderia adotar.

Tudo isso exigia dinheiro, e embora na época a prática do direito estivesse rendendo alguma receita a Cícero — não em forma de pagamentos diretos, é claro, o que era proibido, mas em presentes de clientes agradecidos —, ele não possuía a quantidade de recursos em espécie necessária para bancar um processo da forma adequada. Muitos jovens em seu lugar teriam ido procurar Crasso, que costumava financiar generosamente políticos em ascensão. Mas da mesma forma que Crasso gostava de mostrar que premiava quem lhe desse apoio, também cuidava de fazer com que todos soubessem como punia a oposição. Desde que Cícero declinara se juntar ao seu grupo, ele passara a demonstrar sua inimizade. Ignorava-o em público. Falava mal dele pelas costas. Quem sabe se Cícero tivesse suficiente humildade ele condescenderia em mudar de atitude: seus princípios eram infinitamente maleáveis. Mas, como já disse, os dois homens tinham dificuldade até de ficar a 10 metros um do outro.

Portanto, Cícero não tinha outra escolha senão se aproximar de Terência, e uma cena dolorosa se seguiu. Eu só fui envolvido porque Cícero, de uma forma bem covarde, mandou que *eu* fosse, primeiro, procurar o gerente comercial dela, Filotimo, para saber se seria muito complicado levantar cerca de 100 mil sestércios. Com a perfídia que lhe era característica, Filotimo imediatamente foi contar da minha investida à patroa, que enfureceu-se e foi me encontrar no gabinete de Cícero para perguntar como eu me atrevia a me intrometer em seus negócios. Cícero entrou na hora em que tudo acontecia e foi, evidentemente, forçado a explicar por que precisava do dinheiro.

— E como essa quantia será restituída? — quis saber Terência.

— Virá da pesada multa que será imposta a Verres quando for julgado culpado — respondeu o marido.

— E você tem certeza de que ele *será* condenado?

— É claro.

— Por quê? De onde vem tanta certeza? Deixe-me ouvi-lo. — E ela se sentou na cadeira dele e cruzou os braços. Cícero vacilou, mas conhecendo bem a mulher e percebendo que ela não arredaria pé dali, mandou-me abrir o cofre e exibir-lhe as provas dos sicilianos. Mostrou-lhe peça por peça, e no final ela o olhou com genuíno espanto. — Mas isso só não basta, Cícero! Você jogou todas as suas fichas *nisso*? Você acha realmente que um júri de senadores vai condenar um dos seus pares por ter tirado algumas estátuas importantes da obscuridade provincial devolvendo-as a Roma, a que elas de fato pertencem?

— Você pode ter razão, minha querida — concedeu Cícero. — E é justamente por isso que eu preciso ir à Sicília.

Terência olhou para o marido — reconhecidamente o melhor orador e o senador mais brilhante de Roma na época — com aquela espécie de olhar que uma mãe dirige a um filho que urinou no chão da sala de visitas. Ela poderia ter falado qualquer coisa, estou certo disso, mas notou que eu continuava por ali e achou melhor não fazê-lo. Em silêncio, levantou-se e saiu do gabinete.

No dia seguinte, Filotimo me procurou e me entregou uma caixinha contendo 10 mil sestércios em dinheiro, com autorização para levantar mais 40 mil, se necessário.

— Exatamente a metade do que eu pedi — disse Cícero, quando levei-lhe a caixa. — Trata-se de uma mulher de negócios fazendo um investimento bem estudado em mim, Tiro, e quem poderá dizer que ela está errada?

VII

Saímos de Roma em meados de janeiro, no último dia do Festival das Ninfas, com Cícero numa carruagem coberta para poder seguir trabalhando — embora eu achasse um tormento até mesmo tentar ler, o que dirá escrever, naquela *carruca* sacolejante, barulhenta e instável. Foi uma viagem terrível, sob um frio intenso, a neve se acumulando sobre o chão da estrada. Já então, muitas das cruzes com escravos rebeldes crucificados haviam sido removidas da Via Ápia. Mas algumas ainda permaneciam como um aviso, destacando-se na paisagem esbranquiçada, com nacos podres de corpos pendurados. Olhando para aquilo, senti como se o longo braço de Crasso me alcançasse desde Roma e de novo me beliscasse a bochecha.

Como havíamos partido às pressas, mostrou-se impossível conseguir lugares para pousar ao longo do percurso, e em três ou quatro noites, sem uma hospedaria disponível, tivemos que nos resignar a dormir na beira da estrada. Eu dormia junto com os outros escravos, todos amontoados em torno da fogueira, enquanto Cícero, Lúcio e o jovem Frugi dormiam na carroça. Nas montanhas, eu acordava ao amanhecer com as roupas molhadas de gelo. Quando, afinal, chegamos ao litoral de Velia, Cícero resolveu que seria mais rápido alugar um barco e ir costeando — apesar do risco das tempestades de inverno e de piratas, além de sua conhecida aversão a viajar de barco, desde que fora avisado por uma sibila de que sua morte estava relacionada ao mar.

Velia era uma espécie de balneário para tratamento de saúde, com um templo famoso a Apolo Oulius, um deus da cura então em voga. Mas estava tudo fechado e fora de temporada, e enquanto descíamos em direção ao porto, onde o mar cinzento batia de encontro ao cais, Cícero comentava que poucas vezes vira um local para passar férias menos atrativo. Tirando os costumeiros barcos de pesca, o porto abrigava apenas uma grande embarcação, um navio de carga do tamanho de um trirreme, e enquanto negociávamos a viagem com os marujos locais, Cícero resolveu perguntar a quem ele pertencia. Ficamos sabendo, assim, que se tratava de um presente dos cidadãos do porto siciliano de Messina ao ex-governador, Gaio Verres, e estava ali ancorado já fazia um mês.

Havia algo absolutamente sinistro naquele barco imenso, pousado na água, com tripulação completa e pronto para partir a qualquer momento. Nossa chegada ao porto deserto já fora claramente registrada e estava causando um certo pânico. Quando Cícero ia nos levando cautelosamente mais para perto da embarcação, ouvimos três toques breves de trombeta, vimos os remos sendo acionados e, como um enorme besouro aquático, ela foi se afastando do cais em direção ao mar aberto, onde, a uma curta distância dali, lançou âncora. Quando o barco ficou contra o vento, as lanternas na proa e na popa, de um amarelo brilhante, dançaram na tarde enfarruscada, e silhuetas tomaram posição ao longo de seus deques. Cícero discutiu com Lúcio e Frugi sobre o que fazer. Em tese, sua designação como promotor pelo tribunal de causas de extorsão dava-lhe autoridade para abordar e investigar qualquer embarcação suspeita de ligação com o caso. Na prática, porém, faltavam-nos recursos, e até que mobilizássemos reforços, o barco estaria bem longe. O que se mostrava fora de qualquer dúvida era que os crimes de Verres tinham uma escala muitíssimo maior do que qualquer pessoa, até mesmo Cícero, podia imaginar. Ele decidiu que deveríamos seguir para o sul em velocidade redobrada.

Suponho que a distância de Velia a Vibo seja de uns 200 quilômetros, em linha reta da tíbia à ponta do pé da Itália. Mas, com vento a favor e remadas poderosas, fizemos o percurso em apenas dois dias. Seguimos sempre mantendo a praia sob nossas vistas, e paramos para dormir uma noite na areia, onde fizemos uma fogueira com alguns galhos de arbusto e usamos os remos e a vela para improvisar uma barraca. De Vibo seguimos pela estrada costeira até Reggio, onde fretamos um segundo barco para velejar pelos estreitos canais que levam à Sicília. Fazia uma manhã enevoada quando iniciamos a jornada, com uma insistente chuva miúda caindo. A ilha distante recortava-se no horizonte como um vulto negro assustador. Infelizmente, só havia um lugar para ficar, sobretudo em pleno inverno, que era o reduto de Verres em Messina. Ele comprara a lealdade dos habitantes isentando-os de impostos durante seus três anos de governo, e em nenhuma das cidades da ilha Cícero obteria cooperação. Seguimos rumo ao farol, e só quando nos aproximamos mais é que fomos perceber que o que pensávamos ser um grande mastro à entrada do porto não tinha nada a ver com um navio; era, sim, uma cruz, voltada diretamente para os canais que levavam à terra firme.

— Isso é novidade — disse Cícero, franzindo o cenho para evitar a chuva nos olhos. — Na nossa época esse nunca foi um local de execuções.

Não tivemos alternativa a não ser passar com o barco bem rente a ela, e aquela visão caiu como uma sombra sobre nossas almas encharcadas.

A despeito da hostilidade generalizada do povo de Messina para com o promotor especial, dois cidadãos da cidade — Basilisco e Percênio — concordaram corajosamente em nos oferecer sua hospitalidade, e estavam aguardando no cais para nos recepcionar. Na hora em que pôs o pé na praia, Cícero os inquiriu a respeito da cruz, mas eles pediram para não responder até que saíssemos do ancoradouro. Só quando já nos encontrávamos no conforto da casa de Basilisco é que os dois se sentiram seguros para contar a história. Verres tinha passado os seus últimos dias de governador dando expediente integral em Messina, supervisionando o carregamento da sua pilhagem a bordo do navio-tesouro que a cidade agradecida construíra para ele. Houve um festival em sua homenagem cerca de um mês antes, em que, quase como se fosse parte do entretenimento, um cidadão romano fora arrancado da prisão, exibido nu em pleno fórum, açoitado publicamente, torturado e finalmente crucificado.

— Um cidadão romano? — repetiu Cícero, incrédulo. Ele fez um gesto para que eu começasse a anotar. — Mas é ilegal executar cidadãos romanos sem julgamento adequado. Tem certeza de que foi isso mesmo?

— Ele gritava que seu nome era Públio Gávio, que era um comerciante da Espanha e que prestara serviço militar nas legiões. Durante o açoitamento ele berrava "Eu sou cidadão romano!" a cada golpe recebido.

— Eu sou cidadão romano — repetia Cícero, saboreando a frase. — Eu sou cidadão romano... Mas de que crime ele foi acusado?

— Espionagem — respondeu nosso anfitrião. — Ele estava prestes a pegar um barco para a Itália. Mas cometeu o erro de contar a todo mundo que tinha conseguido escapar da Prisão das Pedreiras em Siracusa e que estava indo direto para Roma denunciar os crimes de Verres. Os anciãos de Messina o capturaram e mantiveram preso até a chegada de Verres, que ordenou que ele fosse punido, torturado com ferros em brasa e executado numa cruz instalada ao longo dos canais para Reggio, de modo que ficasse olhando para a terra em suas horas de agonia. Já imaginou? A apenas 8 quilômetros da segurança! A cruz foi mantida ali pelos seguidores de Verres como um aviso para todos aqueles que se sentissem tentados a falar demais.

— Houve testemunhas dessa crucificação?

— Claro. Centenas.

— Incluindo-se cidadãos romanos?

— Sim.

— Você é capaz de identificar algum deles?

Ele hesitou.

— Gaio Numitório, um cavaleiro romano de Puteoli. Os irmãos Cotio, de Tauromênio. Lucéio. Esse é de Reggio. Deve haver outros.

Eu anotei os nomes. Em seguida, enquanto Cícero tomava banho, nós nos reunimos à volta de sua banheira para discutir o desenvolvimento das ações. Lúcio falou:

— Talvez esse tal de Gávio fosse realmente um espião.

— Eu me sentiria mais inclinado a acreditar nisso — Cícero replicou — se Verres não usasse a mesma acusação contra Stênio, que é tão espião quanto eu ou qualquer um de vocês. Não, trata-se do método de operação preferido desse monstro: ele inventa uma acusação falsa, em seguida se vale de sua posição como justiceiro supremo da província para obter um veredicto e pronunciar a sentença. A questão é: por que ele escolheu Gávio?

Ninguém tinha uma resposta; nem tempo sobrando para gastar em Messina atrás de uma. Na manhã seguinte, bem cedo, teríamos que partir para nosso primeiro compromisso oficial, na cidade de Tíndaris, na costa norte. Essa visita estabeleceu o padrão para as que se seguiram. O conselho veio saudar Cícero com todas as honras. Ele foi conduzido à praça municipal, mostraram-lhe a estátua em tamanho natural de Verres, pela qual os cidadãos foram obrigados a pagar, e que agora eles próprios haviam derrubado e destruído. Cícero fez um breve discurso sobre a justiça romana. Sua cadeira foi instalada, ele ouviu as queixas dos cidadãos locais, e em seguida selecionou aquelas que pareciam mais extraordinárias ou de mais fácil comprovação — em Tíndaris havia a história de Sopater, amarrado nu a uma estátua até que a cidade abrisse mão de seu Mercúrio de bronze — e, por fim, eu ou um dos meus assistentes tomava as declarações, que deviam ser assinadas por testemunhas.

De Tíndaris viajamos para a cidade natal de Stênio, Termini, onde nos encontramos com sua esposa na casa vazia. Ela não parava de chorar enquanto Cícero lhe entregava cartas do marido exilado, e depois encerramos a semana no porto fortificado de Lilybaeum, na ponta mais ocidental da ilha. Cícero conhecia muito bem aquele lugar, onde ficara baseado quando era magistrado iniciante. Ficamos, como fazíamos com freqüência no passado, na casa do seu velho amigo Panfílio. Durante o jantar, na primeira noite, Cícero notou que faltava a decoração tradicional da mesa — uma linda jarra e os copos, todos objetos de família —, e quando perguntou o que era feito deles, soube que Verres os havia confiscado. Logo ficou claro que todos os demais convidados naquela sala de jantar tinham histórias parecidas para contar. O jovem Gaio Cacúrio fora obrigado a abrir mão de toda a sua mobília, e Lutácio de uma mesa de madeira de lei na qual Cícero costumava fazer as refeições. Liso teve roubada sua preciosa estátua de Apolo, e Deodoro um conjunto de taças de prata lavrada, da autoria de Mentor. A lista era interminável, e digo isso porque eu fui escalado para anotar tudo. Depois de tomar os depoimentos de cada um deles, e de todos os seus amigos, comecei a achar que Cícero tinha enlouquecido — será que ele planejava catalogar cada colher, cada jarra roubada em toda a ilha? —, mas é claro que ele estava sendo muito mais esperto do que eu, como os acontecimentos posteriores iriam mostrar.

Poucos dias depois lá fomos nós pelas trilhas quase intransitáveis de Lilybaenum à cidade-templo de Agrigento, e em seguida ao coração montanhoso da ilha. O inverno era especialmente severo; a terra e o céu pareciam de chumbo. Cícero pegou um forte resfriado e ficou enrolado em seu manto no fundo da nossa carroça. Em Henna, uma cidade construída à beira dos rochedos e cercada por lagos e florestas, os sacerdotes vieram todos nos saudar, ululantes, vestidos com suas túnicas trabalhadas e carregando seus ramos sagrados. Levaram-nos até o templo de Ceres, do qual Verres havia subtraído a estátua da deusa. E aqui, pela primeira vez, nossa comitiva viu-se envolvida em conflitos com os lictores do novo governador, Lúcio Metelo. Os brutos, com bastões e machados, postaram-se de um lado da praça do mercado de onde gritavam ameaças de graves conseqüências para quem ousasse testemunhar contra Verres. Apesar disso, Cícero convenceu três proeminentes cidadãos de Henna — Teodoro, Numênio e Nicásio — a prometer que iriam a Roma apresentar suas provas.

Por fim, voltamos para sudeste, novamente em direção ao mar, para as planícies férteis na encosta do Etna. Eram terras do Estado, administradas em nome do tesouro romano por uma empresa coletora de impostos que, em troca, as arrendava aos fazendeiros locais. Da primeira vez em que Cícero estivera na ilha, as planícies de Leonini eram o celeiro de Roma. Mas agora passávamos por fazendas abandonadas e áridas, campos arrasados, pontuados por colunas de fumaça marrom, onde os antigos arrendatários sem terra agora viviam a céu aberto. Verres e seus comparsas na empresa de cobrança de impostos haviam caído sobre a região como um exército devastador, confiscando cereais e gado por uma fração ínfima do seu valor real, e aumentando os aluguéis muito acima do que era possível pagar. Um fazendeiro que se atrevera a reclamar, Ninfodoro de Centuripe, foi capturado pelo coletor de dízimos de Verres, Aprônio, e enforcado numa oliveira em plena praça do mercado de Etna. Essas histórias enfureceram Cícero, e o obrigaram a novos esforços. Ainda guardo na lembrança aquele cavalheiro, o mais urbano de todos, com a toga erguida até os joelhos, os elegantes sapatos vermelhos numa das mãos, sua licença legal na outra, abrindo caminho cuidadosamente por um terreno enlameado debaixo de uma chuva inclemente para colher o testemunho de um fazendeiro em suas próprias terras. Quando, finalmente, chegamos a Siracusa, após mais de trinta dias de árduas viagens pela província inteira, tínhamos os depoimentos de aproximadamente duzentas testemunhas.

Siracusa é, de longe, a maior e mais bonita cidade da Sicília. São quatro cidades que, na verdade, acabaram virando uma única. Três delas — Acradina, Ticha e Neápolis — expandiram-se em volta do porto, e no centro dessa grande baía natural estabeleceu-se o quarto assentamento, conhecido simplesmente como Ilha, a antiga sede real, que se liga aos demais por uma ponte. Esta "cidade dentro de uma cidade", cercada de muros, proibida à noite aos sicilianos, é onde o governador romano tinha o seu palácio, próximo aos grandes templos de Diana e Minerva. Nós temíamos uma recepção hostil, dado que se dizia que Siracusa só perdia para Messina em termos de fidelidade a Verres, e seu senado havia aprovado recentemente um voto de louvor a ele. Na verdade, deu-se o contrário. Notícias sobre a honestidade e a diligência de Cícero o haviam precedido, e fomos escoltados através do portão de Agrigento por uma multidão de animados cidadãos. (Uma das razões da popularidade de Cícero era que, quando jovem magistrado, ele havia localizado, no abarrotado cemitério municipal, a tumba, perdida havia 130 anos, do matemático Arquimedes, o maior homem da história de Siracusa. Ao que parece, ele havia lido em algum lugar que o túmulo estava marcado com um cilindro e uma esfera, e uma vez encontrado o monumento, custeou a limpeza do capim e do mato que cresciam à sua volta. Depois passou muitas horas a seu pé, refletindo sobre a transitoriedade da glória humana. Sua generosidade e seu respeito não foram esquecidos pela população local.)

Mas, resumindo. Ficamos hospedados na casa de um cavaleiro romano, Lúcio Flávio, um velho amigo de Cícero, que sabia de muitas histórias sobre a corrupção e a crueldade de Verres para acrescentar ao nosso estoque já superlotado. Havia a história do capitão pirata, Heráclio, que conseguiu entrar velejando em Siracusa à frente de uma esquadra de quatro pequenas galeras, saqueou os armazéns e partiu sem encontrar qualquer resistência. Capturado algumas semanas depois, pouco além da costa de Megara, nem ele nem seus homens desfilaram como prisioneiros, e houve boatos de que Verres o trocara por uma polpuda quantia em dinheiro. E havia ainda o terrível caso do banqueiro romano da Espanha, Lúcio Erênio, que fora levado ao fórum de Siracusa certa manhã, sumariamente denunciado como espião e, por ordens de Verres, decapitado — apesar dos pedidos dos amigos e companheiros de negócios que foram correndo assim que souberam o que estava se passando. A similaridade entre o caso de Erênio e o de Gávio, em Messina, era espantosa: ambos romanos, ambos da Espanha, ambos do ramo do comércio, ambos acusados de espionagem, e ambos executados sem sequer uma audiência ou julgamento adequado.

Naquela noite, após o jantar, Cícero recebeu um mensageiro de Roma. Imediatamente depois de ler a carta, ele se desculpou e chamou de lado Lúcio, o jovem Frugi e eu. A mensagem era de seu irmão Quinto, e continha graves notícias. Parece que Hortênsio voltara a aplicar seus golpes baixos. O tribunal de causas de extorsão havia, inesperadamente, dado permissão para processar o ex-governador de Achaia. O promotor, Dasiano, velho parceiro de Verres, tinha se comprometido a ir à Grécia e retornar apresentando provas dois dias antes da data final estabelecida para a volta de Cícero da Sicília. Quinto dizia para o irmão regressar a Roma o mais rápido possível para contornar o problema.

— É uma armadilha — declarou imediatamente Lúcio — para deixar você em pânico e abortar sua expedição.

— Deve ser sim — concordou Cícero. — Mas não posso me dar ao luxo de correr esse risco. Se esse outro processo entrar na pauta do tribunal à frente do nosso, e se Hortênsio protelá-lo como gosta de fazer, nosso caso pode ser empurrado para depois das eleições. Então Hortênsio e Quinto Metelo serão cônsules eleitos. Esse irmão caçula dos Metelo sem dúvida será eleito pretor, e o terceiro ainda vai ser governador aqui. Como é que nós vamos fazer com todos esses fatos contra nós?

— É, o que vamos fazer?

— Perdemos tempo demais correndo atrás de peixe pequeno nesta investigação — disse Cícero. — Temos que levar a guerra para o campo do inimigo, e soltar a língua de alguns daqueles que sabem realmente o que se passou: os próprios romanos.

— Concordo — disse Lúcio. — A questão é: como?

Cícero olhou em volta e baixou a voz antes de responder.

— Temos que partir para o ataque — ele anunciou. — Um ataque aos escritórios dos coletores de impostos.

Até Lúcio pareceu levemente esverdeado ao ouvir aquilo, pois, depois de avançar sobre o palácio do governador e tentar prender Metelo, aquele era sem dúvida o movimento mais ousado que Cícero poderia fazer. Os coletores de impostos eram uma corporação de gente muito bem relacionada, da classe eqüestre, operando sob proteção estatutária, entre cujos investidores certamente incluíam-se alguns dos mais ricos senadores de Roma. O próprio Cícero, como especialista em direito comercial, havia construído uma rede de apoio justamente entre essa categoria de homens de negócios. Ele sabia que era uma estratégia arriscada, mas não podia se deixar dissuadir, pois era ali que se achava, ele tinha certeza, o âmago da corrupção criminosa de Verres. Ele enviou o mensageiro de volta a Roma naquela mesma noite com uma carta para Quinto, comunicando que tinha apenas mais uma providência a tomar, e que partiria da ilha dentro de poucos dias.

Cícero agora precisava fazer seus preparativos com grande velocidade e no mais absoluto segredo. Propositalmente, marcou o ataque para dali a dois dias, na hora menos provável — pouco antes do amanhecer, em um dia de feriado importante, o da Terminália. O fato de ser o dia consagrado a Término, o antigo deus das fronteiras e da boa vizinhança, só o tornava mais simbolicamente atraente para ele. Flávio, nosso anfitrião, concordou em vir conosco para mostrar o local dos escritórios. Nesse ínterim, fui até o porto em Siracusa e descobri o mesmo barqueiro de confiança a quem eu recorrera anos antes, quando Cícero empreendeu seu regresso precipitado à Itália. Contratei com ele um barco e uma tripulação e disse-lhe que estivessem preparados para partir antes do fim da semana. As provas que já tínhamos colhido foram devidamente encaixotadas e embarcadas. O barco ficou sob severa vigilância.

Nenhum de nós conseguiu dormir na noite do ataque. Na escuridão que antecede o amanhecer posicionamos nossas carroças alugadas dos dois lados da rua para bloqueá-la e, quando Cícero deu o sinal, todos pulamos para fora empunhando tochas. O senador bateu à porta, pôs-se de lado sem esperar resposta e dois dos nossos parrudos ajudantes mandaram seus machados na porta. Assim que ela cedeu, enveredamos pela passagem, derrubando o velho vigia noturno, e nos deparamos com os registros da empresa. Formamos rapidamente uma cadeia humana — Cícero inclusive — e fomos passando as caixas de tabuletas de cera e rolos de papiros de mão em mão, até a rua e daí para o interior das carroças.

Aprendi uma valiosa lição naquele dia: se você busca popularidade, não há maneira mais segura de consegui-la do que atacar uma corporação de coletores de impostos. Quando o sol surgiu e as notícias das nossas ações se espalharam, uma guarda de honra entusiástica de siracusanos se formou em torno de nós, de tamanho suficiente para deter o diretor da empresa, Carpinácio, quando este chegou para reocupar o prédio com um destacamento de legionários especialmente mobilizado para a ocasião por Lúcio Metelo. Ele e Cícero entraram numa furiosa discussão em plena estrada, Carpinácio insistindo que os registros de impostos provinciais eram protegidos por lei, Cícero argumentando que sua licença de promotor do tribunal de causas de extorsão ultrapassava esses aspectos técnicos. O fato é que, como Cícero concordou posteriormente, Carpinácio estava com a razão.

— Porém — ele acrescentou — quem controla a rua controla a lei — e, pelo menos naquela oportunidade, era Cícero quem tinha o controle da rua.

Ao todo, devemos ter transportado mais de quatro carroças cheias de documentos para a casa de Flávio. Trancamos os portões, colocamos seguranças e começamos a estafante tarefa de pesquisá-los. Ainda hoje, relembrando a dimensão do trabalho que nos esperava, sinto um suor frio. Aqueles registros, que retrocediam a anos, não só cobriam todo o território da Sicília como também especificavam a quantidade e a qualidade das áreas de pastagem de cada fazendeiro, as semeaduras realizadas e o volume de produção das colheitas. Trazia detalhes de empréstimos assumidos e impostos pagos e toda a correspondência a respeito. E logo ficou evidente que outras mãos já haviam manipulado aquele material, e removido qualquer vestígio do envolvimento de Verres. Uma mensagem furiosa chegou de parte do palácio do governador exigindo a imediata presença de Cícero perante Metelo assim que os tribunais reabrissem, no dia seguinte, para responder a um requerimento de devolução dos documentos feito por Carpinácio. Enquanto isso, outra grande multidão começava a se juntar do lado de fora gritando o nome de Cícero. Pensei na profecia de Terência, de que seu marido e ela cairiam no ostracismo em Roma e terminariam seus dias como cônsul e primeira-dama de Termini, e nunca uma profecia me pareceu mais acertada. Só Cícero mantinha a calma. Ele já havia representado coletores de impostos suspeitos em número suficiente para conhecer a maior parte de suas artimanhas. Uma vez tendo ficado evidente que os arquivos relacionados especificamente a Verres haviam evaporado, ele se concentrou numa velha lista de todos os gerentes da empresa, e a esquadrinhou até encontrar o nome do diretor-financeiro durante o período do governo de Verres.

— Vou lhe dizer uma coisa, Tiro — ele me falou. — Eu nunca me deparei com um diretor-financeiro que não carregue consigo uma cópia de documentos quando passa o cargo ao seu sucessor, apenas para se salvaguardar.

E com isso partimos para nossa segunda investida da manhã.

Nossa presa era um homem chamado Víbio, que naquele momento estava comemorando a Terminália com os vizinhos. Eles montaram um altar no jardim onde havia espigas de milho, e também mel e vinho, e Víbio acabara de sacrificar um leitãozinho suculento. "Sempre tão piedosos, esses contadores safados", comentou Cícero. Quando viu o senador indo ameaçadoramente em sua direção, ele próprio pareceu um leitãozinho, mas ao ler a licença com o selo pretoriano de Glábrio percebeu, meio relutantemente, que nada podia fazer senão cooperar. Desculpando-se com os convidados, nos levou ao *tablinum* e abriu o cofre. Entre escrituras, livros-caixa e jóias, havia um pequeno pacote de cartas com o nome "Verres" e, quando Cícero o abriu, o rosto de Víbio assumiu uma expressão de absoluto pavor. Suponho que ele tivesse sido avisado para destruir aquele material, e, ou havia se esquecido ou tencionava tirar ainda algum proveito dele.

À primeira vista, não era nada demais — somente correspondência de um inspetor de impostos, Lúcio Canuleio, que era responsável por cobrar taxas de exportação sobre todas as mercadorias que passassem pelo porto de Siracusa. As cartas se referiam a um carregamento específico que deixara Siracusa dois anos antes, e sobre o qual Verres não pagara qualquer imposto. Os detalhes estavam em anexo: quatrocentas tinas de mel, cinqüenta sofás para sala de visitas, duzentos candelabros e noventa fardos de tecido maltês. Outro promotor não se daria conta do significado daquilo, mas Cícero percebeu imediatamente.

— Olha só — ele falou, apontando para mim. — Isso aqui não são mercadorias roubadas de uns pobres coitados. *Quatrocentas* tinas de mel? *Noventa* fardos de algodão importado? — Ele voltou os olhos, furioso, para o infeliz do Víbio. — Isso é um *carregamento*, não é? Seu governador Verres deve ter assaltado um *navio*!

O pobre Víbio não teve a menor chance. Olhando nervosamente por sobre o ombro para seus atônitos convidados, que olhavam espantados em nossa direção, ele confirmou que se tratava de fato de um carregamento de navio, e que Canuleio fora instruído a nunca mais tentar taxar qualquer exportação do governador.

— Quantos carregamentos mais desse tipo Verres fez? — Cícero quis saber.

— Não tenho certeza.

— Então por alto.

— Dez — disse Víbio com medo. — Talvez uns vinte.

— E nada foi pago de imposto? Nem há registros disso?

— Não.

— E onde Verres conseguia todas essas cargas? — perguntou Cícero. Víbio estava quase excitado de tanto pavor.

— Senador, por favor...

— Vou levar você preso — disse Cícero. — Vou mandá-lo acorrentado para Roma. Você vai ficar sentado no banco de testemunhas diante de milhares de espectadores no Fórum Romano e o que sobrar de você vai servir de ração aos cães da Tríade Capitolina.

— De navios, senador — disse Víbio, com uma voz de camundongo. — Elas vinham de navios.

— Que navios? Navios de onde?

— De toda parte, senador. Da Ásia, da Síria, de Tiro, de Alexandria.

— E o que aconteceu com esses navios? Verres os confiscou?

— Sim, senador.

— Com base em quê?

— Espionagem.

— Ah, espionagem! Claro! Nunca, jamais, em tempo algum, alguém capturou tantos espiões — Cícero disse olhando para mim — quanto o nosso vigilante governador Verres, não é? Então nos diga — ele falou, virando-se de novo para Víbio — o que foi feito dos tripulantes desses navios espiões.

— Foram mandados para a Prisão de Pedreiras, senador.

— E depois, o que aconteceu com eles?

Não houve resposta.

As Pedreiras eram a prisão mais temida da Sicília, provavelmente a mais temida do mundo — seja como for, eu nunca soube de alguma pior do que ela. Tinha quase 200 metros de comprimento e mais de 60 de largura, assentada profundamente nas sólidas rochas daquele platô fortificado conhecido como Epípole, que pode ser avistado ao norte de Siracusa. Ali, naquele buraco infernal, do qual não escapa nem um grito, expostas, sem qualquer proteção, ao calor escaldante do verão e às chuvas gélidas do inverno, atormentadas pela crueldade dos guardas e ainda pelo apetite insaciável dos próprios companheiros, as vítimas de Verres padeciam e morriam.

Cícero, com sua notória aversão à vida militar, era freqüentemente acusado de covardia por seus inimigos, e é verdade que ele era fraco dos nervos e não podia ver sangue. Mas sou testemunha de que se mostrou bastante corajoso naquele dia. Ele retornou ao nosso quartel-general com Lúcio, deixando o jovem Frugi continuar pesquisando os registros de impostos. Em seguida, armado apenas com nossos cajados e a licença chancelada por Glábrio, e acompanhado pela agora costumeira multidão de siracusanos, subimos a trilha escarpada para Epípole. Como sempre, a notícia da chegada de Cícero e a natureza de sua missão o haviam precedido, e o chefe da guarda, após receber uma bronca acachapante do senador, que ameaçava com as piores conseqüências caso suas demandas não fossem atendidas, permitiu nossa passagem pelos muros do perímetro e acesso ao platô. Uma vez lá dentro, e sem dar ouvidos aos alertas de que era muito perigoso, Cícero insistiu em ter autorização para inspecionar pessoalmente o presídio.

Aquele amplo calabouço, obra de Dionísio, o Tirano, tinha mais de três séculos. Uma velha porta de metal estava destrancada e nós fomos avançando pela boca de um túnel, guiado pelos guardas da prisão que conduziam tochas ardentes. As paredes úmidas, atacadas pelo limo e por fungos, o ruído de ratos na escuridão, o fedor de morte e degradação, os gritos e gemidos das almas abandonadas — aquilo, era como descer ao Hades. Por fim alcançamos outra porta maciça, e como esta também estivesse destrancada e sem cadeado, subimos até o nível térreo da prisão. Que espetáculo se descortinou aos nossos olhos! Era como se algum gigante tivesse enchido um saco com centenas de homens manietados e os tivesse atirado num buraco. A luz era fraca, quase subaquática, e por todo lado, até onde era possível enxergar, havia prisioneiros. Alguns arrastavam os pés, uns poucos se agrupavam, mas a maioria mantinha-se afastada dos companheiros, meros sacos amarelados de ossos. Os cadáveres do dia ainda não haviam sido removidos, e era difícil distinguir os esqueletos vivos dos mortos.

Abrimos caminho por entre os corpos — os que já tinham morrido de fato, e aqueles cujo fim ainda estava por vir: não havia diferença discernível —, e de repente Cícero parou e perguntou a um homem o seu nome, curvando-se para escutar a resposta sussurrada. Não encontramos romanos, apenas sicilianos.

— Há algum cidadão romano aqui? — ele perguntou em voz alta. — Algum de vocês foi tirado de navios? — Fez-se silêncio total. Ele se virou e chamou o chefe da guarda, pedindo para ver os registros da prisão. Como Víbio, o infeliz ficou se debatendo entre o medo de Verres e o medo do promotor especial, mas finalmente sucumbiu à pressão de Cícero.

Escavadas nas paredes da rocha havia celas e galerias especiais, onde tinham lugar as torturas e as execuções, e onde comiam e dormiam os guardas. (O método preferido de execução, descobrimos mais tarde, era o garrote.) Ali também ficava a administração — se é que se podia chamar assim. Caixas de rolos úmidos e pegajosos nos foram trazidas, contendo listas enormes de nomes de prisioneiros, com as datas de chegada e de saída. Alguns homens estavam registrados como se tivessem sido soltos, mas junto à maioria estava rabiscada a palavra siciliana *edikaiothesan*, que significa "a pena de morte foi aplicada" .

— Quero uma cópia de todas as entradas de presos durante os três anos em que Verres foi governador — Cícero falou para mim — e você — falando agora com o chefe da guarda — quando as cópias estiverem prontas, você vai assinar uma declaração atestando que são autênticas.

Enquanto eu e os dois secretários trabalhávamos, Cícero e Lúcio buscavam nos registros nomes romanos. Embora a grande maioria dos que estiveram presos nas Pedreiras durante a época de Verres fosse obviamente siciliana, havia também uma proporção razoável de gente de todas as partes do Mediterrâneo — espanhóis, egípcios, sírios, cretenses, cilícios, dálmatas. Quando Cícero perguntou por que tinham sido encarcerados, disseram-lhe que se tratava de piratas — piratas e espiões. Tudo estava registrado como se tivessem sido condenados à morte, inclusive o infame capitão pirata Herácleo. Os romanos, por outro lado, eram oficialmente dados como "soltos" — entre eles os dois homens da Espanha, Públio Gávio e Lúcio Erênio, cujas execuções nos haviam sido relatadas.

— Esses registros são um verdadeiro absurdo — disse Cícero em voz baixa para Lúcio —, exatamente o oposto da verdade. Ninguém viu Herácleo morrer, embora o espetáculo de um pirata na cruz inevitavelmente deva atrair uma multidão excitada. Mas muita gente viu os romanos executados. Está me parecendo que Verres matou dois coelhos com uma só cajadada: assassinou as tripulações inocentes dos navios e liberou os piratas, certamente em troca de uma gorda quantia em dinheiro. Gávio e Erênio podem ter descoberto o golpe, isso explicaria por que Verres estava tão ansioso para matá-los rapidamente.

Eu achei que o pobre Lúcio fosse se sentir mal. Ele certamente havia percorrido um longo caminho, dos seus livros de filosofia numa Roma ensolarada à análise de listas de mortos sob a luz trêmula de velas, quase 30 metros debaixo da terra úmida. Terminamos o mais rapidamente possível, e eu nunca me senti tão satisfeito por sair de um lugar quanto me senti subindo de volta aquele túnel das Pedreiras para me reencontrar com a humanidade na superfície. Uma brisa ligeira soprava, vinda do mar, e me lembro como se fosse esta tarde, e não numa tarde há mais de meio século, do jeito como todos nós, instintivamente, viramos nossos rostos na direção dela e brindamos, agradecidos, àquele ar frio e limpo.

— Prometa-me — disse Lúcio depois de algum tempo — que, se algum dia você alcançar esse *imperium* que tanto deseja, nunca permitirá tamanha crueldade e injustiça.

— Eu juro — Cícero respondeu. — E se algum dia, meu caro Lúcio, você se perguntar por que homens bons trocam a filosofia pelo poder no mundo real, prometa-me, em troca, que sempre irá se lembrar do que presenciou nas Pedreiras de Siracusa.

Àquela hora a tarde já ia avançada, e Siracusa, graças às atividades de Cícero, era um tumulto só. A multidão que nos seguira encosta acima até a prisão continuava nos aguardando do lado de fora dos muros de Epípole. Na verdade, crescera mais ainda, com o acréscimo de alguns dos mais distintos cidadãos locais, entre eles o clérigo-mor de Júpiter, todo paramentado com seus trajes sacros. Este pontificado, tradicionalmente reservado aos siracusanos das classes mais altas, era presentemente ocupado por ninguém mais do que um cliente de Cícero, Heráclio, que viera de Roma na surdina para nos ajudar, com um considerável risco pessoal. Ele veio com um pedido para que Cícero o acompanhasse de imediato ao senado da cidade, onde os anciãos aguardavam para lhe dar formalmente as boas-vindas cívicas. Cícero estava dividido. Tinha muito trabalho pela frente, e pouco tempo para fazê-lo, e seria sem dúvida uma quebra do protocolo um senador romano se dirigir a uma assembléia local sem autorização do governador. Entretanto, aquela prometia ser uma oportunidade única para aprofundar as investigações. Após hesitar um instante ele concordou em ir, e lá fomos nós de novo encosta abaixo escoltados por uma enorme comitiva de respeitáveis sicilianos.

O senado estava lotado. Sob uma estátua dourada do próprio Verres, o senador mais antigo da casa, o venerável Deodoro, deu as boas-vindas a Cícero em grego, e se desculpou pelo fato de eles não terem até aquele momento lhe oferecido qualquer assistência: até os acontecimentos daquela dia, ninguém estava acreditando muito na sinceridade de suas intenções. Cícero, igualmente em grego, e ainda sob o efeito das cenas que acabava de testemunhar, passou a fazer um brilhante discurso de improviso, no qual prometeu dedicar sua vida a reparar as injustiças feitas ao povo da Sicília. Ao final, os senadores de Siracusa decidiram quase unanimemente pela rescisão do voto de louvor que haviam conferido a Verres (com o qual, eles juraram, só haviam concordado após muita pressão de Metelo). Em meio a aplausos veementes, alguns jovens representantes da casa atiraram cordas em torno do pescoço da estátua de Verres e a puseram abaixo, enquanto outros — o que foi mais importante — foram pegar nos próprios arquivos secretos do senado uma riqueza de novas provas que haviam reunido sobre os crimes de Verres. Tais atrocidades incluíam o roubo de 27 quadros preciosos do Templo de Minerva — até as portas finamente decoradas do santuário tinham sido levadas! — bem como detalhes de todas as propinas que Verres exigira para conceder veredictos de "inocente" em seus tempos de juiz.

Notícias desse evento e da derrubada da estátua já haviam chegado então ao palácio do governador, e quando tratávamos de sair do senado encontramos o prédio cercado por soldados romanos. O encontro foi encerrado por ordem de Metelo, Heráclio foi preso e Cícero recebeu instruções para comparecer à presença do governador imediatamente. Poderia ter havido uma batalha sangrenta, mas Cícero subiu numa carroça e pediu calma aos sicilianos, disse-lhes que Metelo não se atreveria a fazer mal a um senador romano agindo com a autoridade de um tribunal pretoriano — embora tenha acrescentado, ainda que em tom meio de brincadeira, que, caso ele não voltasse até o cair da noite, talvez fosse bom irem procurar saber do seu paradeiro. Em seguida saltou novamente para o chão e nós nos deixamos conduzir pela ponte até a ilha.

A família Metelo estava naquele momento alcançando o ápice do poder. Em particular, o ramo do clã que havia gerado os três irmãos, Quinto, Lúcio e Marco — os três já na casa dos 40 anos —, parecia prestes a dominar Roma pelos anos vindouros. Tratava-se, como dizia Cícero, de um monstro de três cabeças, sendo a do meio (o segundo irmão, Lúcio), em muitos aspectos, a mais formidável de todas. Ele nos recebeu no salão real do palácio do governador, com a panóplia completa de seu *imperium* — uma bela e imponente figura, sentada no trono sob os olhares severos fixados em mármore de uma dúzia de predecessores, ladeado por seus lictores, tendo a seus pés seu magistrado iniciante e seus funcionários, e um guarda armado à porta.

— É um crime de traição — ele começou, sem se levantar e sem preliminares — fomentar a rebelião numa província romana.

— É igualmente um crime de traição — devolveu Cícero — insultar o povo e o senado de Roma impedindo que seu representante legal cumpra seus deveres.

— Verdade? E que espécie de representante legal romano é esse que se dirige a um senado grego em sua língua nativa? Em toda parte desta província em que o senhor esteve envolveu-se em problemas. Eu não vou admitir isso! Nós dispomos de uma guarnição muito pequena para manter a ordem entre muitos nativos. O senhor torna este lugar ingovernável, com essa sua maldita agitação!

— Eu asseguro, governador, que a insatisfação é contra Verres, não contra Roma.

— Verres! — Metelo bateu com força no braço do trono. — Desde quando o senhor se preocupa com Verres? Pois eu vou lhe dizer: desde que viu uma oportunidade de usá-lo como meio de se promover, seu advogadozinho subversivo de merda!

— Registre isso, Tiro — Cícero falou, sem tirar os olhos firmes de cima de Metelo. — Quero um registro por escrito. Intimidações como essa são facilmente acatadas por qualquer tribunal.

Mas eu estava apavorado demais para me mexer, pois era grande a gritaria causada pelos outros homens na sala, e Metelo se pusera de pé.

— Eu lhe ordeno — ele falou — que devolva os documentos que roubou esta manhã!

— E eu relembro ao governador — replicou Cícero, com toda calma —, respeitosamente, que ele não está passando as tropas em revista. Ele está se dirigindo a um cidadão romano livre, e que eu devo me desincumbir da missão para a qual fui designado!

Metelo estava com as mãos na cintura e se inclinava para diante, com o queixo largo projetado.

— Ou você devolve esses documentos agora, aqui, ou será obrigado a fazê-lo amanhã, no tribunal, perante toda Siracusa!

— Eu, como sempre, escolho a disputa num tribunal — disse Cícero, com uma leve inclinação da cabeça. — Especialmente sabendo que terei em você, Lúcio Metelo, um juiz imparcial e honrado, o legítimo herdeiro de Verres!

Sei que anotei aquela conversa em seus exatos termos, porque no instante em que deixamos o recinto — o que se deu imediatamente após essa última troca de palavras — Cícero e eu tratamos de reconstruí-la enquanto estava bem fresca em nossas mentes, caso ele tivesse mesmo a oportunidade de usá-la no tribunal. (A cópia autêntica permanece até hoje entre seus papéis.)

— Essa foi boa — ele gracejou, mas sua voz e suas mãos tremiam porque, agora, era certo que toda a sua missão, quem sabe sua própria segurança, se achava em grave risco. — Mas quem quer o poder — ele falou, quase para si mesmo —, e ainda é um homem novo, tem mais é que fazer isso mesmo. Ninguém vai dar nada de mão beijada.

Voltamos direto para a casa de Flávio e trabalhamos a noite inteira, sob a luz fraca de velas sicilianas enfumaçadas e precárias lâmpadas a óleo, de modo a nos prepararmos para o tribunal na manhã seguinte. Francamente, eu não via o que Cícero poderia esperar, a não ser muita humilhação. Metelo jamais julgaria em seu favor, e além do mais — como Cícero admitia reservadamente —, a lei estava ao lado da empresa de cobrança de impostos. Mas a sorte, segundo o nobre Terêncio, costuma favorecer os bravos, e ela certamente favoreceu Cícero aquela noite. Foi o jovem Frugi quem fez a descoberta. Nesta narrativa eu não tenho mencionado Frugi com a freqüência que deveria, sobretudo porque ele tinha aquela espécie de integridade discreta que não atrai muita atenção, e que só é percebida quando quem a possui já não se encontra mais presente. Ele passara o dia debruçado sobre os registros da empresa, e à noitinha, a despeito do resfriado que pegara de Cícero, recusou-se a ir para a cama, mas, ao contrário, concentrou toda a sua atenção nas provas obtidas pelo senado de Siracusa. Já devia ser bem mais de meia-noite quando eu o ouvi subitamente dar um grito e em seguida nos fazer um sinal por cima da mesa. Sobre ela havia um conjunto de tabuletas de cera detalhando o movimento bancário da empresa. Em si, aquelas relações de nomes, datas e quantias emprestadas pouco significavam; mas quando Frugi comparou-as com a lista compilada pelos siracusanos daqueles que foram obrigados a pagar propinas a Verres, podia-se perceber que elas batiam exatamente: as vítimas haviam obtido os recursos necessários ao pagamento por meio de empréstimos. Melhor ainda foi o efeito produzido quando ele levantou um terceiro conjunto de documentos: as receitas da empresa. Nas mesmas datas exatamente as mesmas somas haviam sido depositadas novamente pela empresa em favor de um personagem chamado "Gaio Verrúcio". A identidade do beneficiário fora grosseiramente forjada, todos morremos de rir, pois evidentemente o nome original era "Verres", porém, no caso, as duas últimas letras tinham sido rasuradas e um "úcio" fora acrescentado em seu lugar.

— Então Verres pedia propina — disse Cícero, numa excitação crescente — e insistia para que suas vítimas contraíssem o empréstimo necessário a pagá-la de Carpinácio, sem sombra de dúvida, com um juro escorchante. Depois ele reinvestia o dinheiro do suborno com seus amigos na empresa de cobrança de impostos, de modo que não apenas protegia seu capital como ainda ganhava uma quantia extra nos lucros! Que grande canalha! Um canalha brilhante, ganancioso, idiota! — E após executar uns breves passos de dança, deliciado, ele passou os braços em volta do constrangido Frugi e deu-lhe um beijo sonoro em cada bochecha.

De todas as vitórias de Cícero nos tribunais, posso afirmar que a que ele saboreou no dia seguinte está entre as mais doces — especialmente considerando-se que tecnicamente não foi de todo uma vitória, e sim uma derrota. Ele selecionou as provas que precisava para retornar a Roma, e Lúcio, Frugi, Sositeu, Laurea e eu carregamos, cada um, uma caixa de documentos até o fórum de Siracusa, onde Metelo instalara seu tribunal e onde uma enorme parcela da população local já se achava reunida. Carpinácio estava sentado à nossa espera. Ele se fez passar por seu próprio advogado, e apresentou sua versão do caso, citando todos os estatutos relevantes e os antecedentes que estabeleciam que os registros de impostos não podiam ser retirados de uma província, passando a impressão geral de ser meramente a humilde vítima de um senador todo-poderoso. Cícero balançou a cabeça e fez um ar de desapontamento tão grande que eu mal consegui manter a expressão séria. Quando, afinal, ele se pôs de pé, desculpou-se por seus atos, admitiu que estava errado perante a lei, implorou o perdão do governador, prontificou-se a devolver com prazer os documentos a Carpinácio, mas — fez uma pausa —, *mas* havia um pequeno ponto que ele não entendia, e que ficaria muito agradecido se fosse esclarecido primeiramente. Pegou uma das tabuletas de cera e examinou-a aparentando estar meio confuso.

— Quem exatamente é Gaio Verrúcio?

Carpinácio, que sorria todo feliz, pareceu ter sido atingido no peito por uma flecha lançada a curta distância, enquanto Cícero, com uma aparência enigmática, como se houvesse algum mistério pairando muito além de sua capacidade de compreensão, assinalava a coincidência de nomes, datas e quantias nos registros da empresa de cobrança de impostos com as exigências de propinas que o senado siracusano identificara.

— E há mais uma coisinha — disse Cícero com toda a educação. — Este cavalheiro, que fez negócios com o senhor, não aparece em sua contabilidade antes de seu quase homônimo, Gaio Verres, chegar à Sicília, e não fez mais qualquer outro negócio com o senhor desde que Gaio Verres partiu. Mas, nesses três anos em que Verres andou por aqui, ele foi seu maior cliente. — Mostrou as contas para a multidão. — E é uma pena, não acha?, que, toda vez que o escravo que fazia os registros ia escrever o nome dele, sempre cometesse o mesmo deslize com o estilete. Mas não há de ser nada. Tenho certeza de que não existe nada de suspeito em relação a isso. Dessa forma, o senhor poderia simplesmente contar ao tribunal quem é esse Verrúcio, e onde ele pode ser encontrado.

Carpinácio parecia totalmente perdido diante de Metelo, quando alguém na multidão gritou:

— Ele não existe!

— Nunca houve ninguém na Sicília chamado Verrúcio! — berrou um outro.

— É Verres!

E a multidão começou a entoar em coro:

— É Verres! É Verres!

Cícero ergueu o rosto pedindo silêncio.

— Carpinácio insiste em que eu não posso retirar esses registros da província, e eu admito que, segundo a lei, ele está correto. Mas em nenhum lugar na lei está dito que eu não posso fazer uma cópia, contanto que verdadeira, e devidamente autenticada por testemunhas. Só preciso de ajuda. Quem, aqui, me ajudaria a copiar esses registros, de modo que eu possa levá-los a Roma e levar esse porco do Verres às barras da justiça por seus crimes contra o povo da Sicília?

Uma plantação de mãos brotou. Metelo tentou exigir silêncio, mas suas palavras se perderam em meio à balbúrdia das pessoas que queriam ajudar. Cícero, com o auxílio de Flávio, escolheu os mais eminentes cidadãos da cidade — tanto sicilianos quanto romanos — e convidou-os a ir à frente e compartilhar das provas, enquanto eu entregava a cada voluntário uma tabuleta e um estilete. Podia ver Carpinácio pelo canto do olho procurando, freneticamente, chegar até Metelo, e podia ver Metelo, com os braços cruzados, do seu assento num nível superior, fuzilar com os olhos aquela multidão que implantara o caos em seu tribunal. Por fim, simplesmente girou nos calcanhares e subiu os degraus, enfurecido, rumo ao templo atrás dele.

E assim terminou a visita de Cícero à Sicília. Metelo, tenho certeza, teria adorado poder prendê-lo, ou no mínimo evitar que ele levasse alguma prova. Mas Cícero havia conseguido muitíssimos adeptos tanto na comunidade romana quanto na siciliana. Prendê-lo poderia provocar uma insurreição, e como o próprio Metelo admitiu, não possuía tropas em condições de controlar a população inteira. No final daquela tarde, as cópias dos registros da empresa de cobrança de impostos estavam autenticadas e seladas, e haviam sido devidamente transferidas para o nosso navio protegido no porto, onde se juntaram aos demais caixotes de provas. O próprio Cícero permaneceu apenas mais uma noite na Ilha, mergulhado na lista das testemunhas que pretendia convocar a Roma. Lúcio e Frugi concordaram em ficar em Siracusa para providenciar o embarque.

Na manhã seguinte, eles foram ao cais para ver Cícero partir. O porto estava tomado de curiosos, e o senador fez um simpático discurso de agradecimento.

— Sei que carrego nesta frágil embarcação as esperanças de toda uma província. No que depender das minhas forças, não os deixarei desapontados.

Em seguida eu fui ajudá-lo a embarcar, e ele deixou-se ficar no convés com lágrimas brilhando descendo pelo rosto. Era um ator consumado, eu sabia que ele era capaz de interpretar qualquer emoção, mas estou certo de que, naquele dia, seus sentimentos não eram fingidos. Pergunto-me, inclusive, retornando àquele momento, se de certa forma ele já não sabia que jamais retornaria à ilha. Os remos afundando na água nos faziam avançar pelo canal. Os rostos no cais se esvaneciam, as silhuetas iam se tornando cada vez menores, se apagando, até que, lentamente, enveredamos pela boca do porto e saímos para o mar aberto.

VIII

A viagem de regresso de Reggio a Roma foi mais fácil do que a ida, pois então estávamos no início da primavera e o continente estava calmo e receptivo. Mal tivemos ensejo de apreciar os pássaros e as flores. Cícero trabalhava sem parar durante o percurso, alerta, andando e se exercitando no fundo da sua cabine coberta, preparando o esboço do seu caso contra Verres. Eu ia procurar documentos na área de bagagens à medida que ele necessitava, e depois caminhava atrás dele fazendo anotações, o que não era obra fácil. Seu plano, assim eu entendia, consistia em separar a massa de provas em quatro elementos de denúncia — corrupção na função de juiz, extorsão na coleta de impostos e taxas oficiais, assalto à propriedade particular e municipal, e, por último, punições ilegais e tirânicas. Depoimentos de testemunhas e registros eram agrupados por elemento de acusação, e mesmo quando o barco balançava muito, ele esboçava trechos inteiros do seu discurso de abertura. (Assim como havia treinado o corpo para suportar o peso da própria ambição, ele havia se curado, pela força de vontade, dos enjôos das viagens por mar, e pelos anos afora foi capaz de produzir muito enquanto viajava para cima e para baixo pela Itália.) Dessa forma, quase sem que Cícero se desse conta de onde se encontrava, completamos a viagem em menos de duas semanas e chegamos finalmente a Roma em meados de março, exatamente dois meses depois de termos partido da cidade.

Hortênsio, nesse meio tempo, não ficara parado, e um falso processo muito bem elaborado estava em curso. É claro que, como Cícero suspeitava, fora concebido em parte como uma armadilha para apressá-lo e fazê-lo sair da Sicília o mais rapidamente possível. Dasiano não se importara em viajar até a Grécia para colher provas. Nunca havia saído de Roma, mas isso não o impediu de levantar acusações contra o ex-governador de Achaia no tribunal de causas de extorsão, e o pretor, Glábrio, sem ter o que fazer até que Cícero regressasse da Sicília, não teve alternativa senão deixá-lo entrar com o processo. E agora lá estava ele, dia após dia, um homem insignificante, há muito esquecido, jogando conversa fora diante de um júri de senadores com ar entediado, tendo Hortênsio a seu lado. E quando a loquacidade de Dasiano se esgotava, o Mestre da Dança se levantava com seu estilo elegante, fazia piruetas perante a corte, desenvolvendo seus próprios pontos de vista.

Quinto, o contramestre sempre muito bem preparado, montou uma agenda diária de campanha enquanto estivemos fora e a colocou sobre a mesa do gabinete de Cícero. O senador foi examiná-la assim que entrou em casa, e bastou-lhe uma rápida olhadela para perceber o plano de Hortênsio. Marcas de tinta vermelha assinalavam os dias de feriado nos quais o tribunal não se reuniria. Descontados estes, restavam apenas vinte dias de trabalho até o senado entrar em recesso, o qual, por sua vez, durava mais vinte dias, aos quais se seguia imediatamente o Festival da Flora, com duração de cinco dias. Depois vinham o Dia de Apolo, os Jogos Tarentinos, o Festival de Marte e assim por diante. Praticamente um dia a cada quatro era feriado.

— Falando francamente — disse Quinto —, a julgar pelo modo como a coisa está indo, acho que Hortênsio não terá a menor dificuldade em manter a corte ocupada até quase as eleições consulares, no final de julho. Então será você quem vai ter que enfrentar as eleições para edil, no início de agosto. Assim, o mais provável é que só sejamos capazes de ir ao tribunal no quinto dia. Mas aí, no meio de agosto, começam os jogos de Pompeu, previstos para durar 15 dias. E depois, claro, vêm os Jogos Romanos, e os Jogos Plebeus...

— Tenha piedade! — exclamou Cícero, examinando atentamente a agenda. — Será que ninguém nesta droga de cidade faz outra coisa que não assistir a homens e animais matando-se uns aos outros? — O bom humor, que o havia segurado durante toda a viagem de Siracusa, parecia estar visivelmente se esvaindo naquela hora, como o ar de uma bola de encher. Ele voltara para casa pronto para uma batalha, mas Hortênsio fora bem mais esperto em não querer enfrentá-lo num tribunal livre. Bloqueio e guerrilha: eram essas suas táticas, e estavam sendo muito bem executadas. Todos sabiam que os recursos de Cícero eram modestos, e quanto mais tempo ele demorasse para levar seu caso ao tribunal, mais dinheiro isso lhe custaria. Em um ou dois dias nossas primeiras testemunhas estariam desembarcando em Roma, provenientes da Sicília. Elas esperavam ter a viagem e a hospedagem custeadas, e ainda receber uma compensação pelos ganhos que não teriam durante esse tempo. Além disso, Cícero precisava pagar sua campanha para edil. E, admitindo-se que vencesse, teria então que arranjar dinheiro para se manter no posto por um ano, consertando prédios públicos e sediando mais dois torneios oficiais. Ele não podia se dar ao luxo de poupar recursos nessas atividades: os eleitores nunca perdoam os avarentos.

Portanto, nada havia a ser feito a não ser promover uma nova sessão dolorosa com Terência. Os dois jantaram a sós na noite do seu retorno de Siracusa, e mais tarde eu fui chamado por Cícero para levar-lhe os trechos esboçados do seu discurso de abertura. Terência estava mal acomodada em seu divã quando eu entrei, mexendo na comida, irritada; o prato de Cícero, eu notei, estava intocado. Fiquei feliz em poder entregar-lhe a pasta de documentos e escapar logo dali. O discurso já era bem extenso e demoraria no mínimo dois dias para ser lido. Depois eu o ouvi caminhando para lá e para cá, dizendo partes dele, e me dei conta de que ela o havia obrigado a rever o caso antes de decidir se lhe emprestaria mais dinheiro. Ela deve ter gostado do que ouviu, pois na manhã seguinte Filotimo nos conseguiu uma linha de crédito para mais 50 mil sestércios. Mas aquilo foi humilhante para Cícero, e eu avalio que foi a partir daquele momento que sua preocupação com dinheiro começou a aumentar, um assunto pelo qual ele nunca antes demonstrara o mínimo interesse.

Sinto que estou me alongando demais nessa narrativa, já tendo utilizado meu oitavo rolo de hierático, e que devo me apressar um pouco, seja para não morrer durante o trabalho, seja para não cansar você, leitor, com a história. Permita-me, pois, passar pelos próximos quatro meses bem rapidamente. Cícero se viu obrigado a trabalhar ainda mais arduamente do que antes. Primeiro que tudo, pelas manhãs, tinha que cuidar dos clientes (e claro que havia muitos casos em atraso que precisavam ser retomados, que foram se acumulando enquanto estivemos na Sicília). Depois ele precisava ir ao fórum ou ao senado, dependendo de qual deles estivesse em sessão. Ele se concentrava preferencialmente no último, particularmente ansioso em evitar ter que conversar com Pompeu, o Grande, temeroso de que este viesse lhe pedir para parar com o processo contra Verres e desistir da candidatura a edil, ou — pior — oferecer-lhe apoio, o que o deixaria devedor do homem mais poderoso de Roma, uma obrigação que ele estava decidido a evitar. Somente quando os tribunais e o senado fechavam devido aos dias de feriados e aos recessos era que ele podia transferir todas as suas energias para o processo contra Verres, organizando e repassando as provas e instruindo as testemunhas. Estávamos trazendo cerca de uma centena de sicilianos até Roma, e como praticamente todos estavam vindo pela primeira vez à cidade, precisavam se manter ocupados — e esta tarefa cabia a mim. Tornei-me uma espécie de guia turístico, percorrendo a cidade, tentando impedi-los de cair presas dos espiões de Verres, ou de ficar bêbados, ou de se envolver em brigas — e um siciliano com saudade de casa, vou lhe dizer, não é brincadeira. Foi um alívio quando o jovem Frugi retornou de Siracusa para me ajudar (o primo Lúcio permanecia na Sicília para assegurar o estoque de testemunhas e o fluxo de provas). Finalmente, nas últimas tardes, acompanhado por Quinto, Cícero retomou as visitas aos redutos tribais para pedir votos.

Hortênsio também estava ativo. Mantinha o tribunal de causas de extorsão amarrado ao seu processo tedioso, fazendo Dasiano de porta-voz. De fato, suas artimanhas não tinham fim. Por exemplo, interrompia seu caminho para se mostrar amistoso com Cícero, saudava-o sempre que se encontravam em plenário, aguardando quórum para a sessão, e ostensivamente o puxava de lado para uma conversa em particular sobre o quadro político em geral. A princípio, Cícero se deixou enganar, mas então descobriu que Hortênsio e seus seguidores andaram espalhando que ele aceitara uma enorme propina para abortar o processo, daí aquelas confraternizações públicas. Nossas testemunhas, alojadas em conjuntos residenciais na periferia da cidade, ouviram os boatos e começaram a entrar em pânico, como galinhas num galinheiro quando há uma raposa por perto, e Cícero teve que visitar uma por uma para tranqüilizá-las. Quando Hortênsio se aproximou novamente com a mão estendida, ele deu-lhe as costas. Hortênsio sorriu, encolheu os ombros e foi embora — que lhe importava? Tudo estava se encaminhando conforme ele pretendia.

Talvez eu devesse falar um pouco mais sobre esse homem notável — o "Rei dos Tribunais", como era chamado por sua claque de admiradores — cuja rivalidade com Cícero agitou o direito romano ao longo de uma geração. A base do seu sucesso residia na memória. Em mais de vinte anos de prática forense, nunca se soube que Hortênsio tivesse recorrido a uma anotação. Não era problema para ele decorar um discurso de quatro horas, e pronunciá-lo na íntegra, fosse no senado, fosse no fórum. E aquela memória fenomenal não era uma característica maçante, fruto de noites inteiras de estudo; ela brilhava à luz do dia. Possuía uma capacidade alarmante de se lembrar de tudo o que diziam seus oponentes, fosse em pronunciamento ou em inquérito, e era capaz de jogar tais declarações na cara dos adversários quando bem entendesse. Era como um gladiador duplamente armado na arena do direito, usando espada e tridente, protegido por rede e escudo. Tinha 44 anos naquele verão, e morava com a mulher e um filho e uma filha adolescentes numa casa finamente decorada no monte Palatino, vizinha à de seu cunhado Catulo. Refinado — eis o *mot juste* para Hortênsio: refinado nas maneiras, refinado no trajar, no penteado, no sotaque, refinado no gosto por tudo o que fosse distinto. Nunca disse uma grosseria a alguém. Porém seu mais grave defeito era a ganância, que já atingia proporções escandalosas — um palácio na baía de Nápoles, um zôo particular, uma adega contendo 10 mil barris do mais fino *Chianti*, um quadro de Cídias comprado por 150 mil sestércios, enguias tratadas como jóias raras, árvores regadas a vinho, a primeira pessoa a servir faisão num jantar: o mundo inteiro conhece essas histórias. Foram tais extravagâncias que o levaram a fazer aliança com Verres, que o cobriu de presentes roubados — o mais notório dos quais foi uma esfinge valiosíssima, esculpida numa única peça de mármore —, e financiou sua campanha para cônsul.

Essas eleições consulares estavam marcadas para ter lugar no 27º dia de julho. No 23º dia, o júri do tribunal de causas de extorsão inocentou o ex-governador de Achaia de todas as acusações contra ele. Cícero, que deixara de trabalhar em casa no seu discurso de abertura para aguardar o resultado, ouviu impassível Glábrio anunciar que começaria a audiência do caso Verres no quinto dia de agosto ("quando espero que o discurso dos senhores perante este tribunal seja ligeiramente mais curto", ele disse para Hortênsio, que respondeu com um sorrisinho matreiro). Só faltava escolher o júri, o que foi feito no dia seguinte. Trinta e dois senadores, escolhidos por sorteio, era o número estabelecido em lei. Cada uma das partes podia fazer seis objeções, mas, apesar de recorrer a todas as suas possibilidades, Cícero se deparou ainda assim com um júri declaradamente hostil, no qual se incluíam — novamente — Catulo e seu protegido, Catilina, assim como outro grande nome do senado, Servílio Vatia Isaurico; até Marco Metelo foi lembrado. Além desses aristocratas da linha-dura, é preciso mencionar também cínicos como Emílio Alba, Marco Lucrécio e Antônio Híbrida, que invariavelmente se vendiam aos corruptores que oferecessem mais, e nesse particular Verres era imbatível. Eu acho que nunca tinha entendido o real significado da velha expressão a respeito de gente que se parece com gato que comeu sardinha, até ver a cara de Hortênsio no dia em que o júri fez o juramento. Era o próprio. A eleição para cônsul estava no bolso e, com ela, agora tinha certeza, a absolvição de Verres.

Os dias que se seguiram foram os mais tensos que Cícero já conhecera na vida pública. Na manhã da eleição sentia-se tão deprimido que mal conseguiu ir até o Campo de Marte para votar, mas evidentemente tinha que se mostrar como um cidadão ativo. O resultado nunca foi posto em dúvida, desde o momento em que as trombetas soaram e a bandeira vermelha foi hasteada sobre o monte Janículo. Hortênsio e Quinto Metelo eram apoiados por Verres e seu ouro, pelos aristocratas e pelos partidários de Pompeu e de Crasso. Apesar de tudo, sempre havia uma atmosfera de disputa nessas ocasiões, com os candidatos e seus partidários percorrendo a cidade já desde o amanhecer em busca de votos dos indecisos, e os lojistas abarrotando suas vitrines com vinho e salsichas, dados e sombrinhas, e tudo o que fosse necessário para se usufruir de uma boa votação. Pompeu, como cônsul principal, e seguindo o antigo costume, já estava postado à entrada da barraca oficial do veredicto, com um áugure ao lado. Quando todos os candidatos a cônsul e pretor, cerca de vinte senadores, achavam-se enfileirados com suas togas brancas, ele subiu à plataforma e leu a oração tradicional. Logo em seguida teve início a votação e nada mais restava aos milhares de eleitores senão ficar por ali perambulando e fofocando até chegar sua vez de dar o voto.

Era a velha república em funcionamento, todos os homens votando em suas respectivas centúrias, tal como em tempos passados, quando eram soldados e elegiam seu comandante. Agora, que o ritual perdera todo o sentido, era difícil transmitir a emoção que aquele evento causava, até mesmo para um escravo como eu, que não tinha permissão para votar. Significava algo maravilhoso — um impulso do espírito humano que emergira meio milênio atrás numa raça indômita que vivia entre as rochas e os pântanos das Sete Colinas: um impulso em direção à luz da dignidade e da liberdade, e para bem longe das trevas da rude subserviência. Foi isso o que perdemos. Não que fosse uma democracia pura, aristotélica, de modo algum. A primazia, entre as centúrias — em número de 193 —, era determinada pela opulência, e as classes mais ricas sempre votavam mais cedo e pronunciavam-se primeiro: uma vantagem significativa. Essas centúrias também se beneficiavam por ter um número menor de membros, ao passo que as centúrias dos pobres, como os guetos de Subura, eram enormes e superlotadas; em conseqüência, o voto do rico valia mais. Ainda assim, havia liberdade, como foi praticada durante centenas de anos, e nenhum homem no Campo de Marte naquele dia poderia sonhar que viveria para vê-la se perder.

A centúria de Cícero, uma das 12 compostas inteiramente por membros da classe eqüestre, foi convocada no meio da manhã, já quando começava a fazer calor. Ele entrou junto com seus companheiros na área reservada e começou a trabalhar o grupo ao seu jeito habitual — uma palavra com um, um toque no cotovelo de outro. Em seguida formavam uma fila e iam se apresentando aos funcionários que, sentados a uma mesa, verificavam os nomes e entregavam a cada um as tabuletas de votação. Se era possível haver alguma intimidação, aquele era o lugar onde ela poderia ocorrer, pois os partidários de cada candidato podiam ficar próximos aos eleitores e sussurrar-lhes ameaças ou promessas. Mas naquele dia tudo estava tranqüilo, e pude ver Cícero caminhar pela ponte estreita de madeira e sumir por detrás do biombo de madeira para votar. Saindo do outro lado, ele passou pela fila de candidatos e amigos, que se postavam sob um reposteiro, parou um instante para conversar com Palicano — o ex-tribuno de fala rude disputava um cargo de pretor — e, então saiu sem sequer olhar para Hortênsio ou Metelo.

Como todas antes dela, a centúria de Cícero apoiava a chapa oficial — Hortênsio e Quinto Metelo para cônsul; Marco Metelo e Palicano para pretor —, e agora era meramente uma questão de prosseguir até que a maioria absoluta fosse alcançada. Os homens mais pobres deviam saber que não tinham condições de alterar o resultado, mas era tamanha a dignidade que o direito de votar conferia que eles permaneceram a tarde inteira sob o sol, aguardando a vez de dar seus votos e atravessar a ponte. Cícero e eu percorríamos de lá para cá as filas em busca de apoio à sua candidatura a edil, e foi maravilhoso ver quanta gente ele conhecia pessoalmente — não só os nomes dos eleitores, mas os nomes de suas esposas, o número de filhos que cada um tinha, e a natureza de seus empregos: tudo sem precisar recorrer a mim. Na décima primeira hora, quando o sol começava a baixar em direção ao Janículo, finalmente foi feita uma parada e Pompeu proclamou os vencedores. Hortênsio ganhou para cônsul, com Quinto Metelo em segundo; Marco Metelo obteve a maioria dos votos para pretor. Seus partidários, em júbilo, o cercaram e então, pela primeira vez, vimos a figura de cabeleira ruiva de Gaio Verres surgir nas primeiras fileiras ("O dono da marionete apareceu para receber os aplausos", comentou Cícero) e muita gente seria capaz de achar que *ele* é que fora eleito cônsul, pela maneira como os aristocratas apertavam sua mão e lhe davam tapinhas nas costas. Um desses, Scribônio Cúrio, um ex-cônsul, abraçou Verres e disse, em voz alta, para todo mundo ouvir:

— Comunico, oficialmente, que a eleição de hoje significa a sua absolvição!

Em política, existem poucas forças mais irresistíveis do que a sensação de que algo é inevitável, porque os humanos se movem como um rebanho, e sempre irão disparar feito ovelhas em direção à segurança de um vencedor. Por todos os lados, agora, ouvia-se a mesma coisa: Cícero estava acabado, era carta fora do baralho, os aristocratas tinham voltado ao poder, júri algum seria capaz de condenar Gaio Verres. Emílio Alba, que se considerava espirituoso, dizia a todos que estava desesperado: o mercado estava em baixa para os jurados de Verres, e ele não tinha como se vender por mais de 3 mil. As atenções agora se voltavam para as próximas eleições a edil, e não demorou muito para Cícero perceber que os dedos de Verres manipulavam também em seus bastidores. Um agente eleitoral profissional, Ranúnculo, que era favorável a Cícero e posteriormente veio a trabalhar para ele, foi alertar o senador de que Verres convocara uma reunião para aquela noite, em sua casa, com os principais empresários corruptores, e oferecera 5 mil a cada um que conseguisse convencer sua tribo a não votar em Cícero. Dava para ver que tanto Cícero quanto seu irmão estavam preocupados. Mas o pior estava por vir. Poucos dias depois, na véspera da eleição, o senado se reuniu, tendo Crasso na presidência, para o sorteio que determinaria os tribunais a serem presididos pelos pretores recém-eleitos após sua posse em janeiro. Eu não estava presente, mas Cícero se achava no recinto, e voltou para casa pouco depois lívido e cambaleante. O incrível ocorrera: Marco Metelo, que já era jurado no caso Verres, presidiria o tribunal das causas de extorsão!

Nem nos mais tenebrosos pesadelos Cícero poderia imaginar semelhante resultado. Estava tão chocado que quase perdeu a voz.

— Você devia ter ouvido a reação na casa — ele sussurrou para Quinto. — Crasso deve ter mexido os pauzinhos. Todo mundo acha que sim, mas ninguém sabe dizer *como*. Aquele sujeito não vai descansar até me ver falido, na bancarrota e exilado.

Ele foi cambaleando para o gabinete e desabou na cadeira. Era um dia sufocantemente quente, o terceiro de agosto, e mal havia espaço para se circular em meio a todo o material acumulado do caso Verres: as pilhas de registros de impostos e depoimentos e declarações de testemunhas, cozinhando e se empoeirando no calor. (E ali estava apenas uma parte do total: a maioria se encontrava encaixotada no porão.) O esboço do discurso — do enorme discurso de abertura de Cícero, que continuava a crescer e a crescer como uma sandice que prolifera — amontoava-se em pilhas que mal se equilibravam sobre sua mesa. Há muito eu desistira de tentar dar conta daquilo. Só ele sabia a ordem. Estava tudo em sua cabeça, cujas têmporas ele agora massageava com as pontas dos dedos. Pediu-me, num fio de voz, um copo d'água. Eu me virei para ir pegar, mas ouvi um suspiro e em seguida um baque, e quando olhei ele tinha caído para a frente, batendo com o crânio na quina da mesa. Quinto e eu corremos um para cada lado e o erguemos. Suas maçãs do rosto tinham aquele tom cinza da morte, com um filete de sangue vermelho brilhante escorrendo do nariz; a boca permanecia entreaberta, sem controle.

Quinto entrou em pânico.

— Traga Terência! — ele gritou para mim. — Rápido!

Eu corri escada acima até o quarto dela e disse-lhe que o patrão estava ferido. Ela desceu imediatamente e foi magnífica a forma como assumiu o comando da situação. Cícero agora estava levemente consciente, com a cabeça entre os joelhos. Ela se ajoelhou ao seu lado, pediu água, rasgou um pedaço de pano da sua manga e começou a passá-lo vigorosamente no rosto do marido para reanimá-lo. Quinto, enquanto isso, sempre esfregando as mãos, mandara os dois secretários-assistentes trazer o primeiro médico que encontrassem nas redondezas, e eles logo voltaram cada qual com um doutor grego a reboque. Os dois pobres impostores começaram imediatamente a discutir sobre o que seria melhor: purgar ou sangrar. Terência dispensou ambos. E também não permitiu que Cícero fosse levado para a cama, alertando Quinto de que a notícia logo se espalharia e que, dessa forma, a impressão corrente de que seu marido estava acabado logo se tornaria fato consumado. Ela fez com que ele se erguesse nos próprios pés e, segurando-o pelo braço, levou-o até o átrio, onde o ar era mais fresco. Quinto e eu fomos atrás.

— Você não está acabado! — Eu podia ouvi-la falando energicamente com ele. — Você tem um caso para tocar, então faça-o! — Cícero murmurou qualquer coisa em resposta.

Quinto interveio repentinamente:

— Está tudo muito bem, Terência, mas você não compreende o que acaba de acontecer. — E ele lhe contou a respeito da designação de Metelo como novo presidente do tribunal de causas de extorsão, e as implicações disso. Não havia a menor chance de se obter um veredicto de culpado com *ele* na cadeira de juiz, o que significava que a única esperança era a audiência ser concluída ainda em dezembro. Mas isso era impossível, dada a habilidade de Hortênsio em matéria de recursos protelatórios. Havia provas em excesso e pouco tempo disponível: apenas dez dias de funcionamento do tribunal antes dos jogos de Pompeu, e só a fala de abertura de Cícero tomaria quase todo esse tempo. Por mais breve que ele fosse no detalhamento do caso, a corte entraria em recesso durante a maior parte do mês e, quando retornasse, o júri já teria esquecido os aspectos mais importantes. — Não que isso importe muito — Quinto concluiu, deprimido —, uma vez que a maioria dos jurados já está no bolso de Verres.

— É verdade, Terência — disse Cícero. Ele olhou em volta, meio confuso, como se tivesse acabado de acordar e percebesse onde estava. — Eu vou ter que desistir da eleição para edil — ele sussurrou. — Já seria humilhante demais perder, mas muito mais humilhante seria ganhar e não ser capaz de cumprir as exigências do ofício.

— Patético — replicou Terência, e com raiva retirou o braço de perto do dele. — Você não merece ser eleito, se é essa a forma como se deixa vencer pela primeira dificuldade, sem sequer lutar!

— Minha querida — falou Cícero apaixonadamente, pressionando a mão sobre a testa —, se você é capaz de me dizer como vencer o próprio tempo, então lutarei bravamente. Mas o que eu posso fazer se só tenho dez dias para deslanchar meu processo antes que o tribunal entre em recesso por intermináveis semanas?

Terência inclinou-se para bem perto dele, de modo que seus rostos ficassem a poucas polegadas um do outro.

— Encurte o seu discurso! — ela sibilou.

DEPOIS QUE A MULHER se retirou para sua ala da casa, Cícero, ainda não completamente recobrado da crise de nervos, recolheu-se ao gabinete e lá ficou, sentado, por algum tempo, olhando para as paredes. Nós o deixamos sozinho. Stênio chegou logo depois do pôr-do-sol para comunicar que Quinto Metelo havia convocado todas as testemunhas sicilianas à sua casa, e que algumas almas mais tímidas haviam tolamente obedecido. De uma dessas Stênio extraiu um relato completo de como Metelo tentou intimidá-las a retificar seus depoimentos.

— Eu sou o cônsul eleito — ele bradou. — Um dos meus irmãos está governando a Sicília, o outro vai presidir o tribunal das causas de extorsão. Muitos passos foram dados no sentido de assegurar que nada de mal aconteça a Verres. Nós não esqueceremos aqueles que se puserem contra nós.

Eu anotei exatamente o que foi dito e tentei falar com Cícero. Ele não se mexia havia horas. Li para ele as palavras de Metelo, mas ele não deu sinal de havê-las escutado.

Diante disso comecei a ficar seriamente preocupado, e já estava me preparando para chamar novamente o irmão ou a mulher dele quando sua mente, de súbito, pareceu reemergir do lugar, seja lá qual for, em que estivera vagando. Olhando fixamente para diante, falou em tom grave:

— Agende uma entrevista minha com Pompeu para esta tarde. — Como eu hesitasse, perguntando-me se não se tratava de outro sintoma da doença, ele me encarou zangado. — Vá!

Era curta a distância até a casa de Pompeu, situada na mesma região do Esquilino, como a de Cícero. O sol acabara de se pôr mas ainda estava claro, e desagradavelmente quente, com uma brisa fraca soprando leve do leste — a pior combinação possível àquela altura do verão, porque levava para as vizinhanças o cheiro dos cadáveres putrefatos que vinha das grandes valas comuns fora dos muros da cidade. Creio que atualmente o problema não é tão agudo, mas há 60 anos, a Porta Esquilina era o local em que todas as coisas mortas e que não mereciam enterro apropriado eram despejadas — cachorros e gatos, cavalos, asnos, escravos, indigentes e natimortos, todos apodrecendo juntamente com o lixo doméstico. O fedor sempre atraía enormes quantidades de gaivotas ruidosas, e eu me recordo que, naquela tarde, ele estava particularmente ativo: um cheiro acre e invasivo, que se experimentava na língua tanto quanto era absorvido pelas narinas.

A casa de Pompeu era muito maior do que a de Cícero, com uma dupla de lictores postada do lado de fora e uma multidão de turistas do outro lado da rua. Havia também meia dúzia de lixeiras abarrotadas sob a marquise do muro, com seus carregadores acocorados ao lado roendo os ossos — prova de que havia um grande banquete em curso. Passei minha mensagem ao porteiro, que sumiu lá para dentro e reapareceu pouco depois com o pretor eleito, Palicano, que limpava o queixo engordurado com um guardanapo. Ele me reconheceu, perguntou o que eu queria e eu repeti a mensagem.

— Tudo bem — disse Palicano, com seu estilo direto. — Pode dizer a ele que eu falei que o cônsul vai vê-lo imediatamente.

Cícero devia saber que Pompeu concordaria com o encontro, pois quando regressei ele já trocara de roupa e estava pronto para sair. Continuava muito pálido. Trocou um último olhar com Quinto e partimos. Não conversamos durante a caminhada, pois Cícero, que detestava qualquer coisa que o fizesse lembrar da morte, mantinha a manga colada à boca e ao nariz para aliviar o cheiro do Campo do Esquilino.

— Espere-me aqui — ele falou ao chegarmos à casa de Pompeu, e aquela foi a última vez que o vi durante muitas horas. O dia escureceu, o entardecer púrpura virou escuridão e as estrelas começaram a surgir em constelações sobre a cidade. De vez em quando, toda vez que o portão se abria, os sons abafados de vozes e risos alcançavam a rua, e pude sentir o cheiro de carne e peixe assando, muito embora naquela triste noite tudo me cheirasse a morte, e eu me perguntava como é que Cícero tinha estômago para aquilo, porque então já estava claro que Pompeu o convencera a aproveitar sua festa.

Eu caminhava para lá e para cá, me recostava no muro, tentava pensar em novos símbolos para meu grande sistema de taquigrafia, e procurava ocupar a cabeça à medida que a noite avançava. Por fim, os convidados de Pompeu começaram a sair, a metade bêbada demais para se manter de pé. O grupo de Piceno de sempre: Afrânio, o ex-pretor e amante da dança; Palicano, claro; e Gabínio, genro de Palicano, que também tinha fama de gostar de mulheres e de música — uma autêntica reunião de velhos soldados, e achei difícil imaginar que Cícero pudesse ter se divertido. Só o austero e intelectualizado Varro ("o homem que mostrou a Pompeu onde ficava o senado", segundo a frase ácida de Cícero) poderia ter-lhe feito companhia remotamente agradável, sobretudo porque ele, finalmente, emergiu sóbrio. Cícero foi o último a sair, em desabalada carreira pela rua, e eu fui correndo atrás dele. Havia uma bela lua amarela e não tive dificuldade em distinguir sua silhueta. Ele ainda levava a mão ao nariz, pois nem o calor nem o cheiro tinham diminuído muito, e quando se viu a uma razoável distância da casa de Pompeu, ele se encostou numa esquina e vomitou violentamente.

Eu me cheguei por trás dele e perguntei se precisava de ajuda, ao que ele abanou a cabeça e respondeu:

— Está feito. — Isso foi tudo o que ele me falou, e também o que falou para Quinto, que o aguardava ansiosamente na porta de casa: — Está feito.

NO DIA SEGUINTE ao amanhecer nós fizemos novamente a caminhada de quase 4 quilômetros até o Campo de Marte para a segunda rodada de eleições. Embora sem o mesmo prestígio que as de cônsul e pretor, elas sem dúvida tinham a vantagem de sempre ser bem mais emocionantes. Trinta e quatro homens tinham que ser eleitos (vinte senadores, dez tribunos e quatro edis), o que significava que simplesmente havia candidatos demais para a disputa ser facilmente controlada: quando o voto de um aristocrata tinha o mesmo peso do de um pobre, tudo podia acontecer. Crasso, como cônsul principiante, era a autoridade que presidia aquela eleição suplementar.

— Mas, com certeza, nem ele — Cícero disse com gravidade, enquanto calçava os sapatos de couro vermelho — é capaz de manipular esses votos.

Cícero acordara nervoso, preocupado. Seja o que for que tenha sido combinado com Pompeu na noite anterior, era evidente que havia perturbado seu descanso, e ele reclamava irritado com seu criado que os sapatos não estavam limpos como deveriam estar. Vestia a mesma toga branca brilhante que usara seis anos antes, quando fora eleito pela primeira vez ao senado, e se empertigou todo antes que a porta da frente fosse aberta como se estivesse se preparando para carregar nos ombros um peso enorme. Mais uma vez, Quinto fizera um belo serviço, e uma multidão empolgada esperava para escoltá-lo até o local das votações. Quando chegamos ao Campo de Marte, descobrimos que ele estava praticamente todo ocupado até a beira do rio, pois havia um recenseamento em curso e dezenas de milhares de pessoas tinham ido à cidade para se registrar. Dá para imaginar a confusão e o barulho. Devia haver uma centena de candidatos para as 34 vagas, e por toda a vasta área do campo podiam-se ver aquelas figuras reluzentes passeando para lá e para cá, acompanhadas por amigos e partidários, tentando conquistar cada derradeiro voto antes que o pleito tivesse início. A cabeça ruiva de Verres também era fácil de se ver, movimentando-se por toda parte, com o pai ao lado, e o filho, e o escravo liberto, Timarquides — a criatura que invadira nossa casa —, fazendo promessas mirabolantes a quem se dispusesse a não votar em Cícero. Aquela visão pareceu banir instantaneamente o mau humor de Cícero, que saiu à cata de votos. Em diversas ocasiões eu achei que nossos grupos iam entrar em confronto, mas a multidão era tão grande que isso em momento algum aconteceu.

Quando o áugure se declarou satisfeito, Crasso saiu da barraca sagrada e os candidatos se reuniram diante de sua tribuna. Entre eles, se bem me lembro, fazendo a primeira tentativa de ingressar no senado, estava Júlio César, que se postou ao lado de Cícero e teve com ele uma conversa bastante amigável. Eles se conheciam havia muito tempo, e foi inclusive por recomendação de Cícero que o rapaz tinha ido para Rodes estudar retórica com Apolônio Molon. Muita coisa se escreveu a respeito dos primeiros anos de César, a tal ponto que se poderia pensar que ele ficou marcado pelos contemporâneos como um gênio desde o berço. Nem tanto, e quem o visse de toga branca naquela manhã, passando nervosamente as mãos pelos cabelos ralos, mal saberia distingui-lo de qualquer outro candidato jovem e bem-nascido. Havia uma grande diferença, porém: poucos tinham sido tão pobres. Para chegar à eleição, ele teve que se endividar pesadamente, pois morava numa acomodação muito modesta, em Subura, uma casa repleta de mulheres — a mãe, a mulher, e a filha pequena — e naquela época eu o retrataria não como o grande herói esperando para conquistar Roma, mas sim como o homem de 30 anos que não conseguia dormir à noite, mantido acordado pela zoeira da vizinhança paupérrima, refletindo amargamente sobre o fato de que ele, membro mais jovem da família mais antiga de Roma, fora reduzido a tais circunstâncias. Sua antipatia pelos aristocratas era, conseqüentemente, bem mais perigosa para eles do que a de Cícero jamais foi. Como um homem que subiu por seus próprios esforços, Cícero não passava de um ressentido que os invejava. Mas César, que acreditava ser descendente direto de Vênus, os via com desprezo, como usurpadores.

Agora, porém, já estou me excedendo, e cometendo o mesmo erro dos hagiógrafos, ao projetar a luz distorcida do futuro sobre as sombras do passado. Vou me restringir a simplesmente recordar que aqueles dois homens extraordinários, com seis anos de diferença entre si mas muita coisa em comum em matéria de idéias e visão de mundo, ficaram ali ao sol, conversando amigavelmente, enquanto Crasso subia ao palanque para ler a conhecida oração:

— Possa esta empresa ser bem-sucedida e satisfatória para mim, para meus melhores esforços, para meu governo, e para o Povo de Roma! — E então a votação teve início.

A primeira tribo a entrar no recinto de votação, segundo a tradição, foi a Suburana. Contudo, apesar de todo o empenho de Cícero ao longo de muitos anos, seu voto não foi para ele. Deve ter sido um choque, e certamente os agentes corruptores de Verres lhes pagaram em dinheiro. Cícero, entretanto, limitou-se a dar de ombros: sabia que muitos homens influentes que ainda iriam votar estariam observando sua reação, e era importante pôr a máscara da autoconfiança. Em seguida, uma a uma, seguiram-se as três outras tribos da cidade: a Esquilina, a Colina e a Palatina. Cícero teve o apoio das duas primeiras, mas não da terceira, o que de certa forma não era de surpreender, já que era reconhecidamente a de inclinação mais aristocrática de toda a periferia romana. O placar, portanto, estava em dois a dois: um começo mais tenso do que ele imaginara. E agora as 31 tribos interioranas começavam a se alinhar: Emília, Camília, Fábia, Galeria... Eu conhecia todos os nomes dos nossos arquivos, era capaz de dizer o nome de cada um dos seus homens-chave, quem era credor e quem era devedor de algum favor nosso. Três dessas quatro votaram com Cícero. Quinto se aproximou e disse-lhe isso ao ouvido, e talvez pela primeira vez ele se permitiu relaxar, uma vez que o dinheiro de Verres mostrara-se obviamente mais tentador para aquelas tribos compostas majoritariamente por gente da cidade. Horácia, Lemônia, Papíria, Menêmia... E assim por diante, debaixo de calor e poeira, com Cícero sentado numa banqueta fazendo contas mas se levantando a cada eleitor que passava à sua frente depois de ter votado, pondo a memória para funcionar, lembrando nomes, agradecendo, enviando cumprimentos às famílias. Sérgia, Voltina, Pupina, Romília... Cícero perdeu nesta última tribo, o que não era de admirar pois se tratava de domínio de Verres, mas já pelo meio da tarde ele havia conquistado o apoio de 16 tribos e só necessitava de mais duas para a vitória final. Verres, contudo, ainda não entregara os pontos, e podia ser visto em grupinhos sempre com o filho e Timarquides. Durante uma hora terrível, a balança pareceu pender para o seu lado. Sabatini não votou em Cícero, nem Publilia. Mas então Scaptia deixou-o mais aliviado, e finalmente veio de Falerna, ao norte de Campânia, o voto que o pôs no topo: 18 tribos em 30 que haviam votado até aquele momento, faltando cinco — mas essas, que importância tinham agora? Ele estava garantido, e em determinado momento, quando eu não estava olhando, Verres silenciosamente se retirou para avaliar suas perdas. César, cujo ingresso no senado acabava de se confirmar, foi o primeiro a vir cumprimentar Cícero. Eu podia ver Quinto brandindo os punhos, triunfante, e Crasso olhando a distância, com uma expressão carrancuda. Ouviram-se manifestações de júbilo por parte de espectadores que faziam seus próprios cálculos — tipos fanáticos que acompanham uma eleição com o mesmo fervor dos que apreciam as corridas de bigas — e que aprovavam o que acabava de acontecer. O próprio vencedor parecia atônito com sua conquista, mas ninguém poderia dizer nada em contrário, nem mesmo Crasso, que foi obrigado a proclamar em voz alta o resultado, por mais que as palavras pudessem chocá-lo. Contra todas as probabilidades, Marco Túlio Cícero era edil de Roma.

UMA GRANDE MULTIDÃO — eram sempre maiores após uma vitória — escoltou Cícero desde o Campo de Marte por todo o percurso até sua casa, onde os escravos estavam reunidos para aplaudi-lo na entrada. Até Diódoto, o estóico cego, fez uma rara aparição. Todos estávamos orgulhosos por pertencer a alguém tão eminente; sua glória se refletia em cada membro do ambiente doméstico; nossa auto-estima e nosso valor cresciam junto com os dele. Do átrio, Túlia veio correndo aos gritos de "Papai" e se agarrou às suas pernas, e até Terência veio abraçá-lo, sorridente. Eu ainda tenho a lembrança dos três fixada em minha mente — o jovem orador triunfante com a mão esquerda sobre a cabeça da filha e a direita em torno dos ombros da esposa feliz. A natureza concedeu esse dom, pelo menos, àqueles que raramente sorriem: quando o fazem, seus rostos se transformam, e naquele instante eu percebi que Terência, malgrado todas as queixas que tinha do marido, se sentia muito feliz com seu brilho e seu sucesso.

Foi Cícero que, relutantemente, quebrou o encanto.

— Agradeço a todos vocês — ele declarou, olhando em torno para a platéia que o admirava. — Mas não é hora para comemorações. Elas só virão no dia em que Verres for derrotado. Amanhã, finalmente, devo abrir meu processo no fórum, e rezemos aos deuses para que, antes que transcorram muitos dias, recaiam sobre esta casa honras novas e muitíssimo maiores. Portanto, o que estão esperando? — Ele sorriu e bateu palmas. — De volta ao trabalho!

Cícero se retirou com Quinto para seu gabinete, e acenou para que eu os seguisse. Atirou-se na cadeira com um suspiro de alívio e chutou os sapatos para longe. Pela primeira vez em mais de uma semana a tensão em seu rosto parecia abrandada. Entendi que, agora, ele queria começar a urgente tarefa de polir seu discurso, mas, aparentemente, tinha outros planos para mim. Eu deveria retornar à cidade com Sositeu e Laurea para visitar todas as testemunhas sicilianas, dar-lhes as novas sobre sua eleição, checar se continuavam firmes e instruí-las a que se apresentassem no tribunal na manhã seguinte.

— Todas? — Eu repeti, atônito. — Todas as cem?

— Isso mesmo — ele replicou. A antiga determinação estava de volta à sua voz. — E diga a Eros para contratar 12 carregadores, homens de confiança, para levar os caixotes com as provas amanhã ao tribunal na mesma hora em que eu estiver indo.

— Todas as testemunhas... Doze carregadores... Caixotes com as provas... — Eu estava relacionando as ordens. — Mas isso vai me tomar o tempo todo, até a meia-noite, pelo menos — eu falei, incapaz de disfarçar meu estado de confusão.

— Pobre Tiro. Mas não se preocupe: teremos muito tempo para dormir quando estivermos mortos.

— Não estou preocupado com meu sono, senador — respondi em tom firme. — Só estava me perguntando como arranjarei tempo para ajudá-lo com o discurso.

— Não devo precisar da sua ajuda — ele falou com um leve sorriso, e pôs um dedo nos lábios, num sinal para que eu não dissesse mais nada. Porém, como eu não fazia idéia do que ele queria dizer com aquele comentário, praticamente não havia risco algum de eu vir a revelar seus planos, e aquela não foi a primeira vez que deixei a presença de Cícero num estado de certa confusão.

IX

E então se deu que no quinto dia de agosto, sendo cônsules Gneu Pompeu Magno e Marco Licínio Crasso, um ano e nove meses depois de Stênio ter ido procurar Cícero pela primeira vez, teve início o julgamento de Gaio Verres.

Imagine-se o calor do verão. Calcule-se a quantidade de vítimas desejosas de levar Verres às barras da justiça. Tenha-se em mente que Roma fervilhava de cidadãos devido ao recenseamento, às eleições e aos iminentes Jogos de Pompeu. Considere-se que a audiência colocava os dois maiores oradores da época num confronto direto ("um duelo de real magnitude", como Cícero posteriormente o classificou). Juntando-se tudo isso é possível ter uma leve idéia da atmosfera que envolvia o tribunal de causas de extorsão naquela manhã. Centenas de espectadores, dispostos a conseguir um ponto de observação melhor, passaram a noite no fórum. Ao amanhecer, não havia um só lugar à sombra. Na segunda hora, não havia mais lugar algum vago. Nos pórticos e nos degraus do Templo de Castor, no próprio fórum e nas colunatas em torno, nos telhados e sacadas das casas, nas encostas das colinas — em qualquer parte por onde um ser humano fosse capaz de se esgueirar, se pendurar ou se agarrar, lá se encontrava o povo de Roma.

Frugi e eu andávamos de lá para cá como uma dupla de cães pastores, guiando nossas testemunhas até o tribunal — e que grupo exótico e colorido elas compunham, vestidas com seus mantos sagrados e trajes típicos, todas vítimas de alguma etapa da carreira de Verres, estimuladas pela promessa de vingança: sacerdotes de Juno e Ceres, os mistagogos da Minerva siracusana e as virgens sagradas de Diana; nobres gregos cuja descendência se reportava aos reis Cécrope ou Euristênio ou ainda às grandes tribos Jônica e Miniana, e fenícios cujos ancestrais tinham sido sacerdotes de Melqart, o deus de Tiro, ou se diziam aparentados à divindade Iah, de Sídon; multidões ansiosas de herdeiros arruinados e seus tutores, fazendeiros falidos e comerciantes de milho e donos de barcos, pais inconformados com os filhos feitos escravos, crianças chorando pelos pais mortos nas masmorras do governador; delegações da encosta do monte Taurus, das praias do mar Negro, de inúmeras cidades do território grego, das ilhas do mar Egeu e, é claro, de cada cidade e de cada vilarejo da Sicília.

Eu me encontrava tão ocupado no trabalho de assegurar que todas as testemunhas fossem admitidas e que todos os caixotes de provas estivessem em seu lugar e guardados em segurança, que só aos poucos fui me apercebendo do espetáculo que Cícero andara preparando. Aqueles caixotes de provas, por exemplo, incluíam agora testemunhos públicos colhidos pelos anciãos de praticamente todas as cidades sicilianas. Foi somente quando os jurados começaram a abrir caminho em meio à massa para ocupar seus lugares nas bancadas que compreendi — autêntico artista que ele era — por que Cícero insistira tanto para que *tudo* estivesse rigorosamente em seu lugar. A impressão sobre o tribunal foi assombrosa. Mesmo os mais sisudos, como Catulo e Isaurico, não conseguiram esconder o espanto. Quanto a Glábrio, ao deixar o templo precedido pelos lictores, parou por um instante no topo da escadaria e deu meio passo atrás ao se deparar com aquela parede de rostos.

Cícero, que se mantivera afastado até o último instante, enveredou pela multidão e foi subindo os degraus até seu lugar na bancada da promotoria. Seguiu-se uma súbita calmaria; um calafrio silencioso de ansiedade no ar parado. Ignorando os gritos de encorajamento dos que o apoiavam, ele se virou e protegeu os olhos do sol para observar a vasta platéia, olhando à direita e à esquerda, tal como eu imagino um general deva fazer para checar as condições do campo de batalha e a posição das nuvens antes do combate. Então sentou-se, enquanto eu me postava às suas costas de modo a poder passar-lhe os documentos de que necessitasse. Os funcionários do tribunal instalaram a cadeira de Glábrio — sinal de que o tribunal estava em sessão —, e tudo estava pronto, a não ser pela ausência de Verres e Hortênsio. Cícero, que se mostrava calmo como eu jamais o vira, recostou-se e sussurrou para mim:

— Diante disso tudo, é bem capaz que ele não venha.

Não é preciso dizer, ele *estava* vindo — Glábrio mandara um dos lictores buscá-lo —, mas Hortênsio estava nos dando uma amostra de sua tática, que seria a de ganhar o maior tempo possível. Por fim, talvez uma hora depois, sob irônicos aplausos, a figura imaculada do cônsul eleito atravessou a multidão de espectadores, seguido por seu assistente — ninguém mais do que o jovem Cipião Nasica, o rival amoroso de Catão —, Quinto Metelo e, finalmente, o próprio Verres, que parecia mais vermelho do que o habitual, devido ao calor. Para um homem com um mínimo de consciência, seria seguramente uma visão do inferno ver todas as suas vítimas e todos os seus acusadores bem ali, à sua frente. Mas aquele monstro limitou-se a cumprimentá-los com um gesto de cabeça, como se estivesse encantado por rever velhos conhecidos.

Glábrio exigiu ordem no tribunal, mas antes que Cícero pudesse se levantar para dar início ao seu discurso, Hortênsio se adiantou alegando questão de ordem: segundo a Lei Corneliana, ele declarou, um promotor tinha o direito de convocar não mais do que 48 testemunhas, mas este promotor trouxera à corte pelo menos o dobro desse número, puramente com o propósito de intimidação! E embarcou num discurso longo, erudito e elegante sobre as origens do tribunal de causas de extorsão, que se estendeu por mais uma hora. Após muito tempo, Glábrio o interrompeu, dizendo que nada havia na lei sobre restrição à quantidade de testemunhas presentes ao tribunal, apenas à quantidade das que deveriam prestar depoimento verbal. Mais uma vez, convidou Cícero a abrir o caso, e mais uma vez Hortênsio interveio com outra questão de ordem. A multidão começou a protestar, mas ele insistiu, como fez repetidamente toda vez que Cícero se levantava para falar, e assim as primeiras horas do dia se perderam em tediosas tecnicalidades.

Somente no meio da tarde, quando Cícero estava já cansado de se levantar pela nona ou décima vez, Hortênsio finalmente permaneceu sentado. Cícero olhou para ele, aguardou um instante, e então lentamente abriu bem os braços fingindo surpresa. Uma onda de risos tomou conta do fórum. Hortênsio respondeu com um movimento afetado com a mão virada em direção à bancada dos advogados, como quem diz "esteja à vontade". Cícero curvou-se cortesmente e avançou, limpando a garganta.

Dificilmente haveria um momento pior do que aquele para dar início a uma tarefa tão grandiosa. O calor era insuportável. A multidão achava-se, agora, entediada e exausta. Hortênsio sorria ironicamente. Só restavam umas duas horas até o tribunal interromper a sessão pela chegada da noite. E no entanto tratava-se de um dos momentos mais decisivos da história do direito romano — quem sabe, da história do direito, fosse onde fosse, eu me arriscaria a afirmar.

— Cavalheiros deste tribunal — disse Cícero, e eu baixei a cabeça para taquigrafar suas palavras na minha tabuleta. Esperei que ele prosseguisse. Possivelmente era a primeira vez, num discurso importante, que eu não tinha a menor idéia do que ele iria dizer. Esperei um pouco mais, com o coração disparado, e então, nervosamente, ergui os olhos para vê-lo caminhando pelo tribunal afastando-se de mim. Pensei que iria parar e encarar Verres, mas em vez disso passou direto por ele e se deteve diante dos senadores do júri.

— Cavalheiros deste tribunal — ele repetiu, dirigindo-se ao júri —, durante esta grave crise política está sendo oferecido aos senhores, não graças à sabedoria dos homens, mas quase que como um presente caído diretamente do céu, aquilo de que mais necessitam, algo que ajudará mais do que qualquer outra coisa a mitigar a impopularidade da vossa categoria e a suspeita que ronda esses tribunais. Estabeleceu-se uma crença, tão prejudicial à república quanto aos senhores, de que esses tribunais, com os senadores como jurados, jamais condenarão qualquer homem, por mais culpado que seja, que possua suficiente *dinheiro*.

Ele deu um realce maravilhoso, escarninho, à última palavra.

— Nisso você não está errado! — bradou uma voz na multidão.

— Mas é tal a reputação do homem que estou processando — continuou Cícero — que os senhores podem usá-lo para restaurar o próprio bom nome. Gaio Verres assaltou o tesouro e agiu como um pirata e uma praga destruidora na província da Sicília. Os senhores precisam, tão-somente, declarar esse homem culpado, para que o respeito lhes seja prontamente restituído. Mas se não o fizerem, caso a imensa riqueza dele baste para desintegrar vossa honestidade, aí então pelo menos uma coisa eu terei conseguido provar. Talvez a nação não acredite que Verres seja o correto e eu o errado: mas com certeza saberá o que deve saber a respeito de um júri de senadores romanos!

Era um belo movimento inicial. Ouviu-se um murmúrio de aprovação perpassando a grande multidão, como um vento que sopra na floresta, e curiosamente o foco do julgamento pareceu se deslocar de imediato vinte passos à esquerda. Era como se os senadores, suando debaixo do sol quente e mexendo-se desconfortavelmente em seus assentos de madeira, tivessem se transformado nos acusados, e a enorme massa de testemunhas, trazidas de todas as partes do Mediterrâneo, fosse o júri. Cícero nunca antes havia se dirigido a uma multidão tão formidável, mas a preparação à beira-mar que Molon lhe proporcionara mostrou-se muito útil, e quando ele se virou para o fórum, sua voz soava clara e confiável.

— Permitam-me agora revelar-lhes o plano louco e impudente que neste exato momento ocupa a mente de Verres. Ele sabe perfeitamente que me preparei tão bem para este caso que sou capaz de incriminá-lo como ladrão e delinqüente, não apenas no recinto deste tribunal, mas aos olhos do mundo inteiro. Porém, a despeito disso, ele tem um conceito tão baixo da aristocracia, crê que as cortes senatoriais acham-se de tal forma desacreditadas e corrompidas que vem declarando abertamente que comprou a data mais conveniente para o seu julgamento, que comprou o júri, e que, só para se garantir ainda mais, também comprou a eleição consular para seus dois supostos amigos que tentaram intimidar minhas testemunhas!

Era isso o que a multidão queria escutar. O murmúrio de aprovação se transformou num brado. Metelo se levantou, furioso, Hortênsio igualmente. Sim, até Hortênsio, que normalmente reagia a qualquer ofensa na arena com nada além de um erguer de sobrancelhas. Eles começaram a gesticular furiosamente em direção a Cícero.

— O quê? — ele respondeu, voltando-se para os dois. — Vocês não consideram o que eu digo algo muito sério? Não vêem que nada me importa, a não ser meu dever e minha honra, quando a pátria e minha própria reputação encontram-se tão ameaçadas? Metelo, você me surpreende. Tentar intimidar testemunhas, sobretudo esses sicilianos medrosos e abatidos pela calamidade, apelando para o pavor que sentem por sua condição de cônsul eleito, e pelo poder de seus dois irmãos! Se isso não é corrupção legal, eu gostaria de saber o que é! O que vocês não fariam por um parente inocente, se são capazes de trocar o dever e a honra por um canalha qualquer, com o qual não têm qualquer parentesco? Porque lhes digo o seguinte: Verres andou por aí dizendo que vocês só foram eleitos cônsules por causa dos poderes dele, e que depois de janeiro ele terá dois cônsules e o presidente do tribunal a seu serviço!

Neste ponto eu tive de parar de anotar, pois o barulho era por demais intenso para que eu pudesse ouvir. Metelo e Hortênsio levavam, ambos, as mãos em concha sobre as bocas, berrando em direção a Cícero. Verres gesticulava, furioso, para Glábrio pôr um fim àquilo. O júri de senadores permanecia sentado, imóvel — a maioria, estou certo, desejando estar em qualquer outro lugar que não aquele —, enquanto os espectadores precisavam ser contidos pelos lictores para não invadir o recinto do tribunal. Por fim, Glábrio conseguiu restaurar a ordem, e Cícero concluiu, em voz ainda mais calma.

— Essas são suas táticas. Hoje a corte só conseguiu dar início aos trabalhos pelo meio da tarde: eles já estão calculando que o dia de hoje praticamente não conta. Faltam apenas dez dias para os Jogos de Pompeu, o Grande, que vão durar 15 dias. A eles se seguirão imediatamente os Jogos Romanos. Portanto, não deverá ser antes de um intervalo de quase quarenta dias que eles imaginam começar a réplica. E aí crêem que terão condições, com a ajuda de longos discursos e recursos técnicos, de protelar o julgamento até que se iniciem os Jogos da Vitória. Jogos esses a que se seguem, sem intervalo, os Jogos Plebeus, após os quais haverá pouquíssimos dias, ou praticamente nenhum, para que o tribunal se reúna. Desse modo, eles acreditam que todo o ímpeto do processo será esgotado e exaurido, e que o caso cairá nas mãos de Marco Metelo, que se acha aqui presente como jurado.

"Então, o que devo fazer? Se me valer, no meu discurso, de todo o tempo que a lei me concede, corro o grave risco de que o homem que estou processando me escape por entre os dedos. 'Encurte o seu discurso', foi a solução óbvia que me foi sugerida dias atrás, e trata-se de um bom conselho. Porém, tendo refletido sobre o assunto, vou fazer ainda melhor. Cavalheiros, *não farei discurso algum*.

Eu ergui os olhos, boquiaberto. Cícero olhava para Hortênsio, e o rival olhava para ele com a mais fantástica expressão de frieza estampada no rosto. Parecia um homem passeando tranquilamente por um bosque, pensando com seus botões, e que de repente ouve um barulho às suas costas e pára subitamente, em estado de alerta.

— É isso mesmo, Hortênsio — disse Cícero. — Não vou entrar no seu jogo e gastar os próximos dez dias com os debates intermináveis de sempre. Não permitirei que o caso se estenda até janeiro, quando você e Metelo, como cônsules, poderão usar seus lictores para arrastar minhas testemunhas à sua presença e atemorizá-las para que fiquem caladas. Não propiciarei aos senhores do júri o luxo de quarenta dias para esquecer minhas acusações, para que se deixem levar, junto com suas consciências, pela conversa mole de sua retórica. Não vou retardar a instalação deste caso até que essas multidões que vieram a Roma para o recenseamento e para os jogos se dispersem e voltem para suas casas na Itália. Vou convocar imediatamente minhas testemunhas, começando já, e meu procedimento será o seguinte: lerei em voz alta cada acusação específica. Farei meus comentários e análises a respeito. Chamarei a testemunha que a sustenta, a interrogarei, e então você, Hortênsio, terá a mesma oportunidade que eu para fazer seus comentários e igualmente inquiri-la. Farei tudo isso e concluirei meu caso no espaço de dez dias,

Durante toda a minha longa vida tenho guardadas — e pelo pouco que dela me resta seguirei guardando — as reações de Hortênsio, Verres, Metelo e Cipião Nasica àquele momento. Evidentemente, Hortênsio se levantou tão logo recobrou o fôlego e passou a denunciar essa quebra de precedentes como algo totalmente ilegal. Mas Glábrio estava preparado, e disse-lhe bruscamente que cabia a Cícero apresentar o caso da forma como bem entendesse, e que ele próprio já estava cansado de discursos intermináveis, como deixara claro nesse mesmo tribunal antes das eleições consulares. Suas observações tinham sido obviamente preparadas com antecedência, e Hortênsio ergueu-se mais uma vez para acusá-lo de conluio com a acusação. Glábrio, que era um homem irritadiço na maior parte do tempo, disse-lhe secamente para tomar cuidado com a língua, ou faria com que os lictores o retirassem do tribunal — fosse ele cônsul eleito ou não. Hortênsio sentou-se, enfurecido, cruzou os braços e ficou olhando para os pés, enquanto Cícero concluía sua fala de abertura, novamente dirigindo-se ao júri.

— Hoje os olhos do mundo estão sobre nós, esperando para ver até que ponto o comportamento de cada um será marcado pela obediência à sua consciência e pela observância da lei. O veredicto que derem ao réu será o veredicto que o povo de Roma dará a vocês. O caso de Verres determinará se, num tribunal composto por senadores, a condenação de um homem muito culpado e muito rico é passível de ocorrer. Pois todo o mundo sabe que Verres é conhecido única e tão-somente por seus crimes monstruosos e sua imensa riqueza. Portanto, se for inocentado, será impossível imaginar qualquer outra explicação que não a mais vergonhosa. E assim eu os aconselho, cavalheiros, para seu próprio bem, que ajam de forma que isso não venha a ocorrer. — E com isso deu-lhes as costas. — Chamo minha primeira testemunha: Stênio, de Termini.

Duvido muito que quaisquer dos aristocratas presentes àquele júri — Catulo, Isaurico, Metelo, Catilina, Lucrécio, Emílio e os demais — tivessem sido alguma vez tratados antes com tamanha insolência, sobretudo por um homem novo sem uma única máscara ancestral sequer para exibir na parede de seu átrio. Como devem ter odiado ter que permanecer ali sentados e ouvir aquilo, ainda mais levando-se em conta o delírio de êxtase com o qual Cícero foi recepcionado pela imensa multidão no fórum ao se sentar. Quanto a Hortênsio, quase podia sentir pena dele. Toda a sua carreira se baseara na capacidade de memorizar textos imensos e declamá-los com a naturalidade de um ator. Agora fora efetivamente emudecido. Pior, estava diante da perspectiva de ter que pronunciar quatro dúzias de pequenos discursos em réplica aos depoimentos de cada testemunha de Cícero no decorrer dos próximos dez dias. Não pesquisara o suficiente, longe disso, para conseguir fazê-lo, como se tornou cruelmente evidente quando Stênio se levantou para depor. Cícero chamara-o em primeiro lugar em sinal de respeito pelo fato de ter sido Stênio quem dera origem a toda aquela fantástica iniciativa, e o siciliano não o desapontou. Esperara muito tempo por aquele dia no tribunal, e deu o melhor de si, oferecendo um relato de partir o coração sobre o modo como Verres abusara de sua hospitalidade, roubara seus pertences, forjara acusações contra ele, o extorquira e tentara açoitá-lo, condenando-o à morte em sua ausência, para em seguida falsificar os registros do tribunal de Siracusa — registros que Cícero exibiu como prova, entregando-os ao júri para exame.

Mas quando Glábrio chamou Hortênsio para inquirir a testemunha, o Mestre da Dança, contrariando seus hábitos, demonstrou certa relutância em tirar os pés do chão. A primeira regra de ouro da inquirição consiste em jamais, sob qualquer circunstância, fazer uma pergunta para a qual não se sabe a resposta, e Hortênsio simplesmente não tinha a menor idéia do que Stênio poderia dizer. Ele manuseou alguns documentos, consultou-se aos cochichos com Verres, em seguida se aproximou da testemunha. O que poderia fazer? Após algumas perguntas provocativas, cujos fundamentos residiam na hipótese de o siciliano ser fundamentalmente hostil às leis romanas, quis saber por que, entre tantos advogados disponíveis, ele fora escolher exatamente Cícero — um homem conhecido por ser um agitador das classes menos favorecidas. Seu propósito, desde o início, não seria meramente o de causar problemas?

— Mas eu não fui primeiro a Cícero — replicou Stênio, no seu jeito ingênuo. — O primeiro advogado que procurei foi o senhor.

Até alguns jurados caíram no riso diante disso.

Hortênsio engoliu em seco, e tentou levar na brincadeira.

— É mesmo? Não posso dizer que me lembre do senhor.

— Claro que não. Como se lembraria? É um homem muito ocupado. Mas eu me lembro bem do senhor, senador. O senhor disse que estava representando Verres. Disse que não se importava com a quantidade de bens que ele me roubara, nenhum tribunal jamais acreditaria na palavra de um siciliano contra a de um romano.

Hortênsio teve que esperar que a tempestade de apupos arrefecesse.

— Não tenho mais perguntas para esta testemunha — ele disse em voz grave, e com isso a sessão do tribunal foi adiada até o dia seguinte.

ERA MINHA INTENÇÃO descrever em detalhes o julgamento de Gaio Verres, mas agora vejo que não faz sentido. Depois da brilhante jogada tática de Cícero naquele primeiro dia, Verres e seus advogados davam a nítida impressão de estar submetidos a um cerco: enfurnados em sua pequena fortaleza, cercados por inimigos por todos os lados, atacados dia após dia por uma chuva de projéteis, e com túneis atravessando seus muros combalidos. Não tinham meios de revidar o fogo. A única esperança que lhes restava era de algum modo conseguir resistir ao ataque pelos nove dias que faltavam, e então tentar se reagrupar durante o recesso compulsório dos Jogos de Pompeu. O objetivo de Cícero era igualmente claro: destruir as defesas de Verres tão completamente que, quando terminasse de apresentar o caso, nem o mais corrupto júri de senadores de Roma ousaria inocentá-lo.

Ele se debruçou sobre sua missão com a disciplina costumeira. A equipe de acusação se reunia antes do amanhecer. Enquanto Cícero fazia seus exercícios, se barbeava e se vestia, eu lia para ele o depoimento das testemunhas que iria convocar no dia, e checava nossa agenda de provas.

Ele então me ditava um esboço do que pretendia dizer. Durante uma ou duas horas se familiarizava com o programa do dia e memorizava detalhadamente seus comentários, enquanto Quinto, Frugi e eu nos assegurávamos de que todas as testemunhas e os caixotes de provas estivessem prontos. Aí então descíamos a encosta até o fórum — e eram autênticos desfiles, pois a opinião geral em Roma era de que o desempenho de Cícero no tribunal de causas de extorsão constituía o maior espetáculo de toda a cidade. As multidões eram tão grandes no segundo e no terceiro dias quanto no primeiro, e os desempenhos das testemunhas revelavam-se freqüentemente muito emocionantes, sobretudo quando caíam em lágrimas ao recordar os maus-tratos. Lembro-me em particular de Dio de Halesa, de quem tinham sido roubados 10 mil sestércios, e de dois irmãos de Agira, forçados a entregar toda sua herança de 4 mil. Seriam muitos mais, mas Lúcio Metelo havia na verdade impedido que 12 testemunhas deixassem a ilha para prestar depoimento, entre elas Heráclio de Siracusa, o sacerdote-mor de Júpiter — um ultraje à justiça, que Cícero sabiamente reverteu em seu proveito.

— Os direitos de nossos aliados — ele trovejou — sequer incluem a permissão para se queixar de seus sofrimentos!

Hortênsio, é incrível dizer, não pronunciava uma só palavra. Cícero encerrava a inquirição a uma testemunha. Glábrio oferecia ao Rei dos Tribunais a chance de tomar a vez, e Sua Majestade apenas balançava a cabeça, ou declarava solenemente:

— Sem perguntas para esta testemunha.

No quarto dia, Verres alegou doença e tentou não comparecer ao plenário, mas Glábrio não concordou e disse que ele seria transportado no próprio leito até o fórum se necessário.

Foi na tarde seguinte que o primo de Cícero, Lúcio, finalmente retornou a Roma, tendo cumprido sua missão na Sicília. Cícero ficou extremamente alegre ao encontrá-lo esperando em casa quando chegou do tribunal, e abraçou-o em lágrimas. Sem o apoio de Lúcio no despacho das testemunhas e dos caixotes de provas para o continente, o caso de

Cícero não teria metade da força que teve. Mas os esforços de sete meses o haviam claramente debilitado, e Lúcio, que já não era um homem muito forte, agora se encontrava extremamente magro e desenvolvera uma tosse crônica, que o fazia estremecer. Apesar disso, seu compromisso de levar Verres às barras da justiça continuava inabalável — a tal ponto que ele se conformou em perder a abertura do julgamento para demorar-se na viagem de volta a Roma e trazer consigo de Puteoli mais duas testemunhas: o cavaleiro romano Gaio Numitório, que presenciara a crucificação de Gávio, em Messina, e um amigo dele, um comerciante chamado Marco Ânio, que estava em Siracusa quando o banqueiro romano Erênio foi "legalmente" assassinado.

— E onde estão esses cavalheiros? — perguntou Cícero ansioso.

— Aqui — respondeu Lúcio. — No *tablinum*. Mas devo avisá-lo, eles não querem testemunhar.

Cícero apressou-se em ir ao encontro de dois homens formidáveis, de meia-idade. ("Testemunhas perfeitas, do meu ponto de vista", como ele posteriormente as descreveu para mim, "prósperos, respeitáveis, sóbrios, e sobretudo não-sicilianos.") Como Lúcio avisara, eles relutavam em se envolver. Eram homens de negócios, sem vontade de fazer inimigos poderosos, e não se encantavam com a perspectiva de desempenhar papéis relevantes na superprodução antiaristocrática que Cícero havia montado no Fórum Romano. Mas ele os foi minando, pois não eram tolos, ao contrário, e eram capazes de perceber que, no balanço dos prós e dos contras, ganhariam mais alinhando-se com o lado que estava vencendo.

— Vocês sabem o que Pompeu disse a Sula, quando o ancião tentou recusar-lhe um triunfo em seu aniversário de 26 anos? — perguntou Cícero. — Ele me contou durante o jantar uma noite dessas: "Mais gente reverencia o sol que nasce do que o que se põe." — Essa combinação poderosa entre alardear amizades importantes e apelar ao mesmo tempo para o patriotismo e os interesses particulares finalmente acabou por convencê-los, e quando foram jantar com Cícero e sua família, eles mostraram-se dispostos a apoiá-lo.

— Eu tinha certeza de que se ficassem na sua companhia por alguns instantes — sussurrou Lúcio — eles acabariam fazendo o que você quisesse.

Eu esperava que Cícero os levasse ao banco das testemunhas logo no dia seguinte, mas ele era esperto demais para isso.

— Todo espetáculo tem sempre que terminar com um clímax — ele falou.

Por ora estava aumentando aos poucos o grau de horror com cada nova peça de prova, tendo passado já pela corrupção judicial, pela extorsão e pelo roubo qualificado, além de punição cruel e injustificada. No oitavo dia do julgamento, ele trabalhou com o depoimento de dois oficiais navais sicilianos, Falacro de Centuripe e Onaso de Segesta, que descreveram como eles e seus homens só haviam conseguido escapar ao açoitamento e à execução subornando o escravo liberto de Verres, Timarquides (presente ao tribunal, fico feliz em dizer, para experimentar pessoalmente a humilhação). Mais grave ainda: as famílias daqueles que não puderam levantar fundos suficientes para garantir a libertação dos parentes ficaram sabendo que deveriam pagar ainda uma propina ao carrasco oficial, Sextio, para que ele não fizesse uma confusão proposital com as decapitações.

— Pensem nessa insuportável carga extra de sofrimento — declamou Cícero — na angústia que afligia esses pobres parentes, obrigados a comprar para os filhos não a vida, mas uma morte mais rápida!

Eu podia ver os senadores do júri balançando as cabeças, cochichando entre si, e toda vez que Glábrio convidava Hortênsio a inquirir as testemunhas este apenas respondia:

— Sem perguntas — resmungava.

A posição deles estava ficando insuportável, e naquela noite os primeiros boatos de que tivemos notícia davam conta de que Verres já mandara embalar seus pertences e se preparava para fugir para o exílio.

Era essa situação no nono dia, quando trouxemos Ânio e Numitório à corte. A multidão no fórum era certamente ainda maior do que antes, pois faltavam apenas dois dias para os grandes Jogos de Pompeu. Verres chegou atrasado, e claramente bêbado. Cambaleou ao subir os degraus do templo até o tribunal, e Hortênsio precisou ampará-lo enquanto a multidão caía na gargalhada. Quando passou pelo lugar em que Cícero achava-se sentado, dardejou sobre ele uns olhos vermelhos e exaustos de medo e ódio — o olhar de um animal acuado e sem saída. Cícero foi direto ao assunto e chamou inicialmente Ânio, que descreveu como certa manhã, enquanto estava inspecionando um carregamento no porto de Siracusa, um amigo veio correndo lhe dizer que seu sócio nos negócios, Erênio, achava-se acorrentado no fórum implorando pela vida.

— E então, o que você fez?

— Fui depressa para lá, naturalmente.

— E qual foi a cena que você viu?

— Havia cerca de cem pessoas gritando que Erênio era cidadão romano, e não poderia ser executado sem um julgamento apropriado.

— Como é que todos sabiam que Erênio era romano? Ele não era um banqueiro da Espanha?

— Muitos de nós o conhecíamos pessoalmente. Embora tivesse negócios na Espanha, ele havia nascido numa família romana em Siracusa e crescera na cidade.

— E qual foi a reação de Verres a esses pedidos?

— Ele ordenou que Erênio fosse imediatamente decapitado.

Ouviu-se uma exclamação de horror em todo o tribunal.

— E quem deu o golpe fatídico?

— O carrasco oficial, Sextio.

— E ele fez o serviço direito?

— Receio que não, não, senhor.

— Evidentemente — falou Cícero, virando-se para os jurados — Erênio não pagou a Verres e seu bando de ladrões a propina suficiente.

Na maior parte do tempo do julgamento, Verres permaneceu sentado em sua cadeira; naquela manhã, porém, estimulado pela bebida, ele se levantou e começou a berrar que nunca havia levado qualquer propina. Hortênsio precisou empurrá-lo para que sentasse. Cícero o ignorou e seguiu questionando tranqüilamente a testemunha.

— Trata-se de uma situação extraordinária, não? Uma centena de vozes clamando pela identidade daquele cidadão romano, e mesmo assim Verres não esperou nem uma hora para determinar a verdade a respeito dele. Como você explicaria isso?

— Minha explicação é simples, senador. Erênio era passageiro de um navio vindo da Espanha que foi confiscado com toda a sua carga por agentes de Verres. Ele foi mandado para a Prisão das Pedreiras, junto com todos os que estavam a bordo, e depois arrastado para ser publicamente executado como pirata. Só que Verres não se deu conta de que Erênio não era da Espanha. Ele era conhecido por toda a comunidade romana de Siracusa e seria facilmente identificado. Mas, quando Verres percebeu seu erro, Erênio não poderia mais ser solto porque sabia demais a respeito do que o governador fizera.

— Perdão, não entendi — disse Cícero, bancando o ingênuo. — Por que Verres haveria de querer executar um passageiro inocente de um navio de carga como se fosse pirata?

— Ele precisava exibir um número suficiente de execuções.

— Por quê?

— Porque estava recebendo propina para deixar livres os piratas de verdade.

Verres ficou de pé novamente gritando que aquilo era uma mentira, e dessa vez Cícero não o ignorou, ao contrário, deu alguns passos em sua direção.

— Mentira, seu monstro? Mentira? Então por que nos registros da sua prisão consta que Erênio foi solto? E por que, depois, constava neles que o notório pirata, capitão Herácleo, foi executado, quando ninguém naquela ilha jamais o viu morrer? Vou lhe dizer por quê. Porque você, o governador romano, responsável pela segurança dos mares, estava o tempo inteiro sendo subornado pelos próprios piratas!

— Cícero, o grande advogado, que se acha tão espertinho! — disse Verres com sarcasmo, enrolando as palavras devido ao efeito da bebida. — O que pensa que sabe tudo! Muito bem, eis algo que você não sabe.

Heráclео está sob minha custódia, aqui na minha casa em Roma, e ele próprio vai poder lhe contar que isso é mentira!

Agora parece incrível como um homem tenha podido ser tão idiota para dizer uma coisa dessas, mas é a pura verdade — está tudo registrado — e, no pandemônio que virou o tribunal, dava para se ouvir Cícero pedindo a Glábrio que o famoso pirata fosse trazido da casa de Verres pelos lictores e colocado sob custódia oficial — a bem da segurança pública. Em seguida, enquanto isso era providenciado, ele convocou como segunda testemunha do dia Gaio Numitório. Particularmente, eu achei que Cícero estava indo muito depressa; que ele poderia ter adiado mais um pouco a convocação de Heráclео. Mas o grande advogado deve ter sentido que chegara a hora do golpe mortal, e há muitos meses, desde que desembarcáramos pela primeira vez na Sicília, ele já sabia exatamente a arma que pretendia usar. Mal Numitório jurou dizer a verdade e se sentou, Cícero rapidamente encaminhou seu depoimento no sentido de estabelecer os fatos essenciais sobre Públio Gávio: que se tratava de um comerciante em viagem de navio da Espanha; que seu navio fora confiscado e os passageiros todos levados para a Prisão das Pedreiras, da qual Gávio de algum modo tinha conseguido escapar; que seguira para Messina a fim de tomar outro barco para o continente, fora capturado a bordo e ficado sob a responsabilidade de Verres quando este visitou a cidade. O silêncio da multidão à escuta era total.

— Descreva para este tribunal o que se passou a seguir.

— Verres montou um tribunal no fórum de Messina — disse Numitório —, e em seguida arrastou Gávio à sua presença. Anunciou a todos que aquele homem era um espião, para o que só cabia uma pena. Depois ordenou que se erguesse uma cruz dominando os canais para Reggio, de maneira que o prisioneiro pudesse ficar olhando para a Itália enquanto morria, e fez com que Gávio se despisse e publicamente flagelou-o à nossa frente. Em seguida torturou-o com ferros em brasa. E por fim ele foi crucificado.

— E Gávio dizia alguma coisa?

— Só no começo, para jurar que a acusação não era verdadeira. Ele não era espião estrangeiro. Era um cidadão romano, membro do conselho da cidade de Consa e ex-soldado da cavalaria romana, sob o comando de Lúcio Récio.

— O que Verres falou sobre isso?

— Que eram mentiras, e deu ordem para que a execução começasse.

— Pode descrever como Gávio se comportou perante morte tão pavorosa?

— Bravamente, senador.

— Como um romano?

— Como um romano.

— Ele gritou? — percebi onde Cícero queria chegar.

— Só quando estava sendo açoitado, e podia ver os ferros sendo aquecidos.

— E o que ele gritava?

— A cada chicotada, dizia: "Eu sou cidadão romano."

— Pode repetir o que ele dizia, mais alto, por favor, para que todos possam escutar?

— Ele dizia: "Eu sou cidadão romano."

— Só isso? — disse Cícero. — Deixe-me entender bem como tudo se passou. Vinha uma chicotada — ele juntou os punhos à frente do corpo, ergueu-os bem acima da cabeça e se inclinou para diante, como se suas costas estivessem sendo açoitadas — e ele gritava, cerrando os dentes "Eu sou cidadão romano". Vinha outra chicotada — e Cícero se dobrava novamente para diante — "Eu sou cidadão romano". Mais uma chicotada. "*Eu sou cidadão romano...*"

Essas minhas palavras frouxas não são capazes de traduzir o efeito da performance de Cícero sobre aqueles que a presenciaram. O silêncio absoluto em volta do tribunal amplificava suas palavras. Era como se todos nós, naquele momento, fôssemos testemunhas de um monstruoso erro de justiça. Alguns homens e mulheres — amigos de Gávio, creio eu

— começaram a gritar, e ouviu-se uma onda crescente de protesto das massas presentes ao fórum. Mais uma vez, Verres se desvencilhou das mãos repressoras de Hortênsio e se levantou.

— Ele era um espião nojento! — bradou. — Um espião! Só falou aquilo para retardar o justo castigo!

— *Mas ele falou*! — disse Cícero, triunfantemente, caminhando veloz para cima dele, o dedo estendido em gesto acusatório. — Então você admite que ele falou! Pela sua própria boca eu o acuso: o homem afirmando ser cidadão romano e você não fez nada! Essa menção à cidadania por parte do réu não fez você sequer vacilar ou adiar, ao menos por instantes, a execução de uma morte cruel e degradante! Se você, Verres, tivesse sido feito prisioneiro na Pérsia ou na mais remota parte da Índia, e estivesse sendo levado à execução, que outro grito emitiria que não o de ser um cidadão romano? E quanto a esse homem que você estava matando às pressas? Sua declaração, seu clamor de cidadania não poderiam tê-lo salvo por uma hora, por um dia, o tempo necessário para você verificar a verdade? Não, não poderiam! Não com você na cadeira de juiz! E no entanto o mais pobre dos homens, o de origem mais humilde, em qualquer terra selvagem, sempre teve até hoje a certeza de que o grito "Eu sou cidadão romano!" representa sua última defesa e sua última reserva de proteção. Não foi Gávio, não foi um homem obscuro qualquer o que você esmagou naquela cruz de agonia: foi, sim, o princípio universal de que os romanos são livres!

O fragor que consagrou o final da fala de Cícero foi de estarrecer. Ao invés de diminuir após alguns instantes, ficava ainda mais forte e crescia em volume e intensidade, e eu fiquei atento, na periferia da minha visão, a qualquer movimento em nossa direção. Os toldos sob os quais alguns espectadores se protegiam do sol começaram a cair com um estrondo tremendo. Um homem saltou de um balcão sobre a multidão embaixo. Havia gritos. O que era indubitavelmente uma turba disposta ao linchamento começou a galgar os degraus em direção ao rostro. Hortênsio e Verres se ergueram tão prontamente em pânico que esbarraram nos bancos às suas costas. Glábrio podia ser ouvido gritando que o tribunal estava adiado, e em seguida ele e seus lictores percorreram os degraus que restavam rumo ao templo, com o acusado e seu eminente séquito batendo em indigna retirada. Alguns jurados também buscaram a proteção do prédio sagrado (mas não Catulo: eu me lembro perfeitamente dele, altaneiro como um rochedo, lançando um olhar altivo para diante, enquanto a torrente de corpos se agitava a seu redor). As pesadas portas de bronze se fecharam. Coube a Cícero tentar restaurar a ordem subindo em seu banco e pedindo calma, mas quatro ou cinco homens, de aspecto rude, correram, seguraram-no pelas pernas e o ergueram. Eu estava aterrorizado, temendo pela segurança dele e pela minha, mas ele estendeu os braços como se abraçasse o mundo inteiro. Depois de o instalarem sobre os ombros, viraram-no de frente para o fórum. A explosão de aplausos foi como a porta de um forno sendo aberta e o canto de "Cí-ce-ro! Cí-ce-ro! Cí-ce-ro!" ganhou os céus de Roma.

E ESSE FOI O FIM de Gaio Verres. Nunca ficamos sabendo exatamente o que se passou no interior do templo depois que Glábrio suspendeu a sessão, mas, para Cícero, Hortênsio e Metelo deixaram claro ao seu cliente que qualquer tentativa de defesa era inútil. A dignidade e a autoridade de ambos estavam arruinadas: teriam simplesmente que abandoná-lo à própria sorte antes que um mal maior afetasse a reputação do senado. Não mais importava o fato de ele ter subornado generosamente o júri — nenhum jurado se atreveria a votar pela absolvição de Verres após as cenas que haviam presenciado. A despeito disso, Verres deixou o templo quando a multidão se dispersou, e fugiu da cidade ao cair da noite — disfarçado de mulher, segundo dizem —, cavalgando o mais rápido possível em direção a Gália, no sul. Seu destino era o porto de Massília, onde os exilados tradicionalmente contavam uns para os outros suas tristes histórias em torno de um peixe frito, fingindo estar na baía de Nápoles.

Agora só restava fixar o valor da multa a lhe ser imposta, e quando Cícero voltou para casa marcou uma reunião para debater as cifras adequadas. Ninguém jamais saberá o quanto exatamente Verres roubou durante seu período na Sicília — ouvi falar em algo em torno de 40 milhões —, mas Lúcio, como sempre, ansiava pela pena mais radical: o confisco de todos os bens que Verres possuísse. Quinto achava que 10 milhões seria uma quantia de bom tamanho. Cícero mantinha-se curiosamente calado, considerando-se que acabava de obter uma vitória estrondosa, sentado em seu gabinete brincando com um estilete de metal. No começo da tarde recebemos uma carta de Hortênsio oferecendo ao tribunal, da parte de Verres, uma indenização de um milhão de sestércios. Lúcio se sentiu particularmente chocado — "isto é um insulto", ele considerou —, e Cícero não hesitou em botar o mensageiro para correr dali. Uma hora mais tarde ele estava de volta, com o que Hortênsio denominava sua "oferta final": um milhão e meio. Dessa vez, Cícero ditou uma resposta mais longa:

De: Marco Túlio Cícero
Para: Quinto Hortênsio Hortalo
Saudações!
Em vista da soma ridícula que seu cliente vem propor a título de indenização por sua baixeza sem paralelo, estou cogitando solicitar a Glábrio que me permita prosseguir com o processo amanhã, quando deverei exercer meu direito de me dirigir ao tribunal a respeito desse e de outros assuntos.

— Vejamos como ele e seus amigos aristocratas reagem à perspectiva de ter seus narizes esfregados na própria merda — ele exclamou para mim.

Eu acabei de selar a carta, e quando voltei após entregá-la ao mensageiro, Cícero começou a ditar o discurso que pretendia fazer no dia seguinte: um ataque arrasador aos aristocratas, por prostituírem os próprios grandes nomes, bem como os de seus ancestrais, em defesa de um delinqüente como Verres. Espicaçado por Lúcio, em especial, ele destilou todo o seu ódio.

— Estamos cientes da inveja e do despeito com que o valor e a energia dos "homens novos" são vistos por determinados "nobres"; de que basta fecharmos os olhos por um instante para nos vermos envolvidos em alguma armadilha; de que, se dermos a mínima abertura para alguma suspeita ou acusação de mau comportamento, sofreremos imediatamente suas conseqüências; de que não podemos relaxar a vigilância um só minuto, e nunca ter descanso. Temos inimigos: vamos enfrentá-los; tarefas a cumprir: vamos desempenhá-las; sem esquecer que um inimigo franco e declarado é menos perigoso do que aquele que se esconde e nada diz!

— Lá se vão mais uns mil votos — murmurou Quinto.

A tarde se passou assim, sem qualquer resposta de Hortênsio, até que, já quase ao alvorecer, ouviu-se um burburinho vindo da rua, e logo em seguida Eros chegou correndo ao gabinete com a notícia de que Pompeu, o Grande, em pessoa, encontrava-se no vestíbulo. Era evidentemente uma extraordinária surpresa, mas Cícero e seu irmão só tiveram tempo para piscar um para o outro antes que aquela conhecida voz militar pudesse ser ouvida como um trovão:

— Onde está ele? Onde está o maior orador da nossa era?

Cícero murmurou uma praga baixinho e saiu para o *tablinum*, seguido por Quinto, Lúcio e finalmente por mim, bem a tempo de ver o cônsul maior irromper pelo átrio. Os limites daquela modesta casa fizeram seu vulto parecer ainda maior do que o normal.

— Ei-lo! — exclamou. — Aqui está o homem que todos desejam ver! — Foi direto em direção a Cícero, envolveu-o com seus braços poderosos e deu-lhe um abraço apertado. De onde eu estava, bem atrás de Cícero, podia ver os olhos cinzentos matreiros de Pompeu examinando cada um de nós, e quando soltou seu constrangido anfitrião, insistiu em ser apresentado a todos, até a mim, de modo que eu — um humilde escravo doméstico de Arpino — podia agora me gabar, aos 34 anos, de ter apertado a mão dos dois mais importantes cônsules de Roma.

Ele deixara seus lictores na rua e entrara na casa inteiramente só, prova significativa de confiança e tratamento diferenciado. Cícero, cujas boas maneiras sempre foram impecáveis, mandou que Eros fosse avisar Terência que Pompeu, o Grande, estava lá embaixo, e servisse vinho.

— Só um pouquinho — disse Pompeu, pegando o copo com sua mão enorme. — Estamos indo jantar, e só vou ficar um instante. Mas não poderíamos passar pela casa do nosso vizinho sem dar uma parada para prestar-lhe os nossos respeitos. Temos assistido ao seu progresso, Cícero, ao longo dos últimos dias. Temos tido relatos do nosso amigo Glábrio. Magnífico. Bebamos à sua saúde. — Ele ergueu o copo, mas nem uma só gota lhe tocou os lábios, eu reparei. — E agora que você conquistou esse grande e exitoso feito, esperamos conhecê-lo um pouco melhor, sobretudo nesse momento em que eu logo serei novamente um simples cidadão.

Cícero fez uma leve reverência.

— Com o maior prazer.

— Depois de amanhã, talvez, você tem algum compromisso?

— É o dia de abertura dos seus jogos. Certamente estará muito ocupado, não? Quem sabe um outro dia...

— Bobagem. Venha assistir à cerimônia de abertura do nosso camarote. Não lhe fará mal ser visto em nossa companhia. Deixe que o mundo presencie nossa amizade — ele acrescentou, grandiosamente. — Você aprecia os jogos, não?

Cícero vacilou, e pude sentir seu cérebro calculando as conseqüências, tanto de recusar quanto de aceitar. Mas ele de fato não tinha alternativa.

— Eu adoro os jogos — respondeu. — Mais do que de qualquer outra coisa.

— Ótimo — sorriu abertamente Pompeu. Naquele momento Eros voltou, informando que Terência se achava deitada, indisposta, e pedia desculpas. — É uma pena — disse Pompeu, parecendo levemente decepcionado. — Mas esperamos que haja uma próxima oportunidade. — Ele me devolveu seu copo com o vinho intocado. — Devemos seguir caminho. Sem dúvida você tem muito o que fazer. Por falar nisso — ele disse, parando à porta do átrio —, já definiu o valor da multa?

— Ainda não — respondeu Cícero.

— Quanto eles ofereceram?

— Um milhão e meio.

— Aceite — falou Pompeu. — Você já os cobriu de merda. Não precisa obrigá-los a comê-la ainda por cima. Para mim, pessoalmente, seria embaraçoso, e prejudicial à estabilidade do Estado, prosseguir com esse caso. Você me entende? — Ele se curvou de forma amável e saiu. Ouvimos a porta da frente se abrir e o comandante da sua guarda pessoal alertar seus homens. A porta se fechou. Durante algum tempo, ninguém disse nada.

— Que homem terrível — disse Cícero. — Traga-me outro copo. — Enquanto eu ia pegar a jarra, vi Lúcio franzindo a testa.

— O que dá a ele o direito de falar desse modo com você? — ele quis saber. — Disse que era uma visita social.

— Visita social! Oh, Lúcio! — Cícero riu. — Foi a visita do cobrador.

— Cobrador? Que dívida você tem com ele? — Lúcio podia ser um filósofo, mas não era um completo idiota, e logo em seguida se deu conta do que havia acontecido. — Oh, agora entendi! — Um ar de contrariedade perpassou seu rosto, e ele se virou para entrar.

— Poupe-me desse seu ar de superioridade — falou Cícero, agarrando-o pelo braço. — Eu não tinha escolha. Marco Metelo estava para assumir o tribunal de causas de extorsão. O júri estava comprado. O julgamento programado para não se realizar. Eu me achava a essa distância — Cícero mediu uma polegada com o polegar e o indicador — de abandonar o processo todo. E aí Terência me sugeriu encurtar o discurso, e foi quando entendi que a solução era aquela: apresentar cada documento e cada testemunha, e tudo num espaço de dez dias, e *envergonhá-los*, foi isso, Lúcio, entendeu? *Envergonhá-los* perante Roma inteira, de maneira que não tivessem alternativa que não julgá-lo culpado.

Ele falou assim com o primo, recorrendo a todos os seus poderes de persuasão, como se Lúcio fosse um júri de um único membro que ele precisasse convencer — lendo seu rosto, tentando descobrir nele dicas para as palavras e argumentos corretos capazes de assegurar seu apoio.

— Mas *Pompeu* — disse Lúcio, com amargor. — Depois de tudo que ele fez com você!

— Eu só precisava de uma coisa, Lúcio, um pequeno favor, um favorzinho, a certeza de que poderia prosseguir como quisesse, e convocar minhas testemunhas sem maiores problemas. Não houve suborno, nenhuma corrupção. Eu só sabia que precisava estar seguro de contar com o consentimento prévio de Glábrio. Mas, como acusador, não tinha como ir pessoalmente ao pretor do tribunal. Aí espremi os miolos: a quem poderia recorrer?

Quinto disse:

— Só havia um homem em Roma, Lúcio.

— Exatamente! Gritou Cícero. Só um homem a quem Glábrio se sentiria honrado em escutar. O homem que lhe devolvera o próprio filho, quando morreu a mulher de quem se divorciara: Pompeu.

— Mas esse não foi um favorzinho — disse Lúcio. — Foi uma interferência pesada. E agora há um preço pesado a pagar por isso. E não por você, mas pelo povo da Sicília.

— O povo da Sicília? — repetiu Cícero, começando a perder a paciência. — O povo da Sicília nunca teve um amigo mais leal do que eu. Nunca encontraria um promotor se não fosse eu. Nunca teria uma oferta de um milhão e meio se não fosse eu. Pelo amor dos deuses, Gaio Verres seria eleito *cônsul* daqui a dois anos se não fosse por mim! Você não pode agora me acusar de abandonar o povo da Sicília!

— Então recuse-se a pagar essa dívida — disse Lúcio, afastando-lhe a mão. — Amanhã, no tribunal, pressione pela pena máxima, e ao diabo com Pompeu. Você tem Roma inteira a seu lado. Esse júri não ousará ficar contra você. Quem quer saber de Pompeu? Dentro de cinco meses, como ele mesmo disse, deixará de ser cônsul. Prometa-me.

Cícero segurou a mão de Lúcio fervorosamente entre as suas e olhou-o bem dentro dos olhos — a velha artimanha sincera da dupla pegada, que eu já presenciara tantas vezes naquela mesma sala.

— Prometo — ele disse. — Prometo que vou pensar nisso.

Talvez ele tenha mesmo pensado a respeito. Quem sou eu para julgar? Mas duvido que aquilo tenha ocupado sua mente por mais de um minuto. Cícero não era um revolucionário. Nunca desejou estar à frente de uma multidão, derrubando o Estado: e essa seria sua única esperança de sobrevivência, caso ele virasse Pompeu contra ele assim como a aristocracia.

— O problema do Lúcio — disse, botando os pés em cima da mesa assim que o primo se retirou — é que ele pensa que política é luta por justiça. A política é uma profissão.

— Você acha que Verres subornou Pompeu para intervir, reduzindo suas perdas? — perguntou Quinto, verbalizando exatamente a mesma possibilidade que me passara pela cabeça.

— Pode ser. O mais provável é que ele queira evitar se ver envolvido no centro de uma guerra civil entre povo e senado. Da minha parte, eu ficaria feliz em confiscar tudo o que Verres possui, e deixar o canalha morando debaixo de alguma ponte da Gália. Mas isso não vai acontecer — ele suspirou —, portanto o melhor é ver até que ponto podemos espichar mais esse milhão e meio.

Nós três passamos o restante da tarde analisando uma lista dos credores mais lesados, e depois de Cícero deduzir as próprias custas, cerca de 100 mil, calculamos que ele mal teria como saldar suas dívidas, ao menos com Stênio e seus pares, e com todas as testemunhas que tinham viajado até Roma. Mas o que dizer aos sacerdotes? Como atribuir um preço a estátuas roubadas de templos, feitas de pedras e metais preciosos, e há tanto tempo destruídas e fundidas pelos ourives de Verres? E que espécie de pagamento seria capaz de recompensar as famílias e os amigos de Gávio e Erênio e tantos outros inocentes que ele assassinara? O trabalho deu a Cícero o primeiro gosto autêntico do que significa ter poder — que é geralmente uma questão de escolher entre opções igualmente desagradáveis, por assim dizer —, e esse gosto lhe pareceu amargo.

Fomos para o tribunal na manhã seguinte da mesma forma de sempre, e a mesma enorme multidão postava-se nos mesmos lugares — na verdade, tudo parecia igual, exceto pela ausência de Verres, e pela presença de vinte dos trinta homens da polícia dos magistrados, estacionados em todo o perímetro do tribunal. Glábrio fez um breve discurso, abrindo a sessão e advertindo que não toleraria qualquer perturbação da ordem como as que se verificaram no dia anterior. Em seguida convocou Hortênsio para fazer uma declaração.

— Devido a problemas de saúde — Hortênsio iniciou, e ouviu-se a mais maravilhosa manifestação de gargalhadas por todos os lados. Somente muito tempo depois ele pôde prosseguir. — Devido a problemas de saúde — repetiu — causados pela pressão deste processo, e no desejo de poupar o Estado de eventuais dissabores, meu cliente Gaio Verres não mais se propõe a apresentar defesa às acusações trazidas pelo promotor especial.

Ele se sentou. Ouviram-se aplausos dos sicilianos a essa decisão, mas praticamente nenhuma reação por parte dos espectadores. Eles aguardavam a iniciativa de Cícero, que se levantou, agradeceu a Hortênsio por sua declaração ("bem mais curta do que os discursos que costuma fazer nessas circunstâncias") e pediu a pena máxima prevista pela Lei Corneliana: perda total e perpétua dos direitos civis — "de forma que nunca mais a sombra de Gaio Verres possa vir a ameaçar suas vítimas ou perturbar a boa administração na república romana". — Isso arrancou o primeiro brado de alegria da manhã.

— Eu gostaria — continuou Cícero — de poder desfazer seus crimes, e recuperar para os homens, bem como para os deuses, tudo aquilo que lhes foi roubado. Gostaria de devolver a Juno as oferendas e adereços de seus templos em Melita e Samos. Gostaria que Minerva pudesse ver de novo a decoração de seu templo em Siracusa. Gostaria que a estátua de Diana pudesse retornar à cidade de Segesta, e a de Mercúrio ao povo de Tíndaris. Gostaria de poder desfazer a dupla ofensa a Ceres, cujas imagens foram levadas de Henna e de Catina. Mas o canalha fugiu, deixando para trás apenas as paredes nuas e o chão batido de suas casas aqui em Roma e no campo. Esses são os únicos bens que podem ser confiscados e vendidos. Seus assessores estimam o valor de tudo isso em um milhão e meio de sestércios, e é isso o que devo pedir e aceitar como recompensa por seus crimes.

Ouviu-se um forte rumor de protesto, e alguém gritou:

— Não basta!

— Não basta, eu concordo. E talvez alguns aqui, neste tribunal, que defendiam Verres quando sua estrela brilhava, e outros que lhe prometeram apoio caso fossem escolhidos para jurados, devessem investigar suas consciências. Ou melhor, devessem investigar o conteúdo de suas próprias residências!

Isso fez Hortênsio se levantar para protestar que o promotor não podia falar por enigmas.

— Muito bem — respondeu Cícero num átimo. — Já que Verres o presenteou com uma esfinge de marfim, o cônsul eleito não deve ter maiores dificuldades em resolver enigmas.

Não podia se tratar de uma piada premeditada, pois Cícero não fazia idéia do que Hortênsio iria dizer. Ou talvez, pensando melhor após já haver escrito isso, eu esteja sendo ingênuo, e aquela era de fato parte do arsenal de observações "espontâneas" que Cícero regularmente coletava à luz de velas para usar quando a oportunidade aparecesse. Seja qual for a verdade, era prova de como o humor pode ser importante em ocasiões públicas, porque hoje talvez ninguém mais se lembre de nada sobre aquele último dia no tribunal a não ser a tirada de Cícero sobre a esfinge de marfim. Eu nem estou muito certo, olhando para trás, que tenha sido algo particularmente engraçado. Mas o fato é que a casa veio abaixo, e transformou o que poderia ter sido um discurso constrangedor em mais uma grande vitória. "Sente-se imediatamente", era sempre o conselho de Molon para quando as coisas estivessem indo bem, e Cícero o atendeu. Eu lhe passei uma toalha e ele enxugou o rosto e secou as mãos enquanto os aplausos prosseguiam. E com isso sua iniciativa de processar Gaio Verres chegava ao fim.

NAQUELA TARDE, o senado se reuniu para os debates finais antes do recesso de 15 dias para os Jogos de Pompeu. Quando Cícero deu por encerradas as negociações com os sicilianos, estava atrasado para a sessão, e tivemos que correr do Templo de Castor, atravessando o fórum até a sede do senado. Crasso, na condição de cônsul naquele mês, já havia pedido ordem e estava lendo o mais recente despacho de Lúculo sobre os progressos da campanha no Oriente. Em vez de interrompê-lo fazendo uma entrada triunfal, Cícero permaneceu de pé à entrada do recinto, de onde ficamos escutando a mensagem de Lúculo. O general aristocrata havia, segundo seu próprio relato, alcançado uma série de vitórias esmagadoras, invadindo o reino de Tigranes, derrotando o próprio rei no campo de batalha, massacrando dezenas de milhares de inimigos, avançando em território hostil para capturar a cidade de Nísibe, e fazer o irmão do rei de refém.

— Crasso deve estar sentindo ânsias de vômito — Cícero sussurrou para mim todo feliz. — Seu único consolo será saber que Pompeu deve estar sentindo uma inveja ainda maior. — E de fato Pompeu, sentado ao lado de Crasso, de braços cruzados, parecia mergulhado num obscuro devaneio.

Quando Crasso encerrou sua fala, Cícero se aproveitou do intervalo para adentrar ao recinto. O dia estava quente e os fachos de luz que vinham das janelas altas iluminavam como jóias as nuvens de mosquitos. Ele foi caminhando intencionalmente, de cabeça ereta, observado por todos, pelo corredor central, passando por seu antigo lugar na obscuridade da porta, rumo ao tablado consular. A bancada pretoriana parecia toda ocupada, mas Cícero postou-se pacientemente ao lado, esperando para exigir seu lugar de direito, pois ele sabia — e a casa também — que o prêmio tradicional para um promotor vitorioso era ser elevado da condição de homem derrotado. Não sei dizer quanto durou aquele silêncio, mas me pareceu um tempo terrivelmente longo, durante o qual o único som que se ouvia era o que vinha dos pombos no teto. Foi Afrânio que, finalmente, fez-lhe um sinal para que se sentasse ao seu lado, e que abriu espaço empurrando rudemente os colegas vizinhos de bancada. Cícero abriu caminho por entre meia dúzia de pares de pernas esticadas e ocupou atrevidamente seu lugar. Olhou para os rivais em torno, e sustentou o olhar de cada um. Ninguém o desafiou. Por fim, alguém se levantou para falar, e numa voz relutante deu os parabéns a Lúculo e suas vitoriosas legiões — deve ter sido Pompeu, agora me parece. Aos poucos o rumor baixo das conversas paralelas arrefeceu.

Eu fecho os olhos e ainda sou capaz de ver seus rostos à luz dourada daquela tarde de pleno verão — Cícero, Crasso, Pompeu, Hortênsio, Catulo, Catilina, os irmãos Metelo — e para mim é difícil acreditar que eles, suas ambições, e o próprio prédio onde se reuniam, são agora poeira e nada mais.

PARTE DOIS

PRETOR

68-64 a.C.

"Nam eloquentiam quae admirationem non habet nullam iudico."

"Não considero eloqüência a que não cause admiração."

Cícero, carta a Brutus, 48 a.C.

X

Proponho retomar minha narrativa de um ponto mais de dois anos após o último rolo terminado — um salto que, acredito, diz muito a respeito da natureza humana pois, se me perguntarem:

— Tiro, por que você resolveu pular um período tão grande na vida de Cícero?

Serei obrigado a responder:

— Porque foram dias felizes, meus amigos, e poucas coisas tornam uma leitura tão maçante quanto a felicidade.

O senador se revelou um grande sucesso no cargo de edil. Sua principal responsabilidade era manter a cidade abastecida com grãos a preços baratos, e nesse ponto o processo contra Verres rendeu-lhe uma bela recompensa. Para demonstrar gratidão por tê-los defendido no tribunal, os fazendeiros e comerciantes de milho da Sicília não somente o ajudaram conservando seus preços baixos, como chegaram a enviar-lhe um carregamento inteiro a custo zero. Cícero era suficientemente sagaz para se assegurar de que outros não levariam o crédito. Da base dos edis, no Templo de Ceres, ele transferiu a boa ação de proceder à distribuição às centenas de manda-chuvas do comércio que, de fato, eram os que mandavam em Roma, e muitos deles, plenamente gratos, tornaram-se seus clientes. Com a ajuda desse pessoal, nos meses seguintes Cícero construiu uma máquina eleitoral que não ficava atrás de nenhuma outra (Quinto costumava se gabar de que era capaz de reunir uma multidão de mais de duzentas pessoas nas ruas em menos de uma hora, bastava querer), e dessa forma nada se passava na cidade que ele não soubesse. Se algum construtor ou lojista, por exemplo, necessitasse de uma licença especial, ou pretendesse ter seu estabelecimento ligado à rede de abastecimento de água, ou se estivesse preocupado com as condições de algum templo local, mais cedo ou mais tarde o problema chegava ao conhecimento dos dois irmãos. Foi esse cuidado laborioso com os mínimos detalhes, tanto quanto sua retórica cada vez mais afiada, que fizeram de Cícero um político tão formidável. Ele organizou muito bem os jogos — ou melhor, Quinto o fez em seu nome — e, no clímax do Festival de Ceres, quando, segundo a tradição, raposas com tochas acesas amarradas nas caudas eram soltas dentro do Circus Maximus, a multidão em peso, cerca de 200 mil pessoas, ergueu-se para aclamá-lo na tribuna oficial.

— Como é que tanta gente pode sentir tanto prazer com um espetáculo tão revoltante! — ele me disse ao retornar para casa aquela noite. — Quase dá para duvidar da própria premissa em que se assenta a democracia.

Mas, com tudo isso, ele bem que apreciava o fato de que as massas agora o chamassem também de bom esportista, além de "Intelectual" e "Grego".

Igualmente em relação à prática forense as coisas iam bem. Hortênsio, após um ano tipicamente morno e sem maiores problemas como cônsul, passava períodos cada vez maiores na baía de Nápoles, desfrutando sua enguia cravejada e suas árvores regadas a vinho e assim deixando para Cícero o domínio absoluto da advocacia romana. Presentes e lembrancinhas de clientes agradecidos logo começaram a fluir em tal profusão que ele pôde até mesmo adiantar ao irmão o milhão de que necessitava para entrar para o senado, pois Quinto, ainda que tardiamente, decidira tentar a carreira política, mesmo sendo um orador sofrível e apesar de Cícero acreditar, reservadamente, que a vida militar se adequava mais ao seu temperamento. Porém, malgrado a riqueza e o prestígio crescentes,

Cícero se recusava a se mudar da casa do pai, temendo que sua imagem de Líder do Povo ficasse turvada caso o vissem se bandeando para os lados do Palatino. Em vez disso, e sem consultar Terência, ele fez um empréstimo elevado, apostando em ganhos futuros, e adquiriu uma grande residência de campo, a cerca de 20 quilômetros de distância dos olhares curiosos dos eleitores urbanos, nas colinas Albanas, perto de Túsculo. Ela fingiu ter ficado aborrecida quando ele a levou para ver a casa, e insistiu em que o clima da montanha fazia mal ao seu reumatismo. Mas eu pude perceber que, interiormente, tinha ficado maravilhada por ter um refúgio tão chique, a somente meio dia de viagem de Roma. Catulo era o dono da propriedade vizinha, e Hortênsio também possuía uma não muito longe dali, mas era tamanha a hostilidade entre Cícero e os aristocratas que, apesar dos longos dias de verão que passava lendo e escrevendo em sua villa tranqüila e arborizada, sequer uma vez eles o convidaram para jantar. Isso não incomodava Cícero; ao contrário, ele bem que gostava, pois a casa já pertencera ao maior herói dos nobres, Sula, e ele sabia o quanto os deixava irritados vê-la agora nas mãos de um homem novo de Arpino. A casa não sofria uma reforma havia mais de uma década, e quando ele tomou posse dela, encontrou uma parede inteira reservada a um mural que mostrava o ditador sendo condecorado por suas tropas. Cícero fez questão de que todos os vizinhos ficassem sabendo que seu primeiro ato como novo proprietário foi pintar a tal parede toda de branco.

Feliz, portanto, era como se achava Cícero no outono do seu aniversário de 39 anos: próspero, popular, bem-disposto após um verão no campo, e tendo pela frente as eleições de julho, quando teria idade suficiente para se candidatar a pretor — o último degrau antes do ambicionado prêmio de cônsul.

E nesse ponto crítico de sua fortuna, quando a sorte estava prestes a abandoná-lo e a vida a se mostrar novamente interessante, eu retomo minha narrativa.

NO FINAL DE SETEMBRO era aniversário de Pompeu, e pelo terceiro ano consecutivo Cícero foi convidado para um jantar em sua homenagem. Ele quase grunhiu ao abrir a mensagem, pois descobrira que havia poucas bênçãos na vida mais onerosas do que a amizade de um grande homem. De início sentiu-se envaidecido por pertencer ao grupo íntimo de Pompeu. Porém, depois de certo tempo, foi se cansando de escutar as mesmas velhas piadas de caserna — geralmente ilustradas pela manobra de pratos e jarras em torno da mesa —, de como o jovem general havia derrotado três exércitos de Mário, em Auximo, ou matado 17 mil númidas numa única tarde com apenas 24 anos, ou, finalmente, vencido os rebeldes espanhóis perto de Valência. Pompeu vinha dando ordens desde os 17 anos, e talvez por essa razão não tenha desenvolvido a sutileza intelectual de Cícero. Conversa do tipo que o senador apreciava — com tiradas espontâneas, boatos compartilhados, trocas de observações agudas em meio a uma dissertação profunda ou fantástica a respeito da natureza dos temas humanos —, tudo isso era desconhecido para Pompeu. O general gostava de pontificar tendo como cenário um silêncio respeitoso, afirmar uma platitude qualquer e em seguida se deixar envolver pela adulação dos convidados. Cícero costumava dizer que preferia ter todos os dentes arrancados por um barbeiro bêbado no Fórum Boário a ter que ouvir outro daqueles monólogos na hora da refeição.

A raiz do problema era que Pompeu estava se sentindo entediado. No final do seu mandato de cônsul, como prometera, ele se retirara para a vida privada com a mulher, o filho e uma filha bebê. Mas, e aí? Sem talento para a oratória, não tinha em que se ocupar nos tribunais. Literatura era assunto que não lhe interessava. Só lhe restava ficar olhando, num poço de ciúmes, Lúculo prosseguir em sua luta vitoriosa contra Mitrídates. Ainda não tendo completado 40 anos, seu futuro, conforme se dizia, parecia ter ficado para trás. Eventualmente ele se aventurava para além dos muros de sua mansão e ia ao senado, não para falar, mas para assistir aos debates — verdadeiras procissões em que ele insistia em ser escoltado por uma imensa legião de amigos e seguidores. Cícero, que se sentia na obrigação de acompanhá-lo em pelo menos parte do caminho, comentava que era como ver um elefante tentando se sentir em casa num formigueiro.

Mas ele continuava a ser o maior homem do mundo, com uma massa de eleitores que não deveria ser desconsiderada, sobretudo a pouco menos de um ano das eleições. Somente naquele verão, tinha garantido um posto de tribuno para seu parceiro Gabínio: ele ainda fazia a diferença na política. Assim, no trigésimo dia de setembro, Cícero compareceu como de hábito à festa de aniversário, voltando tarde da noite para brindar Quinto, Lúcio e a mim com o relato do que havia se passado lá. Como uma criança, Pompeu adorava ganhar presentes, e Cícero levou-lhe um texto manuscrito do próprio Zenão, o fundador do estoicismo, de dois séculos antes, extremamente valioso, que Ático comprara para ele em Atenas. Cícero teria adorado conservá-lo em sua biblioteca em Túsculo, mas alimentava a esperança de que, dando-o a Pompeu, poderia começar a fazer com que o general se interessasse pela filosofia. No entanto Pompeu mal lhe dedicou uma olhadela antes de pô-lo de lado em favor de um presente de Gabínio — um chifre de rinoceronte de prata contendo alguma espécie de afrodisíaco egípcio feito de excrementos de babuíno.

— Como eu gostaria de recuperar aquele texto! — grunhiu Cícero, desabando sobre um sofá e levando as costas da mão à testa. — Provavelmente alguma cozinheira o está usando, neste exato momento, para acender o fogo!

— Quem mais estava presente? — quis saber Quinto, curioso. Ele voltara a Roma fazia poucos dias, depois de seu período como questor na Úmbria, e estava ávido para saber das últimas.

— Ah, os bajuladores de sempre. Nosso prezado tribuno recém-eleito, Gabínio, evidentemente, e seu sogro, o especialista em artes, Palicano; o maior dançarino de Roma, Afrânio; aquela marionete espanhola de Pompeu, Balbo; Varro, o sabe-tudo da casa. Ah, e Marco Fonteius — ele acrescentou de passagem, mas não tão de passagem que Lúcio, imediatamente, não percebesse a relevância.

— E sobre o que você conversou com Fonteius? — inquiriu Lúcio, com a mesma entonação de falsa indiferença.

— Trivialidades.

— Sobre o processo dele?

— Também.

— E quem está defendendo aquele canalha?

Cícero fez uma pausa, e em seguida falou com toda a tranqüilidade:

— Eu.

Devo esclarecer, para os que não estão familiarizados com o caso, que Fonteius fora governador da Gália Transalpina uns cinco anos antes, e que, num inverno, quando Pompeu estava sendo particularmente fustigado pelos rebeldes na Espanha, ele enviou ao general sitiado suprimentos suficientes e tropas descansadas para que pudesse sobreviver até a chegada da primavera. Aquilo foi o começo da amizade entre eles. Fonteius progrediu até se tornar extremamente rico, à maneira de Verres, extorquindo a população nativa com uma infinidade de impostos ilegais. Os gauleses, de início, não protestaram, dizendo a si mesmos que o roubo e a exploração sempre estiveram a serviço da civilização. Porém, após o exitoso processo de Cícero contra o governador da Sicília, o líder dos gauleses, Induciomaro, foi a Roma pedir ao senador para representá-los no tribunal de causas de extorsão. Lúcio era totalmente a favor; na verdade, ele foi quem levou Induciomaro à casa de Cícero: uma figura de aspecto selvagem, vestida como um bárbaro, com casaco e calças — quase sofri um choque quando lhe abri a porta um dia de manhã. Cícero, entretanto, educadamente declinou. Um ano se passou, mas agora os gauleses finalmente haviam encontrado uma equipe jurídica de confiança, formada por Pletório, eleito pretor, e Marco Fábio como assistente. O caso logo iria à corte.

— Isso é vergonhoso — disse Lúcio, enfezado. — Você não pode defendê-lo. Ele é tão culpado quanto Verres.

— Que absurdo. Ele nunca matou nem aprisionou injustamente ninguém. O pior que se pode dizer a seu respeito é que, certa vez, impôs taxações excessivas aos comerciantes de vinho de Narbo, e obrigou alguns nativos a pagar mais do que outros para reparar as estradas. Além do mais — acrescentou Cícero rapidamente, antes que Lúcio pudesse argumentar contra a sua, digamos, generosa interpretação das atividades de Fonteius —, quem é você, e quem sou eu, para decidir se ele é ou não inocente? Isso cabe ao tribunal, não a nós. Ou você seria um tirano, capaz de recusar-lhe um advogado?

— Eu lhe recusaria a *sua* advocacia — Lúcio redargüiu. — Você escutou dos próprios lábios de Induciomaro a prova contra ele. Isso deve ser esquecido, simplesmente porque Fonteius é amigo de Pompeu?

— Isso não tem nada a ver com Pompeu.

— Então tem a ver com o quê?

— Política — disse Cícero, levantando-se de repente e balançando o corpo até seus pés ficarem firmemente plantados no chão. Então ele fixou o olhar sobre Lúcio e disse com toda a gravidade: — O erro fatal de todo estadista é o de permitir que seus compatriotas, por um único instante que seja, suspeitem de que ele coloca os interesses de estrangeiros acima dos de seu próprio povo. Esta é a mentira que meus inimigos espalharam a meu respeito depois que representei os sicilianos no caso Verres, e a calúnia a que eu tenho condições de pôr um fim em definitivo caso defenda Fonteius desta vez.

— E os gauleses?

— Os gauleses estarão muitíssimo bem representados por Pletório.

— Não tão bem quanto por você.

— Mas foi você mesmo quem disse que o caso Fonteius era frágil. Deixemos que o caso mais frágil seja defendido pelo advogado mais forte. O que poderia ser mais justo do que isso?

Cícero dirigiu-lhe seu sorriso mais sedutor, mas daquela vez Lúcio se recusou a ser cooptado por ele. Sabendo, eu imagino, que a única maneira segura de vencer os argumentos de Cícero era fugindo totalmente à conversa, se levantou e foi se encaminhando para o átrio. Até aquele momento eu não tinha me dado conta de como Lúcio estava doente, magro e curvado; de fato, ele nunca se recuperara totalmente dos efeitos negativos de todo o esforço realizado na Sicília.

— Palavras, palavras, palavras — ele disse com amargura. — Não há limites para os sofismas que você é capaz de fazê-las construir? Mas, como qualquer homem, sua maior força é também sua fraqueza, Marco, e tenho pena de você, muita pena, porque logo não saberá mais distinguir seus sofismas da verdade. E aí estará acabado.

— A verdade — Cícero riu. — Eis aí um termo bem ambíguo para um filósofo empregar! — Mas seu comentário espirituoso perdeu-se no ar, pois Lúcio fora embora.

— Ele vai voltar — disse Quinto.

Mas ele não voltou, e durante os dias seguintes Cícero realizou seus preparativos para o julgamento com a expressão determinada de um homem conformado em se submeter a algum procedimento cirúrgico necessário, mas doloroso. Quanto ao seu cliente, Fonteius conseguira adiar seu processo por três anos, e usara bem esse tempo para obter uma massa de provas que sustentavam sua defesa. Tinha testemunhas da Espanha e da Gália, incluindo-se oficiais do acampamento de Pompeu e diversos fazendeiros e comerciantes desonestos e sonegadores — membros da comunidade romana na Gália, capazes de jurar de pés juntos que a noite era dia e que a terra era mar se disso pudessem tirar um lucro razoável. O único problema, como Cícero percebeu ao aprontar suas alegações, era que Fonteius era claramente culpado. Ele ficou um bom tempo sentado olhando para a parede do gabinete, enquanto eu andava à sua volta na ponta dos pés, e é importante que eu expresse o mais claramente possível o que ele estava fazendo, pois isso é imprescindível para que se entenda bem seu caráter. Ele não estava tentando apenas, como faria qualquer advogado cínico e de segunda classe, vislumbrar uma tática inteligente para ganhar a causa. *Estava tentando encontrar algo em que acreditar.* Era essa a essência do seu temperamento, tanto como advogado quanto como estadista.

— O que convence é a convicção — ele costumava dizer. — Você tem que acreditar no argumento que está desenvolvendo, ou então está perdido. Não há cadeia de raciocínio, não importa o quão lógico, elegante, ou brilhante você se mostre, se seu público sente que lhe falta a confiança interior.

Só algo em que acreditar — era disso que ele tinha necessidade, e então seria capaz de ver sentido no que dizia, desenvolvê-lo, elaborá-lo, e transformá-lo, no espaço de uma ou duas horas, na coisa mais importante do mundo, e transmiti-lo com uma paixão capaz de destruir a precária racionalidade de seus oponentes. Depois costumava esquecer tudo completamente. E em que ele acreditava em relação a Marco Fonteius? Olhou para a parede durante muitas horas e concluiu o seguinte: seu cliente era um romano, que estava sendo atacado ferozmente dentro de sua própria cidade por um inimigo tradicional de Roma, os gauleses, e que, não importavam os aspectos corretos ou equivocados do caso, tudo não passava de traição.

Foi essa a linha que Cícero adotou quando se viu de novo no ambiente familiar do tribunal de causas de extorsão, defronte ao Templo de Castor. O julgamento durou do final de outubro até o meio de novembro, e foi duramente disputado, testemunha a testemunha, empatado até o último dia, quando Cícero fez o discurso de encerramento da defesa. Do meu lugar atrás do senador meus olhos buscaram, desde o primeiro dia, Lúcio no meio da multidão de espectadores, mas foi apenas naquela última manhã que tive a surpresa de vê-lo, uma sombra pálida encostada numa coluna bem no fundo da platéia. E se era ele — e eu não estou bem certo se de fato era mesmo — fico me perguntando o que ele achou da oratória do primo, que brandia os punhos contra as provas dos gauleses, apontando um dedo ameaçador na direção de Induciomaro:

— Será que ele sabe afinal o que significa prestar testemunho? Será que o maior líder dos gauleses é digno de ser colocado no mesmo nível até mesmo do cidadão mais insignificante de Roma? — e queria saber como um júri romano poderia acreditar na palavra de um homem cujos deuses exigiam o sacrifício de vítimas humanas: Quem não sabe que, até hoje, eles mantêm o costume bárbaro e monstruoso de sacrificar gente? — O que diria da descrição de Cícero das testemunhas gaulesas perambulando de lá para cá pelo fórum, com expressões altivas e determinadas nos rostos e ameaças bárbaras nos lábios? E o que pensaria da brilhante encenação teatral de Cícero já bem no final, nos momentos de conclusão do discurso, fazendo adentrar ao recinto do tribunal a irmã de Fonteius, uma vestal, vestida da cabeça aos pés com seu traje oficial (uma túnica branca esvoaçante e um xale de linho branco em volta dos ombros estreitos), que ergueu o véu branco para exibir as lágrimas ao júri, uma visão que fez seu irmão igualmente se debulhar em lágrimas? Cícero pousou a mão delicadamente no ombro do seu cliente.

— Cavalheiros, protejam deste risco um cidadão correto e inocente. Permitam que o mundo veja que os senhores confiam mais nos depoimentos de seus compatriotas do que nos de estrangeiros, que estão mais atentos ao bem-estar dos nossos cidadãos do que aos caprichos de nossos inimigos, que dão mais importância aos rogos daqueles que presidem seus sacrifícios do que à afronta dos que têm feito a guerra contra os templos e os santuários do mundo todo. Finalmente, cavalheiros, zelem para que, e aqui a dignidade do povo romano se acha mais vitalmente envolvida, zelem para que as orações de uma vestal valham mais para vocês do que as ameaças de gauleses.

Bom, este discurso certamente fez a diferença, tanto para Fonteius, que acabou absolvido, quanto para Cícero, que nunca mais deixou de ser visto como o mais fervoroso patriota de Roma. Eu levantei os olhos depois de concluir minhas anotações, mas foi impossível discernir qualquer indivíduo na multidão, a qual se tornara uma criatura única, uma massa compacta estimulada pela técnica de Cícero a cantar em êxtase sua autoglorificação nacionalista. Seja como for, eu sinceramente espero que Lúcio não tenha presenciado aquilo, e há uma boa chance de que ele de fato não estivesse mesmo presente ali naquele momento, porque apenas poucas horas depois foram descobri-lo inapelavelmente morto na própria casa.

CÍCERO JANTAVA A SÓS com Terência quando a notícia chegou. O portador foi um dos escravos de Lúcio. Pouco mais que um garoto, ele chorava incontrolavelmente, e assim me coube dar a notícia ao senador. Ele ergueu os olhos do prato sem parecer entender, olhou-me fixamente e disse, irritado:

— Não — como se eu lhe tivesse entregado uma pasta de documentos errada no tribunal. E, durante um longo tempo, foi só o que disse: — Não, não.

Ele não se mexeu; sequer piscou. O funcionamento do seu cérebro parecia interrompido. Foi Terência que, finalmente, falou, sugerindo educadamente que ele deveria ir ver o que havia acontecido, e com efeito ele começou a procurar os sapatos meio abobado.

— Fique de olho nele, Tiro — ela me disse baixinho.

O pesar mata o tempo. Tudo que consigo me lembrar daquela noite, e dos dias que se seguiram, são fragmentos de cenas, como alucinações chocantemente brilhantes que uma febre provoca. Lembro-me de como o corpo de Lúcio estava magro e depauperado quando o encontramos, caído sobre seu lado direito no catre em que dormia, os joelhos encolhidos, a mão esquerda largada sobre os olhos, e de como Cícero, à maneira tradicional, curvou-se sobre ele com uma vela para chamá-lo de volta à vida.

— O que ele estava vendo? — era o que não parava de perguntar: — O que ele estava vendo?

Cícero não era, como já assinalei, um homem supersticioso, mas não podia deixar de manifestar sua convicção de que Lúcio fora confrontado com uma visão de horror sem paralelo no final, e de que foi esse pavor que o levou à morte. Quanto à forma como ele morreu — bem, aqui devo confessar que carrego um segredo durante esses anos todos, do qual agora me sentiria feliz em poder me livrar. Havia um pilão e uma tigela a um canto daquele quartinho, tendo ao lado o que Cícero — e eu também, de início — supôs ser um cacho de funcho. Era uma suposição razoável, já que entre os muitos males crônicos de Lúcio estava a má-digestão, que ele procurava aliviar com uma solução de essência de funcho. Só mais tarde, quando eu estava limpando o quarto é que, ao espremer aquelas folhas entrelaçadas com o polegar, senti o cheiro pavoroso, nauseante, de rato morto, da cicuta. Soube, então, que Lúcio estava cansado dessa vida, e por alguma razão — desencanto ante suas injustiças, cansaço das próprias mazelas — escolhera morrer como seu herói, Sócrates. Essa informação eu sempre quis dividir com Cícero e Quinto. Mas, por algum motivo, na tristeza daqueles dias, guardei-a para mim, e aí o tempo adequado para fazê-lo foi passando, passando, até que me pareceu melhor deixar que os dois continuassem acreditando que ele tivera morte repentina.

Lembro-me também de que Cícero gastou uma quantia tão grande em flores e incenso que, depois que Lúcio foi lavado, ungido com óleo e colocado em seu leito de morte vestido com a mais fina toga, os pés esquálidos apontando para a porta, mesmo naquele descolorido novembro ele parecia estar nos Campos Elíseos, em meio a pétalas e perfumes. Lembro-me da quantidade surpreendente, para um homem tão solitário, de amigos e vizinhos que vieram prestar suas condolências, e o cortejo fúnebre ao entardecer dirigindo-se ao Campo Esquilino, com o jovem Frugi chorando tanto que mal conseguia respirar. Lembro-me dos cânticos e da música fúnebres, e os olhares respeitosos dos cidadãos ao longo do caminho — pois afinal se tratava de um Cícero que eles estavam ajudando a ir ao encontro de seus ancestrais, e este nome, agora, valia bastante em Roma. Na terra gelada, o corpo ficou sobre a pira debaixo das estrelas, e o grande orador se esforçou para fazer um breve discurso. Mas as palavras não quiseram obedecê-lo na ocasião, e ele teve que desistir. Sequer conseguiu reunir forças para fazer a tocha acender a madeira, e passou a tarefa para Quinto. Quando as chamas já iam altas, os presentes lançaram ao fogo suas oferendas de perfumes e especiarias, e a fumaça olorosa, colorida por fagulhas alaranjadas, foi subindo em direção à Via Láctea. Naquela noite eu me sentei com o senador em seu gabinete para que ele ditasse uma carta para Ático — e é seguramente um tributo ao afeto que Lúcio também inspirava àquele nobre coração o fato de que esta foi a primeira das centenas de cartas de Cícero que Ático decidiu preservar:

— Conhecendo-me tão bem como me conhece, você saberá avaliar melhor do que ninguém o quão profundamente a morte do meu primo

Lúcio me abalou, e a perda que ele representa para mim, tanto na vida pública quanto na vida privada. Dele recebi toda a alegria que a delicadeza e o encanto que um ser humano é capaz de propiciar a outro.

APESAR DE TER VIVIDO em Roma durante muitos anos, Lúcio sempre dizia que desejava ter suas cinzas enterradas no jazigo da família em Arpino. Segundo sua vontade, na manhã seguinte à cremação, os irmãos Cícero partiram com elas numa jornada de três dias rumo ao leste, acompanhados pelas esposas, tendo mandado avisar seu pai do que havia acontecido. Naturalmente eu também fui, pois, embora Cícero se encontrasse em período de luto, sua correspondência legal e política não podia ser negligenciada. Entretanto, pela primeira vez — e creio que a única — em todos aqueles anos juntos, ele não tratou de qualquer assunto de trabalho na estrada, apenas ficava sentado com o queixo na mão, olhando a paisagem campestre que passava. Ele e Terência iam numa carruagem, Quinto e Pompônia em outra, discutindo sem parar — tanto que eu vi Cícero puxar o irmão de lado e implorar-lhe, ao menos por respeito a Ático, que desse um jeito naquele casamento.

— Bom — replicou Quinto, não sem uma certa razão —, se a opinião de Ático é tão importante para você, por que *você* não se casa com ela?

Passamos a primeira noite na villa de Túsculo, e já estávamos em Ferêncio, na Via Latina, quando os irmãos receberam uma mensagem de Arpino informando que seu pai sofrera um colapso e tinha morrido no dia anterior.

Considerando-se que ele estava na casa dos 60 anos e tinha problemas de saúde havia muitos anos, a notícia não chegou a ser tão chocante quanto a da morte de Lúcio (a qual, aparentemente, revelou-se o golpe final na saúde frágil do velho homem.) Porém, deixar uma casa enlutada, decorada com ramos de pinheiros e ciprestes, e chegar a outra decorada da mesma forma era o cúmulo da melancolia, agravada ainda pela má sorte de chegarmos a Arpino no 25º dia de novembro, data consagrada a Proserpina, a rainha do Hades, que realiza as preces dos homens pelas almas dos mortos. A mansão dos Cícero ficava uns 5 quilômetros fora da cidade, descendo por uma estradinha sinuosa de pedra, num vale cercado por altas montanhas. Fazia frio naquelas paragens, com os picos já encobertos pelos véus de neve das vestais de que se revestiriam até maio. Eu não voltava lá havia dez anos, e rever tudo aquilo despertou em mim estranhas emoções. Ao contrário de Cícero, sempre preferi o campo à cidade. Nasci ali; minha mãe e meu pai viveram e morreram ali; no primeiro quarto de século da minha vida, aqueles verdes campos primaveris e aqueles riachos de cristal, com seus altos choupos e seus barrancos verdejantes, tinham sido os limites do meu mundo. Percebendo o quanto eu estava sensibilizado, e sabendo como eu fora devotado ao velho mestre, Cícero me convidou a ir com ele e Quinto ao funeral, para me despedir. De certa forma, eu devia ao pai deles quase tanto quanto os dois, pois ele simpatizara comigo desde que eu era garoto, e me educou para que eu pudesse lidar com seus livros, e depois me deu a oportunidade de viajar com seu filho. Quando me inclinei para beijar-lhe a mão fria, tive uma forte sensação de estar voltando para casa, e então me veio a idéia de que talvez eu pudesse ficar por ali, trabalhando como mordomo, me casar com uma moça da mesma posição social, e ter meus próprios filhos. Meus pais, apesar de sua condição de escravos domésticos, e não de trabalhadores rurais, morreram, ambos, com pouco mais de 40 anos; eu tinha que admitir que me restavam, no máximo, mais uns dez anos. (Ninguém sabe bem o que o destino nos reserva!) Era doloroso imaginar que eu deixaria o mundo sem prole — e foi então que decidi tocar no assunto com Cícero na primeira oportunidade que tivesse.

Foi assim que eu acabei tendo uma conversa profunda com ele. No dia seguinte à nossa chegada, o velho mestre foi enterrado no jazigo da família, em seguida as cinzas de Lúcio, num vaso de alabastro, foram depositadas a seu lado, e finalmente um leitão foi sacrificado para tornar o local sagrado. Na manhã seguinte, Cícero foi dar uma volta pela nova propriedade que herdara, e eu fui com ele caso necessitasse ditar alguma coisa, já que o lugar (cuja hipoteca era tão elevada que o tornava virtualmente inviável do ponto de vista financeiro) se encontrava em estado deplorável, com muito trabalho a ser feito. Cícero comentou que, originalmente, era sua mãe que tocava a propriedade; seu pai sempre fora muito mais um sonhador, incapaz de lidar com as coisas e a gente ligadas à agricultura; após a morte dela, ele lentamente foi deixando tudo se arruinar. Aquela, eu acho, foi a primeira vez em mais de uma década a seu serviço que ouvi Cícero falar da mãe. Hélvia era o nome dela. Tinha morrido 20 anos antes, quando ele era adolescente, época em que ele foi para Roma para ser educado. Eu mal conseguia me lembrar de alguma coisa a respeito dela, exceto que tinha fama de ser terrivelmente rígida e controladora — o tipo de dona-de-casa capaz de marcar os potes para ver se os escravos estavam roubando alguma coisa, e que tinha prazer em chicoteá-los, caso suspeitasse de que estavam de fato.

— Nunca ouvi dela uma palavra de elogio, Tiro — ele falou — nem eu nem meu irmão. E no entanto, como eu tentava agradá-la... — Ele parou e mirou através dos campos para o rio de águas geladas que corriam rapidamente, Fibreno, era como era chamado, no meio do qual havia uma pequena ilha, com bosques e uma pequena construção, meio derrubada. — Era lá que eu costumava ir quando garoto — ele disse, com saudade. — Quantas horas passei ali! Na minha cabeça, eu ia ser o novo Aquiles, mas nos tribunais, nunca num campo de batalha. Lembra-se de Homero? "Mais que ser o melhor, superar todos os demais!"

Ele ficou algum tempo calado, e eu senti que era a minha oportunidade. E então expus-lhe meus planos — aos solavancos, totalmente sem jeito, imagino: que eu deveria ficar ali e botar a fazenda em ordem, enquanto ele o tempo todo continuava com os olhos fixos na ilha da sua infância.

— Sei exatamente o que você quer dizer — ele falou dando um suspiro quando terminei. — Também sinto isso. Esta é a nossa verdadeira terra natal, minha e do meu irmão; nós descendemos de uma família muito antiga deste lugar. Aqui estão nossos cultos ancestrais, aqui está nossa raça, aqui estão muitas recordações de nossos antepassados. O que mais preciso dizer? — Ele se virou para me olhar, e notei como seus olhos eram muito claros e azuis, a despeito de tanto choro recente. — Mas considere tudo o que vimos esta semana: as carcaças vazias, inertes, daqueles que amamos. E pense na terrível prestação de contas que a Morte exige de um homem. Ah! — ele balançou vigorosamente a cabeça, como se desejasse esvaziá-la de um pesadelo, em seguida voltou a atenção para a paisagem. Após um certo tempo falou, em tom bem diferente: — Bom, uma coisa eu lhe digo: da minha parte, não estou disposto a morrer deixando um grama sequer de talento sem ser utilizado, ou um quilômetro de energia em minhas pernas. E a sua sina, meu caro companheiro, é seguir nessa estrada comigo. — Estávamos lado a lado; ele me deu uma cutucada de leve com o cotovelo. — Que é isso, Tiro! Um secretário capaz de anotar minhas palavras quase com a mesma rapidez com que eu as digo? Uma maravilha dessas não pode ser desperdiçada para ficar contando ovelhas em Arpino! Portanto vamos acabar de vez com essas tolices.

E esse foi o fim do meu idílio pastoril. Voltamos andando até em casa, e naquela tarde mesmo — ou talvez tenha sido no dia seguinte, a memória prega lá suas peças — ouvimos o som de um cavalo galopando em alta velocidade pela estrada vindo da cidade. Começara a chover, disso me lembro bem, e todo mundo estava irritado por ter que ficar trancado dentro de casa. Cícero lia, Terência cerzia, Quinto treinava espada, Pompônia se deitara com dor de cabeça. (Ela continuava insistindo em que política era um assunto "chato", o que tirava Cícero do sério. "Que coisa mais idiota de se dizer!", ele certa vez se queixou comigo. "A política? Chata? Se a política é a história em movimento! Que outra esfera da atividade humana mexe com o que há de mais nobre nas almas dos homens, e com tudo o que há de mais baixo? Ou que seja tão excitante? Ou que mais vividamente expõe nossas forças e nossas fraquezas? Chata? Seria mais apropriado dizer que a própria vida é que é chata!") De qualquer forma, ao som dos cascos chocando-se contra o chão, eu saí para receber o cavaleiro, e peguei com ele uma carta com o selo de Pompeu, o Grande. Cícero abriu-a e deixou escapar um grito de surpresa.

— Roma está sendo atacada! — ele anunciou, fazendo com que até Pompônia meio que se erguesse do sofá.

Ele leu a mensagem rapidamente. A armada de guerra consular fora incendiada em seu ancoradouro de inverno em Óstia. Dois pretores, Sextílio e Belino, juntamente com seus lictores e toda a equipe de governo, tinham sido seqüestrados. Tudo obra de piratas, com o intuito puro e simples de espalhar o terror. Havia pânico na capital. O povo exigia ação.

— Pompeu quer que eu vá me juntar a ele imediatamente — disse Cícero. — Está convocando um conselho de guerra em sua casa de campo para depois de amanhã.

XI

Deixando todos para trás e acomodando tudo numa biga (Cícero nunca montava se pudesse evitar), nós fizemos o caminho de volta, chegando à villa de Túsculo ao cair da noite do dia seguinte. A mansão de Pompeu ficava no outro lado das colinas Albanas, a apenas uns 8 quilômetros ao sul. Os preguiçosos escravos domésticos ficaram atônitos ao ver o patrão de volta tão cedo e tiveram que se esforçar para pôr a casa em ordem. Cícero tomou um banho e foi direto para a cama, embora eu não creia que ele tenha dormido bem pois tenho a impressão de que o ouvi no meio da noite andando pela biblioteca, e de manhã encontrei um exemplar da *Ética a Nicômaco*, de Aristóteles, meio desenrolado sobre sua mesa de trabalho. Mas os políticos são gente dura na queda. Quando entrei em seu quarto ele já estava quase vestido e pronto para descobrir o que Pompeu tinha em mente. Assim que a luz do dia clareou nós saímos. A estrada nos levou até as cercanias do lago Albano, e quando o sol pintou de rosa a encosta da montanha nevada pudemos ver as silhuetas dos pescadores puxando suas redes das águas reluzentes.

— Existe país mais lindo no mundo do que a Itália? — Cícero murmurou, inspirando profundamente. E embora não o expressasse, eu sabia o que ele estava pensando, porque era o mesmo que eu pensava naquele momento: que era um alívio ter escapado da depressão envolvente de Arpino, e que não havia nada como a morte para fazer a gente se sentir vivo.

Por fim saímos da estrada e atravessamos dois portões imponentes até entrar numa extensa área de terra coberta de pedrinhas brancas e toda ladeada por ciprestes. Cada lado dos jardins era repleto de estátuas de mármore, sem dúvida adquiridas pelo general em suas inúmeras campanhas. Os jardineiros recolhiam as folhas de inverno caídas e podavam as árvores. Tudo dava a impressão de uma riqueza imensa, serena, segura de si. Pisando firme rumo à entrada do casarão, Cícero me sussurrou para que ficasse por perto, e eu me postei abertamente atrás dele carregando uma pasta de documentos. (Meu conselho a quem, eventualmente, deseje passar despercebido, é sempre carregar documentos: eles projetam uma aura de invisibilidade em torno de quem os transporta equivalente ao nada nas lendas gregas.) Pompeu recebia os convidados no átrio, bancando o grande senhor de terras, com a terceira mulher, Múcia, ao lado, e o filho Gneu — que devia ter 11 anos à época — e a filha pequena Pompéia, que mal sabia andar. Múcia era uma matrona atraente, com um porte de estátua, do clã Metelo, com seus 20 e muitos anos e obviamente grávida de novo. Uma das peculiaridades de Pompeu, conforme descobri depois, era que ele sempre amava a esposa, fosse ela qual fosse na ocasião. Ela estava rindo de algum comentário que alguém acabara de lhe fazer, e quando o responsável por ele se virou vi que se tratava de Júlio César. Isso me causou surpresa, e certamente deixou Cícero chocado, porque, até aquele instante, nós só havíamos visto o trio costumeiro de picentinos: Palicano, Afrânio e Gabínio. Além disso, César andara pela Espanha durante mais de um ano, servindo como questor. Mas cá estava ele, elegante e todo bonitão, com aquela expressão de força e inteligência no rosto, os olhos castanhos vivazes, e os finos fios de cabelo negro que ele mantinha cuidadosamente penteados sobre o crânio bronzeado pelo sol. (Mas por que estou perdendo tanto tempo descrevendo-o? O mundo inteiro sabe como ele é!)

Ao todo, oito senadores reuniram-se naquela manhã: Pompeu, Cícero e César; os três picentinos já mencionados; Varro, o intelectual de plantão de Pompeu, então na casa dos 50 anos; e Caio Cornélio, que servira sob o comando de Pompeu como seu questor na Espanha, e que agora fora eleito tribuno, junto com Gabínio. Eu não passava tão despercebido quanto receava, pois muitas das autoridades presentes também haviam levado um secretário ou alguma espécie de carregador de pasta; todos nos postamos respeitosamente ao lado. Depois que se serviram refrescos, e que as crianças foram levadas pelas babás, e após a Sra. Múcia despedir-se graciosamente de cada um dos convidados do marido — demorando-se um pouco mais com César, eu notei — escravos trouxeram cadeiras para que todos se sentassem. Eu estava prestes a me retirar com os demais assistentes quando Cícero sugeriu a Pompeu que, como eu era famoso em toda Roma como o inventor de um maravilhoso sistema novo de taquigrafia — foram essas as suas palavras —, eu ficasse para preparar uma ata do que fosse falado. Eu enrubesci de constrangimento. Pompeu me olhou, meio desconfiado, e eu achei que não fosse permitir, mas então ele deu de ombros e falou:

— Muito bem. Pode ser útil. Mas só haverá uma cópia, e eu ficarei com ela. Todos concordam? — Fez-se um ruído de assentimento, em seguida trouxeram uma banqueta para mim e me vi sentado a um canto com meu bloco de notas aberto e meu estilete bem seguro numa das mãos suadas.

As cadeiras foram arrumadas em semicírculo, e quando todos os convidados se acomodaram, Pompeu se levantou. Ele não era, como eu já disse, um bom orador para palanques públicos. Mas em seu próprio terreno, entre aqueles que considerava como seus lugares-tenentes, irradiava força e autoridade. Muito embora minha transcrição literal me tenha sido tomada, ainda sou capaz de lembrar de muito do que ele falou, porque eu precisava anotar tudo e isso sempre faz com que algo se fixe em nossa mente. Ele começou dando os últimos detalhes do ataque pirata a Óstia: 19 trirremes de guerra destruídos, cerca de 200 homens mortos, depósitos de grãos incendiados, dois pretores — um inspecionava os armazéns e o outro a flotilha — capturados com suas vestimentas oficiais, juntamente com seus assessores e seus bastões e machados simbólicos. Um pedido de recompensa por sua soltura chegara a Roma no dia anterior.

— Da minha parte, porém — disse Pompeu —, não creio que devamos negociar com esse tipo de gente, na medida em que isso só iria encorajar suas atividades criminosas. — Todos menearam a cabeça em sinal de concordância.

O ataque a Óstia — ele prosseguiu — era um divisor de águas na história de Roma. Não se tratava de um incidente isolado, mas sim do mais ousado de uma longa série de ultrajes semelhantes, que incluíam o seqüestro da nobre Sra. Antônia de sua villa em Miseno (logo ela, cujo próprio pai liderara uma expedição contra os piratas!), o assalto aos tesouros do templo de Croton, e os ataques-surpresa a Brindisi e Caieta. Onde se daria a próxima investida? O que Roma estava enfrentando era uma ameaça bem distinta das convencionais. Esses piratas eram uma espécie nova de adversário cruel, sem governo para representá-los e sem tratados para contê-los. Suas bases não se confinavam a um único Estado. Não tinham um sistema unificado de comando. Eram uma praga universal, um parasita que precisava ser eliminado, do contrário Roma — apesar de sua incontestável superioridade militar — nunca mais conheceria novamente a paz e a segurança. O sistema de segurança nacional existente, de atribuir a homens com status de cônsul um mandato de duração limitada num contexto determinado, era claramente inadequado ao atual desafio.

— Muito antes de Óstia eu venho estudando atentamente esse problema — declarou Pompeu — e acredito que este inimigo singular requer uma resposta singular. Nossa oportunidade é agora. — Ele bateu as mãos e uma dupla de escravos trouxe um enorme mapa do Mediterrâneo, que foi colocado sobre um estrado a seu lado. A platéia curvou-se para ter melhor visão, já que se podiam perceber misteriosas linhas traçadas verticalmente cruzando tanto o mar quanto a terra.

— A base da nossa estratégia a partir de agora deve consistir em combinar as esferas militar e política — disse Pompeu. — Vamos atacá-los com tudo. — Ele tomou de uma ponteira e passou-a sobre o quadro pintado. — Proponho dividirmos o Mediterrâneo em 15 zonas, das Colunas de Hércules aqui, no Ocidente, aos mares do Egito e da Síria aqui, no

Oriente, cada zona com seu próprio delegado, cuja missão será a de manter sua área livre de piratas e em seguida fazer tratados com os governantes locais para garantir que os navios criminosos jamais retornem a suas águas. Todo pirata capturado será entregue à jurisdição romana. Qualquer governante que se recusar a cooperar será considerado inimigo de Roma. Quem não está conosco está contra nós. Esses 15 delegados reportar-se-ão, todos, a um comandante supremo, que terá autoridade absoluta sobre todos os territórios numa distância de 80 quilômetros do mar. Eu serei esse comandante.

Fez-se um longo silêncio. Cícero foi quem falou primeiro.

— Seu plano com certeza é respeitável, Pompeu, embora muitos possam considerá-lo uma reação desproporcional à perda de 19 trirremes. Você se dá conta de que tamanha concentração de poder num único par de mãos é algo que jamais foi proposto em toda a história da república?

— De fato, eu *sei* disso muito bem — replicou Pompeu. Ele estava tentando se manter sério, mas no final não conseguiu e caiu numa sonora gargalhada, e imediatamente todo mundo estava rindo, com exceção de Cícero, que dava a impressão de estar num mundo à parte. O que, num certo sentido, era verdade, pois, como ele deixou claro mais tarde, aquele era nada mais nada menos do que um plano de dominação do mundo por um único homem, e ele tinha dúvidas a respeito de onde aquilo iria levar.

— Talvez eu devesse ter saído de lá de imediato — ele me confidenciou mais tarde, no caminho de volta para casa. — Isso é o que o pobre e honesto do Lúcio teria me aconselhado a fazer. Mas Pompeu iria em frente, comigo ou não, e com isso eu só conseguiria sua inimizade, o que destruiria qualquer chance de eu vir a me tornar pretor. Tudo que eu faço atualmente deve ser analisado pelo prisma dessa eleição.

E assim, claro, ele ficou, enquanto as discussões se estendiam pelas horas seguintes, indo desde a grandeza da estratégia militar até manobras políticas sórdidas. O plano consistia em Gabínio propor um decreto ao povo romano logo após tomar posse, o que deveria se dar dali a uma semana, criando esse tal comando especial e ordenando que o mesmo fosse entregue a Pompeu; em seguida ele e Cornélio tratariam de convencer alguns tribunos a vetá-lo. (Convém lembrar que naquela época da república apenas uma assembléia do povo tinha o poder de fazer as leis; a voz do senado tinha influência, mas não decisiva; sua tarefa era implementar a vontade popular.)

— O que acha, Cícero? — perguntou Pompeu. — Está tão calado.

— Acho que Roma, sem dúvida, tem muita sorte — replicou Cícero com todo cuidado — de ter um homem com tamanha experiência e visão global como você a quem possa recorrer nas horas de perigo. Mas devemos ser realistas. Haverá forte resistência a uma proposta dessas no senado. Os aristocratas, em especial, dirão que não passa de um ataque aberto ao poder travestido de urgência patriótica.

— Isso me entristece — disse Pompeu.

— Bem, você pode ficar triste o quanto quiser, mas sempre precisará demonstrar que não é o caso — retrucou Cícero, que sabia que o caminho mais seguro para se obter a confiança de um grande homem, por mais paradoxal que pareça, geralmente é falar duro com ele, transmitindo assim uma impressão de franqueza desinteressada. — Eles dirão ainda que essa licença para lidar com os piratas é simplesmente uma cunha para você atingir seu verdadeiro objetivo, que é o de substituir Lúculo no comando das legiões orientais. — A isso o grande homem respondeu unicamente com um grunhido, e não poderia ter outra reação, pois afinal esse era realmente seu verdadeiro objetivo. — E, finalmente, eles tratarão de encontrar um ou dois tribunos do seu grupo para vetar o decreto de Gabínio.

— Isso me soa como se você não devesse estar aqui entre nós, Cícero — escarneceu Gabínio, que era uma espécie de dândi, com seus cabelos fartos e ondulados penteados para trás, imitando o chefe. — Para atingir nossos objetivos precisaremos de corações fortes, e possivelmente de pulsos firmes, não dos subterfúgios de advogados espertos.

— Vocês precisarão de corações, de pulsos, e de advogados, bem antes do que pensam, ouça o que estou dizendo, Gabínio — respondeu Cícero. — No momento em que você perder a imunidade legal que a condição de tribuno lhe confere, os aristocratas o levarão às barras do tribunal e você terá que lutar pela própria vida. Aí vai precisar de um advogado esperto, bem esperto, e a mesma coisa vale para você, Cornélio.

— Vamos prosseguir — disse Pompeu. — Os problemas estão colocados. Vocês têm soluções a oferecer?

— Bem — replicou Cícero —, para começar, recomendo fortemente que seu nome não apareça em momento algum no decreto como indicação para o comando supremo.

— Mas essa era a minha idéia! — protestou Pompeu, falando exatamente como uma criança que vê os coleguinhas se apoderando do seu brinquedo.

— Certo, mas continuo afirmando que seria prudente não especificar o real nome do comandante logo de saída. Você será o foco da inveja e do ódio mais terríveis no senado. Até os homens mais sensatos, de cujo apoio normalmente vocês podem se valer, se mostrarão reticentes. Devemos fazer com que o ponto central recaia no combate aos piratas, não no futuro de Pompeu, o Grande. Todos saberão que o posto está destinado a você, não há necessidade de dizê-lo com todas as letras.

— Mas o que é que eu vou dizer quando apresentar o decreto perante o povo? — quis saber Gabínio. — Que qualquer idiota pode se candidatar ao cargo?

— Obviamente que não — disse Cícero, fazendo um enorme esforço de paciência. — Eu substituiria o nome "Pompeu" pela expressão "senador de nível consular". Isso restringe o universo aos 15 ou 20 ex-cônsules vivos.

— E quem seriam os candidatos? — perguntou Afrânio.

— Crasso — falou Pompeu na hora: o velho inimigo nunca saía de seus pensamentos. — Talvez Catulo. Ou Metelo Pio. Está trôpego, mas é sempre uma força. Hortênsio tem seus adeptos. Isaurico. Gélio. Cota. Cúrio. Até os irmãos Lúculo.

— Bem, suponho que você deva estar bastante preocupado — disse Cícero —, nós sempre poderemos especificar que o comandante supremo deverá ser o ex-cônsul cujo nome começa com P. — Por um instante ninguém reagiu, e eu tinha certeza de que ele fora longe demais. Mas aí César jogou a cabeça para trás e começou a rir, e os demais, percebendo que Pompeu também sorria discretamente, fizeram o mesmo. — Creia-me, Pompeu — prosseguiu Cícero em tom tranqüilizador — a maioria desses homens está velho e doente demais para constituir uma ameaça. Crasso será seu rival mais perigoso, simplesmente porque ele também é muito rico e tem ciúme de você. Mas se houver votação, você o derrotará fragorosamente, eu juro.

— Concordo com Cícero — disse César. — Vamos saltar nossos obstáculos um de cada vez. Primeiro, o princípio do comando supremo; depois, o nome do comandante. — Fiquei espantado com a autoridade com que ele falou, apesar de ser o mais jovem dos presentes.

— Muito bem — disse Pompeu, acenando com a cabeça judiciosamente. — Está decidido. O ponto central deve ser o combate aos piratas, não o futuro de Pompeu, o Grande. — E com essa observação, a reunião foi interrompida para o almoço.

OCORREU, ENTÃO, um incidente muito desagradável, que me deixa constrangido relembrar, mas o qual sinto que, pelo interesse da História, devo revelar. Durante algumas horas, enquanto os senadores almoçavam, e depois passeavam no jardim, eu trabalhei o mais rápido que pude a fim de transformar minhas notas taquigráficas em um registro manuscrito perfeito do que se passou, para poder apresentar a Pompeu. Quando acabei, me ocorreu que talvez devesse submeter o que havia escrito a Cícero, para o caso de ele ter alguma objeção a fazer. O local em que a reunião teve lugar estava vazio, assim como o átrio, mas consegui escutar a voz inconfundível do senador, e parti, com meu rolo de papel debaixo do braço, na direção de onde eu julgava que ela vinha. Atravessei um pátio de colunata, onde havia uma fonte de águas cantantes, dei a volta no pórtico rumo a um jardim interno. Mas agora a voz dele sumira totalmente. Eu parei para ouvir. Só se escutava o trinado de passarinhos, e o barulho de água correndo. Então, de repente, de algum lugar muito próximo, e alto o bastante para me provocar um sobressalto, ouvi uma mulher gemer, como se estivesse agonizando. Feito um idiota, me virei, dei mais alguns passos, e por uma porta aberta me vi diante da visão de César com a mulher de Pompeu. A senhora Múcia não me viu. Estava com a cabeça abaixada entre os antebraços, o vestido levantado e preso na cintura, e se encontrava debruçada sobre uma mesa, agarrando-se à beirada tão firmemente que as juntas de seus dedos chegavam a estar esbranquiçadas. Mas César me viu perfeitamente, pois estava de olho na porta, metendo nela por trás, com a mão direita enlaçando-lhe a barriga inchada e a esquerda levemente pousada em seu quadril, como um dândi parado em alguma esquina. Não sei dizer exatamente quanto tempo nossos olhos se cruzaram, mas eles continuam me olhando até hoje — aqueles olhos negros profundos fixando-se em mim através da fumaça e do caos de todos os anos que se seguiriam — divertido, impávido, desafiador. Eu voei dali.

Naquela hora, a maioria dos senadores estava retornando ao salão da conferência. Cícero discutia filosofia com Varro, o mais renomado intelectual de Roma, de cujas obras sobre filologia e antiguidade greco-romana eu era profundo admirador. Em qualquer outra ocasião me sentiria honrado em lhe ser apresentado, mas minha cabeça ainda estava confusa com a cena que acabara de presenciar e não sou capaz de me lembrar de nada do que ele disse. Entreguei as notas a Cícero, que as percorreu ligeiramente com os olhos, pegou minha pena e fez uma pequena correção, tudo isso enquanto conversava com Varro. Pompeu deve ter percebido o que ele estava fazendo, pois se aproximou com um sorriso aberto no rosto largo e, fingindo-se de zangado, tirou as notas das mãos de Cícero e, acusando-o de inserir promessas que ele nunca fizera — "mas mesmo assim acho que você pode contar com o meu voto para pretor", ele falou —, deu-lhe um tapinha nas costas. Até pouco tempo antes eu considerava Pompeu uma espécie de deus entre os homens — um herói de guerra, seguro e autoconfiante —, mas naquele momento, sabendo o que eu sabia, achei-o também triste.

— Isso é uma coisa extraordinária — ele me disse, passando o polegar grosso pelas colunas de palavras. — Você captou exatamente as minhas palavras. Quanto quer por ele, Cícero?

— Já recusei uma quantia enorme de Crasso — replicou Cícero.

— Bom, se algum dia se fizer um leilão dele, podem estar certos de que eu vou querer entrar — falou César, com sua voz metálica, chegando por trás de nós. — Eu adoraria botar as mãos em Tiro. — Mas disse isso num tom tão amistoso, acompanhado por uma piscadela de olho, que ninguém mais percebeu um tom de ameaça em suas palavras, só eu quase desmaiei de pavor.

— O dia que eu me apartar de Tiro — Cícero falou, profeticamente, conforme se provou — será o dia em que deixarei a vida pública.

— Agora mesmo é que estou duplamente determinado a comprá-lo — disse César, e Cícero caiu também na gargalhada geral.

Após acordar em manter em segredo tudo o que fora discutido ali, e combinar de se encontrar em Roma alguns dias mais tarde, o grupo se dispersou. Na hora em que cruzamos o portão e nos vimos na estrada a caminho de Túsculo, Cícero soltou um grito de frustração há muito contido e bateu com a palma da mão na lateral da carruagem.

— Uma conspiração criminosa! — ele disse, balançando desesperadamente a cabeça. — Pior: uma conspiração criminosa *burra*. Esse é o problema, Tiro, quando soldados resolvem fazer política. Imaginam que a única coisa que precisam fazer é sair dando ordens, e todo mundo vai obedecer. Não conseguem perceber que a única coisa que em princípio os torna atraentes, o fato de serem supostamente grandes patriotas, acima da imundície da política, é, no final, o que pode derrotá-los, porque ou eles permanecem acima da política, e nesse caso não vão a lugar nenhum, ou entram de cabeça na lama junto com todos os demais, e aí se mostram tão venais quanto qualquer mortal. — Ele olhou para o lago, que agora ia escurecendo à luz invernal. — O que você fez com César? — ele perguntou de repente, ao que retruquei com uma resposta vaga sobre ele parecer muito ambicioso. — Com certeza. Tanto que hoje, em certos momentos, cheguei a pensar que todo esse esquema, na verdade, não é coisa de Pompeu, e sim de César. O que, no mínimo, explicaria a sua presença.

Eu observei que Pompeu fizera questão de dizer que tinha sido idéia dele.

— E sem dúvida que ele pensa que é. Mas isso é da natureza desse homem. Você comenta algo com ele, e logo o vê repetindo-o para você, como se fosse dele. "O ponto central deve ser o combate aos piratas, não o futuro de Pompeu, o Grande." É um exemplo típico. Às vezes, só para me divertir, eu argumento contra minha própria afirmação original, e fico esperando para ver quanto tempo demora até eu ouvir a minha refutação se voltar contra mim. — Ele franziu o cenho e balançou a cabeça. — Tenho certeza de que estou com a razão. César é esperto o suficiente para ter plantado a semente e deixá-la florescer naturalmente. Fico me perguntando quanto tempo ele tem passado com Pompeu. Parece muito íntimo da casa.

Veio-me à ponta da língua, então, para lhe contar, o que eu havia presenciado, mas um misto de medo de César, minha própria timidez, e uma sensação de que Cícero não veria com bons olhos o fato de eu ter espionado — e de que, de certa forma, eu próprio estaria me contaminando ao descrever uma coisa tão sórdida — me fez engolir as palavras. Foi somente muitos anos depois — após a morte de César, na verdade, quando ele não podia mais me fazer qualquer mal e eu já estava bem mais seguro de mim mesmo — que eu revelei minha história. Cícero, então um ancião, ficou calado por um longo tempo.

— Compreendo sua discrição — ele disse, por fim — e em muitos aspectos o parabenizo por isso. Mas devo lhe dizer, meu caro amigo, que gostaria que você *tivesse* me contado. Talvez as coisas pudessem ter transcorrido de modo diferente. Pelo menos eu teria me dado conta mais cedo do homem impressionantemente irresponsável com o qual estávamos lidando. Porque, quando fui perceber, já era tarde demais.

A ROMA PARA A QUAL regressamos poucos dias depois estava nervosa e tomada pela boataria. O incêndio de Óstia pôde ser claramente visto pela cidade inteira, um clarão vermelho no lado oeste do céu noturno. Um ataque como aquele à capital não tinha precedentes, e quando Gabínio e Cornélio tomaram posse como tribunos no décimo dia de dezembro trataram de agir rapidamente no sentido de transformar as fagulhas da ansiedade popular em chamas de pânico. Postaram sentinelas extras nos portões da cidade. Veículos e pedestres que entravam em Roma eram parados e vasculhados em busca de armas. Os ancoradouros e armazéns ao longo do rio eram patrulhados dia e noite, e penas severas eram dadas aos cidadãos condenados por desviar grãos, com o resultado inevitável de que os três grandes mercados de alimentos de Roma naquela época — o Empório, o Macelo e o Fórum Boário — imediatamente ficaram desabastecidos. Os enérgicos novos tribunos também levaram o cônsul anterior, o pobre Márcio Rex, à presença do povo, e o submeteram a uma investigação impiedosa sobre as falhas de segurança que haviam provocado o desastre de Óstia. Outras testemunhas foram encontradas para atestar a ameaça dos piratas, ameaça que crescia a cada versão dos fatos. Eles possuíam uma centena de navios! Não eram assaltantes solitários, absolutamente, tratava-se de uma conspiração organizada! Possuíam esquadras, almirantes e um arsenal assustador de flechas com pontas envenenadas além de fogo grego! Ninguém no senado ousou fazer qualquer objeção, por receio de parecer complacente — nem quando uma série de postes sinalizadores foram erguidos ao longo da estrada para o mar, para serem acesos caso navios-piratas fossem vistos rumando para a entrada do Tibre.

— Isso é um absurdo — Cícero comentou comigo, na manhã em que fomos inspecionar esses símbolos mais visíveis do risco nacional. — Como se algum pirata bom da cabeça fosse navegar mais de 30 quilômetros rio acima para atacar uma cidade protegida! — Ele balançou a cabeça em sinal de desapontamento diante da facilidade com que uma população amedrontada pode ser manipulada por políticos inescrupulosos. Mas o que podia fazer? A intimidade com Pompeu forçava-o ao silêncio.

No 17º dia de dezembro, teve início o Festival de Saturno, que durou uma semana. Não foram os feriados mais aproveitados, por motivos óbvios, e embora a família de Cícero se dedicasse aos rituais de trocas de presentes, permitindo inclusive que nós, escravos, tirássemos uma folga e participássemos da refeição, ninguém tinha cabeça para tais festejos. Lúcio era a vida e a alma de todos esses eventos, e ele não se achava mais ali. Terência, eu imagino, tinha esperanças de estar grávida mas descobriu que não estava, e já parecia bastante preocupada com o fato de não conseguir gerar um filho homem. Pompônia vivia reclamando com Quinto sobre suas falhas como marido. Nem mesmo a pequena Túlia demonstrava alegria.

Quanto a Cícero, passou a maior parte da Saturnália no gabinete, remoendo a ambição insaciável de Pompeu e suas implicações para o país e para suas próprias perspectivas políticas. As eleições para pretor estavam a apenas oito meses de acontecer, e ele e Quinto já haviam produzido uma lista de prováveis candidatos. Entre quaisquer desses homens que fossem finalmente eleitos ele provavelmente poderia esperar encontrar seus rivais ao cargo de cônsul. Os dois irmãos passavam horas discutindo as variáveis, e me pareceu, embora tenha guardado comigo essa impressão, que sentiam falta da sensibilidade do primo. Pois, apesar de Cícero costumar dizer brincando que, quando queria saber o que era politicamente adequado, bastava perguntar a opinião de Lúcio e então fazer exatamente o contrário, sem dúvida ele se revelava uma estrela-guia. Sem ele, os Cícero tinham apenas um ao outro, e a despeito de seu afeto mútuo, nem sempre a relação entre ambos era a mais cordata.

Foi nessa atmosfera que, por volta do oitavo ou nono dia de janeiro, quando já se encerrara o Festival Latino e a política recomeçara para valer, Gabínio afinal subiu ao palanque para escolher um novo comandante supremo. Estou falando aqui, devo esclarecer, do velho rostro republicano, muito diferente dos ridículos palanques decorativos de hoje. Aquela antiga estrutura, hoje destruída, era o coração da democracia de Roma: uma plataforma comprida e curva, com mais de 3 metros de altura, ornamentada com estátuas dos heróis da antiguidade, de onde os tribunos e os cônsules se dirigiam ao povo. Ficava de fundos para o senado, e voltada diretamente para a área mais ampla do fórum, com seis proas de navio, ou "bicos" — os rostros que davam nome à plataforma —, projetando-se de sua estrutura de pedra maciça (os bicos haviam sido capturados aos cartagineses em uma batalha naval ocorrida havia cerca de três séculos). A parte de trás era constituída totalmente por escadarias, se é que dá para imaginar o que estou tentando descrever, de tal forma que o magistrado pudesse deixar a casa senatorial ou a sede dos tribunos, dar cinqüenta passos, subir os degraus e ver-se no topo do rostro, de cara para a multidão, ladeado pelas fachadas em níveis das duas grandes basílicas e tendo o Templo de Castor bem à sua frente. Foi ali que Gabínio ficou de pé naquela manhã de janeiro para declarar, no seu estilo suave e seguro, que Roma estava necessitada de um homem forte capaz de assumir o controle da guerra aos piratas.

Malgrado sua desconfiança, Cícero fez o melhor que pôde, com a ajuda de Quinto, para reunir uma multidão de bom tamanho, e os picentinos sempre podiam ser mobilizados para fornecer o apoio de uns duzentos veteranos de guerra. Acrescente-se a isso os freqüentadores habituais da Basílica Pórcia, e aqueles cidadãos que iam ao fórum desempenhar suas atividades normais, e eu diria que perto de mil pessoas estavam presentes para ouvir Gabínio explicar didaticamente o que seria necessário para vencer os piratas — um comandante supremo de nível consular com *imperium* de três anos sobre qualquer território a partir de 80 quilômetros do mar, 15 delegados de nível pretoriano para assessorá-lo, livre acesso ao tesouro romano, quinhentos navios de guerra e recursos extras para manter 120 mil soldados de infantaria e 5 mil de cavalaria. Eram números estarrecedores e as exigências causaram furor. Quando Gabínio concluiu a primeira leitura do seu decreto, e passou-o a um funcionário para que o afixasse do lado de fora da basílica dos tribunos, Catulo e Hortênsio chegaram correndo ao fórum para saber o que estava se passando. Pompeu, não é preciso dizer, não era encontrado em parte alguma, e os demais membros do grupo dos sete (como os senadores mais próximos a Pompeu estavam se chamando) cuidaram para não ser vistos juntos, de modo a evitar suspeitas de conluio. Mas os aristocratas não se deixaram enganar.

— Se isso é coisa sua — Catulo rosnou para Cícero —, pode dizer ao seu patrão que ele acaba de comprar uma briga.

A violência da reação deles revelou-se ainda pior do que Cícero havia previsto. Uma vez feita a primeira leitura de um decreto, teria que se aguardar 21 dias úteis para que o povo o votasse (isso para permitir que os habitantes do campo pudessem vir à cidade e estudar o que estava sendo proposto). Portanto, os aristocratas tinham até o começo de fevereiro para se organizar, e eles não perderam um minuto sequer. Dois dias depois, o senado era convocado para debater a *Lex Gabinia*, como seria conhecida, e apesar do conselho de Cícero de que ele deveria se manter afastado, Pompeu sentiu-se moralmente comprometido, e candidatou-se à função. Ele queria uma escolta expressiva até o senado, e como não parecia restar muita coisa a se manter em segredo, os sete senadores formaram uma guarda de honra à sua volta. Quinto também se juntou a eles, com sua toga senatorial novinha em folha: aquela era apenas sua terceira ou quarta ida ao recinto. Como de hábito, eu fiquei ao lado de Cícero.

— Deveríamos ter imaginado que estávamos enrascados — ele se lamentou mais tarde — quando nenhum outro senador deu as caras.

A caminhada Esquilino abaixo até o fórum foi um sucesso. Os chefões do comércio fizeram sua parte, enchendo as ruas de entusiasmo, com as pessoas pedindo bem alto que Pompeu as salvasse do perigo dos piratas. Ele acenava de volta como um senhor feudal para os seus colonos. Mas na hora em que o grupo entrou no senado viu-se cercado por piadas vindas de todos os lados, e um pedaço de fruta podre zuniu sobre o recinto e foi se espatifar sobre Pompeu, deixando em seu ombro uma enorme nódoa marrom. Tal coisa jamais tinha acontecido antes ao grande general, e ele parou e olhou em volta com estupefação. Afrânio, Palicano e Gabínio rapidamente o cercaram tentando protegê-lo, tal como se estivessem novamente num campo de batalha, e eu vi Cícero estender os braços pedindo aos quatro que ocupassem logo seus lugares, raciocinando, sem dúvida, que quanto mais depressa se sentassem, mais depressa a manifestação acabaria. Eu me encontrava de pé na entrada do recinto, contido juntamente com os demais espectadores pela tradicional corda estendida entre os dois guardas das portas. Claro que éramos todos partidários de Pompeu, e assim, quanto mais os senadores lá dentro o ridicularizavam, mais nós, cá de fora, lhe expressávamos nosso apoio, e demorou um pouco até que o cônsul-presidente conseguisse pôr ordem na casa.

Os novos cônsules, naquele ano, eram o velho amigo de Pompeu, Glábrio, e o aristocrata Calpúrnio Piso (não confundir com o outro senador de mesmo nome, que aparecerá mais tarde nessa história, se os deuses me derem forças para terminá-la). Uma prova de quão desesperadora era a situação para Pompeu no senado era que Glábrio preferira não comparecer, para não ser visto em discordância aberta com o homem que lhe restituíra o filho. Isso levou Piso a assumir a presidência da sessão. Eu podia ver Hortênsio, Catulo, Isaurico, Marco Lúculo — o irmão do comandante das legiões orientais — e todo o restante da facção patrícia preparados para o ataque. Os únicos que não estavam mais presentes para oferecer oposição eram os três irmãos Metelo: Quinto estava fora, servindo como governador de Creta, enquanto os dois mais novos, como a demonstrar a indiferença do destino para com as ambições mesquinhas dos homens, haviam ambos morrido de febre após o julgamento de Verres. Mas o que era mais perturbador era que os *pedarii* — a maioria medíocre, acomodada, cansada do senado, que Cícero tivera tanto trabalho para cultivar — mesmo esses se mostravam hostis, ou pelo menos obscuramente indiferentes à megalomania de Pompeu. Quanto a Crasso, estava refestelado na bancada consular da frente oposicionista, com os braços cruzados e as pernas informalmente esticadas, olhando para Pompeu com uma expressão de calma agoureira. O motivo para tanto sangue-frio era evidente. Sentados bem atrás dele, postados ali como um par de animais raros recém-arrematados em leilão, estavam dois dos tribunos daquele ano, Rócio e Trebélio. Essa era a forma de Crasso mostrar ao mundo que havia usado sua riqueza para comprar não só um, mas dois vetos, e que a *Lex Gabinia*, não importava o que Pompeu e Cícero decidissem fazer, jamais seria aprovada.

Piso exerceu seu privilégio de falar primeiro. Um orador do tipo estático, tranqüilo, foi como Cícero, condescendente, o descreveu muitos anos depois, mas naquele dia ele não demonstrou ser nada disso.

— Nós sabemos o que você está tramando! — bradou ele em direção a Pompeu, ao se aproximar do final de sua arenga. — Está desafiando seus colegas de senado e se comportando como um segundo Rômulo:

eliminando o irmão para poder governar sozinho! Mas faria melhor se relembrasse o destino de Rômulo, que por sua vez acabou morto por seus próprios senadores, que retalharam seu corpo e carregaram os pedaços para suas casas! — Isso fez levantar os aristocratas, e eu mal consegui entrever o perfil sólido de Pompeu, imóvel e com o olhar fixo à frente, obviamente incapaz de acreditar no que estava acontecendo.

Catulo foi o próximo a falar, e em seguida Isaurico. O pior, contudo, foi Hortênsio. Durante quase um ano, desde que deixara de ser cônsul, ele mal aparecera no fórum. Seu genro, Cépio, o adorado filho mais velho de Catão, falecera recentemente servindo ao exército no Oriente, deixando viúva a filha de Hortênsio, e o que se comentava é que o Mestre da Dança não tinha mais força nas pernas para lutar. Mas agora parecia que a ambição desmedida de Pompeu o trouxera de volta à arena, revitalizado, e ouvi-lo era recordar como ele podia ser formidável em ocasiões como aquela. Jamais se exaltou nem caiu na vulgaridade, apenas, com toda a eloqüência, resgatou a velha premissa republicana: o poder sempre deverá ser dividido, circulando com limitações, e renovado através de eleições anuais, e muito embora nada tivesse contra Pompeu pessoalmente — de fato até o considerava mais merecedor do comando supremo do que qualquer outro homem no Estado — tratava-se de um precedente perigoso, anti-romano, o que se estabeleceria com a *Lex Gabinia*, e as antigas liberdades não poderiam ser deixadas de lado assim tão facilmente em função de um medo momentâneo aos piratas. Cícero estava inquieto em seu assento e eu não pude deixar de refletir sobre o fato de que esse era exatamente o discurso que ele faria caso estivesse livre para expressar o próprio pensamento.

Hortênsio já ia chegando à peroração quando a figura de César, vinda daquela obscura região dos fundos do recinto, próxima à porta, que já tinha sido ocupada por Cícero, levantou-se e pediu a palavra a Hortênsio. O silêncio respeitoso com o qual o discurso do grande advogado era ouvido rompeu-se de imediato, e é preciso admitir que César teve muita coragem para interrompê-lo num ambiente como aquele. César avançou até uma posição de onde pudesse ao menos ser ouvido e começou a falar, no seu estilo claro, voraz, impiedoso. Nada havia de anti-romano, ele afirmou, em se pretender derrotar piratas, que eram a escória dos mares; anti-romano, sim, era desejar o fim de algo, mas não os meios para fazê-lo. Se a república funcionasse tão perfeitamente quanto Hortênsio dizia, por que se permitira que a ameaça crescesse a esse ponto? E agora, que se tornara monstruosa, como seria derrotada? Ele próprio já tinha sido capturado por piratas anos atrás a caminho de Rodes, e quando finalmente foi solto, em troca do pagamento de resgate, voltou para caçar até o último dos seus seqüestradores, cumprindo a promessa que lhes fizera enquanto era mantido prisioneiro — fazer o impossível para que os delinqüentes fossem crucificados!

— Esse, Hortênsio, é o estilo romano de lidar com a pirataria, e é ele que a *Lex Gabinia* nos possibilitará pôr em prática!

Ele concluiu sob vaias e apupos, e quando retornou ao seu lugar, exibindo a mais magnífica das expressões de desdém, algo parecido com uma briga irrompeu do outro lado do recinto. Acho que foi um senador que tentou dar um murro em Gabínio, que reagiu esmurrando-o de volta, e muito rapidamente ele se viu em dificuldades, com um monte de corpos se engalfinhando em cima dele. Ouviu-se um grito e o barulho de algo se quebrando, quando uma das bancadas veio abaixo. Perdi Cícero de vista. Uma voz na multidão atrás de mim gritou que Gabínio estava sendo assassinado e a pressão foi tão grande que a corda não agüentou e nós fomos empurrados para dentro do recinto. Eu tive sorte de conseguir me esgueirar até uma das laterais enquanto centenas de partidários plebeus de Pompeu (que tinham um aspecto nada amistoso, devo reconhecer) invadiam o corredor central em direção ao tablado consular e arrancavam Piso de sua cadeira. Um brutamontes pegou-o pelo pescoço e, por instantes, pareceu que iria matá-lo. Mas então Gabínio conseguiu se livrar e subiu num banco para mostrar que, embora tivesse sido golpeado, ainda estava vivo. Apelou aos manifestantes para que soltassem Piso, e apesar de alguma relutância, o cônsul foi solto. Esfregando a garganta, ele declarou em voz rouca que a sessão estava adiada sem que a votação ocorresse — e assim, por um triz, e ao menos por ora, a comunae se livrou da anarquia.

Cenas de tamanha violência não eram presenciadas no coração do centro governamental de Roma havia mais de 14 anos, e tiveram um profundo efeito sobre Cícero, apesar de ele ter conseguido escapar da confusão sem um amassado sequer em sua toga imaculada. Gabínio estava com o nariz e o lábio escorrendo sangue e Cícero precisou ajudá-lo a sair do recinto. Eles foram caminhando a uma certa distância de Pompeu, que zanzava, ora para a direita, ora para a esquerda, com a passada curta de quem está num funeral. Aquilo de que me lembro melhor é do silêncio, à medida que a pequena multidão de senadores e plebeus ia lhe abrindo passagem. Era como se ambos os lados, no último instante, percebendo que estavam lutando bem na beira de um penhasco, tivessem recobrado o bom senso e retrocedido. Entramos no fórum, sem que Pompeu dissesse qualquer palavra, e quando ele se virou para o Argileto, em direção à sua casa, seus partidários o seguiram, em parte por não terem mais nada a fazer. Afrânio, que se achava perto de Pompeu, informou que o general queria uma reunião. Eu perguntei a Cícero se precisava de alguma coisa e ele respondeu com um sorriso amargurado:

— Preciso, sim, daquela vida mansa em Arpino!

Quinto se aproximou e disse, afobado:

— Pompeu tem que recuar, ou acabará humilhado!

— Ele já foi humilhado — retrucou Cícero — e nós com ele. Soldados! — ele comentou comigo, nauseado. — O que foi que eu disse? Eu jamais pensaria em dar-lhes ordens num campo de batalha. Por que eles acham que sabem mais do que eu em matéria de política?

Nós subimos a colina rumo à casa de Pompeu e nos enfiamos lá dentro, deixando a multidão emudecida na rua. Desde aquela primeira reunião eu passei a servir de anotador para o grupo, e assim, quando me instalei no meu canto habitual, ninguém me olhou uma segunda vez. Os senadores se acomodaram em torno de uma grande mesa, com Pompeu à cabeceira. A altivez tinha desaparecido inteiramente de seu corpanzil. Desabado em sua cadeira-trono ele me dava a impressão de uma grande fera que fora capturada, acorrentada, maltratada e insultada na arena por criaturas inferiores a ele. Estava se sentindo absolutamente derrotado e ficava repetindo que estava tudo acabado — o senado evidentemente nunca aprovaria sua nomeação, ele contava apenas com o apoio dos pobres coitados das ruas, os tribunos controlados por Crasso vetariam o decreto, sem qualquer dúvida: nada mais lhe restava, a não ser a morte ou o exílio. César tinha visão contrária — Pompeu continuava sendo o homem mais popular da república, podia sair pela Itália recrutando as legiões de que necessitasse, seus velhos veteranos de guerra formariam a espinha dorsal de seu novo exército, o senado acabaria capitulando assim que ele demonstrasse força suficiente.

— Só há uma coisa a fazer quando se perde nos dados: redobrar a aposta e jogar de novo. Ignore os aristocratas, e se preciso, governe com o povo e o exército.

Eu podia ver que Cícero estava se preparando para falar, e tinha certeza de que ele não iria pender para nenhum dos dois extremos. Mas é preciso ser hábil para se comportar tanto numa reunião de dez pessoas quanto numa de cem. Ele esperou cada um dar sua opinião e a discussão parecer esgotada para entrar bem disposto na batalha.

— Como você bem sabe, Pompeu — ele começou —, eu desde o início tenho tido algumas dúvidas a respeito dessa empreitada. Porém, após testemunhar o debate de hoje no senado, devo lhe dizer, elas desapareceram completamente. Agora precisamos tão-somente vencer esta guerra para o seu bem, para o bem de Roma, e pela dignidade e autoridade daqueles de nós que o apoiaram. Não há hipótese de rendição. Você é, reconhecidamente, um leão no campo de batalha; não pode virar um ratinho em Roma.

— Modere sua linguagem, advogado — disse Afrânio, brandindo o dedo para Cícero, que nem lhe deu bola.

— Você pode imaginar o que vai acontecer se desistir agora? O decreto foi publicado. O povo clama por uma ação efetiva contra os piratas. Se você não assumir o posto, alguém o fará, e posso lhe adiantar quem vai ser: Crasso. Você mesmo disse que ele tem dois tribunos no bolso. Ele fará tudo para essa lei passar, só que com o nome dele no lugar do seu. E como é que você, Gabínio, será capaz de detê-lo? Vetando a legislação que você mesmo criou? Impossível! Está percebendo? Não podemos abandonar a batalha agora!

Foi uma argumentação inspirada, pois se havia algo que podia seguramente levar Pompeu à luta era a perspectiva de que Crasso lhe roubasse a glória. Ele se ergueu, empinou o queixo e olhou em volta da mesa. Eu notei que Afrânio e Palicano o encorajavam discretamente com a cabeça.

— Nós temos grandes líderes nas legiões, Cícero — disse Pompeu —, companheiros maravilhosos que podem se sair bem nas mais difíceis situações: pântanos, cordilheiras, florestas que homem algum jamais penetrou desde o começo dos tempos. Mas a política supera qualquer outro obstáculo com que já me deparei. Se você for capaz de me apontar um caminho em meio a essa confusão toda, não encontrará amigo mais fiel do que eu.

— Você se colocará por inteiro nas minhas mãos?

— Você é o líder.

— Muito bem — disse Cícero. — Gabínio, amanhã você vai convocar Pompeu ao rostro, para pedir-lhe que assuma como comandante supremo.

— Ótimo — disse Pompeu, belicosamente, cerrando os punhos. — E eu aceitarei.

— Não, não — disse Cícero, você vai recusar peremptoriamente. Dirá que já fez o bastante por Roma, que não tem mais ambições na vida pública, e que está se recolhendo para sua casa de campo. — A boca de Pompeu se abriu. — Não se preocupe. Eu vou escrever o discurso para você. Amanhã de tarde você vai deixar a cidade, e não vai voltar. Quanto mais decidido se mostrar, mais freneticamente o povo clamará pelo seu nome. Você será nosso Cincinato, tirado de suas terras para salvar o país do desastre. Esse é um dos mitos mais poderosos da política, pode acreditar em mim.

Alguns dos presentes se opuseram a uma tática tão teatral, considerando-a excessivamente arriscada. Mas a idéia de parecer modesto repercutiu bem sobre a vaidade de Pompeu. Pois não é esse o sonho de todo homem orgulhoso e ambicioso? O de, em vez de mergulhar na poeira e lutar pelo poder, ver o povo de joelhos, implorando para aceitá-lo como uma dádiva? Quanto mais Pompeu pensava a respeito, mais gostava da idéia. Sua dignidade e sua autoridade permaneceriam intactas, ele teria algumas semanas para descansar e, se tudo desse errado, a culpa seria de outros.

— Isso soa bem interessante — disse Gabínio, alisando o lábio ferido. — Mas você parece esquecer que o problema não é o povo; é o senado.

— O senado mudará de idéia tão logo acorde para as implicações da retirada de Pompeu. Ficará diante de uma escolha entre não fazer nada contra os piratas, ou premiar Crasso com o comando supremo. Para a grande maioria, nenhuma das duas coisas é aceitável. Com um pouco de incentivo, eles passarão para o nosso lado.

— Interessante, isso! — exclamou Pompeu, admirado. — Ele não é inteligente, cavalheiros? Eu não falei com vocês que ele era inteligente?

— Esses 15 cargos de delegado — disse Cícero. — Proponho que você use ao menos a metade deles para conquistar apoio no senado. Palicano e Afrânio, vendo suas lucrativas comissões em risco, imediatamente objetaram em voz alta, mas Pompeu fez-lhes um sinal com a mão para se manterem calados. — Você é um herói nacional, Pompeu — Cícero prosseguiu — um patriota acima das mesquinharias e intrigas da política. Em vez de usar isso para premiar os amigos, deveria usá-lo para dividir seus inimigos. Nada será mais desastroso para a facção aristocrática do que se algum deles puderem ser convencidos a servir sob seu comando. Vão arrancar os olhos uns dos outros.

— Concordo — disse César, com um aceno decisivo de cabeça. — O plano de Cícero é melhor do que o meu. Seja paciente, Afrânio. Essa é apenas a primeira etapa. Podemos esperar pelas nossas recompensas.

— Além do mais — Pompeu falou com integridade — a derrota dos inimigos de Roma já será um prêmio suficiente para todos nós. — Eu podia perceber que ele já se imaginava no posto.

Mais tarde, quando voltávamos para casa, Quinto falou:

— Espero que você saiba o que está fazendo.

— *Eu* espero que eu saiba o que eu estou fazendo — retrucou Cícero.

— O problema, certamente, está em Crasso e naqueles seus dois tribunos, e na capacidade dele de vetar o decreto. Como é que você vai resolver isso?

— Não faço a menor idéia. Tomara que apareça uma solução. Normalmente aparece.

Eu compreendi ali o quanto Cícero estava confiando em seu velho ditado segundo o qual às vezes é preciso começar uma briga para se descobrir como vencê-la. Ele deu boa-noite a Quinto e seguiu de cabeça baixa, pensativo. De um participante indeciso na grande ambição de Pompeu, ele agora se tornara seu principal organizador, e estava ciente de que isso poderia deixá-lo em maus lençóis, no mínimo junto à própria mulher. Pela minha experiência, as mulheres se mostram muito menos dispostas do que os homens a esquecer erros do passado, e para Terência era inexplicável que seu marido continuasse subserviente ao "Príncipe de Piceno", como ela chamava jocosamente Pompeu, sobretudo depois daquelas encenações no senado, que toda a cidade estava comentando. Ela estava à espera de Cícero no *tablinum* quando ele chegou, toda empertigada e pronta para o ataque. E partiu imediatamente para cima.

— Eu não acredito que as coisas tenham chegado a esse ponto! O senado de um lado e a gentalha do outro! E onde meu marido haveria de estar? Como sempre, com a gentalha! Certamente até você vai cortar relações com Pompeu agora!

— Amanhã ele estará comunicando sua retirada — Cícero tratou de tranqüilizá-la.

— O quê?

— É verdade. Eu mesmo vou escrever seu pronunciamento esta noite. O que significa que terei de jantar em meu gabinete, espero que você me desculpe. — Ele passou por ela, e assim que nos vimos no gabinete falou: — Você acha que ela acreditou?

— Não — eu respondi.

— Nem eu — ele disse, dando uma risadinha. — Ela vive comigo há muito tempo!

Ele tinha então dinheiro suficiente para se divorciar dela, se quisesse, e poderia encontrar uma companheira melhor, certamente bem mais bonita. Estava desapontado por ela não ser capaz de lhe dar um menino. E apesar de tudo, apesar das discussões intermináveis, continuava com ela. Amor não era bem a palavra adequada — não no sentido em que os poetas a empregam. Algum estranho componente, mais forte, mantinha-os atados. Ela o conservava afiado, isso era parte do segredo: a pedra de amolar da navalha dele. Seja como for, ela não nos incomodou pelo resto da noite, enquanto Cícero me ditava as palavras que achava que Pompeu deveria dizer. Nunca antes ele escrevera um discurso para outra pessoa, e foi uma experiência singular. Hoje em dia, claro, muitos senadores têm um ou dois escravos para preparar suas falas; eu mesmo soube de alguns que sequer têm noção do que vão dizer até o texto lhes ser colocado à frente: como esses sujeitos podem se considerar estadistas é algo que escapa ao meu entendimento. Mas Cícero descobriu que era bem prazeroso escrever para os outros. Agradava-lhe pensar em frases que grandes homens deveriam criar, caso tivessem miolos, e mais tarde ele passaria a empregar a técnica com notáveis efeitos em suas obras. Até pensou em uma frase para Gabínio pronunciar, que posteriormente se tornou famosa:

— Pompeu, o Grande, não nasceu só para si, mas para Roma!

O pronunciamento foi propositalmente curto e o concluímos pouco depois da meia-noite, e na manhã seguinte bem cedo, após Cícero praticar seus exercícios e receber apenas seus clientes mais importantes, seguimos para a casa de Pompeu para entregar-lhe o discurso. Durante a noite, o general sentiu uma forte ansiedade, e agora se perguntava, nervosamente, se não seria mesmo uma boa idéia retirar-se para o campo. Mas Cícero percebeu que se tratava muito mais de nervosismo por ter que subir ao rostro, e assim que Pompeu se viu com o texto previamente preparado nas mãos, foi se acalmando. Em seguida, Cícero passou algumas anotações para Gabínio, que também se achava presente, mas o tribuno não gostou de ter que ler certas coisas como se fosse um ator, e questionou se deveria realmente dizer que Pompeu "nascera para Roma".

— Por quê? — Cícero brincou. — Então você não acredita nisso?

— Foi quando Pompeu, impaciente, ordenou que Gabínio parasse de reclamar e dissesse as palavras como estavam escritas. Gabínio se calou, mas olhou zangado para Cícero e, daquele momento em diante, creio que se transformou em seu inimigo secreto, exemplo perfeito da capacidade do senador de ofender com suas tiradas espirituosas.

Uma enorme multidão de espectadores achava-se reunida no fórum, ávida por ver as seqüelas dos acontecimentos do dia anterior. Podia-se ouvir o barulho já ao descer a colina da casa de Pompeu — aquele som impressionante, naturalmente amplificado de uma grande multidão excitada, que sempre me recorda um mar bravio batendo de encontro a alguma praia distante. Senti meu sangue pulsar mais forte. A maioria dos senadores estava ali, e os aristocratas haviam trazido centenas de partidários, em parte para protegê-los, e também para não deixar que Pompeu fosse ouvido quando, como eles esperavam, ele manifestasse o desejo de assumir o comando supremo. O grande homem entrou rapidamente no fórum, escoltado, como antes, por Cícero e seus aliados no senado, mas seguiu até o final e imediatamente foi para os fundos do rostro, onde ficou andando para lá e para cá, agitado, esfregando as mãos para esquentá-las e, de vez em quando, sempre que o rugido da multidão aumentava de volume, dava mostras de nervosismo. Cícero desejou-lhe sorte, em seguida foi para a frente do rostro para ficar ao lado dos demais senadores, pois estava aflito para observar suas reações. Os dez tribunos subiram à plataforma e assumiram seus lugares, e aí Gabínio subiu os degraus e bradou, dramaticamente:

— Convoco a comparecer perante o povo Pompeu, o Grande!

Como a aparência é importante na política, e como Pompeu era soberbamente bem aquinhoado pela natureza para transmitir um ar de grandeza! À medida que aquela figura imponente e familiar foi galgando os degraus e surgiu à vista da multidão, seus seguidores deram-lhe a mais formidável das ovações. Ele postou-se ali, com a solidez de um touro adulto, a cabeça maciça levemente pendida sobre os ombros musculosos, olhando para baixo para se deparar com rostos virados para cima, as narinas inchadas como se inalasse os aplausos. Normalmente, o povo não gostava de discursos lidos, preferindo os que eram pronunciados com aparente espontaneidade, mas, naquela ocasião, alguma coisa no modo como Pompeu desenrolou seu breve texto e o segurou veio reforçar a impressão de que se tratavam de palavras tão importantes quanto o homem que as expressava — um homem acima das artimanhas da oratória vazia da lei e da política.

— Povo de Roma — ele bradou, quebrando o silêncio —, quando eu tinha 17 anos, lutei no exército de meu pai, Gneu Pompeu Strabo, para unir o Estado. Quando tinha 23, liderei uma força de 15 mil homens, derrotei os exércitos rebeldes reunidos de Brutus, Célio e Carrinas, e fui sagrado imperador no próprio campo de batalha. Quando tinha 24 conquistei a Sicília. Com 25, a África. No meu aniversário de 26 anos, triunfei. Quando tinha 30 anos, e ainda nem era senador, recebi o comando de nossas forças na Espanha com autoridade de pró-cônsul, combati os rebeldes durante seis anos, e venci. Com 36 anos regressei à Itália, persegui o último exército remanescente do escravo fugido Espártaco, e venci. Com 37, fui eleito cônsul e triunfei pela segunda vez. Como cônsul, recuperei para vocês os antigos direitos de nossos tribunos, e promovi jogos. Sempre que algum perigo ameaçou esta comunidade, eu estive a seu serviço. Minha vida inteira nada mais foi do que um longo e especial comando. Agora, uma ameaça nova e sem precedentes vem ameaçar a república. E, para enfrentar esse risco, acaba de ser corretamente proposto um cargo de autoridade igualmente nova e sem precedentes. Quem quer que seja escolhido para suportar esse fardo deverá ter o apoio de todas as classes e níveis sociais, pois que uma grande confiança está implicada no fato de se conferir tamanho poder a um único homem. Parece claro para mim, após a sessão de ontem do senado, que não tenho a confiança dos senadores, e assim gostaria de lhes dizer que, por mais que tenha sido intimado a fazê-lo, não consentirei em ser nomeado; e, se o for, não aceitarei. Pompeu, o Grande, já teve sua cota de comandos especiais. No dia de hoje eu renuncio a toda e qualquer ambição por cargos públicos e me retiro da cidade para lavrar o solo como meus antepassados fizeram antes de mim.

Depois do choque inicial, um tremendo rumor de frustração sobreveio da multidão, e Gabínio tomou a frente do rostro, onde Pompeu se postava impassível.

— Isso não pode ser permitido! Pompeu, o Grande, não nasceu só para si, mas para Roma!

Claro que a frase provocou a mais estrondosa demonstração de apoio, e os gritos de "Pompeu! Pompeu! Roma! Roma!" atravessaram as paredes das basílicas e dos templos até fazer doer os ouvidos. Apenas muito tempo depois Pompeu conseguiu se fazer escutar.

— Sua generosidade me toca, caros cidadãos, mas minha presença continuada na cidade só poderá dificultar as deliberações. Escolha sabiamente, oh, Povo de Roma, entre os muitos ex-cônsules qualificados deste senado! E lembre-se de que, embora agora eu inexoravelmente saia de Roma, meu coração ficará entre seus corações e seus templos para sempre. Adeus!

Ele ergueu o rolo de papiro como se fosse um bastão de marechal, saudou a multidão atônita, virou-se e partiu implacavelmente rumo aos fundos da plataforma, ignorando todos os pedidos para ficar. Desceu os degraus, observado pelos tribunos estupefatos, primeiro as pernas sumindo de vista, em seguida o torso, e finalmente a cabeça nobre com os cabelos impecavelmente penteados. Algumas pessoas perto de mim começaram a chorar e a puxar os cabelos e as roupas, e mesmo sabendo que a coisa toda era uma tramóia, o máximo que consegui foi conter meus próprios soluços. Os senadores reunidos davam a impressão de que algum pesado projétil havia caído entre eles — alguns estavam inconsoláveis, muitos, abalados, a maioria simplesmente não parecia entender o que se passava. Por quase tanto tempo quanto alguém seria capaz de recordar, Pompeu fora o homem mais importante do Estado, e agora ele estava se retirando! O rosto de Crasso, em especial, era a imagem de emoções conflitantes que artista algum poderia ter a esperança de capturar. Uma parte dele sabia que agora, finalmente, após toda uma vida à sombra de Pompeu, ele era o favorito para assumir o comando especial; a parte mais sensata sabia que aquilo devia ser uma armadilha, e que sua posição achava-se ameaçada por alguma jogada imprevisível.

Cícero ficou a uma distância suficiente para avaliar as reações sobre sua obra, e em seguida se apressou na direção dos fundos do rostro para transmitir o que vira. Os picentinos estavam lá, assim como o habitual grupinho de curiosos. Os assessores de Pompeu haviam trazido uma liteira fechada de brocado azul e dourado para transportá-lo até a Porta Capena, e o general se preparava para entrar nela. Ele parecia com muitos homens que eu vira imediatamente após terem pronunciado um belo discurso, com a respiração ao mesmo tempo arrogante de excitação e ansiosa por cumprimentos.

— Correu tudo extremamente bem — ele falou. — Você achou que deu tudo certo?

— Soberbo — disse Cícero. — A expressão de Crasso não tem como ser descrita.

— Você gostou daquela frase do meu coração ficar para sempre entre os corações e os templos de Roma?

— Foi o toque final.

Pompeu grunhiu, plenamente satisfeito, e se acomodou entre as almofadas da liteira. Fechou a cortina, em seguida puxou-a de lado novamente.

— Você tem certeza de que vai funcionar?

— Nossos adversários estão desnorteados. Isso é um bom começo.

A cortina se fechou, depois se abriu mais uma vez.

— Quanto tempo para o decreto ser votado?

— Quinze dias.

— Mantenha-me informado. Diariamente, pelo menos.

Cícero pôs-se de lado enquanto a cadeira coberta era erguida até os ombros dos carregadores, que deviam ser jovens muito fortes porque Pompeu era muito pesado. Mas eles deram a partida, passando pela casa senatorial e por fora do fórum — o corpo celestial de Pompeu, o Grande, seguido pela cauda de cometa de seus clientes e admiradores.

— Se eu gostei da frase sobre corações e templos? — repetia Cícero baixinho enquanto o observava partindo. — Bom, naturalmente que gostei, seu grande idiota, se fui eu que a escrevi!

Imagino como deve ter sido duro para ele gastar tanta energia com um chefe que não admirava e com uma causa que acreditava ser fundamentalmente equivocada. Mas a jornada rumo ao topo na política muitas vezes obriga um homem a conviver com determinados companheiros de viagem incompatíveis e revela estranhos cenários, e ele sabia perfeitamente que agora não havia mais retorno.

XII

Nas duas semanas seguintes só se falou de um assunto em Roma: os piratas. Gabínio e Cornélio, segundo se dizia então, "viviam no rostro" — ou seja, todo dia levavam o tema dos piratas ao povo, dando informações recentes e conclamando novos testemunhos. Histórias de horror eram sua especialidade. Por exemplo, espalhou-se que se um prisioneiro dos piratas dissesse que era cidadão romano, seus seqüestradores fingiriam estar apavorados, e implorariam perdão. Arranjariam até uma toga e sapatos para ele vestir, se curvariam à sua passagem, e essa brincadeirinha se estenderia por um bom tempo, até que, finalmente, quando estivessem em alto-mar, baixariam uma escada e lhe diriam que estava livre. Se a vítima se recusasse a descer, seria lançada ao mar. Essas histórias deixavam enfurecida a platéia no fórum, habituada às palavras mágicas "Eu sou cidadão romano", que eram uma garantia de especial deferência em todo o mundo.

Cícero, mesmo, não falava do rostro. Curiosamente, ele jamais o fizera, havendo decidido ainda muito cedo adiar esse momento para quando pudesse tirar dele o máximo de impacto. Ficou naturalmente tentado a se valer desse tema para romper seu silêncio, já que ele possuía um apelo popular perfeito para atacar os aristocratas. Mas no final das contas resolveu que não, raciocinando que a medida já encontrava um apoio poderoso das ruas, e que ele poderia ser mais bem aproveitado nos bastidores, bolando estratégias e tratando de convencer os indecisos no senado. Por esse motivo, sua importância crucial tem sido freqüentemente esquecida. Em vez de desempenhar o papel de apaixonado orador das multidões ele, ao menos uma vez, bancou o moderado, percorrendo o *senaculum* para cima e para baixo, ouvindo as reivindicações dos *pedarii*, prometendo encaminhar mensagens de simpatia e apelos a Pompeu, e — muito ocasionalmente — negociando a oferta de cargos com homens influentes. Todos os dias chegava um portador da casa de Pompeu nas colinas Albanas trazendo uma nova mensagem, com um queixume ou querendo saber novidades ou dando alguma instrução. ("Nosso novo cincinato não parece estar passando muito tempo lavrando a terra", comentou Cícero com um sorrisinho irônico) e todo dia o senador me ditava uma resposta tranqüilizadora, geralmente dando nomes de homens que seria interessante Pompeu chamar para uma conversa particular. Era uma tarefa delicada, uma vez que era importante manter a falsa idéia de que Pompeu se afastara da política. Mas um misto de ambição, bajulação, vaidade, entendimento de que algum tipo de comando especial era inevitável, e medo de que este pudesse acabar nas mãos de Crasso levaram finalmente meia dúzia de senadores-chave à residência campestre de Pompeu, entre os quais o mais representativo era Lúcio Mânlio Torquato, que mal acabara de deixar seu cargo de pretor e estava certo de concorrer a cônsul no ano seguinte.

Crasso continuava sendo, como sempre, a principal ameaça aos planos de Cícero, e naturalmente não iria ficar parado esse tempo todo. Também ele tratou de fazer promessas de cargos lucrativos, buscando obter adesões. Para os especialistas em política, era fascinante observar os eternos rivais, Crasso e Pompeu, em pé de igualdade. Cada qual contava com dois tribunos; cada qual era capaz, portanto, de barrar o decreto; e cada qual tinha sua lista de partidários secretos no senado. A vantagem de Crasso sobre Pompeu estava no apoio da maioria dos aristocratas, que tinham mais medo de Pompeu do que de qualquer outro homem da república; a vantagem de Pompeu sobre Crasso estava na popularidade de que gozava junto às massas das ruas.

— Parecem dois escorpiões, um cercando o outro — disse Cícero, recostando-se em sua cadeira uma manhã, após ter ditado sua mais recente mensagem a Pompeu. — Um não consegue vencer o outro, mas cada um é capaz de matar o outro.

— Então como é que se poderá chegar à vitória?

Ele me olhou, e de repente chegou para a frente na cadeira e bateu com a palma da mão na mesa com uma agilidade que me fez dar um salto.

— Quando um pegar o outro de surpresa.

Quando ele fez esse comentário, faltavam apenas quatro dias para que a *Lex Gabinia* fosse votada pelo povo. Cícero ainda não pensara num jeito de contornar o veto de Crasso. Estava se sentindo cansado e desestimulado, e de novo começara a falar em irmos para Atenas estudar filosofia. Aquele dia passou, e o seguinte, e o seguinte, e nenhuma solução ainda se apresentara. No último dia antes da votação, eu me levantei ao alvorecer, como de hábito, e abri a porta para os clientes de Cícero. Agora que ele era conhecido por ser íntimo de Pompeu, aqueles afluxos matinais haviam duplicado de tamanho em relação aos velhos tempos, e a casa se via tomada por uma multidão de clientes e partidários durante todas as horas do dia, para grande aborrecimento de Terência. Alguns tinham nomes famosos: por exemplo, naquela manhã em particular, estava presente Antônio Híbrida, o segundo filho do grande orador e cônsul Marco Antônio, e que acabara de deixar o posto de tribuno; era um idiota e um bêbado, mas mandava o protocolo que fosse atendido primeiro. Lá fora o dia estava cinzento e chovia, e os clientes traziam consigo aquele cheiro de cachorro molhado nas roupas úmidas e nos cabelos emplastrados. O chão de mosaico preto e branco estava coberto de lama e eu cogitava chamar algum escravo doméstico para limpar aquilo quando a porta se abriu novamente e quem mais haveria de ir entrando senão o próprio Marco Licínio Crasso em pessoa. Fiquei tão espantado que por um momento esqueci da minha condição, e cumprimentei-o naturalmente como se fosse um qualquer que tivesse vindo pedir uma carta de apresentação.

— E muito bom dia para você também, Tiro — ele devolveu. Nós só havíamos nos encontrado uma vez, mas ele se lembrava do meu nome, o que me deixou assustado. — Seria possível dar uma palavrinha com seu patrão? — Crasso não estava só, trouxera com ele Quinto Árrio, um senador que o seguia feito uma sombra, e cujo discurso ridiculamente afetado, sempre acrescentando um som aspirado às vogais ("Hárrio" era como pronunciava o próprio nome), seria memoravelmente parodiado pelo mais cruel dos poetas, Catulo. Eu entrei correndo no gabinete de Cícero, que se divertia como de hábito ditando uma carta para Sositeu enquanto assinava documentos com a mesma rapidez com que Laurea era capaz de apresentá-los a ele.

— Você nunca vai adivinhar quem está aí! — eu gritei.

— Crasso — ele replicou, sem sequer me olhar.

Eu murchei imediatamente.

— Você não está surpreso?

— Não — falou Cícero, assinando outro papel. — Ele veio fazer uma oferta magnânima, que nada tem de magnânima, na verdade, mas que poderá deixá-lo numa situação melhor quando nossa recusa se tornar pública. Ele tem todos os motivos para tentar um acordo, enquanto nós não temos nenhum. Entretanto é melhor você fazê-lo entrar antes que ele suborne todos os meus clientes longe das minhas vistas. E fique no gabinete para tomar notas, caso ele tente colocar palavras na minha boca.

Então eu saí para acompanhar Crasso — que acenava para as pessoas do *tablinum* de Cícero, para surpresa respeitosa de todos os envolvidos — até o gabinete. Os secretários assistentes saíram, e só ficamos os quatro — Crasso, Árrio e Cícero sentados, e eu de pé a um canto tomando notas.

— Você tem uma linda casa — disse Crasso, no seu estilo amistoso. — Pequena, mas encantadora. Fale comigo caso queira vendê-la.

— Se algum dia ela pegar fogo — respondeu Cícero —, você será o primeiro a saber.

— Muito engraçado — disse Crasso, batendo as mãos e rindo com muito bom humor. — Mas eu estou falando sério. Um homem importante como você deveria ter uma casa maior, numa vizinhança melhor. No Palatino, evidentemente. Posso conseguir uma para você. Não, por favor — ele acrescentou ao ver Cícero balançar a cabeça —, não dispense meu oferecimento. Tivemos nossas diferenças, e eu gostaria de fazer um gesto de reconciliação.

— Bom, muito gentil de sua parte — disse Cícero —, mas, infelizmente, receio que os interesses de um certo cavalheiro ainda se interponham a nós.

— Não precisa ser assim. Tenho acompanhado sua carreira com admiração, Cícero. Você merece o lugar que conquistou em Roma. Minha opinião é que poderá alcançar o posto de pretor já no próximo verão, e o de cônsul dali a mais dois anos. Pronto, agora já falei. Você pode contar com meu apoio. Agora o que tem a me dizer em resposta?

Tratava-se sem dúvida de uma proposta tentadora, e naquele momento eu aprendi algo muito importante em relação aos homens de negócios espertos: que não é a coerência de propósitos que os faz ricos (como vulgarmente se pensa) e sim a capacidade de, quando necessário, se mostrarem inesperadamente, senão extravagantemente generosos. Cícero estava completamente dividido. O cargo de cônsul, o sonho se sua vida, lhe estava sendo efetivamente oferecido de bandeja — um desejo que ele nunca ousara expressar na presença de Pompeu, com medo de despertar ciúmes no grande homem.

— Você me deixa sensibilizado, Crasso — ele disse, com uma voz tão embargada pela emoção que precisou tossir para limpá-la antes de conseguir continuar. — Mas o destino mais uma vez nos colocou em lados opostos.

— Não necessariamente. Um dia antes da votação do povo, certamente chegou a hora de um acordo, não acha? Admito que esta idéia de comando supremo é de Pompeu. Vamos compartilhá-la.

— Comando supremo compartilhado é um oximoro.

— Nós já compartilhamos o cargo de cônsul.

— Sim, mas cônsul é um cargo conjunto, baseado no princípio de que o poder político deve ser sempre compartilhado. Comandar uma guerra é algo inteiramente distinto, como você sabe muito melhor do que eu. Num estado de guerra, qualquer sinal de divisão no comando é fatal.

— Este comando é tão amplo, há espaço suficiente para dois — disse Crasso tranqüilamente. — Pompeu fica com o Oriente, e eu com o Ocidente. Ou Pompeu fica com o mar e eu com a terra. Ou vice-versa, não me importo. A questão é que podemos os dois controlar o mundo, com você como a ponte a nos ligar.

Tenho certeza de que Cícero esperava que Crasso se portasse de modo ameaçador e agressivo, táticas que toda uma carreira feita nos tribunais lhe havia ensinado a enfrentar. Mas essa abordagem inesperadamente generosa deixou-o desconcertado, e não só porque o que Crasso propunha era algo sensato e patriótico. Seria igualmente a solução perfeita para Cícero, que lhe permitiria conservar amizades de todos os lados.

— Certamente que levarei sua proposta a ele — prometeu Cícero. — Pompeu terá conhecimento dela antes do final do dia.

— Isso não me interessa! — bradou Crasso. — Se fosse apenas uma questão de fazer uma proposta, eu poderia ter enviado Árrio às colinas Albanas com uma mensagem, não é, Árrio?

— É claro que sim.

— Não, Cícero, na verdade eu preciso que você faça isso acontecer. — Ele se aproximou e umedeceu os lábios; era de uma forma quase lúbrica que Crasso falava de poder. — Serei franco com você. Eu me dediquei de todo coração a seguir a carreira militar. Tenho toda a riqueza que um homem pode desejar, mas isso só pode ser meio, não um fim em si mesmo. Você saberia me dizer qual nação um dia erigiu uma estátua a um homem só porque era rico? Que povo da terra inclui em suas orações o nome de algum milionário já falecido apenas por causa da quantidade de casas que ele um dia possuiu? A única glória definitiva está no papel, e eu não sou poeta!, ou no campo de batalha. Portanto, entenda bem, você tem que obter a concordância de Pompeu para a nossa negociação.

— Ele não é uma mula para se deixar guiar até o mercado — objetou Cícero, que, como eu podia perceber, estava recomeçando a se crispar com a crueza de seu velho inimigo. — Você o conhece muito bem.

— Conheço. Muito bem! Mas você é o homem mais persuasivo do mundo. Convenceu-o a ir embora de Roma, não se esqueça disso! Agora, certamente, pode convencê-lo a voltar, não?

— A posição dele é que só voltará como único comandante supremo, ou não voltará de jeito nenhum.

— Então Roma jamais o verá novamente! — impacientou-se Crasso, cuja gentileza estava começando a desaparecer como uma camada fina de pintura barata de uma de suas propriedades menos confortáveis. — Você sabe perfeitamente o que acontecerá amanhã. Tudo vai ser desmascarado como uma farsa no teatro. Gabínio proporá seu decreto e Trebélio, a meu serviço, vai vetá-lo. Em seguida Rócio, também seguindo minhas instruções, proporá uma emenda estabelecendo um comando conjunto, e nenhum tribuno ousará vetar *isso*. Caso Pompeu se recuse, parecerá um menino mimado que prefere estragar o bolo em vez de dividi-lo.

— Discordo. O povo o adora.

— O povo adorava Tibério Graco, mas não o tratou assim tão bem no final. Teve um destino horrível para um patriota romano, você deve se lembrar muito bem. — Crasso se levantou. — Considere seus próprios interesses, Cícero. Certamente você está percebendo que Pompeu o está levando ao ostracismo político. Nenhum homem jamais se tornou cônsul tendo a aristocracia unida contra ele. — Cícero também se levantou e apertou firmemente a mão que Crasso lhe estendia. O homem mais velho agarrou-a fortemente e puxou-o para si. — Em duas oportunidades — ele falou numa voz bem branda — eu lhe estendi a mão da amizade, Marco Túlio Cícero. Não haverá uma terceira vez.

Dito isso, saiu a passos largos da casa, de tal forma que eu não consegui passar à frente para lhe mostrar a saída, ou sequer abrir a porta para ele. Voltei ao gabinete e encontrei Cícero de pé, exatamente no mesmo lugar onde o deixara, olhando sério para a própria mão.

— É como tocar na pele de uma cobra — ele disse. — Diga-me, eu ouvi mal, ou ele está sugerindo que Pompeu e eu poderemos ter o mesmo destino de Tibério Graco?

— Sim, "um destino horrível para um patriota romano" — eu li nas minhas anotações. — Qual foi o destino de Tibério Graco?

— Acuado feito um rato num templo e assassinado pelos nobres, enquanto ainda era tribuno, e portanto supostamente inviolável. Isso deve ter acontecido há uns sessenta anos, pelo menos. Tibério Graco! — Ele dobrou a mão transformando-a num punho. — Sabe, Tiro, por um instante ele quase me fez acreditar nele. Mas eu lhe juro, prefiro jamais vir a ser cônsul a sentir que só consegui o cargo por causa de Crasso.

— Acredito no senhor, senador. Pompeu é dez vezes melhor do que ele.

— Cem vezes melhor. Apesar de todo o seu ridículo.

Fui me ocupar de outras coisas, arrumando a mesa de trabalho e indo pegar a lista de clientes da manhã no *tablinum*, enquanto Cícero continuava inerte no gabinete. Quando voltei, ele tinha uma expressão curiosa no rosto. Entreguei-lhe a lista e o lembrei de que ainda tinha muitos clientes para atender, entre eles um senador. Com a cabeça longe, ele escolheu alguns nomes, entre eles o de Híbrida, mas então falou de súbito:

— Deixe tudo aqui com Sositeu, tenho uma missão diferente para você. Vá até o Arquivo Nacional e consulte os anais do ano consular de Múcio Sévola e Calpúrnio Piso Frugi. Copie tudo o que estiver relacionado com o mandato de tribuno de Tibério Graco e sua lei agrária. Não conte a ninguém o que está fazendo. Se alguém perguntar, invente qualquer coisa. Está bem? — Ele sorriu pela primeira vez na semana e fez um movimento de dedos como que me pondo para fora. — Vá, homem, vá logo!

Após tantos anos a seu serviço eu já me acostumara àquelas ordens meio vagas e peremptórias, e depois de me agasalhar contra o frio e a umidade, tratei de ir descendo a colina. Nunca tinha visto a cidade tão triste e depressiva — em pleno inverno, sob um céu negro, enregelada, mal abastecida de alimentos, cheia de mendigos pelas esquinas, e até mesmo um ou outro cadáver de algum pobre coitado na sarjeta que morrera durante a noite. Atravessei rapidamente as ruas tenebrosas rumo ao fórum e subi as escadarias do Arquivo. Era o mesmo prédio no qual eu havia descoberto os poucos registros oficiais sobre Gaio Verres e a que retornara muitas vezes, sobretudo quando Cícero foi edil, e dessa forma meu rosto já era conhecido dos funcionários. Eles me deram o volume que eu procurava sem fazer quaisquer perguntas. Eu o abri sobre uma mesa de leitura perto da janela e fui desenrolando-o com meus dedos enluvados. A luz da manhã era fraca, ventava demais, e eu não estava me sentindo muito seguro do que estava procurando. Os Anais, ao menos naqueles anos antes de César se apoderar deles, propiciavam uma noção bem completa e precisa do que ocorrera a cada ano: os nomes dos magistrados, as leis aprovadas, as guerras promovidas, os períodos de fome, os eclipses e outros fenômenos naturais observados. Eram coligidos a partir do registro oficial que era redigido anualmente pelo máximo pontífice, e afixado no painel branco do lado de fora da sede do colégio de sacerdotes.

A História sempre me fascinou. Como o próprio Cícero escreveu certa vez:

— Ser ignorante em relação ao que aconteceu antes de você ter nascido é permanecer sempre criança. Pois qual é o valor da vida humana, senão resgatar a vida de nossos ancestrais por meio dos registros da História?

Rapidamente me esqueci do frio e seria capaz de passar o dia inteiro desenrolando alegremente aquele material, examinando os acontecimentos de mais de sessenta anos antes. Descobri que naquele ano específico, o 625 de Roma, o rei Átalo III, de Pérgamo, havia morrido, deixando seu reino para Roma; que Cipião, o Africano, destruíra a cidade espanhola de Numância, dizimando todos os seus 5 mil habitantes, além dos cinqüenta que salvou para que desfilassem acorrentados em seu triunfo; e que Tibério Graco, o famoso tribuno radical, apresentara uma lei para distribuir as terras públicas entre as pessoas comuns que, na época, como sempre, passavam grandes dificuldades. Nada muda, eu pensei. O decreto de Graco enfurecera os aristocratas do senado, que o viram como uma ameaça às suas propriedades, e convenceram ou subornaram um tribuno de nome Marco Otávio a vetar a lei. Mas como o povo era unânime em apoiar o decreto, Graco declarou, do rostro, que Otávio estava fracassando em seu sagrado dever de defender os interesses populares. Dessa forma, conclamava o povo a começar a votar a destituição de Otávio, tribo a tribo, o que eles imediatamente passaram a fazer. Quando as primeiras 17 das 35 tribos haviam votado em peso pela saída de Otávio, Graco suspendeu a votação e apelou para que ele recuasse de sua posição de veto. Otávio recusou-se, e então Graco "convocou os deuses para testemunharem que ele não desejava remover o colega do cargo", acolheu o voto da décima oitava tribo, alcançou a maioria, e Otávio foi deposto do cargo de tribuno ("reduzido à categoria de cidadão comum, ele partiu sem ser notado"). A lei agrária foi então aprovada. Mas os nobres, como Crasso relembrara a Cícero, vingaram-se poucos meses depois, quando Graco se viu cercado no Templo de Fides, apanhou de porretes e tacos até morrer, e teve o corpo jogado ao Tibre.

Eu desamarrei o bloco do pulso e peguei meu estilete. Recordo-me de ter olhado bem em volta para me assegurar de que estava só antes de abri-lo e começar a copiar as passagens mais relevantes dos Anais, porque agora eu tinha compreendido por que Cícero fora tão enfático quanto à necessidade de manter segredo. Meus dedos estavam congelando e a cera estava dura; o registro que consegui fazer foi atroz. Uma hora, quando o próprio Catulo, patrono do Arquivo, surgiu à porta e ficou olhando fixamente para mim, senti como se meu coração fosse arrebentar os ossos do peito. Mas o ancião enxergava mal, e duvido que tenha sabido quem eu era; ele não era dessa espécie de político. Após conversar um pouco com um dos seus libertos, ele se foi. Eu acabei minha transcrição e quase saí correndo daquela sala, descendo os degraus gelados de volta pelo fórum em direção à casa de Cícero, levando minha tabuleta de cera bem apertada contra o peito, sentindo que nunca tinha feito um trabalho matinal mais significativo na vida.

Quando cheguei em casa, Cícero continuava entretido com Antônio Híbrida, embora tão logo tenha me visto aguardando à porta conduzira a conversa a um fecho. Híbrida era um desses tipos bem nutridos, de excelente estrutura óssea, que deixou o vinho arruinar-lhe a vida e a aparência. Dava para sentir seu hálito de onde eu estava: parecia ter uma fruta apodrecendo no intestino. Ele fora afastado do senado anos antes por estar na bancarrota e por moral duvidosa — mais especificamente, corrupção, alcoolismo, e por ter comprado uma linda escrava num leilão e viver abertamente com ela como sua amante. Mas o povo, em seu modo peculiaríssimo de ver as coisas, parecia apreciar seus modos dissolutos, e agora que ele servira um ano como tribuno, estava trabalhando para retornar ao senado. Eu esperei até que ele fosse embora para dar minhas anotações a Cícero.

— O que ele queria? — eu quis saber.

— Meu apoio nas eleições para pretor.

— Que cara de pau!

— Suponho que é mesmo. Mas prometi voltar a vê-lo — disse Cícero descuidadamente, e percebendo minha surpresa explicou: — Com ele como pretor, terei no mínimo um rival a menos para cônsul.

Ele pôs meu bloco sobre a mesa e leu tudo atentamente. Depois apoiou os dois cotovelos ao lado dele, pousou o queixo nas palmas das mãos, curvou-se para diante e leu de novo. Fiquei imaginando seu pensamento ágil correndo como corre a água pelas frestas de um chão de lajotas — primeiro de forma contínua, e logo se esparramando para os lados, sendo bloqueado num determinado ponto, avançando por outro, evoluindo e transbordando, todas as pequenas possibilidades e implicações e probabilidades num fluxo brilhante. Por fim ele falou, meio para si mesmo, meio para mim:

— Essa tática jamais havia sido empregada antes de Graco, e nunca mais alguém a experimentou desde então. Pode-se ver por quê. Que arma para se colocar nas mãos de um homem! Vencendo ou perdendo, teremos que agüentar as conseqüências durante anos. — Ele levantou os olhos para mim. — Não tenho certeza, Tiro. Talvez fosse melhor você apagar isso. — Mas quando fiz um movimento em direção à mesa, ele falou rápido: — Talvez não. — Pelo contrário, ele me pediu que chamasse Laurea e mais uns dois escravos para que fossem atrás de todos os senadores do grupo mais íntimo de Pompeu, e lhes pedissem para comparecer a uma reunião após o encerramento do expediente oficial daquela tarde.

— Aqui não — ele acrescentou rapidamente —, na casa de Pompeu. — Depois disso se sentou e começou a escrever, de próprio punho, uma mensagem ao general, que foi enviada por um cavaleiro com ordens para regressar com uma resposta. — Se Crasso quer invocar o fantasma de Graco — ele disse sério, após a mensagem ter seguido —, ele o terá!

Não é preciso dizer que os outros estavam ansiosos por saber por que Cícero os havia convocado, e tão logo os tribunais e escritórios encerraram as atividades do dia, todos acorreram à mansão de Pompeu, ocupando todos os lugares em volta da mesa, exceto o grande trono do dono da casa, deixando-o vago em sinal de respeito. Pode parecer estranho que homens tão inteligentes e cultos como César e Varro ignorassem as táticas a que Graco recorrera quando tribuno, embora se lembrassem de que ele tinha sido morto fazia 63 anos e que acontecimentos importantes haviam interferido, mas aquela época ainda não se tinha a obsessão pela História contemporânea que viria a se desenvolver nas décadas vindouras. Mesmo Cícero se esquecera disso, até a ameaça de Crasso desencadear alguma memória longínqua do tempo em que ele ainda estudava direito. Fez-se um profundo silêncio enquanto ele lia as passagens tiradas dos Anais, e quando terminou, ouviu-se um murmúrio de excitação. Só Varro, com seus cabelos brancos, o mais velho dos presentes, e que se lembrava de ter escutado o pai falar sobre o caos que foi o período de Graco como tribuno, demonstrou uma certa reserva.

— Pode-se abrir um precedente — ele falou — graças ao qual qualquer demagogo poderá convocar o povo e ameaçar depor algum colega sempre que achar que conta com a maioria das tribos. E aí, por que escolher um tribuno? Por que não destituir logo um pretor ou um cônsul?

— *Nós* não vamos abrir o precedente — César redargüiu com impaciência. — Graco já o abriu para nós.

— Exatamente — disse Cícero. — Apesar de os nobres o terem assassinado, eles não consideraram sua legislação ilegal. Sei o que Varro quer dizer, e até certo ponto eu compartilho do seu desconforto. Mas estamos numa batalha desesperada, e nos vemos obrigados a correr certos riscos.

Ouviu-se um murmúrio de concordância, mas no final as vozes mais decisivas a favor foram as de Gabínio e Cornélio, os homens que de fato teriam que se ver diante do povo e garantir a aprovação da lei, e que, em conseqüência, iriam sofrer majoritariamente a retaliação dos nobres, tanto física quanto legal.

— O povo deseja poderosamente esse comando supremo, e quer que ele seja entregue a Pompeu — declarou Gabínio. — O fato de Crasso ter um bolso tão fundo que é capaz de comprar dois tribunos não deve permitir que tal desejo se frustre.

Afrânio quis saber se Pompeu dera sua opinião.

— Eis a mensagem que mandei para ele esta manhã — disse Cícero, erguendo-a para que todos a vissem — e aqui no final está a resposta que ele enviou de imediato, e que já me encontrou aqui ao mesmo tempo que vocês. — Todos puderam ver o que Pompeu tinha rabiscado, em letras grandes e bem visíveis, uma única palavra: "Concordo". Isso encerrou o assunto. Em seguida, Cícero me mandou queimar a mensagem.

A MANHÃ DA VOTAÇÃO estava terrivelmente fria, com um vento gelado varrendo as colunatas e os templos do fórum. Mas o frio não impediu que uma grande multidão acorresse ao evento. Nos dias de eleição importante, os tribunos se transferiam do rostro para o Templo de Castor, onde havia mais espaço para se proceder à votação, e os trabalhadores não tiveram descanso a noite inteira, erguendo as pontes de madeira que os cidadãos deveriam atravessar para depositar seus votos. Cícero chegou cedo e discretamente, acompanhado apenas por mim e por Quinto, porque, como disse enquanto descíamos a colina, ele era um assistente de palco daquela produção e não um dos seus atores principais. Passou algum tempo conferenciando com um grupo de autoridades tribais, depois foi comigo para o pórtico da Basílica Emília, de onde podia ter uma boa visão dos acontecimentos e dar as instruções necessárias.

Era uma visão impressionante, e acho que devo ser uma das poucas testemunhas vivas daquela cena — os dez tribunos alinhados em suas bancadas, entre eles, como gladiadores contratados, os dois, Gabínio e Cornélio (pró-Pompeu) *versus* Trebélio e Rócio (pró-Crasso); os sacerdotes e os áugures, de pé no topo da escadaria do templo; o fogo alaranjado do altar dando um toque colorido e flamejante ao cinza reinante; e, espalhada pelo fórum, a grande massa de eleitores, com os rostos vermelhos de frio, perambulando em torno dos estandartes de mais de 3 metros de altura de suas respectivas tribos. Cada estandarte ostentava orgulhosamente o nome em letras garrafais — EMÍLIA, CAMILIA, FABIA e assim por diante —, de modo que seus integrantes, caso se perdessem, pudessem ver onde estavam concentrados. Os grupos brincavam e conversavam animadamente, até que a trombeta do arauto chamou-os à ordem. Então o comunicador oficial fez a segunda leitura do decreto em voz clara e forte, após o que Gabínio avançou e fez um breve discurso. Tinha boas novas, ele disse: as notícias que o povo de Roma tanto pedira. Pompeu, o Grande, profundamente sensibilizado pelos padecimentos da nação, estava disposto a reconsiderar sua posição e aceitar ser seu comandante supremo, porém apenas se fosse a vontade unânime de todos ali presentes.

— E é essa a sua vontade? — perguntou Gabínio, e a resposta foi uma forte demonstração de entusiasmo que perdurou por um bom tempo, graças às lideranças tribais. De fato, sempre que o volume parecia ir se reduzindo, Cícero fazia um discreto sinal a alguns desses líderes, que o transmitiam por todo o fórum, e logo os estandartes tribais recomeçavam a tremular, renovando os aplausos. Finalmente Gabínio pediu silêncio.

— Vamos então dar início à votação!

Lentamente — e é de admirar sua coragem em levantar-se diante de milhares de pessoas — Trebélio saiu de seu lugar na bancada dos tribunos e veio à frente, a mão erguida assinalando sua intenção de intervir. Gabínio olhou-o sem muita consideração e dirigiu-se à multidão

— Bem, cidadãos, podemos deixá-lo falar?

— Não! — foi o grito de resposta.

Ao que Trebélio, numa voz estridente de nervoso, replicou:

— Então eu veto o decreto!

Em qualquer outra época nos últimos quatro séculos, excetuando-se o ano em que Tibério Graco foi tribuno, isso teria sido o fim da legislação. Mas naquela manhã aziaga, Gabínio voltou a pedir silêncio à multidão buliçosa.

— Trebélio pode dirigir-se a vocês?

— Não! — responderam em coro. — Não! Não!

— Ninguém aqui quer ouvi-lo? — O único som era o do vento: nem os senadores que apoiavam Trebélio ousavam erguer a voz, pois não encontrariam respaldo em suas próprias tribos, e poderiam ser atacados pela turba. — Então, de acordo com o precedente instituído por Tibério

Graco, proponho que Trebélio, não tendo observado o juramento que fez de representar o povo, seja destituído do posto de tribuno, e que isso seja votado imediatamente!

Cícero virou-se para mim.

— E agora vai começar a encenação — ele falou.

Por um instante, os cidadãos apenas ficaram olhando uns para os outros. Em seguida começaram a concordar com a cabeça, e um brado de entendimento cresceu da multidão — isso pelo menos é o que eu penso que se deu, agora que estou aqui sentado no meu pequeno gabinete com os olhos fechados tentando me lembrar de tudo —, entendimento de que eles eram capazes de fazer aquilo, e de que os poderosos do senado não tinham poder para detê-los. Catulo, Hortênsio e Crasso, alarmados, começaram a tentar abrir caminho para a frente da assembléia, pedindo para ser ouvidos, mas Gabínio havia postado estrategicamente alguns veteranos de guerra de Pompeu ao longo dos primeiros degraus e eles não conseguiram passar dali. Crasso, em especial, perdera a calma habitual. Seu rosto estava vermelho e contorcido de ódio tentando invadir o tribunal, mas fora contido. Ele notou Cícero observando tudo e apontou para ele, gritando algo, mas estava tão longe e era tamanho o barulho que nós não conseguimos escutá-lo. Cícero sorriu para ele gentilmente. O comunicador oficial leu a moção de Gabínio: "O povo não mais deseja ter Trebélio como seu tribuno." E os funcionários eleitorais ocuparam seus postos. Como de costume, a tribo Suburana foi a primeira a votar, ocupando todo o local da votação para depositar seus votos, em seguida retornando pelos degraus de pedra até a lateral do templo e daí de volta ao fórum. As tribos urbanas foram se sucedendo, todas votando para que Trebélio fosse destituído do cargo. Em seguida foi a vez de votar das tribos rurais. Isso tudo levou várias horas, durante as quais Trebélio se mostrava pálido de ansiedade, a toda hora conferenciando com o companheiro Rócio. Em determinado momento sumiu do tribunal. Eu não vi para onde ele foi, mas imagino que tenha ido implorar a Crasso que o liberasse do compromisso. Por todo o fórum formavam-se grupinhos de senadores enquanto as tribos votavam, e eu notei Catulo e Hortênsio indo de grupo em grupo com uma expressão grave. Cícero também fazia a ronda, deixando-me para trás enquanto circulava entre os senadores, conversando com alguns deles, como Torquato e seu velho aliado Marcelino, os quais havia convencido secretamente a passar para o lado de Pompeu.

Por fim, após as 17 tribos terem votado pela destituição de Trebélio, Gabínio interrompeu a votação. Convocou Trebélio à frente do tribunal e perguntou-lhe se estava preparado para se curvar à vontade do povo, e dessa forma afastar-se do cargo de tribuno, ou se seria necessário o décimo oitavo voto. Era a chance de Trebélio entrar para a história como herói de sua causa, e muitas vezes eu me perguntei se, já avançado na idade, ele se arrependera de sua decisão. Mas suponho que ainda alimentasse esperanças de seguir na carreira política. Após uma ligeira hesitação, ele fez um sinal de concordância e seu veto foi cancelado. Devo apenas acrescentar que, subseqüentemente, ele foi desprezado por ambos os lados e nunca mais se ouviu falar dele.

Todos os olhares agora se viraram para Rócio, o segundo tribuno de Crasso, e foi nessa hora, lá pelo início da tarde, que Catulo surgiu novamente ao pé da escadaria do templo, levou as mãos em concha à boca e gritou para Gabínio, exigindo se fazer ouvir. Como já disse antes, Catulo era extremamente respeitado pelo povo devido a seu patriotismo. Assim, era difícil rejeitar seu pedido, até porque ele era visto como o ex-cônsul mais antigo do senado. Gabínio fez um gesto para que os veteranos de guerra o deixassem passar, e Catulo, a despeito da idade, galgou os degraus como uma lagartixa.

— Isso é um erro — Cícero sussurrou para mim.

Mais tarde Gabínio contou a Cícero que pensou que os aristocratas, vendo-se perdidos, estivessem agora dispostos a ceder aos interesses da unidade nacional. Mas não foi bem assim. Catulo investiu contra a *Lex Gabinia* e as táticas ilegais utilizadas para fazê-la passar. Era loucura, ele afirmou, a república confiar sua segurança a um único homem. O estado de guerra era um assunto delicado, especialmente no mar: o que aconteceria com esse comando especial caso Pompeu fosse assassinado? Quem o substituiria? Um grito se ouviu:

— Você! — o qual, embora o envaidecesse, não era exatamente a resposta que Catulo esperava. Sabia que estava velho demais para bancar o soldado. O que realmente desejava era um comando dual, Crasso e Pompeu, porque, por mais que detestasse Crasso pessoalmente, ele reconhecia que o homem mais rico de Roma representaria pelo menos um contrapeso ao poder de Pompeu. Mas agora Gabínio começava a se dar conta do erro que fora dar a palavra a Catulo. Os dias invernais eram curtos. Ele precisava encerrar a votação antes do pôr-do-sol. Assim, interrompeu bruscamente o ex-cônsul, dizendo-lhe que já havia falado o que queria falar. Era hora de retornar à votação. Rócio então avançou e tentou apresentar uma proposta formal de dividir o comando supremo em dois, mas o povo estava ficando nervoso e recusou-lhe a palavra. A verdade é que o clamor que se estabeleceu foi tão grande que se disse depois que a zoeira matou um corvo que voava ali por cima e o fez despencar no chão. Tudo o que Rócio podia fazer era levantar dois dedos para vetar a legislação e formalizar seu pedido de que houvesse dois comandantes. Gabínio sabia que se tivesse que convocar nova votação para destituir um tribuno perderia a luz do dia, e com ela a oportunidade de definir o comando supremo naquele mesmo dia — e quem seria capaz de dizer até que ponto os aristocratas poderiam chegar caso tivessem a possibilidade de se reagrupar durante a noite? Então ele reagiu dando as costas a Rócio e ordenou que o decreto fosse votado sem mais demora.

— Pronto — me disse Cícero, enquanto os funcionários eleitorais tomavam posição. — Está feito. Corra até a casa de Pompeu e diga-lhes que mandem uma mensagem imediatamente ao general. Escreva o seguinte: "O decreto foi aprovado. O comando é seu. Você precisa vir para Roma imediatamente. Se possível esta noite ainda. Sua presença é imprescindível para garantir a situação. Assinado, Cícero." — Verifiquei se tinha anotado tudo corretamente, e saí correndo para cumprir a ordem, enquanto Cícero enveredava pelo fórum tomado pela multidão para exercitar sua arte: aliciar, seduzir, solidarizar-se, eventualmente até pressionar, pois, segundo sua filosofia, não havia nada que as palavras não fossem capazes de fazer, desfazer ou reparar.

Dessa forma foi aprovada, pelo voto unânime de todas as tribos, a *Lex Gabinia*, uma medida que teria sérias conseqüências para todos aqueles pessoalmente envolvidos, para Roma, e para o mundo.

Quando caiu a noite, o fórum se esvaziou e os litigantes se retiraram para seus respectivos quartéis-generais — os reacionários aristocratas para a casa de Catulo, nos cumes do Palatino; os adeptos de Crasso para sua própria residência, mais modesta, um pouco mais abaixo na mesma colina; e os vitoriosos pompeanos, para a mansão do chefe, no Esquilino. O êxito fizera sua mágica fecunda costumeira, e eu calculo que um mínimo de 20 senadores espremiam-se no *tablinum* de Pompeu para beber do seu vinho e aguardar seu regresso triunfal. A sala estava reluzentemente iluminada pelos candelabros, e havia aquela atmosfera densa de bebida, suor e conversa masculina animada que quase sempre sucede o relaxar das tensões. César, Afrânio, Palicano, Varro, Gabínio e Cornélio estavam todos presentes, mas os recém-chegados os superavam em número. Não sou capaz de me lembrar do nome de todos. Lúcio Torquato e seu primo, Aulo, com certeza estavam lá, juntamente com outra dupla notável de jovens de sangue azul, Metelo Nepos e Lêntulo Marcelino. Cornélio Sisena (que tinha sido um dos mais entusiásticos defensores de Verres) estava se sentindo totalmente à vontade na casa, com os pés em cima dos móveis, assim como os dois ex-cônsules, Lêntulo Clodiano e Gélio Publícola (o mesmo Gélio que continuava se recuperando da piada de Cícero sobre o congresso de filosofia). Quanto a Cícero, sentou-se afastado num cômodo ao lado, preparando o discurso que Pompeu iria fazer no dia seguinte. Na hora eu não consegui entender o motivo do seu estranho silêncio, mas com o tempo acredito que ele deve ter tido uma intuição de que algo havia se partido na comunidade e que seria complicado consertar, até para suas palavras. De vez em quando, me mandava ir até o vestíbulo para saber do paradeiro de Pompeu.

Pouco antes da meia-noite, um mensageiro veio informar que Pompeu estava se aproximando da cidade pela Via Latina. Um grupo dos seus veteranos de guerra se postara na Porta Capena para escoltá-lo até em casa à luz de tochas, caso os inimigos resolvessem apelar para táticas desesperadas, mas Quinto — que passara boa parte da noite percorrendo a cidade com os chefões da área comercial — comunicou ao irmão que as ruas estavam calmas. Finalmente, um burburinho do lado de fora anunciou a chegada do grande homem, e subitamente lá estava ele entre nós, maior do que nunca, sorrindo, apertando mãos, distribuindo tapinhas nas costas; até eu recebi um toque amistoso nos ombros. Os senadores exigiram que Pompeu fizesse um discurso, ao que Cícero comentou, talvez alto demais:

— Ele não pode falar, eu ainda não escrevi o que ele deve dizer.

Por um instante vi uma sombra toldar o rosto de Pompeu, mas de novo César veio em socorro de Cícero, caindo na gargalhada, e quando Pompeu de repente abriu um sorriso e apontou com o dedo fingindo estar zangado, a tensão se transformou numa reunião bem-humorada, na qual o comandante vitorioso espera ser incensado.

Quando penso no termo *imperium* é sempre Pompeu que me vem à mente — o Pompeu daquela noite, curvado sobre seu mapa do Mediterrâneo, distribuindo o domínio sobre terras e mares da mesma forma casual como servia seu vinho ("Marcelino, você fica com o mar Líbio, e você, Torquato, com a Espanha oriental..."), e o Pompeu da manhã seguinte, quando entrou no fórum para receber seu prêmio. Os analistas, mais tarde, calcularam que cerca de 20 mil pessoas espremiam-se no centro de Roma para vê-lo sagrar-se comandante mundial. Era uma multidão tão grande que nem Catulo nem Hortênsio ousaram promover um último ato de resistência, embora eu tenha a certeza de que gostariam de tê-lo feito; em vez disso, porém, viram-se forçados a ficar de pé junto com os demais senadores, fazendo a melhor cara de que eram capazes. Crasso, evidentemente, nem isso conseguiu, e ficou bem distante. Pompeu não falou muito, basicamente uns poucos protestos de humilde gratidão, rabiscados por Cícero, e um apelo à unidade nacional. Mas nem precisava dizer nada: só a sua presença fez cair pela metade o preço dos grãos nos mercados, tamanha a confiança que inspirava. E concluiu com a mais maravilhosa tirada teatral, que só poderia ter vindo de Cícero:

— Devo, agora, vestir mais uma vez esse uniforme, que me é tão caro e tão familiar, o manto sagrado vermelho de comandante romano no campo de batalha, e não o tirarei até que a vitória nesta guerra seja conquistada. Ou não sobreviverei ao resultado!

— Ele ergueu a mão em saudação e deixou o rostro — foi carregado do local, seria uma forma melhor de descrever a cena, sob um vento de aclamação. Os aplausos ainda prosseguiam quando, de repente, ele surgiu mais uma vez — subindo firme os degraus do Capitólio, já agora vestindo o *paludamentum*, o manto vermelho reluzente que é a marca dos procônsules romanos em exercício. Enquanto o entusiasmo do povo aumentava, eu olhei para onde Cícero se encontrava, ao lado de César. Sua expressão era de contrariedade disfarçada, mas César parecia maravilhado, como se já estivesse divisando o próprio futuro. Pompeu foi carregado até a Tríade Capitolina, onde sacrificou um touro a Júpiter, e logo em seguida deixou a cidade, sem dizer adeus a Cícero ou a qualquer outra pessoa. Seis anos se passariam até ele voltar.

XIII

Nas eleições anuais para pretor daquele verão, Cícero liderou as pesquisas. Foi uma campanha feia, suja, travada à sombra da *Lex Gabinia*, na qual a confiança entre as facções políticas ficou comprometida. Tenho à minha frente a carta que Cícero escreveu a Ático naquele verão, manifestando seu desgosto pelas coisas da vida pública:

"É inacreditável como em tão pouco tempo você descobre que as coisas estão ainda piores do que estavam quando as deixou."

Por duas vezes a votação precisou ser paralisada quando as brigas chegaram até o Campo de Marte. Cícero suspeitava que Crasso havia contratado delinqüentes para perturbar a votação, mas não tinha como provar. Fosse a verdade qual fosse, só em setembro os oito pretores eleitos conseguiram afinal se reunir no senado para definir que tribunais iriam presidir no ano seguinte. A escolha, como sempre, deveria se fazer por sorteio.

O posto mais cobiçado era o de pretor urbano, que na época controlava o sistema judiciário e ocupava a terceira posição na hierarquia do Estado, abaixo dos dois cônsules; ele tinha ainda a responsabilidade de administrar os Jogos de Apolo. Se esse era o melhor posto, o que deveria ser evitado a todo custo era o do tribunal de desvio de recursos, um trabalho tremendamente tedioso.

— É claro que eu gostaria de ser pretor urbano — Cícero me confidenciou quando nos encaminhávamos para o senado naquela manhã.

— E para ser franco, preferia me enforcar a ter que agüentar um ano no desvio de recursos. Mas aceitaria de bom grado qualquer coisa entre os dois.

Ele estava animado. As eleições terminaram finalmente e ele foi o mais votado. Pompeu tinha ido embora não só de Roma como da Itália, portanto não havia nenhum grande homem lhe fazendo sombra. E estava ficando cada vez mais próximo do cargo de cônsul — tão próximo que quase podia sentir a cadeira de marfim debaixo dele.

Havia sempre um local reservado para aquela cerimônia de sorteio, que combinava alta política com jogo de azar, e quando nós chegamos a maioria dos senadores já havia entrado. Cícero teve uma recepção ruidosa, com aplausos de seus velhos partidários entre os *pedarii* e gritos insultuosos dos aristocratas. Crasso, estirado em sua posição habitual na bancada frontal consular, mirou-o com os olhos semicerrados, como um gato grande que finge dormir quando um passarinho saltita por perto. A eleição transcorrera nos moldes esperados por Cícero, e se eu der aqui os nomes dos demais pretores eleitos tenho certeza de que se poderá ter uma boa idéia de como andavam as coisas da política naquele momento. Além de Cícero, havia apenas mais dois homens de capacidade comprovada aguardando calmamente o sorteio. De longe, o mais talentoso era Aquílio Galo, que segundo alguns era um advogado ainda melhor do que Cícero, e já um juiz respeitado; de fato, ele era praticamente um paradigma — brilhante, modesto, justo, amável, um homem de fino trato, com uma mansão magnífica no monte Viminal; Cícero tinha em mente aproximar-se do velho homem para ser seu companheiro de chapa na eleição consular. Depois de Galo, ao menos em matéria de seriedade, estava Sulpício Galba, de uma família aristocrática respeitada, que tinha tantas máscaras consulares em seu átrio que era inconcebível que não viesse a ser um dos rivais de Cícero na corrida para cônsul; mas, embora honesto e capaz, era também antipático e arrogante — o que contaria contra ele numa eleição apertada. O quarto mais qualificado, eu suponho, embora Cícero às vezes caísse na gargalhada com seus absurdos, era Quinto Cornifício, um rico fundamentalista religioso, que falava sem parar sobre a necessidade de reavivar os valores morais declinantes de Roma — "o candidato dos deuses", era como Cícero o chamava. Depois desses, acredito eu, havia uma grande lacuna em termos de capacidade: notoriamente, todos os outros quatro pretores eleitos eram homens que já haviam sido expulsos do senado, por deficiências tanto financeiras quanto morais. O mais velho desses era Varínio Glabro, um desses tipos inteligentes, amargurados, que esperam ter sucesso na vida e não acreditam quando percebem que fracassaram — já tendo sido pretor sete anos antes, recebera um exército do senado para acabar com a revolta de Espártaco; porém, suas legiões eram frágeis e ele foi seguidamente derrotado pelos escravos rebelados, finalmente retirando-se da vida pública totalmente humilhado. Em seguida havia Caio Orquívio — "muito esforço, nenhum talento", como Cícero o definia — que tinha o apoio de um forte grupo de eleitores. Em sétimo lugar, quando lhe vinha à cabeça, Cícero colocava Cássio Longino — "aquele tonel de banha" — que era considerado o homem mais gordo de Roma. O que deixava em oitavo e último lugar ninguém mais do que Antônio Híbrida, o pé-de-cana que tomou uma escrava como mulher, a quem Cícero prometera ajuda nas eleições baseado em que aqui, pelo menos, haveria um pretor com cujas ambições ele não precisaria se preocupar.

— Sabe por que todo mundo o chama de "Híbrida"? — Cícero me perguntou um dia. — Porque ele é metade homem, metade imbecil. Pessoalmente, eu diria que nem a metade.

Mas aqueles deuses a que Cornifício era tão devotado têm seu meio de punir tamanho orgulho, e puniram Cícero devidamente naquele dia. O sorteio foi feito numa velha urna que havia séculos era utilizada para esse fim, e o cônsul-presidente, Glábrio, chamou os candidatos em ordem alfabética, o que significava que Antônio Híbrida seria o primeiro. Ele mergulhou a mão tremida na urna, pegou um pedaço de papel e entregou-o a Glábrio, que ergueu uma sobrancelha e em seguida leu em voz alta:

— Pretor urbano.

Fez-se um momento de silêncio, e então a sala explodiu numa gargalhada que levou os pombos empoleirados no teto a sair voando, espalhando cocô e penas para todo lado. Hortênsio e alguns outros aristocratas, sabendo que Cícero ajudara Híbrida, apontaram para o orador e bateram com as mãos nas laterais do corpo em sinal de gozação. Crasso quase caiu do banco, em delírio, enquanto Híbrida — prestes a se tornar o terceiro homem-forte do Estado romano — ficou rindo, todo bobo, sem dúvida interpretando as gargalhadas como uma manifestação de alegria por sua boa sorte.

Eu não consegui ver o rosto de Cícero, mas podia adivinhar o que ele estava pensando: que sua má sorte agora estaria completa se sorteasse o tribunal de desvio de recursos. Galo foi o próximo, e tirou o tribunal que administrava a legislação eleitoral; Longino, o gordão, ficou com o da traição; e quando o "candidato dos deuses", Cornifício, foi premiado com o tribunal criminal, as perspectivas começaram a ficar decididamente sérias — tanto que eu estava certo de que o pior estava para acontecer. Mas, afortunadamente, foi o homem a seguir, Orquívio, que sorteou o desvio de recursos. Quando Galba recebeu o encargo de cuidar dos casos de violência contra o Estado, isso queria dizer que só restavam duas possibilidades para Cícero — ou seu já conhecido tribunal de causas de extorsão, ou o posto de pretor no exterior, o que faria dele, efetivamente, delegado de Híbrida: destino cruel para o homem mais inteligente da cidade. Ao subir no estrado para sortear seu papel, ele balançou tristemente a cabeça — é possível sonhar com qualquer coisa na política, seu gesto parecia dizer, mas no final tudo depende mesmo é da sorte. Ele meteu a mão na urna e tirou — causas de extorsão. Havia uma certa coincidência agradável no fato de ser Glábrio, o ex-presidente dessa mesma corte na qual Cícero fizera seu nome, a fazer o comunicado em voz alta. O mesmo em relação ao cargo de pretor no estrangeiro caber a Varínio, a vítima de Espártaco. E dessa forma os tribunais foram distribuídos para o ano seguinte, e esboçadas as disputas preliminares ao cargo de cônsul.

Diante de toda essa sucessão de eventos políticos, acabei me esquecendo de mencionar que Pompônia ficara grávida na primavera — prova, como Cícero escreveu todo satisfeito a Ático quando lhe deu a notícia, de que o casamento de Quinto estava indo muito bem. Não muito depois das eleições pretorianas, a criança nasceu e era um menino saudável. Foi para mim motivo de grande orgulho, e sinal de que minha posição na família se fortalecia cada vez mais, ter sido convidado para assistir à cerimônia de purificação, no nono dia após o nascimento. A cerimônia teve lugar no Templo de Telos, ao lado da casa da família, e duvido que algum sobrinho possa ter tido um tio mais amoroso do que Cícero, que insistiu em encomendar um esplêndido amuleto a um artesão de prata para lhe dar de presente. Só depois de o bebê ter sido abençoado pelo sacerdote com água-benta e de Cícero tê-lo tomado nos braços é que eu me dei conta do quanto ele sentia falta de um filho homem. Boa parcela da motivação daquele homem em perseguir o cargo de cônsul residia certamente no fato de que seu filho, e seu neto, e os filhos de seus netos, ao infinito, poderiam exercer o *ius imaginum*, e admirar suas semelhanças com ele após a morte no átrio da família. Qual era a graça de estrear um nome de família glorioso se a descendência se extinguiria antes mesmo de começar? E olhando para Terência, que observava atentamente o marido alisar a bochecha do neném com as costas do dedo mindinho, eu percebi que o mesmo pensamento não lhe saía da cabeça.

A chegada de um filho quase sempre provoca uma esperança renovada no futuro, e estou certo de que foi isso que levou Cícero, logo após o nascimento do sobrinho, a arranjar um casamento para Túlia. Ela estava com 10 anos, sempre no centro das atenções, e raro era o dia, apesar de seus compromissos jurídicos e políticos, em que ele não achava tempo para ler para a filha ou brincar com ela. E era típico de sua mistura de ternura e esperteza falar de seus projetos primeiro com ela e não com Terência.

— Você gostaria — ele perguntou a Túlia uma manhã, quando estávamos só os três no gabinete — de se casar um dia? — Quando ela respondeu que gostaria muito, ele quis saber quem, no mundo todo, ela preferiria ter por marido.

— Tiro! — ela gritou, abraçando-me pela cintura.

— Receio que ele esteja ocupado demais me ajudando para ter uma esposa — ele replicou solenemente. — Quem mais?

Seu círculo de amizades masculinas adultas era restrito, por isso ela não demorou em falar o nome de Frugi, que estava havia tanto tempo com Cícero, desde o caso Verres, que praticamente já fazia parte da família.

— Frugi! — exclamou Cícero, como se a idéia nunca antes lhe tivesse ocorrido. — Que boa idéia! E tem certeza de que é ele que você quer? Tem mesmo? Então vamos contar isso imediatamente para a sua mãe.

Dessa forma Terência viu-se manipulada pelo marido em seu próprio território, tão habilmente como se ela fosse um aristocrata cretino qualquer do senado. Não que ela tivesse muito a objetar em relação a Frugi, que era um partido bastante interessante até mesmo para ela — um rapaz gentil e diligente, de 21 anos, de uma família extremamente distinta. Mas ela era esperta demais para não se dar conta de que Cícero, ao criar um substituto que pudesse preparar para a carreira pública, estava fazendo a melhor coisa possível depois de ter seu próprio filho. Perceber isso a fez se sentir ameaçada, sem dúvida, e Terência sempre reagia com violência a qualquer ameaça. A cerimônia de noivado em novembro foi bastante tranqüila, com Frugi — que, diga-se de passagem, era muito afeiçoado à sua noiva — timidamente colocando um anel no dedo de Túlia, sob os olhares de aprovação de ambas as famílias e das pessoas da casa, com o casamento sendo marcado para dali a cinco anos, quando Túlia seria uma moça. Mas naquela noite Cícero e Terência tiveram uma das suas mais ferozes brigas. Começou no *tablinum*, antes que eu tivesse tempo de sumir dali. Cícero tinha feito um comentário banal a respeito de os Frugi terem aceitado muito bem Túlia, ao que Terência, que estivera estranhamente calada durante muito tempo, respondeu que de fato tinha sido muito bom, *considerando...*

— Considerando o quê? — quis saber Cícero, com ar cansado. Ele chegara obviamente à conclusão de que discutir com ela naquela noite era algo tão inevitável quanto vomitar depois de comer uma ostra estragada, e que o melhor a fazer era acabar com aquilo de uma vez.

— Considerando a ligação que eles estão estabelecendo — ela respondeu. E rapidamente passou a adotar sua linha favorita de ataque: a vergonha que era a vassalagem de Cícero em relação a Pompeu e sua cambada de provincianos, a forma como isso pusera a família em oposição a tudo o que havia de mais honroso no Estado, e o avanço do poder da plebe que se tornara possível graças à aprovação ilegal da *Lex Gabinia*. Não me lembro bem de tudo, e, de qualquer modo, o que isso importa? Como a maior parte das discussões entre marido e mulher, o problema não era o fato em si, mas outra coisa totalmente diferente, ou seja, o fracasso dela em gerar um filho, e a conseqüente aproximação semi-paternal entre Cícero e Frugi. Recordo-me, entretanto, de que Cícero redargüiu, afirmando que independentemente dos erros de Pompeu, ninguém punha em dúvida que ele era um brilhante soldado, e que a partir do momento em que fora premiado com o comando especial, reunira as tropas e se lançara ao mar, a ameaça pirata tinha sido extinta em apenas 49 dias. E ainda me lembro da dura resposta dela, de que se os piratas realmente tinham sido varridos dos mares em sete semanas, talvez não constituíssem todo aquele perigo que Cícero e seus amigos fizeram parecer originalmente! Nesse ponto, eu consegui escapar da sala e me retirei para o meu pequeno cubículo, de forma que perdi o restante da discussão. Mas o humor na casa durante os dias que se seguiram continuou frágil como vidro napolitano.

— Você está vendo como estou pressionado? — Cícero se queixou comigo na manhã seguinte, coçando a testa com as juntas dos dedos. — Não tenho descanso em parte alguma, nem no trabalho e nem em casa.

Quanto a Terência, foi ficando cada vez mais preocupada com sua suposta infertilidade, e passou a rezar diariamente no Templo da Bona Dea, no monte Aventino, onde cobras inofensivas circulavam livremente para estimular a fertilidade e nenhum homem tinha permissão para pôr os olhos sobre o local sagrado. Ouvi sua criada falar também que a patroa erguera um altarzinho a Juno em seu quarto de dormir.

Eu acredito que, secretamente, Cícero compartilhava da opinião de Terência sobre Pompeu. Havia algo tanto suspeito quanto glorioso na rapidez de sua vitória ("Organizada no final do inverno", como Cícero a definiu, "iniciada no começo da primavera, e concluída no meio do verão"), o que fazia as pessoas se perguntarem se a empreitada não poderia ter sido perfeitamente liderada por um comandante escolhido à maneira tradicional. Entretanto não havia como negar o seu sucesso. Os piratas foram enrolados como um tapete, forçados a sair das águas da Sicília e da África em direção ao Oriente, atravessando o mar Iliriano até Achaia, e daí expulsos da Grécia. Por fim, acabaram emboscados pelo próprio Pompeu em seu último grande refúgio, Coracésio, na Cilícia, e numa intensa batalha no mar e em terra, 10 mil foram mortos e 400 navios destruídos. Outros 20 mil foram capturados. Mas em vez de crucificá-los, como sem dúvida Crasso teria feito, Pompeu ordenou que os piratas fossem reinstalados no campo, longe da costa, com suas mulheres e famílias, em regiões despovoadas da Grécia e da Ásia Menor — uma das quais ele rebatizou, com a modéstia característica, como Pompeópolis. Tudo isso ele fez sem se reportar ao senado.

Cícero acompanhou os fantásticos progressos do seu patrono com sentimentos dúbios ("Pompeópolis! Pelos deuses, quanta *vulgaridade.*"). Quando menos porque sabia que quanto mais Pompeu ficasse inflado pelo sucesso, maior seria a sombra que ele poderia estender sobre sua própria carreira. Planejamento meticuloso e extraordinária superioridade numérica: essas eram as táticas preferidas de Pompeu, tanto no campo de batalha quanto em Roma, e mal a fase um de sua campanha (dizimar os piratas) se completava, tinha início no fórum a fase dois, quando Gabínio começou a se mobilizar para tirar de Lúculo o comando das legiões orientais e entregá-lo a Pompeu. Ele empregou o mesmo truque de antes, valendo-se de seus poderes de tribuno para conclamar ao rostro testemunhas capazes de dar ao povo um quadro triste da guerra contra Mitrídates. Algumas legiões, que não recebiam pagamento havia anos, simplesmente se recusaram a deixar o acampamento de inverno. À penúria daqueles pobres guerreiros Gabínio contrastou a imensa riqueza de seu aristocrático comandante, que abarrotara os navios, na volta da campanha, com tantos bens saqueados que adquirira uma colina inteira fora dos portões de Roma onde estava construindo um enorme palácio, cujos quartos levavam cada um o nome de um deus. Gabínio intimou os arquitetos de Lúculo a comparecer ao rostro, onde os obrigou a mostrar ao povo seus projetos e plantas. O nome de Lúculo, a partir de então, passou a ser sinônimo de luxo ultrajante, e os cidadãos, furiosos, queimaram sua efígie no fórum.

Em dezembro, Gabínio e Cornélio deixaram o cargo de tribuno, e uma nova criatura de Pompeu, o tribuno eleito Caio Manílio, assumiu a salvaguarda de seus interesses nas assembléias populares. Ele propôs imediatamente um decreto assegurando ao chefe o comando da guerra contra Mitrídates, juntamente com o governo das províncias da Ásia, Cilícia e Bitínia — as duas últimas controladas por Lúculo. As pequenas esperanças de Cícero de poder passar despercebido nesse caso foram por terra quando Gabínio foi ao seu encontro exibindo uma mensagem de Pompeu. Ela transmitia brevemente os melhores cumprimentos do general, junto com o desejo de que Cícero viesse a apoiar a *Lex Manilia* "em todas as suas necessidades", não só nos bastidores mas também em público, no rostro.

— "Em todas as suas necessidades" — repetiu Gabínio, com um esgar. — Você sabe o que isso significa.

— Suponho que signifique a cláusula designando você para o comando das legiões no Eufrates, e assim lhe dando imunidade legal, agora que seu tempo como tribuno expirou.

— Você captou. — Gabínio sorriu e fez uma imitação bem passável de Pompeu, empertigando-se todo e enchendo as bochechas de ar: — "Ele não é inteligente, cavalheiros? Eu não falei com vocês que ele era inteligente?"

— Acalme-se, Gabínio — falou Cícero sério. — Eu lhe garanto que não existe ninguém que eu gostaria mais de ver a caminho do Eufrates do que você.

É perigoso, na política, descobrir-se como bode expiatório de um grande homem. No entanto era nesse papel que Cícero se via agora enredado. Homens que jamais tinham ousado insultar ou criticar diretamente Pompeu podiam, porém, golpear impunemente seu procurador, sabendo que todo mundo adivinharia o verdadeiro alvo. Mas não havia como recusar uma ordem direta do comandante, e assim surgiu a oportunidade para o primeiro discurso de Cícero no rostro. Ele tomou as maiores precauções, ditando-o para mim com vários dias de antecedência e em seguida mostrando-o a Quinto e a Frugi para comentários. De Terência ele prudentemente o escondeu, pois sabia que precisaria mandar uma cópia para Pompeu e dessa forma era necessário caprichar na bajulação. (Vejo que no manuscrito, por exemplo, "o gênio super-humano de comandante" foi alterado, por sugestão de Quinto, para "gênio super-humano *e incrível* de comandante".) Ele bolou um mote brilhante para sintetizar o êxito de Pompeu: "uma lei, um homem, um ano", e não se satisfez com o resto do discurso durante horas, consciente de que, caso fracassasse no rostro, sua carreira poderia sofrer um retrocesso e seus inimigos diriam que ele não possuía o dom de mobilizar as massas. Quando chegou a manhã do pronunciamento, ele estava fisicamente doente dos nervos, correndo a toda hora para a latrina como quem vai vomitar, enquanto eu mantinha uma toalha sempre preparada. Estava tão branco e pálido que eu cheguei a pensar que ele não teria pernas para percorrer o trajeto ladeira abaixo até o fórum. Mas ele acreditava que todo grande intérprete, por mais experiente que fosse, sempre deveria se mostrar temeroso antes de entrar em cena — "os nervos precisam estar tensos como a corda que faz a flecha voar" — e quando chegamos à parte de trás do rostro ele estava pronto. Não é preciso dizer que não levava uma única anotação. Nós ouvimos Manílio anunciar seu nome e os aplausos começaram. Era uma linda manhã, clara e brilhante; a multidão, enorme. Ele ajeitou as mangas, empertigou-se e lentamente ascendeu para o barulho e as luzes.

Catulo e Hortênsio eram novamente os líderes da oposição a Pompeu, mas não haviam criado nenhuma nova dissensão desde a *Lex Gabinia*, e Cícero aproveitou para fazer uma brincadeira com eles.

— O que Hortênsio está dizendo? — ele ironizou. — Que, se há um homem que deve merecer o comando supremo, este homem é Pompeu, mas que um comando supremo não deveria ser dado a um único homem?

Essa linha de argumentação, hoje, está completamente obsoleta, refutada não apenas pelas palavras como pelos acontecimentos. Pois foi você, Hortênsio, que criticou este homem corajoso, Gabínio, por propor uma lei prevendo um comandante único na luta contra os piratas. Agora eu lhe pergunto, em nome dos deuses, se naquela ocasião o povo romano tivesse dado mais ouvidos à sua opinião do que ao próprio bem-estar e aos seus interesses mais genuínos, estaríamos nós hoje na posse da nossa atual glória e do nosso império mundo afora? Pela mesma razão, se Pompeu quisesse Gabínio como um dos seus comandantes legionários, ele o teria, pois nenhum homem, exceto Pompeu, fez mais para derrotar os piratas. Quanto a mim — ele concluiu —, todo o devotamento, a experiência acumulada, a energia e o talento que possuo, tudo o que posso obter em função do cargo de pretor que me foi concedido por vocês, tudo isso eu ofereço em apoio a essa lei. E convoco todos os deuses como testemunhas, muito especialmente os guardiões deste lugar sagrado que são capazes de ver claramente o interior dos corações daqueles que ingressam na vida pública, de que estou agindo não como um favor a Pompeu, não na esperança de conquistar suas boas graças, mas apenas e tão-somente pela causa da minha pátria. — Ele se afastou do rostro sob aplausos respeitosos. A lei fora aprovada, Lúculo fora destituído dos seu comando e Gabínio se tornara delegado. Quanto a Cícero, acabara de superar mais um obstáculo em sua jornada para se tornar cônsul, mas era mais odiado do que nunca pelos aristocratas.

Mais tarde, ele recebeu uma carta de Varro descrevendo a reação de Pompeu no momento em que teve a notícia de que agora tinha o controle absoluto das forças romanas no Oriente. Enquanto os oficiais amontoavam-se à sua volta no quartel-general em Éfeso para congratulá-lo, ele franziu o cenho, bateu com a mão na coxa e falou ("numa voz cansada", segundo Varro):

— Como isso me entristece, essa constante sucessão de missões! Na verdade eu preferiria ser uma dessas pessoas de quem nunca se ouviu falar, uma vez que nunca posso ter alívio do serviço militar, e nunca tenho como escapar de ser invejado de modo a poder ir viver tranqüilo no campo com minha mulher. — Essa farsa era difícil de engolir, sobretudo quando o mundo inteiro era sabedor do quanto ele havia desejado aquele comando.

O CARGO DE PRETOR fez elevar a condição social de Cícero. Agora tinha seis lictores a protegê-lo sempre que saísse de casa. Ele não dava a mínima para eles. Eram uns sujeitos mal-encarados, escolhidos por sua força e crueldade: se um cidadão romano era condenado, eram eles que faziam cumprir a sentença, e eram adeptos de açoitamentos e decapitações. Como seus postos eram permanentes, alguns estavam habituados ao poder havia anos, e olhavam para os magistrados que protegiam como políticos meramente transitórios, hoje aqui e amanhã longe da função. Cícero odiava quando eles afastavam as multidões de modo excessivamente rude, ou mandavam que os passantes tirassem o chapéu ou desmontassem do cavalo na presença de um pretor, pois as pessoas assim humilhadas eram seus eleitores. Ele instruía os lictores a demonstrar mais educação, e durante algum tempo eles o faziam, mas logo retornavam aos velhos modos. Seu chefe, o *proximus lictor*, que deveria ficar o tempo todo ao lado de Cícero, era particularmente estúpido. Esqueço seu nome agora, mas estava sempre fazendo alguma futrica dos demais pretores, graças a informações trazidas pelos colegas, sem entender que isso só o fazia ainda mais suspeito aos olhos de Cícero, que tinha perfeita consciência de que a fofoca é um comércio, e que notícias sobre as suas próprias ações deviam estar sendo oferecidas como moeda de troca.

— Esse pessoal — Cícero queixou-se comigo certa vez — é um alerta para o que acontece com um Estado que mantém um quadro permanente de servidores. Eles começam como nossos criados e acabam se julgando nossos patrões!

Meu status igualmente cresceu com o dele. Descobri que ser conhecido como o secretário pessoal de um pretor, mesmo sendo escravo, era desfrutar de uma civilidade pouco usual por parte daqueles que encontrávamos no caminho. Cícero me disse que eu podia me preparar porque me ofereceriam dinheiro para eu usar da minha influência junto aos clientes, e quando jurei de pés juntos que jamais aceitaria suborno, ele me interrompeu.

— Não, Tiro, você precisa ter algum dinheiro seu. Por que não? Só peço que você me diga quem lhe pagou, e que sempre deixe bem claro a quem se aproximar de você que meus julgamentos não estão à venda, e que sempre decido tudo pelo mérito. Tirando isso, confio em que você saberá usar bem sua discrição. — Essa conversa representou muito para mim. Sempre tive esperança de que um dia Cícero me daria a liberdade; permitir que eu tivesse as minhas própria economias me parecia uma preparação para esse dia. As quantias que entravam eram pequenas: 50 aqui, 100 acolá, e em troca me pediam para levar um documento à vista do pretor, ou rascunhar uma carta de apresentação para ele assinar. O dinheiro eu guardava numa bolsinha, escondida atrás de um tijolo falso na parede do meu cubículo.

Como pretor, Cícero devia selecionar alunos promissores de boas famílias para estudar direito com ele, e em maio, após o recesso do senado, um novo interno, um rapaz de 16 anos, se apresentou. Era Marco Célio Rufo, de Interamnia, filho de um banqueiro rico e proeminente líder eleitoral da tribo Velina. Cícero concordou, muito para atender a um favor político, em supervisionar a preparação do rapaz durante dois anos, ao fim dos quais ficou combinado que ele iria completar o aprendizado em outra casa — a de Crasso, como de fato se deu, pois Crasso era sócio nos negócios do pai de Célio, e o banqueiro estava ansioso para que o herdeiro aprendesse a administrar bem sua fortuna. O pai era um tremendo agiota, baixinho e furtivo, e parecia ver o filho como um investimento que estava demorando a trazer retorno adequado.

— Ele precisa apanhar regularmente — ele anunciou, pouco antes de apresentá-lo a Cícero. — É bem inteligente, mas cabeça-dura e chegado a uma farra. O senhor tem minha permissão para lhe dar umas boas chicotadas sempre que achar necessário. — Cícero pareceu meio desconfiado com aquilo, já que nunca havia chicoteado ninguém na vida, mas felizmente se deu muito bem com o jovem Célio, que era tão diferente do pai quanto se poderia imaginar. Era alto e bem apessoado e pensava rápido, com uma indiferença em relação a dinheiro e a negócios que Cícero achou muito interessante; eu nem tanto, porque geralmente sobravam para mim todas as tarefas desagradáveis que eram de responsabilidade de Célio, e que ele tinha preguiça de fazer. Mas mesmo assim, devo admitir, olhando para trás, que ele tinha lá seu charme.

Não quero entrar em detalhes sobre o mandato de pretor de Cícero. Este livro não é um manual de direito, e posso sentir sua avidez para que eu vá direto ao clímax da minha história — a eleição para cônsul. Basta dizer que ele foi considerado um juiz honesto e justo, e que o trabalho esteve sem dúvida dentro dos limites de sua competência. Quando se deparava com um aspecto da jurisprudência particularmente complicado, e precisava de uma segunda opinião, ou ia se consultar com seu velho amigo e companheiro, discípulo de Molon, Sérvio Sulpício, ou ia procurar o distinto pretor do tribunal eleitoral, Aquílio Galo, em sua mansão do monte Viminal. O caso mais importante que ele presidiu foi o de Caio Licínio Macer, um parente distante e partidário de Crasso, que sofreu um processo de destituição do cargo por seus atos como governador da Macedônia. A audiência durou semanas, e no final Cícero sintetizou tudo com muita propriedade, a não ser pelo fato de não ser capaz de resistir a uma piada. O ponto fulcral do processo era que Macer fizera pagamentos ilegais no valor de meio milhão de sestércios, o que, de início, ele negou. O processo que se seguiu produziu provas de que exatamente a mesma quantia fora dada em pagamento a uma financeira que Macer controlava. Macer mudou repentinamente sua versão e alegou que, de fato, se lembrava dos pagamentos, mas achava que eram legais.

— Agora, pode ser — disse Cícero aos jurados, ao apontar-lhes alguns elementos de prova —, que o acusado ache possível. — Fez uma pausa longa o suficiente para que alguns começassem a rir, embora ele próprio fingisse uma cara séria. — Não, não, ele *pode* ter achado possível. Nesse caso — outra pausa —, os senhores talvez *possam* concluir razoavelmente que ele era *estúpido* demais para ser um governador romano.

Eu já estivera em muitos outros tribunais para saber, pelo tamanho da gargalhada, que Cícero havia acabado de condenar o homem, tão certo quanto se ele próprio fizesse parte do conselho de sentença. Mas Macer, que não era assim tão estúpido, ao contrário, era bem inteligente, tão inteligente que considerava todos os demais uns idiotas, não percebeu o perigo, e deixou o tribunal enquanto o júri votava, foi em casa mudar de roupa, cortar o cabelo, já se preparando para as comemorações pela sua vitória, mais tarde à noite. Durante sua ausência os jurados o condenaram, e ele vinha saindo de casa de volta ao tribunal quando Crasso interceptou-o na soleira da porta e contou-lhe o que acontecera. Alguns dizem que ele caiu fulminado ali mesmo com o choque, outros que voltou porta adentro e se matou para poupar o filho da humilhação de vê-lo no exílio. Seja como for, ele morreu, e Crasso — como se precisasse de um — ganhou mais um motivo para odiar Cícero.

Os Jogos de Apolo, no sexto dia de julho, marcavam tradicionalmente o início da temporada de eleições, ainda que, na verdade, aqueles dias sempre parecessem ser tempo de eleições. Nem bem terminava uma campanha e os candidatos já começavam a preparar a seguinte. Cícero brincava dizendo que o negócio de governar o Estado era algo meramente para ocupar o tempo entre os dias de votação. E talvez essa seja uma das coisas que levaram à morte da república: ela se empanturrou de eleições até morrer. Seja como for, a responsabilidade por glorificar Apolo com um programa de entretenimento público cabia sempre ao pretor urbano, que, naquele ano, era Antônio Híbrida.

Ninguém estava com muitas expectativas, expectativa nenhuma, na verdade, pois Híbrida era conhecido por ter gasto todo o seu dinheiro com bebida e jogatina. Assim, foi uma tremenda surpresa quando ele organizou não só uma série de belas produções teatrais, como também luxuosos espetáculos no Circus Maximus, com uma programação completa de 12 corridas de bigas, competições atléticas e uma caçada a animais selvagens que incluía panteras e diversas espécies de feras exóticas. Eu não assisti, mas Cícero me fez um relato detalhado quando voltou para casa naquela noite. Na verdade, não falou de outra coisa. Jogou-se num dos sofás da sala de jantar vazia — Terência estava no campo com Túlia — e descreveu a parada dentro do Circus: os condutores das bigas e os atletas seminus (lutadores de boxe e de luta romana, corredores, atiradores de dardos, lançadores de disco), músicos tocando flautas e liras, bailarinos vestidos de bacantes e sátiros, piras queimando incenso, bois, cabras e bezerros com seus chifres dourados seguindo lentamente para o sacrifício, as jaulas das feras e dos gladiadores... Ele parecia tonto com aquilo tudo.

— Quanto deve ter custado isso? É o que fico me perguntando. Híbrida deve estar confiando em que vai recuperar tudo quando retornar à sua província. Você devia ter ouvido os gritos de alegria com que ele foi saudado ao entrar e ao sair! Bom, não vejo nada demais nisso, Tiro. Por incrível que pareça, teremos que alterar a lista. Vamos lá.

Fomos juntos para o gabinete e eu abri o cofre e tirei os documentos referentes à campanha de Cícero a cônsul. Havia muitas listas secretas — de banqueiros, de doadores, de partidários que ainda precisavam ser trabalhados, de cidades e regiões onde ele era forte e onde era fraco. A lista principal, entretanto, era a dos homens que ele identificava como possíveis rivais, juntamente com um resumo de todas as informações que se conheciam sobre eles, a favor e contra. Galba achava-se no topo da lista, com Galo em segundo, depois Cornifício e por último Palicano. Então Cícero pegou minha pena e, cuidadosamente, com sua letra clara e fina, acrescentou um quinto nome, que ele nunca esperou ver ali: Antônio Híbrida.

E ENTÃO, POUCOS dias depois, aconteceu algo que iria mudar inteiramente a sorte de Cícero e o futuro do Estado, embora à época ele não se desse conta. Estou pensando em um desses sinais aparentemente inofensivos de que a gente ouve falar, que um homem nota em sua pele uma manhã e não dá a mínima até vê-lo ir crescendo nos meses seguintes e virar um tumor enorme. O sinal, nesse caso, foi uma mensagem, recebida assim de repente, convocando Cícero para ir ver o máximo pontífice, Metelo Pio. Cícero ficou fortemente intrigado com aquilo, já que Pio, que era bem idoso (64 anos, pelo menos), e poderoso, nunca anteriormente sequer se dignara a lhe dirigir a palavra, que dirá requisitar sua companhia. Assim sendo, com os lictores abrindo caminho, partimos imediatamente para lá.

Naquele tempo, a residência oficial do chefe de estado religioso era na Via Sacra, perto da Casa das Vestais, e me lembro que Cícero ficou satisfeito por ser visto entrando no prédio, que era realmente o coração sagrado de Roma, e cujos umbrais poucos homens tinham tido a chance de cruzar. Fomos levados até uma escadaria e conduzidos ao longo de uma galeria que dava para o interior do jardim da residência das vestais. Eu secretamente torcia para conseguir vislumbrar uma daquelas seis misteriosas virgens vestidas de branco, mas o jardim estava deserto e não foi possível seguir olhando porque a figura de Pio, com suas pernas arqueadas, já nos aguardava impaciente no final da galeria, batendo os pés, tendo a cada lado dois sacerdotes. Ele fora soldado a vida toda e tinha aquela aparência enrugada e craquelada de couro que fora deixado ao tempo durante anos e apenas recentemente tinha sido trazido para dentro. Não houve aperto de mão, nenhum convite para sentar, preliminares de espécie alguma. Pio limitou-se a dizer logo, com a voz rouca:

— Pretor, preciso lhe falar a respeito de Sérgio Catilina.

À mera menção do nome Cícero se retesou, pois Catilina era o homem que havia torturado até a morte seu primo distante, o político populista Gratidiano, quebrando-lhe os membros e arrancando seus olhos e sua língua. Um raio sinuoso de loucura violenta percorria Catilina, como um flash em seu cérebro. Uma hora era capaz de parecer encantador, educado, amigável; mas bastava que alguém fizesse algum comentário trivial, ou apenas o olhasse de um jeito que ele considerasse desrespeitoso para perder totalmente o controle. Na época de Sula, quando listas de mortos eram afixadas no fórum, Catilina fora um dos mais eficientes matadores, com seu martelo e seu facão — *percussores*, como eram conhecidos — e fizera muito dinheiro com os bens daqueles que executou. Seu próprio cunhado incluía-se entre os homens por ele assassinados. Apesar disso, possuía um inegável carisma, e para cada pessoa que lhe tinha repulsa, por sua selvageria, duas ou três se sentiam atraídas por suas igualmente irresponsáveis demonstrações de generosidade. Era, além disso, sexualmente licencioso. Sete anos antes havia sido processado por manter relações sexuais com uma vestal — na verdade, ninguém mais que a meia-irmã de Terência, Fábia. Esse era um crime capital, não só para ele como para ela, e se ele tivesse sido condenado ela teria sofrido a punição tradicional para uma virgem vestal que quebra os sagrados votos de castidade: ser queimada viva na pequena câmara reservada para esse fim nas imediações da Porta Colina. Mas os aristocratas, liderados por Catulo, entraram na briga por Catilina e garantiram sua absolvição, e assim a carreira política dele não se viu interrompida. Ele tinha sido pretor dois anos atrás e em seguida fora governar a África, não participando, portanto, de toda a confusão em torno da *Lex Gabinia*. E ele acabava de regressar.

— Minha família — prosseguiu Pio —, tem sido o principal esteio da África desde que meu pai governou a província, meio século atrás. O povo de lá costuma vir a mim em busca de proteção, e devo lhe dizer, Pretor, nunca os vi mais revoltados com alguém do que estão com Sérgio Catilina. Ele arrasou a província, de cabo a rabo, taxou-os e matou-os, roubou os tesouros dos templos, estuprou suas esposas e filhas. Os Sérgio! — exclamou com desencanto, puxando uma grande porção de catarro amarelo para a boca e cuspindo-o no chão. — Descendentes dos troianos, é como eles se jactam, e nem um único homem decente apareceu entre eles nos últimos duzentos anos! E agora fico sabendo que é você o pretor responsável por trazer este indivíduo às barras da justiça. — Ele olhou Cícero de alto abaixo. — Incrível! Não posso dizer que sei quem diabos é você, mas vá lá. O que pretende fazer a respeito?

Cícero sempre se mantinha calmo quando alguém tentava insultá-lo. Limitou-se a dizer:

— Os africanos têm um caso preparado?

— Têm. Já estão com uma delegação em Roma procurando um promotor confiável. A quem eles devem recorrer?

— Isso não é da minha conta. Devo permanecer como presidente imparcial do tribunal.

— Blablablá. Poupe-me desse papo de advogado. Aqui entre nós, de homem para homem. — Pio fez sinal para Cícero se aproximar. Ele já havia perdido a maior parte dos dentes em inúmeros campos de batalha, e apitava toda vez que tentava respirar. — Você conhece os tribunais hoje em dia melhor do que eu. Quem poderia ser?

— Francamente, não vai ser fácil — disse Cícero. — A fama de violento de Catilina o precede. Será necessário um homem muito corajoso para fazer uma denúncia contra semelhante assassino descarado. E provavelmente ele se candidatará a cônsul no ano que vem. Um poderoso inimigo está sendo criado.

— Cônsul? — Pio, subitamente, bateu forte no próprio peito. A pancada fez seus prestimosos assessores darem um pulo. — Sérgio Catilina não será cônsul, no ano que vem nem em ano algum, não enquanto restar algum sopro de vida neste corpo velho! Tem que haver alguém nesta cidade que seja homem bastante para levá-lo à justiça. E se não houver... bem, eu não estou tão senil para ter esquecido como lutar em Roma. Você apenas se certifique, Pretor — ele concluiu — de reservar o tempo necessário em sua agenda para este caso — e bateu em retirada pelo corredor, resmungando consigo mesmo, perseguido por seus sagrados assistentes.

Enquanto o observava se afastando, Cícero franziu o cenho e balançou a cabeça. Sem entender de política tão bem quanto deveria após 13 anos a seu serviço, fiquei sem compreender por que Cícero achou aquela conversa tão perturbadora. Mas certamente ele estava mobilizado, e tão logo nos vimos de volta à Via Sacra, ele me puxou para longe dos ouvidos do *proximus lictor* e disse:

— Vem coisa séria por aí, Tiro. Eu devia ter percebido sua aproximação. — Quando perguntei que importância tinha para ele que Catilina fosse ou não processado, ele replicou, em tom cavernoso — Porque, seu *cérebro de passarinho*, é ilegal candidatar-se a uma eleição quem tenha acusações pendentes contra si. O que significa que se os africanos conseguirem um patrono, e se for feita uma denúncia contra Catilina, e se ela for aceita no próximo verão, ele ficará impedido de se candidatar a cônsul até que o caso seja julgado. O que significa que, se porventura ele for absolvido, *eu* vou ter que enfrentá-lo no *meu ano*.

Duvido que tenha existido outro senador em Roma que procurasse olhar tão adiante no futuro — capaz de levantar tantos *se* e discernir um motivo de preocupação. É claro que, quando ele explicou a Quinto a razão de sua ansiedade, o irmão descartou-a com um risinho:

— E *se* você fosse atingido por um raio, Marco, e *se* Metelo Pio fosse capaz de se lembrar do dia da semana... — Mas Cícero continuou preocupado, e tratou de fazer investigações discretas sobre os progressos da delegação africana em sua busca por um advogado de confiança. No entanto, como ele suspeitava, estavam encontrando dificuldades, apesar do grande volume de provas que haviam juntado sobre o comportamento criminoso de Catilina, e de Pio ter interposto uma moção de censura ao ex-governador no senado. Ninguém se mostrava muito disposto a enfrentar um adversário tão perigoso, e a se arriscar a ser achado boiando de cara para baixo no Tibre alguma noite dessas. Assim, ao menos provisoriamente, o processo ficou esquecido, e Cícero guardou o assunto em sua mente. Infelizmente, ele não haveria de ficar por lá por muito tempo.

XIV

No final do seu mandato de pretor, Cícero tinha o direito de ir para o exterior e assumir por um ano o governo de uma província. Essa era a prática normal na república. Proporcionava a um homem a oportunidade de adquirir experiência administrativa, e também recuperar as finanças após as despesas de campanha para concorrer a um cargo. Depois poderia voltar para casa, avaliar o clima político e, caso tivesse chance, candidatar-se a cônsul naquele verão. Antônio Híbrida, por exemplo, que obviamente havia feito dívidas tremendas para custear os Jogos de Apolo, foi para a Capadócia ver o que poderia roubar. Mas Cícero não tomou esse caminho, e abdicou do seu direito a uma província. Por um lado, não queria se colocar numa posição em que uma falsa acusação pudesse ser feita contra ele e se visse com um promotor especial seguindo seus passos durante meses. Por outro lado, ainda era fustigado pelas lembranças daquele ano que passara como magistrado na Sicília, e depois daquilo passou a odiar ter que ficar longe de Roma por mais de uma ou duas semanas. Raramente se viu uma criatura mais urbana do que Cícero. Era do burburinho das ruas e dos tribunais, do senado e do fórum que ele tirava sua energia, e a simples perspectiva de um ano de companhias provincianas tediosas, embora lucrativas, fosse na Cilícia ou na Macedônia, deixava-o deprimido.

Além disso, tinha uma enorme quantidade de compromissos advocatícios, a começar pela defesa de Caio Cornélio, o ex-tribuno de Pompeu, que fora acusado de traição pelos aristocratas. Nada menos que cinco dos maiores senadores patrícios — Hortênsio, Catulo, Lépido, Marco Lúculo e até o ancião Metelo Pio — alinharam-se para processar Cornélio por ter participado na campanha vitoriosa da legislação de Pompeu, acusando-o de ignorar ilegalmente o veto de um colega tribuno. Diante de um ataque tão feroz, eu tinha certeza de que ele acabaria sendo mandado para o exílio. Cornélio também pensava assim, e até já havia preparado sua mudança e estava pronto para partir. Mas Cícero sempre se inspirava com a visão de Hortênsio e Catulo como adversários, e reagiu fazendo um discurso de encerramento da defesa altamente eficiente.

— Será que devemos receber lições — ele perguntou — sobre os direitos tradicionais dos tribunos de cinco cavalheiros, todos os quais deram seu apoio à legislação de Sula, que aboliu precisamente tais direitos? Será que alguma dessas ilustres figuras se levantou para apoiar o bravo Gneu Pompeu quando este, como seu primeiro ato como cônsul, restaurou o poder de veto dos tribunos? Perguntem-se, finalmente, o seguinte: é, de fato, uma preocupação genuína com os direitos dos tribunos que faz com que eles abandonem seus aquários e seus mundinhos privados para acorrer ao tribunal? Ou, ao contrário, trata-se do fruto de algumas outras "tradições" muito mais caras aos seus corações. Como sua tradição de interesses próprios e seu tradicional espírito revanchista?

Seguiu-se mais na mesma linha, e quando ele concluiu, os cinco distintos litigantes (que cometeram o equívoco de se sentarem todos numa mesma fileira) pareciam ter só metade do tamanho, sobretudo Pio, que evidentemente teve dificuldade para se levantar, e que punha a mão em concha na orelha e se mexia no assento sempre que seu verdugo passeava pelo tribunal. Aquela foi uma das últimas aparições em público do velho soldado, antes que a longa luz crepuscular de sua enfermidade descesse sobre ele. Após o júri ter votado pela absolvição de Cornélio de todas as acusações, Pio saiu do tribunal sob apupos e risos galhofeiros, assumindo essa mesma expressão de espanto própria da idade avançada que eu receio hoje em dia reconhecer bastante bem como o cenário natural dos meus próprios traços físicos.

— Bem — disse Cícero, com um certo ar de satisfação enquanto nos preparávamos para voltar para casa —, de qualquer forma acredito que agora ele saiba quem eu sou.

Não mencionarei todos os casos que Cícero patrocinou naquela época porque foram dezenas, todos parte de sua estratégia de colocar o maior número possível de homens influentes na obrigação de apoiá-lo na eleição consular, e de manter seu nome constantemente nas mentes dos eleitores. É claro que ele escolhia cuidadosamente os clientes, e pelo menos quatro deles eram senadores: Fundânio, que controlava um grupo grande de eleitores; Orquívio, que fora um dos seus colegas pretores; Gálio, que planejava concorrer a pretor; e Múcio Orestino, acusado de roubo, que tinha esperança de virar tribuno, e cujo caso ocupou-o por muitos dias.

Creio que nunca antes um candidato encarou o negócio da política exatamente dessa forma — como um negócio — e toda semana era marcada uma reunião no gabinete de Cícero para avaliar o avanço da campanha. Participantes entravam e saíam, mas o núcleo duro era constituído sempre pelos cinco: o próprio Cícero, Quinto, Frugi, eu e o discípulo aprendiz de Cícero, Célio, que, apesar de ainda muito jovem (ou quem sabe por isso mesmo) era chegado a fisgar umas boas fofocas pela cidade inteira. Quinto era novamente o coordenador da campanha, e teimava em ser o líder. Gostava de sugerir, com um sorriso indulgente ou uma sobrancelha levantada, que Cícero, embora genial, seria uma espécie de intelectual sem espírito prático, e por isso necessitaria do bom senso objetivo de seu irmão para manter os pés na terra; e Cícero, com o maior bom humor, entrava no jogo.

Daria um estudo interessante, se eu ainda tivesse tempo de vida para escrevê-lo: a história de irmãos na política. Houve os Graco, Tibério e Caio, que se dedicaram a dividir as riquezas dos ricos com os pobres, e que tiveram, ambos, morte violenta. Na minha época, Marco e Lúcio Lúculo, cônsules patrícios em anos sucessivos, como também inúmeros membros dos clãs Metelo e Marcelo. Numa esfera da atividade humana em que as amizades costumam ser passageiras e as alianças são feitas para ser quebradas, a certeza de que o nome de outro homem está ligado para sempre ao seu, aconteça o que acontecer, deve ser uma fonte poderosa de força. As relações entre os Cícero, como a da maioria dos irmãos, acredito eu, era um misto complicado de afeição e ressentimentos, ciúme e lealdade. Sem Cícero, Quinto teria sido um oficial do exército mediano e competente, ou um fazendeiro mediano e competente em Arpino, ao passo que Cícero sem Quinto seria sempre Cícero. Sabendo disso, e sabendo que o irmão sabia disso também, Cícero fazia todo o possível para ficar em paz com ele, envolvendo-o generosamente no manto reluzente de sua fama.

Quinto passou boa parte daquele inverno preparando um manual da eleição, um compêndio dos seus conselhos fraternais a Cícero, que ele gostava de citar sempre que podia, como se fosse a *República*, de Platão. "Considere que cidade é esta," ele começava, "qual a sua meta, e quem é você. Todo dia, a caminho do fórum, repita consigo mesmo: 'Eu sou um homem novo. Almejo ser cônsul. Estou em Roma.'" Ainda me lembro de algumas outras pequenas homilias que preconizava. "Todas as coisas são repletas de intriga, armadilhas e traição. Nunca se esqueça do que diz Epicarmo — que o osso e a fibra da sabedoria consistem em 'Nunca acreditar cegamente' (...) Certifique-se de exibir tanto a variedade quanto a quantidade dos seus amigos... Torço muito para que você tenha sempre uma multidão à sua volta... Se alguém lhe pedir para fazer algo, não se recuse, mesmo se não puder fazê-lo... Finalmente, certifique-se de ter uma boa base de apoio, bem-sucedida, resplandecente e popular; e também, se possível, que ela se mostre bem escandalosa ao falar dos crimes, problemas sexuais e subornos de seus adversários."

Quinto tinha muito orgulho do seu manual, e anos mais tarde chegou mesmo a publicá-lo, para horror de Cícero, que acreditava, ao contrário, que a habilidade política, como a grande arte, depende precisamente da ocultação de toda a hipocrisia que lhe está por trás.

NA PRIMAVERA, Terência comemorou seu aniversário de 30 anos e Cícero preparou um jantar em sua homenagem. Quinto e Pompônia vieram, assim como Frugi com os pais, e o detalhista Sérvio Sulpício com sua surpreendentemente bela mulher, Postúmia; havia outros convidados, mas o tempo os apagou da minha memória. Todos os criados da casa foram reunidos brevemente por Eros, o mordomo, para cumprimentá-la, e eu me recordo de ter pensado, quando Terência surgiu, que nunca a vira tão bonita, ou tão bem-humorada. Seus cabelos curtos, pretos e encaracolados, brilhavam, os olhos resplandeciam, e sua silhueta normalmente ossuda parecia mais encorpada e macia. Eu comentei isso com a criada dela depois que o patrão e a patroa levaram os convidados para a sala de jantar, e ela, após olhar em volta para se certificar de que não havia ninguém nos observando, juntou as mãos e fez um gesto circular por sobre a barriga. De início eu não entendi, o que a fez cair na gargalhada, e só após ela ter descido as escadas de volta, ainda rindo, é que fui me dar conta de como tinha sido idiota; e não apenas eu, claro. Qualquer marido normal teria certamente notado logo os sintomas, mas Cícero invariavelmente se levantava muito cedo e só voltava para casa à noitinha, e mesmo assim sempre tinha algum discurso para escrever ou uma carta para enviar — o milagre era ele ter encontrado tempo para cumprir com seus deveres conjugais. Seja como for, lá pela metade do jantar, um grito de excitação, seguido por aplausos, confirmou que Terência havia aproveitado a oportunidade da comemoração para anunciar sua gravidez.

Mais tarde, naquela noite, Cícero foi ao gabinete com um sorriso escancarado. Recebeu minhas congratulações com uma reverência.

— Ela tem certeza de que é um menino. Parece que a Bona Dea informou-a disso, por meio de alguns sinais sobrenaturais que só as mulheres entendem. — Ele esfregava as mãos vigorosamente, antegozando, e mal conseguia parar de sorrir. — É sempre uma ótima notícia para um período eleitoral, Tiro, um bebê, sugere um candidato viril, e um respeitável homem de família. Fale com Quinto para agendar aparições do menino em campanha. — Ele apontou para o meu bloco de anotações. — Estou brincando, seu idiota! — ele disse, percebendo meu ar de surpresa, e fingiu me puxar a orelha. Mas eu não sei até hoje quem ficou mais surpreso, ele ou eu, pois não estou inteiramente convencido de que ele *estivesse* brincando.

Desde então, Terência se mostrou ainda mais rígida no cumprimento dos rituais religiosos, e no dia seguinte ao seu aniversário obrigou Cícero a acompanhá-la ao Templo de Juno no Capitolino, onde comprou uma ovelhinha para o sacerdote sacrificar, em agradecimento à gravidez e ao casamento. Cícero ficou encantado em atender suas vontades, pois, além de se achar superfeliz com a perspectiva de outro filho, ele sabia perfeitamente o quanto os eleitores gostavam dessas demonstrações públicas de devoção religiosa.

E AGORA LAMENTO ter que retornar ao tumor crescente que era Sérgio Catilina.

Poucas semanas depois da entrevista de Cícero com Metelo Pio tiveram lugar as eleições consulares daquele ano. Mas o emprego aberto de suborno pelo candidato vencedor foi tamanho que o resultado teve que ser sumariamente anulado e, em outubro, deu-se novamente a votação. Dessa vez Catilina submeteu seu nome como candidato. Pio imediatamente pôs um fim às suas chances — suponho que aquela foi a última batalha exitosa do velho guerreiro — e o senado declarou que somente aqueles cujos nomes constavam da relação original de candidatos poderiam participar. Isso levou Catilina a ter um daqueles seus acessos de fúria, e ele começou a circular pelo fórum com seus amigos violentos, fazendo toda espécie de ameaças, que foram levadas a sério pelo senado a ponto de se propor uma segurança armada para os cônsules. Não foi surpresa que ninguém ousasse assumir o caso dos africanos e o levasse ao tribunal de causas de extorsão. Eu, na verdade, um dia cheguei até a sugerir que Cícero o fizesse, imaginando que seria uma causa popular a se esposar — afinal, ele derrotara Verres, e desse modo se tornara o mais famoso advogado do mundo. Mas Cícero balançou a cabeça.

— Comparado a Catilina, Verres não passa de um gatinho. Além do mais, Verres não era um homem muito querido, ao passo que Catilina inegavelmente tem lá seus seguidores.

— Por que ele é tão popular? — eu perguntei.

— Homens perigosos sempre atraem um séquito, mas não é isso o que me preocupa. Se a questão fosse simplesmente de multidão nas ruas, ele não seria tão ameaçador. O problema é que tem amplo apoio aristocrático. Catulo, com certeza, o que provavelmente também envolve Hortênsio.

— Eu o achava demasiadamente vulgar para Hortênsio.

— Ah, Hortênsio sabe como fazer uso de um guerrilheiro quando a ocasião requer. As casas de muita gente boa são protegidas por cães anti-sociais. E Catilina é também um Sérgio, não se esqueça disso, portanto eles estão com ele por razões de classe social. As massas e a aristocracia: essa é uma combinação poderosa em política. Esperemos que ele possa ser contido nas eleições consulares deste verão. Só fico agradecido por esta missão não ter recaído sobre mim.

Na época, pensei que aquele era o tipo de sinal que prova que os deuses existem, porque sempre que, em suas órbitas celestiais, eles escutam tamanha auto-suficiência, agrada-lhes demonstrar poder. O certo é que não demorou muito para que Célio Rufo viesse trazer notícias perturbadoras para Cícero. Célio, então, estava com 17 anos e, como dissera o pai, era difícil de ser controlado. Alto e bem-apessoado, podia perfeitamente passar por um homem de seus 20 e poucos anos, com sua voz profunda e uma barbicha que ele e seus amigos estilosos gostavam de cultivar. Costumava dar suas escapadas de casa quando escurecia e Cícero estava mergulhado no trabalho enquanto os demais dormiam; muitas vezes só voltava pouco antes de amanhecer. Ele sabia que eu tinha umas economias guardadas, e sempre estava me azucrinando para lhe emprestar algum; uma tarde, após mais uma vez ter me recusado a lhe dar dinheiro, me retirei para o meu cubículo e descobri que ele havia descoberto o meu esconderijo e tirado tudo o que eu possuía. Passei uma noite miserável, sem dormir, mas quando o encontrei na manhã seguinte e ameacei contar tudo a Cícero, seus olhos se encheram de lágrimas e ele jurou que me devolveria tudo. E, justiça seja feita, ele devolveu, e com juros generosos; assim eu só mudei o meu esconderijo e nunca falei nada a respeito.

Ele bebia e ficava à noite pela cidade atrás de prostitutas com um grupo de rapazes nobres de péssima fama. Um deles era Gaio Cúrio, de 20 anos, cujo pai fora cônsul e grande partidário de Verres. Outro era Marco Antônio, o sobrinho de Híbrida, que suponho devia estar com seus 18 anos. Mas o verdadeiro líder do bando, sobretudo por ser o mais velho e o mais rico e capaz de introduzir os demais em maus feitos com os quais eles nem sequer sonhavam, era Clódio Pulcro. Ele tinha uns 20 e tantos anos e estivera fora da cidade durante oito anos prestando serviço militar no Oriente, metendo-se em todo tipo de problemas, inclusive liderando um motim contra Lúculo — que vinha a ser seu cunhado — tendo sido depois capturado pelos próprios piratas que deveria estar combatendo. Mas agora voltara para Roma, desejoso de fazer o próprio nome, e certa noite anunciou que sabia exatamente como fazê-lo — seria uma aventura arriscada e divertida (foram suas palavras textuais, segundo Célio) — *iria processar Catilina.*

Quando Célio correu para contar a Cícero na manhã seguinte, o senador primeiramente se recusou a acreditar. Tudo o que ele sabia de Clódio eram os boatos escandalosos, que circulavam amplamente, de que ele já tinha dormido com a própria irmã — muito embora esses boatos, ultimamente, tivessem tomado uma forma mais substancial, e fossem até citados por Lúculo como um dos grandes motivos pelos quais se divorciara da mulher.

— O que semelhante criatura haveria de ir fazer num tribunal — gozava Cícero — a não ser como réu?

Mas Célio, à sua maneira rude, replicava que, caso Cícero desejasse uma prova do que ele estava dizendo, bastaria fazer uma visita ao tribunal de causas de extorsão dentro de uma ou duas horas, quando Clódio estava planejando apresentar seu requerimento de processo. Não é preciso dizer que esse era o tipo de espetáculo a que Cícero não podia resistir, e tão logo atendeu seus clientes mais importantes, desceu até o seu velho conhecido Templo de Castor, levando consigo Célio e eu.

Misteriosamente, como costuma acontecer, a notícia de que algo dramático estava para suceder tinha corrido, e uma multidão de mais de cem pessoas já se espremia ao redor do pé da escadaria. O pretor atual, chamado Órbio, que fora governador da Ásia, acabara de se sentar em sua cadeira e olhava em torno, sem dúvida perguntando-se o que estaria havendo, quando um grupo de seis ou sete rapazes sorridentes surgiu, vindo tranquilamente da direção do Palatino, aparentemente sem qualquer sinal de preocupação. Eles claramente pareciam se sentir na última moda, e imagino que estivessem, com seus cabelos compridos e suas barbichas, e seus cinturões grossos, cravejados, amarrados frouxamente em volta das cinturas.

— Céus, que espetáculo é esse! — sussurrou Cícero, enquanto eles passavam por nós, deixando uma trilha perfumada de óleo de cúrcuma e ungüento de açafrão. — Eles mais parecem mulheres do que homens!

Um deles se destacou do grupo e subiu as escadas em direção ao pretor. A meio caminho, parou e se virou para a multidão. Era, se posso dizer de modo vulgar, "um belo rapaz", com cabelos louros encaracolados, magro, lábios vermelhos úmidos e pele bronzeada — uma espécie de jovem Apolo. Mas sua voz, quando falou, era surpreendentemente firme e máscula, prejudicada unicamente por um modo de falar pretensamente plebeu, cheio de gírias, que transformava seu nome em "Clódio" em vez de "Cláudio": outra das suas maneiras afetadas da moda.

— Eu sou Públio Clódio Pulcro, filho de Ápio Cláudio Pulcro, cônsul, neto de cônsules na linha direta das últimas oito gerações, e venho esta manhã apresentar denúncia neste tribunal contra Sérgio Catilina por crimes por ele cometidos recentemente na África.

À menção do nome de Catilina ouviram-se murmúrios e assovios, e um grandalhão que estava perto de nós gritou:

— Você tem mais é que cuidar desse traseiro, sua boneca!

Mas Clódio não pareceu se perturbar nem um pouco.

— Que meus ancestrais e os deuses abençoem essa minha iniciativa, e a conduzam a um final frutífero. — Ele subiu agilmente em direção a Órbio e entregou-lhe o *postulatus*, elegantemente acondicionado num cilindro, com um selo e uma fita vermelha, enquanto seus companheiros o aplaudiam ruidosamente, Célio entre eles, até Cícero silenciá-lo com um olhar.

— Vá atrás do meu irmão, rápido — ele lhe disse. — Informe-o do que está acontecendo, e diga-lhe que precisamos nos encontrar imediatamente.

— Isso é trabalho de escravo — objetou Célio, mordendo o lábio, sem dúvida preocupado em se ver diminuído perante os amigos. — Não seria melhor Tiro, aqui, ir procurá-lo?

— Faça o que lhe está sendo ordenado — devolveu Cícero — e já que está com essa missão, encontre Frugi também. E dê graças por eu ainda não ter contado a seu pai sobre as péssimas companhias com que você vem andando. — Isso fez com que Célio se apressasse, e sumisse do fórum na direção do Templo de Ceres, onde os edis plebeus normalmente podiam ser encontrados àquela hora da manhã. — Eu o estraguei — Cícero disse fracamente, enquanto subíamos a encosta de volta para casa —, e você sabe por quê? Porque ele tem charme, esse que é o mais amaldiçoado de todos os dons, e eu nunca sou capaz de dizer não a quem tem charme.

Como castigo, e também porque havia perdido a confiança nele, Cícero não deixou Célio participar da reunião de campanha e, em vez disso, mandou-o escrever um relatório. Esperou até que ele estivesse longe para descrever os acontecimentos da manhã a Quinto e Frugi. Quinto mostrou-se inclinado a adotar uma visão otimista, mas Cícero estava absolutamente convencido de que agora teria que lutar com Catilina pelo cargo de cônsul.

— Verifiquei o calendário do tribunal — vocês se lembram bem de como isso é importante — e a verdade é que simplesmente não há a menor chance de o caso de Catilina entrar em pauta antes de julho, o que o impossibilitaria de se candidatar este ano. Assim, inevitavelmente ele vai cair no meu. — De repente ele baixou o punho sobre a mesa e praguejou, coisa que raramente fazia. — Eu previ exatamente isso um ano atrás, Tiro está de prova.

Quinto disse:

— Talvez Catilina seja condenado e mandado para o exílio.

— Com aquela criaturinha toda perfumada como promotor? Um homem que qualquer escravo em Roma sabe que foi amante da própria irmã? Não, não. Você tinha razão, Tiro. Eu próprio deveria ter processado Catilina quando tive a chance. Ele seria mais fácil de derrotar no tribunal do que vai ser no voto.

— Quem sabe não seja assim tão tarde ainda? — eu sugeri. — Quem sabe Clódio pudesse ser convencido a transferir o processo para o senhor?

— Não, ele jamais faria isso — disse Cícero. — Basta olhar para ele, a arrogância do sujeito, um Cláudio típico. Essa é sua oportunidade de glória, e ele não vai perdê-la. O melhor é você pegar a nossa lista de candidatos potenciais, Tiro. Precisamos encontrar um parceiro confiável — e rapidamente.

Naqueles tempos, os candidatos consulares costumavam submeter-se ao eleitorado em duplas, pois cada cidadão votava duas vezes para cônsul e, obviamente, a tática mais recomendável era formar uma aliança com quem pudesse complementar as próprias forças durante a campanha. O que Cícero precisava para contrabalançar sua candidatura era de alguém de nome respeitável que tivesse amplo apelo junto à aristocracia. Em troca, podia oferecer sua própria popularidade junto aos *pedarii* e às classes inferiores, e o apoio da máquina eleitoral que havia construído em Roma. Ele sempre tinha achado que isso seria fácil de conseguir quando chegasse o momento. Mas agora, enquanto repassávamos os nomes da lista, eu percebia por que ele estava ficando tão ansioso. Palicano não aportaria nada à nossa chapa. Cornifício era um caso eleitoral perdido. Híbrida tinha apenas meio cérebro. Com isso restavam somente Galba e Galo. Mas Galba era tão aristocrático que não tinha nada a ver com Cícero, e Galo — apesar de Cícero ter quase implorado — dissera firmemente que não tinha o menor interesse em virar cônsul.

— Dá para acreditar? — queixou-se Cícero, andando em volta da mesa, estudando a lista dos prováveis concorrentes. — Eu ofereço ao homem o maior emprego do mundo, e ele não tem que me dar nada em troca a não ser ficar ao meu lado um ou dois dias. Mesmo assim diz que prefere se concentrar na jurisprudência! — Ele pegou a pena e riscou o nome de Galo, depois acrescentou o de Catilina no final da relação. Bateu distraidamente com a pena ao lado do nome, sublinhou-o, circulou-o, em seguida olhou para cada um de nós. — É claro, existe sempre um outro parceiro potencial que ainda não mencionamos.

— Quem? — quis saber Quinto.

— Catilina.

— *Marco*!

— Estou falando sério — disse Cícero. — Vamos pensar bem. Suponhamos que, em vez de tentar processá-lo, eu me ofereça para defendê-lo. Se conseguir absolvê-lo, ele se sentirá na obrigação de me apoiar para cônsul. Por outro lado, se for condenado, e tiver que ir para o exílio — isso será o seu fim. Qualquer resultado é interessante, no que me diz respeito.

— Você defenderia *Catilina*? — Quinto conhecia bem o irmão, e era preciso muita coisa para deixá-lo chocado, mas naquele dia até ele ficou quase sem fala.

— Eu defenderia o diabo mais tenebroso do inferno caso ele necessitasse de um advogado. Esse é o nosso sistema jurídico. — Cícero franziu o cenho e balançou a cabeça, irritado. — Mas já discutimos isso bastante antes do pobre do Lúcio morrer. Vamos, meu irmão, poupe-me dessa cara de censura! Não foi você mesmo que escreveu?: "Eu sou um homem novo. Almejo ser cônsul. Estou em Roma." Essas três coisas dizem tudo. Eu sou um homem novo e, assim sendo, ninguém vai me ajudar a não ser eu mesmo, e vocês, meus poucos amigos. Almejo o cargo de cônsul, que significa a imortalidade, uma recompensa pela qual vale a pena lutar, certo? E estamos em Roma. *Roma*. Não um lugar abstrato em alguma obra de filosofia, mas uma cidade gloriosa construída sobre um rio de lama. Portanto, sim, eu defenderei Catilina, se for necessário, e depois romperei com ele o mais rápido que puder. E ele faria o mesmo em relação a mim. Este é o mundo em que vivemos. — Cícero voltou a se sentar na cadeira e ergueu as mãos. — Roma.

CÍCERO NÃO FEZ QUALQUER movimento imediato, preferindo aguardar e ver se o processo contra Catilina iria adiante. Havia uma impressão generalizada de que Clódio estava meramente se exibindo, ou talvez tentando distrair a atenção do vexame do divórcio da irmã. Mas com toda a lentidão da justiça, quando chegou o verão o processo cumprira todas as várias etapas — *postulatio, divinatio*, e *dominus delatio* — um júri foi composto e uma data fixada para o início do julgamento: a última semana de julho. Agora não havia como Catilina se livrar da demanda judicial a tempo para as eleições consulares; o prazo para se candidatar já se encerrara.

Neste momento, Cícero resolveu deixar que Catilina tomasse conhecimento de que ele teria interesse em atuar como seu advogado de defesa. Pensou muito sobre como fazer vazar o oferecimento, pois não queria passar a vergonha de ser rejeitado, e também queria ser capaz de desmentir qualquer tentativa de aproximação caso fosse acusado disso no senado. No final decidiu-se por um esquema caracteristicamente sutil. Chamou Célio ao seu gabinete, exigiu que ele jurasse segredo, e comunicou que passava por sua cabeça defender Catilina: o que ele achava? ("Mas nem uma palavra a ninguém, veja lá!") Aquele era exatamente o tipo de fofoca de que Célio mais gostava, e naturalmente ele não conseguiu resistir a compartilhar a confidência com seus amigos, entre eles Marco Antônio — que, sobrinho de Híbrida, era também filho adotivo de um amigo íntimo de Catilina, Lêntulo Sura.

Suponho que não tenha se passado mais do que um dia e meio para um mensageiro ir bater à porta da casa de Cícero portando uma carta de Catilina querendo saber se poderia ir visitá-lo, e propondo — no interesse da mais absoluta confidencialidade — que o encontro se desse após o anoitecer.

— E dessa forma o peixe mordeu a isca — disse Cícero, mostrando-me a mensagem, e mandando pelo escravo uma resposta verbal de que iria à casa de Catilina naquela mesma noite.

Terência encontrava-se agora muito perto de dar à luz, e estava achando insuportável o calor de Roma em julho. Ficava deitada, sem posição e gemendo, num sofá na sala de jantar abafada, com Túlia de um lado lendo para ela em voz alta e, do outro, uma criada abanando-a com um leque. Seu humor, cálido na melhor das hipóteses, achava-se naqueles dias em permanente combustão. Quando a escuridão caiu, e os candelabros foram acesos, ela viu que Cícero estava se preparando para sair, e imediatamente quis saber aonde ele ia. Quando ele lhe deu uma resposta vaga, ela insistiu, em lágrimas, que ele devia ter uma amante e que estava indo visitá-la, pois o que mais um homem respeitável poderia estar indo fazer a uma hora daquelas? E assim, relutantemente, ele contou a verdade, que ia visitar Catilina. Claro que isso não a apaziguou em nada, pelo contrário, apenas a deixou ainda mais enfurecida. Quis saber como ele era capaz de passar um só momento na companhia do monstro que havia depravado a própria irmã, uma virgem vestal, ao que Cícero respondeu com um comentário maldoso sobre Fábia ter sido sempre "mais vestal do que virgem". Terência tentou se levantar mas não conseguiu e sua invectiva furiosa foi nos perseguindo enquanto saíamos de casa, um pouco para satisfação de Cícero.

Era uma noite parecida com a da véspera das eleições para edil, quando ele fora ver Pompeu. O mesmo calor opressivo e o mesmo luar febril; a mesma brisa leve soprava o cheiro de putrefação dos cemitérios além da Porta Esquilina, espalhando-o pela cidade como uma poeira úmida e invisível. Descemos em direção ao fórum, onde os escravos acendiam a iluminação pública, passamos pelos templos silenciosos, escurecidos, e subimos para o Palatino, onde ficava a casa de Catilina. Eu levava uma pasta de documentos, como sempre, e Cícero caminhava com as mãos às costas e a cabeça baixa, pensativo. Na época, o Palatino não tinha tantas construções quanto hoje, e os prédios eram bem espaçados. Eu podia ouvir o som de um riacho nas proximidades e havia no ar um cheiro de madressilvas e rosas silvestres.

— Isso é que é lugar para se viver, Tiro — disse Cícero, subindo os degraus. — É para aqui que viremos quando não tivermos mais eleições para disputar, e eu não precisar mais me preocupar com o que o povo venha a pensar. Uma casa com jardim para a gente ficar lendo, já pensou?

E onde as crianças possam brincar. — Ele voltou os olhos na direção do Esquilino. — Vai ser um alívio para todos nós quando esse bebê nascer. É como esperar que passe a tempestade.

Foi fácil encontrar a casa de Catilina, porque era perto do Templo da Lua, o qual era pintado de branco e iluminado à noite por tochas, em honra à deusa lua. Um escravo estava esperando na rua para nos guiar, e nos conduziu direto ao vestíbulo da mansão dos Sérgio, onde uma mulher lindíssima cumprimentou Cícero. Era Aurélia Orestila, a mulher de Catilina, cuja filha dizia-se que ele seduzira primeiro, antes de trocá-la pela mãe, e por causa de quem, segundo os boatos, assassinara o próprio filho do primeiro casamento (o garoto teria ameaçado matar Aurélia por não aceitar uma notória cortesã na família). Cícero sabia tudo a respeito dela, e cortou-lhe toda a efusividade com uma breve saudação de cabeça.

— Senhora — ele disse —, eu vim visitar seu marido, não a senhora — diante do que ela mordeu o lábio e se calou.

Era uma das casas mais antigas de Roma, e as toras de madeira rangiam quando as pisávamos atrás do escravo que nos conduzia até o interior, que cheirava a cortinas velhas empoeiradas e incenso. Um detalhe curioso de que me recordo bem é que ela tivera a pintura quase que inteiramente descascada, e isso recentemente, pois se podiam notar as marcas retangulares nos pontos onde havia quadros pendurados, e círculos de poeira no chão denunciavam a ausência de estátuas. Tudo o que permanecia no átrio eram as efígies de cera sujas dos ancestrais de Catilina, amarelecidas por gerações de fumaça. Era ali que Catilina em pessoa nos aguardava, de pé. A primeira surpresa foi ver como ele era alto quando visto de perto — no mínimo uma cabeça maior do que Cícero — e a segunda foi a presença de Clódio atrás dele. Isso deve ter sido um choque terrível para Cícero, mas sua frieza de perfeito advogado não o deixou demonstrá-lo. Trocou um rápido aperto de mão com Catilina, em seguida com Clódio, recusou delicadamente o vinho oferecido, e os três foram direto ao assunto.

Olhando para trás, fico espantado ao ver como Catilina e Clódio eram parecidos. Aquela foi a única vez em que os vi juntos numa sala, e podiam passar facilmente por pai e filho, com suas vozes arrastadas e o jeito lânguido como ambos se comportavam, como se o mundo lhes pertencesse. Imagino que seja isso o que se costuma chamar de "estirpe". Quatrocentos anos de casamentos entre as melhores famílias de Roma produziram esses dois vilões — com o pedigree de cavalos árabes puro-sangue, rápidos, indomáveis e perigosos como eles.

— Como você está vendo, esse é o trato — disse Catilina. — O jovem Clódio aqui presente fará um discurso brilhante de acusação e todo mundo dirá que ele é o novo Cícero e que eu estou prestes a ser condenado. Mas aí você, Cícero, fará uma argumentação ainda mais brilhante em minha defesa, e assim ninguém ficará surpreendido quando me absolverem. No final, teremos dado um belo espetáculo e todos emergiremos em situação ainda melhor. Eu sou declarado inocente perante o povo de Roma. Clódio é reconhecido como homem corajoso e promissor. E você terá obtido mais uma esplêndida vitória nos tribunais, defendendo alguém de nível superior aos seus clientes habituais.

— E se o júri decidir de outra forma?

— Não precisa se preocupar com isso. — Catilina bateu no bolso. — Eu já cuidei dos jurados.

— A justiça é *tão* cara — disse Clódio com um sorriso. — O coitado do Catilina precisou vender seus bens de família para ter certeza de ser justiçado. É um verdadeiro escândalo. Como é que o povo se *vira*?

— Terei que ver os documentos do julgamento — disse Cícero. — Quanto tempo falta para começarem as audiências?

— Três dias — disse Catilina, e fez um gesto para um escravo que estava postado à porta. — É tempo suficiente para você se preparar?

— Se o júri já está mesmo "convencido", posso fazer um discurso de poucas palavras: "Aqui está Catilina. Podem absolvê-lo."

— Ah, mas eu quero uma produção ciceroniana completa! — protestou Catilina. — Quero: "Este n-n-nobre ho-ho-mem... o sa-sa-sangue de séculos... vejam as lágrimas de sua mu-mu-lher e de seus a-a-amigos..."

— A mão se contorcia expressivamente no ar, imitando muito mal a gagueira quase imperceptível de Cícero. Clódio ria; os dois estavam levemente bêbados. — Quero s-s-selvagens africanos empo-po-porcalhando este velho tri-tribunal... Quero ver Cartago e Tróia surgindo bem à nossa frente, e Dido e Enéas...

— Você terá — disse Cícero, interrompendo-o bruscamente — um serviço profissional. — O escravo voltou com os papéis do julgamento e eu comecei a pô-los rapidamente na minha pasta, pois dava para perceber que a situação ia piorando à medida que a bebida fazia efeito e eu me sentia ansioso para tirar Cícero dali. — Teremos que nos reunir para discutir suas provas — ele prosseguiu, no mesmo tom gelado. — Pode ser amanhã, se não for inconveniente para você.

— De modo algum. Não tenho nada melhor para fazer mesmo. Tinha expectativa de sair candidato a cônsul este verão, como você bem sabe, mas esse jovem estraga-prazeres aqui acabou com ela.

Era a agilidade que impressionava num homem daquele tamanho. De repente ele deu um salto à frente e passou o braço direito forte pelo pescoço de Clódio e o fez baixar a cabeça, de sorte que o rapaz ficou todo curvado. O pobre Clódio — que, diga-se de passagem, nada tinha de fraco — soltou um grito abafado, e seus dedos se agarraram fragilmente ao braço de Catilina. Mas a força de Catilina era de dar medo, e eu me pergunto se não teria quebrado o pescoço da visita com uma breve torção do antebraço caso Cícero não dissesse com toda a calma:

— Devo adverti-lo, Catilina, como seu advogado de defesa, que seria um grave erro matar seu promotor.

Ao ouvir isso Catilina se virou e franziu a cara para ele, como se momentaneamente tivesse se esquecido de quem era Cícero. Depois começou a rir. Despenteou os cabelos louros encaracolados de Clódio e o soltou. Clódio cambaleou para trás, tossindo e massageando o lado da cabeça e a garganta, e por um instante olhou Catilina com olhos de assassino, mas logo começou igualmente a rir e tratou de se empertigar. Abraçaram-se, Catilina mandou vir mais vinho e nós fomos embora.

— Que dupla — exclamou Cícero, ao passarmos pelo Templo da Lua a caminho de casa. — Com alguma sorte amanhã pela manhã eles terão se matado.

QUANDO RETORNAMOS à casa de Cícero, Terência estava em trabalho de parto. Não havia como não perceber. Podíamos escutar os gritos da rua. Cícero ficou no átrio, branco, em estado de choque, pois ele estava ausente quando Túlia nasceu, e seus livros de filosofia não o haviam preparado para o que estava acontecendo.

— Céus, soa como se ela estivesse sendo torturada. Terência! — Ele foi subindo as escadas que levavam ao quarto da mulher, mas uma parteira o interceptou.

Foi longa a nossa vigília na sala de jantar. Cícero me pediu para ficar com ele, mas estava ansioso demais para qualquer espécie de trabalho. De vez em quando se espichava no mesmo sofá em que Terência se achava quando saímos e aí, quando escutava outro grito, se levantava de um pulo e ficava andando de lá para cá. O ar estava quente e pesado, as chamas das velas não se mexiam, a fumaça negra rígida como um prumo suspenso do teto. Eu tentava me ocupar esvaziando a pasta dos papéis que trouxera da casa de Catilina e colocando-os em ordem — denúncias, depoimentos, resumos de provas documentais. Finalmente, para se distrair, Cícero, ainda estirado no sofá, esticou uma das mãos e começou a ler, pegando um rolo atrás do outro e levando-o até o ponto de luz que eu colocara ao seu lado. Ele continuou contraindo o rosto e fazendo cara de dor, mas eu não saberia dizer se era por causa dos gritos que vinham constantemente de cima ou das tenebrosas alegações contra Catilina, porque eram, com toda a certeza, os relatos mais pavorosos de estupros e violências de toda ordem, vindos de quase todas as cidades da África, de Útica a Thaenae, de Tapso a Telepte. Após uma ou duas horas, ele jogou-as para um lado, repugnado, e me pediu para anotar algumas cartas, começando com uma para Ático. Recostou-se e fechou os olhos num esforço de concentração. Tenho o documento diante de mim, neste exato momento:

Faz muito tempo que não recebo notícias suas. Já lhe escrevi em detalhes sobre minha campanha eleitoral. No momento estou me propondo a defender um candidato concorrente, Catilina. Temos o júri que queremos, com ampla cooperação por parte da acusação. Se ele for absolvido espero que fique mais propenso a ficar ao meu lado na campanha. Mas se a coisa der errado, saberei suportar tudo filosoficamente.

— Ah! Isso é bem verdade. — Ele fechou os olhos novamente.

Preciso de você aqui imediatamente. É muito forte a impressão de que seus amigos nobres serão contra a minha eleição.

E, nesse ponto, minha escrita parou, porque em vez de um grito nós ouvimos um som diferente vindo lá de cima — o choro fluente de um bebê. Cícero saltou feito uma mola do sofá e subiu as escadas correndo até o quarto de Terência. Algum tempo depois reapareceu, tirou em silêncio a carta das minhas mãos e escreveu por cima com a própria letra:

Tenho a honra de informá-lo de que acabo de ser pai de um menininho. Terência está bem.

Como uma casa se transforma com a presença de um recém-nascido saudável! Acho, embora raramente se admita, que seja porque se trata de uma dupla bênção. Os temores não ditos que cercam todo e qualquer nascimento — de sofrimento, morte e deformidade — desaparecem, e em seu lugar surge o milagre de uma vida nova. Alívio e alegria estão intimamente ligados.

Naturalmente, não era permitido subir para ver Terência, mas poucas horas mais tarde Cícero trouxe o filho para baixo e orgulhosamente exibiu-o a todo o pessoal da casa e também a seus clientes. Para ser franco, não havia muito o que se ver, fora um rostinho vermelho contraído e uma poeirinha de cabelo escuro. Ele estava todo enrolado nas mesmas roupas de lã que cumpriram igual finalidade com Cícero havia mais de quarenta anos. O senador ainda tinha guardado um chocalho de prata dos seus tempos de infância e o balançava sobre o rosto do pequenino. Carregou-o ternamente para o átrio e apontou para o lugar onde sonhava um dia ver pendurada sua máscara consular.

— Então — ele sussurrou — você vai ser Marco Túlio Cícero, filho de Marco Túlio Cícero, o *cônsul*, que tal? Nada mal, hein? Ninguém mais irá chamá-lo de "homem novo"! E você, Tiro, venha aqui conhecer a mais nova dinastia política. — Ele me ofereceu aquele embrulhinho, e eu o peguei nervosamente, do mesmo jeito que todo mundo que não tem filhos faz quando segura um bebê, e senti-me aliviado quando a babá o tirou de mim.

Enquanto isso Cícero contemplava mais uma vez a parede branca do seu átrio, e caía num de seus devaneios. Pergunto-me o que será que ele via ali: sua máscara mortuária, talvez, olhando para ele de volta, como um rosto no espelho? Eu quis saber da saúde de Terência, e ele falou, meio distraído:

— Oh, ela está ótima. É muito forte. Você sabe. Forte até demais, pelo visto, para recomeçar a me censurar por fazer aliança com Catilina. — Seus olhos finalmente abandonaram a parede vazia. — E agora — deu um suspiro — creio que é melhor irmos ao nosso encontro com o vilão.

Quando chegamos à casa de Catilina, encontramos o ex-governador da África de ótimo humor. Cícero, posteriormente, fez um apanhado de suas "qualidades paradoxais", que eu apresento aqui por se tratar de um achado:

— Fazer muitas amizades, e mantê-las por devoção; dividir o que possui com todos, e pôr à disposição de todos os amigos, nas horas de necessidade, dinheiro, influência, denodo e, se preciso, a ação criminosa mais inconseqüente; controlar o temperamento conforme a ocasião, e moldá-lo dessa ou daquela maneira; mostrar-se austero com os rígidos, flexível com os liberais, circunspecto perante os velhos, amável com os jovens, corajoso com os criminosos, dissoluto em meio aos depravados..." Era esse o Catilina que nos aguardava naquele dia. Ele já soubera do nascimento do filho de Cícero, e depois de apertar calorosamente a mão do seu advogado, pegou uma linda caixa forrada com o mais fino couro, que insistiu para que Cícero abrisse. Dentro havia um amuleto de prata de bebê que o próprio Catilina comprara em Útica.

— É só uma peça de artesanato local para proteger contra as doenças e os maus espíritos — explicou. — Por favor, aceite-a para seu filhinho com meus mais sinceros votos.

— É muita gentileza sua, Catilina — respondeu Cícero. A peça era lindamente trabalhada, certamente não se tratava de uma bijuteria qualquer: quando Cícero levou-a à luz eu pude observar tudo que é espécie de animais exóticos caçando-se mutuamente, ligados por um desenho de serpentes entrelaçadas. Por um momento ele brincou com ela, sentiu-lhe o peso na palma da mão, mas em seguida colocou-a de volta na caixa e devolveu-a a Catilina. — Lamento não poder aceitar.

— Por quê? — quis saber Catilina, com um sorriso enigmático. — Porque você é meu advogado, e advogados não podem ser comprados? Quanta integridade! Mas é só uma lembrancinha para um bebê!

— Na verdade — disse Cícero, tomando fôlego — eu só vim lhe dizer que não serei seu advogado.

Eu estava justamente tirando os documentos da pasta e colocando-os sobre uma mesinha entre os dois homens. Estivera observando-os discretamente mas só abaixei a cabeça e esperei, ansioso. Depois do que me pareceu um longo silêncio, escutei Catilina dizer, em voz baixa:

— E por que isso?

— Serei franco: porque você é evidentemente culpado.

Outro silêncio, e quando a voz de Catilina afinal veio à tona, continuava calma.

— Mas Fonteius era culpado de extorquir os gauleses, e você o representou.

— Sim. Mas existem graus de culpa. Fonteius podia ser corrupto mas era incapaz de fazer mal a alguém. Você é muito mais que um corrupto.

— Isso compete ao tribunal decidir.

— Normalmente eu concordaria. Mas você já comprou o veredicto, e eu não quero tomar parte nessa pantomima. Você tornou impossível que eu me convencesse a mim mesmo de estar agindo de forma honrada. E quando não consigo me convencer, não sou capaz de convencer mais ninguém: minha mulher, meu irmão; e agora, talvez mais importante ainda, meu filho, quando ele tiver idade bastante para entender.

Neste ponto eu arrisquei uma olhadela para Catilina. Ele estava completamente sem ação, os braços pendurados ao lado do corpo, o que me fez lembrar de um animal que subitamente se vê diante de um rival — uma espécie de imobilidade predatória: atento e preparado para a luta. Ele falou suavemente, mas me pareceu que sua suavidade, agora, era mais tensa:

— Você se dá conta de que isso não tem conseqüência alguma para mim, mas apenas para você? Não importa quem seja meu advogado; nada muda para mim. Serei absolvido. Mas quanto a você, agora, em vez da minha amizade, terá minha inimizade.

Cícero deu de ombros.

— Eu preferiria não ter a inimizade de ninguém, mas, quando é inevitável, tenho que suportá-la.

— Você nunca conseguirá suportar uma inimizade como a minha, eu lhe juro. Pergunte aos africanos. — Ele sorriu maliciosamente. — Pergunte a Gratidiano.

— Você arrancou a língua dele, Catilina. Vai ser difícil conversarmos.

Catilina chegou um pouco para a frente, e eu pensei que ele fosse fazer com Cícero o que quase fizera com Clódio na noite anterior, mas isso seria um ato de loucura, e Catilina nunca foi totalmente louco: as coisas teriam sido bem mais fáceis se fosse. Em vez disso, ele se controlou e disse:

— Bom, então imagino que devo deixá-lo partir.

Cícero concordou com a cabeça.

— Deve. Tiro, deixe aí essa papelada. Não vamos mais precisar dela agora.

Não me lembro se houve mais alguma conversa; creio que não. Catilina e Cícero simplesmente deram-se as costas, que era a forma tradicional de sinalizar inimizade, e desse modo nós saímos daquela mansão antiga, vazia, que rangia a nossos pés, e voltamos para o calor do verão romano.

XV

Tinha início agora um período de mais dificuldades e ansiedades na vida de Cícero, durante o qual tenho certeza de que ele muitas vezes se arrependeu de ter feito um inimigo como Catilina, e não ter simplesmente arranjado alguma desculpa para escapar ao compromisso de defendê-lo. Pois só havia, como ele próprio freqüentemente observava, três resultados possíveis para a eleição que se aproximava, e nenhum deles era muito agradável. Ou ele seria cônsul e Catilina não — neste caso quem poderia prever até onde iria seu rival ressentido e derrotado? Ou Catilina seria cônsul e ele não — e todos os poderes do cargo se voltariam contra ele. Ou — e essa hipótese era a que o deixava mais alarmado, penso eu — ele e Catilina seriam cônsules juntos — e neste caso seu sonho de *imperium* supremo degeneraria numa batalha capaz de durar um longo ano, e o interesse maior da república seria prejudicado pela desavença entre eles.

O primeiro choque veio quando o julgamento de Catilina começou dois dias antes do previsto, porque quem acabaria atuando como principal advogado de defesa seria o próprio cônsul maior, Lúcio Mânlio Torquato, líder de uma das famílias patrícias mais antigas e respeitadas de Roma. Catilina foi escoltado até o tribunal por toda a velha guarda da aristocracia — Catulo, claro, mas também Hortênsio, Lépido e o mais velho dos Cúrio. O único consolo para Cícero era que a culpa de Catilina ficou amplamente comprovada, e Clódio, que precisava zelar pela própria reputação, na verdade fez um trabalho mais que decente ao apresentar as provas. Embora Torquato fosse um advogado bem preparado, conseguiu apenas (para usar a expressão grosseira da época) jogar perfume em cima daquela merda toda. O júri fora subornado, mas o registro do comportamento de Catilina na África mostrou-se suficientemente chocante para que eles ficassem muito perto de condená-lo, e ele só foi absolvido *per infamiam* — ou seja, foi dispensado do tribunal de maneira desonrosa. Clódio, com medo da retaliação de Catilina e seus defensores, saiu da cidade logo depois, para servir a Lúcio Murena, o novo governador da Gália Transalpina.

— Ah, se ao menos eu mesmo tivesse processado Catilina! — resmungou Cícero. — Agora ele estaria com Verres em Marselha, ouvindo o barulhinho das ondas! — Porém, ele pelo menos evitou a desonra de ter atuado como defensor de Catilina, graças a que, de passagem, ganhou muito crédito junto a Terência, e o fez, a partir de então, passar a dar mais ouvidos aos conselhos da mulher.

A estratégia de campanha de Cícero agora requeria que ele saísse de Roma por quatro meses, em busca de votos, viajando para o norte até as fronteiras da Itália na Gália Cisalpina. Nenhum candidato a cônsul, tanto quanto é do meu conhecimento, fizera tal coisa antes, mas Cícero, apesar de detestar ficar longe da cidade por muito tempo, estava convencido de que valia a pena. Quando se candidatou a edil, a quantidade de eleitores registrados girava em torno de 400 mil; mas agora essas cifras tinham sido corrigidas pelos recenseadores, e depois que o direito de votar se estendeu mais para o norte, até o rio Pó, o eleitorado crescera para perto de um milhão. Muito poucos desses cidadãos se arriscariam a viajar até Roma para dar seu voto em pessoa. Mas Cícero calculava que, se fosse capaz de convencer nem que fosse um entre dez desses novos eleitores, isso poderia lhe dar uma margem decisiva no Campo de Marte.

Ele marcou a partida para depois dos Jogos Romanos, que naquele ano, como de hábito, começavam no quinto dia de setembro. E aí deu-se algo que não vou chamar de choque, mas que sem dúvida foi mais perturbador do que uma mera surpresa. Os Jogos Romanos sempre eram patrocinados pelos edis, um dos quais era César. Tal como Antônio Híbrida, dele também nada se esperava, pois era conhecido por ser um duro. Mas César levou a empreitada a sério, e no seu estilo "dono do mundo", declarou que os jogos eram não somente em louvor a Júpiter, mas a seu pai já falecido. Dias antes ele colocou trabalhadores no fórum erguendo colunatas, de modo que o povo pudesse circular à vontade e ver as feras que ele mandara trazer do exterior, bem como os gladiadores que havia adquirido — nada menos do que 320 duplas, vestidos com armaduras prateadas: a maior quantidade jamais reunida para um espetáculo público. Ele promoveu banquetes, desfiles, montou peças teatrais, e quando, na manhã dos jogos propriamente ditos, os cidadãos de Roma despertaram, descobriram que durante a noite ele havia erguido uma estátua do herói populista Mário — a figura mais odiada pelos aristocratas — bem no interior do Capitólio.

Catulo imediatamente requereu uma sessão extraordinária do senado, e propôs uma moção exigindo a imediata remoção da estátua. Mas César respondeu com o mais absoluto desprezo, e era tamanha a sua popularidade em Roma, que o senado não ousou pressionar para levar o assunto adiante. Todos sabiam que o único homem que poderia ter emprestado dinheiro para César promover tamanhas extravagâncias era Crasso, e lembro-me bem de como Cícero voltou dos Jogos Romanos, arrasado, exatamente da mesma forma como tinha voltado dos Jogos de Apolo de Híbrida. Não que César, seis anos mais novo, estivesse propenso a concorrer com ele pessoalmente a alguma eleição; a questão era que Crasso estava claramente metido naquilo, e ele não conseguia atinar a razão. Cícero me descreveu naquela noite uma parte do espetáculo.

— Um pobre coitado, um criminoso qualquer, foi levado nu para o centro do Circo, armado com uma espada de madeira, e aí soltaram uma pantera e um leão para atacá-lo, os quais sem dúvida estavam sem comer nada havia semanas. E, na verdade, ele deu um belo espetáculo, recorrendo à única vantagem que possuía: o cérebro. Correu em todas as direções, e por um instante se teve a impressão de que ele teria êxito em fazer com que as feras se voltassem uma contra a outra, e não o atacassem. A multidão o incentivava. Mas aí ele tropeçou e as criaturas o fizeram em pedaços. Eu olhei para um lado, onde estavam Hortênsio e os aristocratas, todos rindo e aplaudindo, e para outro, onde Crasso e César se encontravam lado a lado, e pensei comigo mesmo: Cícero, esse homem é você.

As relações pessoais entre Cícero e César sempre foram cordiais, não só porque César gostava de suas piadas, mas porque Cícero nunca confiara nele, e agora, suspeitando que ele estivesse aliado com Crasso, passou a manter uma distância ainda maior. Há outra história que preciso contar sobre César. Por volta daquela época, Palicano veio procurar Cícero pedindo-lhe apoio para sua própria candidatura a cônsul. Oh, coitadinho de Palicano! Era um exemplo vivo do que pode ocorrer na política quando alguém se torna excessivamente dependente dos favores de um grande homem. Ele tinha sido um tribuno leal a Pompeu, e depois seu leal pretor, mas nunca recebeu sua parte do espólio depois que Pompeu obteve seus comandos especiais, pela simples razão de que não tinha nada a oferecer em troca; ele fora sugado. Eu o imagino sentado, dia após dia, em sua casa, olhando para o busto gigantesco de Pompeu, ou jantando sozinho debaixo daquele mural de Pompeu vestido de Júpiter — para falar a verdade, ele tinha tanta chance quanto eu de virar cônsul. Mas Cícero tentou persuadi-lo com toda a delicadeza, e disse que, embora não pudesse formar uma aliança eleitoral com ele, poderia pelo menos fazer algo por ele futuramente (claro que nunca o fez). Ao final da entrevista, quando Palicano já ia se levantando, Cícero, querendo finalizar em tom amistoso, pediu-lhe que desse lembranças à sua filha, a rotunda Lólia, que era casada com Gabínio.

— Oh, não me fale naquela piranha! — respondeu Palicano. — Você não soube? Toda a cidade está falando disso! Ela está sendo comida diariamente por César!

Cícero garantiu-lhe que não sabia de nada.

— César — disse Palicano com amargura. — Eis aí um bastardo de duas caras! Eu pergunto a você: como é possível alguém levar para a cama a mulher dum companheiro, quando este se acha a milhares de quilômetros lutando por seu país?

— Inaceitável — concordou Cícero. — Mas, pensando bem — ele comentou comigo depois que Palicano se foi —, se é para fazer uma coisa dessas, para mim seria a hora ideal. Não que eu seja um especialista na matéria. — Ele balançou a cabeça. — De fato, agora sem brincadeira, é preciso ter muito cuidado com César. Um homem que é capaz de roubar sua mulher, o que não será capaz de tirar de você?

Mais uma vez eu estive a ponto de contar o que havia presenciado na casa de Pompeu; e mais uma vez pensei duas vezes.

FOI NUMA CLARA MANHÃ de outono que Cícero se despediu choroso de Terência, Túlia e do pequeno Marco, e deixamos a cidade para iniciar seu giro de campanha pelo norte. Quinto, como de hábito, ficou cuidando dos interesses políticos do irmão, enquanto Frugi se incumbia dos assuntos jurídicos profissionais. Quanto ao jovem Célio, finalmente era chegada a hora de deixar Cícero e ir completar seu estágio na casa de Crasso.

Viajamos num comboio de três carruagens, puxadas por mulas — uma para Cícero dormir, outra especialmente preparada para servi-lhe de escritório, e uma terceira repleta de bagagens e documentos; outros veículos menores seguiam atrás, para uso da equipe de apoio do senador — secretários, criados, cocheiros, cozinheiros, e sabem os deuses quem mais, inclusive vários sujeitos corpulentos que funcionavam como guarda-costas. Saímos pela Porta Fontinália sem ninguém para se despedir de nós. Naquela época, as colinas ao norte de Roma ainda eram cobertas de pinheiros, com exceção daquela onde Lúculo estava acabando de erguer o seu famoso palácio. O general patrício havia retornado do Oriente, mas não poderia entrar na cidade de forma correta sem ter que renunciar ao seu *imperium* militar e, com ele, ao seu direito a um triunfo. Dessa forma seguia vivendo ali em meio aos seus despojos de guerra, esperando que seus amigos aristocratas conseguissem maioria no senado para votar favoravelmente à sua designação como *triunfactor*, porém os partidários de Pompeu, entre os quais Cícero, continuavam bloqueando. Até Cícero desviou a vista de suas cartas para ficar olhando por um bom tempo aquela estrutura colossal, cujo telhado só era visível do alto das árvores, e eu, no íntimo, alimentei a esperança de poder entrever de relance o grande homem em pessoa, mas é claro que não consegui vê-lo em parte alguma. (Coincidentemente, Quinto Metelo, o único sobrevivente dos três irmãos, regressara recentemente de Creta, e também se achava acampado nos arredores da cidade na expectativa da concessão de um triunfo, que o sempre invejoso Pompeu, mais uma vez, não queria permitir. A desdita de Lúculo e Metelo era uma fonte permanente de gozação para Cícero: "Um engarrafamento de generais", ele ironizava "todos tentando entrar em Roma pelo Portão Triunfal!" Na ponte Mílvio nós paramos para que Cícero despachasse uma mensagem final de despedida para Terência. Em seguida atravessamos as águas revoltas do Tibre e tomamos o rumo norte pela Via Flamínia.

Fazia um tempo extremamente bom naquele primeiro dia, e pouco antes da noite cair chegamos a Ocrículo, aproximadamente uns 50 quilômetros ao norte da cidade. Ali fomos recebidos por um proeminente cidadão local que aceitou hospedar Cícero, e na manhã seguinte o senador foi ao fórum para começar a angariar votos. O segredo de uma campanha eleitoral eficiente reside na qualidade do trabalho feito previamente pela equipe, e nisso Cícero teve a sorte de conseguir que dois agentes profissionais, Ranúnculo e Filo, viajassem na frente para assegurar que uma multidão razoável sempre estivesse aguardando o candidato em todas as cidades em que chegávamos. Não havia nada no mapa eleitoral da Itália que aqueles dois espertinhos não conhecessem: que cavalheiros locais poderiam se sentir ofendidos caso Cícero não parasse para cumprimentá-los, e quem deveria ser evitado; quais eram as principais tribos e centúrias de cada distrito, e quais estavam mais propensas a tomar seu partido; que temas mais interessavam aos cidadãos, e que promessas eles queriam ouvir em troca de seus votos. Não se falava em outra coisa que não política, porém Cícero era capaz de se sentar no meio deles até tarde da noite para debater fatos e versões mostrando-se tão à vontade quanto se estivesse conversando com um filósofo ou um intelectual.

Não iria aborrecê-los com todos os detalhes da campanha, ainda que me lembrasse deles. Pelos deuses! Parando para pensar, é muito político de carreira! Já fui capaz de dizer o nome de cada cônsul nos últimos cem anos, e de muitos pretores dos últimos quarenta. Hoje, eles já desapareceram quase que inteiramente da minha memória, apagando-se tal como as luzes em torno da baía de Nápoles à meia-noite. Não surpreende que as cidades e as multidões da campanha de Cícero para cônsul tenham se misturado todas numa impressão generalizada de apertos de mãos trocados, paciência para ouvir histórias tediosas, recebimento de pedidos, piadas, promessas, bajulação e tapinhas nas costas de autoridades locais. O nome de Cícero já então era famoso, mesmo fora de Roma, e as pessoas se viravam para vê-lo passar, sobretudo nas cidades maiores onde o direito era exercido, pois os discursos que ele preparara para o processo contra Verres — mesmo os que não pronunciou — tinham sido copiados e circulavam intensamente. Ele era um herói tanto para as classes inferiores quanto para os cavalheiros mais respeitáveis, que o tinham como uma espécie de baluarte da luta contra a ganância e o esnobismo da aristocracia. Por esse motivo, não eram muitas as mansões imponentes que lhe abriam as portas, e tivemos que agüentar ofensas e de vez em quando até objetos que eram lançados contra ele toda vez que passava perto da residência de um ou outro grande patrício.

Seguimos pela Via Flamínia, dedicando um dia a cada cidade de tamanho razoável — Nárnia, Carsule, Mevânia, Fulgínia, Nucéria, Tadine e Cales —, até finalmente alcançar a costa do Adriático, cerca de duas semanas após termos saído de Roma. Fazia alguns anos que eu não via o mar, e quando aquela linha de um azul resplandecente surgiu por sobre a poeira e as árvores, me senti excitado feito uma criança. Era uma tarde agradável e sem nuvens no céu, resquícios de um distante verão que há muito ficara para trás. Num impulso, Cícero mandou a comitiva parar para que pudéssemos todos caminhar pela praia. Curioso como certas coisas se conservam em nossas mentes: embora hoje eu não me lembre de muita coisa importante da política, ainda sou capaz de recordar cada detalhe daquele interlúdio de uma hora — o cheiro das algas e o gosto do sal em meus lábios, o calor gostoso do sol em minhas bochechas, o som das pedrinhas quando a onda quebrava e o chiado que faziam quando ela recuava, e Cícero rindo ao tentar mostrar como Demóstenes, segundo se dizia, havia aperfeiçoado a elocução treinando seus discursos com a boca cheia de pedrinhas como aquelas.

Poucos dias depois, em Arimino, subimos pela Via Emiliana e dobramos para oeste, para longe do mar, em direção à província da Gália Cisalpina. Ali dava para sentir o arrepio do inverno chegando. As montanhas rubro-negras dos Apeninos erguiam-se bem à nossa esquerda, enquanto à direita o delta do Pó estendia-se cinza e chapado até a linha do horizonte. Tive a estranha sensação de que não passávamos de meros insetos, rastejando ao pé da parede de um enorme salão. O tema que mais empolgava a Gália Cisalpina naquele momento era justamente o direito de voto. Quem vivia ao sul do rio Pó podia votar; quem vivia ao norte, não. Os populistas, liderados por Pompeu e César, eram favoráveis a que se estendesse a cidadania ao longo de todo o rio, até os Alpes; os aristocratas, cujo porta-voz era Catulo, desconfiavam de um complô para minar seu poder, e eram contra. Cícero, naturalmente, era a favor de ampliar ao máximo o direito ao voto — e esse era o principal foco de sua campanha.

Nunca antes se vira ali um candidato a cônsul, e em todas as cidadezinhas muitas centenas de pessoas reuniam-se para escutá-lo. Cícero geralmente falava de cima da traseira de uma das carruagens, e em cada lugar fazia o mesmo discurso, de modo que, após certo tempo, eu era capaz de mexer os lábios de forma sincronizada com os dele. Denunciava a absurda lógica pela qual um homem que morasse de um lado de um curso d'água era considerado romano enquanto seu parente, vivendo do outro lado, era um bárbaro, embora ambos falassem latim.

— Roma não é meramente uma questão de geografia — ele proclamava. — Roma não se define por rios, ou por montanhas, ou mesmo por mares; Roma não é uma questão de sangue, ou de raça, ou de religião; Roma é um ideal. Roma é a representação mais elevada de liberdade e de justiça que a humanidade atingiu nos 10 mil anos desde que nossos ancestrais desceram dessas montanhas e aprenderam a viver em comunidades sob o império da lei.

Portanto, se seus ouvintes tinham direito a voto, ele concluía, deveriam tratar de empregá-lo a serviço dos que não o tinham, porque esse era seu fragmento de civilização, seu bem especial, precioso como o segredo do fogo. Todo homem deveria ver Roma pelo menos uma vez antes de morrer. Eles deveriam ir no próximo verão, quando era mais fácil viajar, e dar seus votos no Campo de Marte, e se alguém lhes perguntasse por que vieram de tão longe, poderiam dizer que foi Marco Cícero quem os enviara. Então ele pulava para o chão e ia passando pelo meio da multidão que o seguia aplaudindo, distribuía punhados de grão-de-bico de um saco carregado por um dos seus assessores, enquanto eu não podia me descuidar de estar sempre bem atrás dele para ouvir alguma instrução e anotar nomes.

Aprendi muito a respeito de Cícero enquanto ele estava em campanha. Na verdade, eu diria que, a despeito de todos os anos que passamos juntos, nunca de fato o conheci de verdade até vê-lo numa daquelas pequenas cidades ao sul do Pó — Favência, por exemplo, ou Claterna — com a luz de final de outono já começando a esvanecer, um vento frio soprando das montanhas, as luzes se acendendo nas lojinhas da rua principal, e os rostos daquela gente da terra olhando, num misto de respeito e temor, aquele senador famoso na traseira de uma carroça, os três dedos estendidos apontando para a glória de Roma à sua frente. Foi então que eu compreendi que, apesar de toda a sofisticação, Cícero continuava sendo um deles — um homem de uma cidadezinha provinciana com uma visão idealizada da república e do que representava ser um cidadão, que fazia entrar em ebulição tudo o que havia de mais violento em seu interior porque ele também era um excluído.

Durante os dois meses seguintes Cícero se dedicou inteiramente aos eleitores da Gália Cisalpina, sobretudo aos que habitavam os arredores da capital provincial de Placência, a qual, na verdade, se localiza às margens do Pó e onde famílias inteiras se achavam divididas pela lamentável questão da cidadania. Ele recebeu enorme assistência em sua campanha por parte do governador, Piso — o mesmo Piso que, curiosamente, ameaçara Pompeu com o destino de Rômulo caso persistisse na intenção de fazer aprovar o comando especial. Mas Piso era um pragmático, e, além disso, sua família possuía interesses comerciais para além do Pó. Assim, ele era a favor da extensão do direito de voto; chegou a dar a Cícero um cargo especial em sua equipe, para permitir-lhe viajar com mais liberdade. Nós passamos o Festival da Saturnália na companhia de Piso, prisioneiros da neve, e pude sentir que o governador ia se vendo cada vez mais atraído pelo comportamento e pela sabedoria de Cícero, a tal ponto que, certa noite, depois de muito vinho, bateu-lhe no ombro e confessou:

— Cícero, você, acima de tudo, é um bom sujeito. Melhor e mais patriota do que eu imaginava. Falando por mim, eu gostaria de vê-lo cônsul. É uma pena que isso nunca vá acontecer.

Cícero pareceu surpreso.

— E por que você tem tanta certeza disso?

— Porque os aristocratas jamais o apoiarão, e eles controlam muitos votos.

— É verdade que eles têm muita influência — concordou Cícero. — Mas eu conto com o apoio de Pompeu.

Piso soltou uma gargalhada.

— E que vantagem isso representa para você! Ele está do outro lado do mundo, todo cheio de si, e além do mais, será que você não percebeu? Ele não dá a mínima para ninguém, só vê a si próprio. Sabe em quem eu ficaria de olho se fosse você?

— Em Catilina?

— Sim, esse também. Mas quem deve realmente deixá-lo preocupado é Antônio Híbrida.

— Mas aquele homem é um idiota!

— Cícero, você me deixa desapontado. Desde quando a idiotice é um impedimento para se dar bem na política? Pode escrever o que estou dizendo, Híbrida é o cara que os aristocratas vão apoiar, e aí você e Catilina acabarão brigando por uma segunda vaga, e não fique esperando a ajuda de Pompeu.

Cícero sorriu e fingiu despreocupação, mas as observações de Piso evidentemente encontraram eco nele, e tão logo a nevasca arrefeceu nós tratamos de partir de volta para Roma a toda velocidade.

CHEGAMOS À CIDADE no meio de janeiro, e a princípio tudo parecia estar indo bem. Cícero retomou a roda-viva dos tribunais, e sua equipe de campanha passou novamente a se reunir semanalmente sob a coordenação de Quinto, que garantiu que o apoio se mantinha firme. Éramos em menor número, sem o jovem Célio, mas sua ausência foi mais do que compensada com a chegada do amigo mais velho e mais íntimo de Cícero, Ático, que havia regressado para fixar residência em Roma após uma ausência de quase vinte anos na Grécia.

Devo contar um pouco sobre Ático, cuja importância na vida de Cícero eu apenas mencionei de passagem, e que estava prestes a se tornar ainda mais significativa. Já rico, ele havia herdado recentemente uma linda casa no monte Quirinal e mais 20 milhões de sestércios em dinheiro vivo de um tio, Quinto Cecílio, um dos agiotas mais odiados e antissociais de Roma — e diz muito a respeito de Ático o fato de somente ele ter conseguido conviver, em condições razoáveis, com essa criatura repulsiva até sua morte. Alguns desconfiaram de oportunismo, mas a verdade é que, graças à sua filosofia, Ático tomara como princípio nunca se indispor com ninguém. Era um seguidor devotado do ensinamento de Epicuro: "o prazer é o princípio e o fim do viver feliz", embora eu deva acrescentar rapidamente que ele era um epicurista não no sentido comumente distorcido, daquele que vive somente em busca de prazeres, mas no sentido genuíno, de quem persegue aquilo que os gregos denominam *ataraxia*, ou a libertação de todas as perturbações. Em conseqüência, evitava discussões e sentimentos maus de todo tipo (não é preciso dizer que nunca se casou) e a única coisa que desejava era pensar em filosofia durante o dia e cear á noite com os amigos cultos. Ele acreditava que toda a humanidade deveria ter objetivos parecidos, e ficava chocado que não o tivesse: tendia a esquecer, como Cícero de vez em quando lembrava, que nem todo mundo herdara uma fortuna. Ele jamais, por um instante sequer, considerou a possibilidade de fazer qualquer coisa aborrecida e perigosa como uma carreira política, embora, ao mesmo tempo, como garantia contra eventuais acidentes de percurso, tenha se esforçado por conquistar a simpatia de todos os aristocratas que passaram por Atenas — que, ao longo de duas décadas, foram muitos — traçando suas famílias genealógicas e presenteando-os com elas, belamente ilustradas por seus escravos. Era também extremamente arguto em matéria de dinheiro. Em suma, talvez nunca tenha havido alguém tão materialista na busca do desapego mundano como Tito Pompônio Ático.

Ele era três anos mais velho que Cícero, que de certa maneira o admirava não apenas por sua riqueza mas também por suas ligações sociais, já que, se existe um homem com acesso automático garantido à alta sociedade, este é o tipo solteirão rico e culto, na faixa dos 40 anos, sinceramente interessado na genealogia de seus anfitriões e anfitriãs. Isso o tornava valiosíssimo como fonte de inteligência política, e era com Ático que Cícero agora começava a entender o quão formidável era a resistência à sua candidatura. Primeiramente, durante um jantar, Ático havia escutado de sua grande amiga Servília — a meia-irmã de Catão — que Antônio Híbrida estaria definitivamente concorrendo à eleição para cônsul. Poucas semanas depois disso, Ático transmitiu-lhe um comentário de Hortênsio (outro dos seus conhecidos) de que Híbrida e Catilina estavam planejando fazer uma dobradinha. Isso foi um duro golpe, e por mais que Cícero tentasse fazer graça com a coisa ("Ah, um alvo com o dobro do tamanho é duas vezes mais fácil de ser abatido") dava para perceber que estava preocupado, pois não tinha com quem fazer parceria e, àquela altura, sem qualquer perspectiva de encontrar alguém.

Mas a notícia ruim de verdade chegou pouco depois do recesso dos senadores, já no final da primavera. Ático mandou uma mensagem dizendo que precisava ver os irmãos Cícero com urgência, e assim, quando os tribunais encerraram o expediente do dia, nós três subimos para a casa dele. Era um perfeito ambiente de solteiro, construído num promontório ao lado do Templo de Salo — não muito grande, mas com a mais bela vista panorâmica da cidade, especialmente da biblioteca, que Ático transformara no cômodo principal da casa. Havia bustos dos grandes filósofos em volta das paredes, e muitos banquinhos acolchoados para as pessoas se sentarem, pois a regra de ouro de Ático era que, embora ele jamais emprestasse um livro, qualquer amigo seu tinha total liberdade para ir até lá ler e até mesmo copiar, quando e o que bem entendesse. E foi ali, debaixo de uma cabeça de Aristóteles, que encontramos Ático reclinado naquela tarde, vestindo uma túnica branca larga de grego e lendo, se bem me recordo, um exemplar de *Kyriai doxai*, a obra principal de Epicuro.

Ele foi direto ao ponto.

— Houve um jantar a noite passada no Palatino, na casa de Metelo Celer e da Sra. Clódia, e entre outros convidados estava nosso ex-cônsul, nada menos do que o aristocrata — ele soprou uma trombeta imaginária — Públio Cornélio Lêntulo Sura.

— Pelos deuses — Cícero deu um sorriso — que companhias você arranja!

— Você sabia que Lêntulo está tentando retornar, candidatando-se a pretor este verão?

— É mesmo? — Cícero franziu o cenho e coçou a testa. — Ele, claro, é muito amigo de Catilina. Imagino que sejam aliados. Está vendo como cresce o bando dos canalhas?

— Ah, sim, trata-se de um verdadeiro movimento político — ele, Catilina e Híbrida — e eu fiquei com a sensação de que havia outros, mas ele não me deu os nomes. Uma hora lá, sacou um pedaço de papel com a previsão de algum oráculo desses dizendo que ele seria o terceiro dos Cornélio a governar como ditador em Roma.

— O velho Soneca? Ditador? Imagino que você deve ter rido na cara dele.

— Não, não ri — replicou Ático. — Levei-o bem a sério. Você deveria fazer isso de vez em quando, Cícero, em vez de ficar emitindo esses seus comentários ácidos que simplesmente deixam todo mundo calado. Não, eu dei corda, ele bebeu mais um pouco do excelente vinho de Celer, eu ouvi mais, ele bebeu mais, e por fim, me pedindo sigilo absoluto, acabou me revelando seu grande segredo.

— Que é? — disse Cícero, chegando para a frente na cadeira, pois sabia que Ático não nos teria convocado por qualquer coisa.

— Eles têm o apoio de Crasso.

Fez-se silêncio.

— Crasso vai votar com eles? — quis saber Cícero, e acho que foi a primeira vez que o ouvi dizer algo bem idiota: atribuo isso ao choque.

— Não — disse Ático, com irritação. — Ele os está apoiando. Você sabe o que quero dizer. Financiando. Comprando a eleição toda para eles, segundo Lêntulo.

Cícero pareceu temporariamente sem forças para falar. Após outra longa pausa, foi Quinto quem falou:

— Não acredito. Lêntulo devia estar bem mamado para dizer uma bobagem ridícula dessas. Que motivo teria Crasso para querer ver essa gente no poder?

— Ele quer me prejudicar — disse Cícero, recuperando a voz.

— Que absurdo! — exclamou Quinto, zangado. Por que ele estaria tão zangado? Imagino porque tinha medo de que a história fosse verdadeira, e nesse caso ele passaria por bobo, sobretudo depois de todas as garantias que dera ao irmão de que a campanha eram favas contadas. — Absurdo completo! — ele repetia, embora cada vez com menos firmeza. — Já sabemos que Crasso está investindo pesado no futuro de César. Quanto lhe custaria a mais comprar duas eleições para cônsul e uma para pretor? Estamos falando não de 1 milhão, mas de 4, 5 milhões. Ele odeia você, Marco, todo mundo sabe. Mas será que o ódio dele por você é assim tão maior que o amor que tem por seu dinheiro? Duvido.

— Não — Cícero falou firme. — Receio que você esteja enganado, Quinto. Esta história tem a marca da verdade, e eu me culpo por não ter reconhecido o perigo mais cedo. — Agora ele estava de pé, perambulando pela sala, como sempre fazia quando estava pensando. — Tudo começou com aqueles Jogos de Apolo promovidos por Híbrida — Crasso deve ter pago tudo. Foram os Jogos que tiraram Híbrida de entre os mortos políticos. E será que Catilina poderia ter levantado os fundos para subornar seu júri apenas com a venda de algumas estátuas e alguns quadros? Claro que não. E, mesmo se tivesse, quem estará cobrindo suas despesas de campanha agora? Porque eu estive na casa dele e posso garantir a vocês: o homem está falido. — Ele voltou a passear pela sala, o olhar movendo-se para a esquerda e para a direita, brilhante e vago, como se os olhos trabalhassem tão rápido quanto os seus pensamentos. — Eu sempre soube aqui dentro que havia algo errado com essa eleição. Senti uma força invisível contra mim desde o início. Híbrida e Catilina! Essas criaturas jamais poderiam sair *candidatos* em qualquer campanha normal, muito menos estar na frente. Eles não passam de instrumentos de alguém.

— Então estamos lutando contra Crasso? — disse Quinto, parecendo convencido afinal.

— Crasso, sim. Ou seria César, na verdade, usando o dinheiro de Crasso? Toda vez que olho em volta, pareço ver como que um sinal da túnica de César, sumindo rapidamente de vista. Ele se acha mais esperto do que todo mundo, e talvez seja mesmo. Mas não dessa vez. Ático — Cícero parou na frente do amigo, e tomou-lhe as mãos entre as suas — meu velho companheiro, não sei como lhe agradecer.

— Por quê? Eu só fiquei escutando um sujeito chato, e dando-lhe uma bebidinha de vez em quando. Não foi nada.

— Pelo contrário, a capacidade de ouvir gente chata requer muita energia, e energia é a essência da política. É dos chatos que se conseguem arrancar as melhores coisas. — Cícero esfregou as mãos, depois virou-se para o irmão. — Precisamos descobrir alguma prova, Quinto. Ranúnculo e Filo são os homens certos para fuçar isso, não há movimento em época de eleição nesta cidade de que aqueles dois não saibam.

Quinto concordou, e dessa forma os preparativos para as eleições consulares afinal se encerraram, e a luta para valer teve início.

XVI

Para descobrir o que se passava, Cícero preparou uma armadilha. Em vez de sair por aí perguntando o que Crasso estava aprontando — o que poderia não dar em nada, além de alertar os adversários para o fato de que ele andava desconfiado — chamou Ranúnculo e Filo e instruiu-os a sair pela cidade espalhando que eram representantes de um certo senador anônimo que, preocupado com suas chances nas próximas eleições para cônsul, estaria disposto a pagar 50 sestércios por voto ao comitê eleitoral constituído.

Ranúnculo era uma criatura mínima, quase disforme, com uma cara larga, redonda na ponta de um corpo frágil, e que portanto fazia jus ao apelido de "Girino". Filo era muito alto e magro, uma vela gigante que se mexia. Antes deles, seus pais e seus avós haviam sido agentes de suborno. Os dois conheciam muito bem o meio. Sumiram pelas ruelas e bares, e pouco mais de uma semana depois vieram informar Cícero de que algo muito estranho estava ocorrendo. Todos os agentes de suborno se recusavam a cooperar.

— O que significa — como Ranúnculo colocou, com sua voz esganiçada — que ou Roma está cheia de gente honesta pela primeira vez em trezentos anos, ou que todos os votos que estavam à venda já foram comprados.

— Há de haver alguém que aceite um preço mais alto — insistiu Cícero. — É melhor tentarem novamente, e dessa vez ofereçam cem.

Assim eles fizeram, e outra semana depois voltaram com a mesma história. Era de tal monta a propina que estava sendo paga aos agentes, e tamanho o nervosismo que demonstravam em não contrariar seu misterioso cliente, que não havia um único voto à venda, e nem uma pista sequer sobre quem poderia ser o tal cliente. Você pode estar se perguntando, considerando-se os milhares de votos envolvidos, como é que uma operação desse porte podia se manter tão secreta. A resposta é que ela fora muito bem planejada, provavelmente com apenas uma dúzia de agentes — ou *intérpretes*, como eram chamados — sabendo a identidade do real comprador (lamento informar que tanto Ranúnculo quanto Filo já haviam atuado como *intérpretes* no passado). Eram esses homens que entravam em contato com os líderes dos comitês eleitorais para fazer a proposta inicial — tal preço para cada cinqüenta votos, digamos, ou quinhentos, dependendo do tamanho do comitê. Como, naturalmente, ninguém mais confiava em ninguém nesse jogo, o dinheiro precisava ficar de posse de uma segunda categoria de agentes, conhecidos como *seqüestres*, que guardavam o dinheiro disponível para exame. E, finalmente, quando a eleição terminava e era hora de fazer os pagamentos, uma terceira espécie de delinqüentes, chamados de *divisores*, se encarregava da distribuição. Isso tornava extremamente difícil entrar com um processo de maneira eficiente pois, ainda que um homem fosse preso em flagrante de suborno, ele não tinha idéia, efetivamente, de quem era o verdadeiro responsável pela corrupção. Mas Cícero continuava se recusando a admitir que ninguém falaria.

— Estamos lidando com agentes de suborno — ele gritava, numa rara demonstração de raiva —, não com uma antiga ordem de cavalheiros romanos! Em algum lugar vocês haverão de descobrir um sujeito capaz de trair até o mais perigoso dos corruptores, como Crasso, desde que por um bom dinheiro. Então podem ir atrás desse homem e saber seu preço, ou será que eu tenho que fazer tudo sozinho?

Naquele momento — acho que já devíamos estar em junho, faltando mais ou menos um mês para a eleição — todo mundo sabia que algo estranho estava ocorrendo. A campanha estava virando uma das mais memoráveis e disputadas de que se tinha notícia, com nada menos do que sete candidatos a cônsul, reflexo do fato de que muitos jogavam suas chances naquele ano. Os três mais cotados eram Catilina, Híbrida e Cícero. Em seguida vinham o esnobe e azedo Galba, e o profundamente religioso Cornifício. Os dois que não alimentavam quaisquer esperanças eram o corpulento ex-pretor Cássio Longino e Gaio Licínio Sacerdos, que fora governador da Sicília bem antes de Verres e que era pelo menos uma década mais velho que os rivais. Sacerdos era daqueles candidatos irritantes que entram nas eleições "não por ambição pessoal", como gostam de dizer, mas tão-somente com a intenção de "levantar questões" ("Tenha sempre muito cuidado com quem afirma que não está atrás de cargos", dizia Cícero, "pois esse é o mais vaidoso de todos"). Percebendo que os agentes de suborno estavam numa atividade fora do comum, o cônsul principal, Márcio Figulo, foi convencido por diversos candidatos a propor ao senado uma nova lei dura contra contravenções eleitorais: o que ele esperava viesse a se tornar a *Lex Figula*. Já era ilegal um candidato oferecer propina; o novo decreto também passava a considerar criminoso o eleitor que a aceitasse.

Quando chegou a hora de se debater a medida em plenário, o cônsul quis saber a opinião de um por um dos candidatos. Sacerdos, como o mais velho, foi quem falou primeiro, fazendo um discurso piedoso a favor; pude ver Cícero fazendo muxoxos de irritação ante suas platitudes. Híbrida, evidentemente, foi contra, mas no seu estilo habitual confuso e descartável — ninguém conseguia acreditar que o pai dele fora o advogado mais requisitado de Roma. Galba, que seria derrotado de qualquer forma, aproveitou a oportunidade para renunciar à disputa, anunciando com imponência que não havia glória alguma em participar de uma competição tão sórdida, que manchava a memória de seus antepassados. Catilina, por razões óbvias, também se mostrou contrário à *Lex Figula*, e devo admitir que ele impressionou. Absolutamente calmo, passeou por entre as bancadas e, ao se aproximar da conclusão de suas observações, apontou para

Cícero e disse bem alto que os únicos que iriam se beneficiar com mais uma lei eram os advogados, o que arrancou os já aguardados aplausos dos aristocratas. Cícero estava em posição delicada, e quando se levantou eu fiquei me perguntando o que iria dizer, porque, evidentemente, ele não queria ver a legislação fracassar, mas também, às vésperas do pleito mais importante de sua vida, não desejava se indispor com os comitês que, naturalmente, viam o decreto como um ataque à própria honorabilidade. Sua resposta foi maneirosa.

— No geral eu saúdo este decreto — ele disse — que só pode amedrontar os que são culpados. Os cidadãos honestos nada têm a temer de uma lei que condene o suborno, e os desonestos devem ser lembrados de que o voto é um direito sagrado, não um bilhete que se troca por dinheiro uma vez ao ano. Mas existe algo errado aqui: um desequilíbrio que precisa ser corrigido. Estaremos afirmando de fato que o pobre que sucumbe à tentação deve receber uma condenação maior do que o rico que propositalmente coloca a tentação em seu caminho? Eu digo o contrário: se temos que legislar contra um, devemos reforçar as sanções contra o outro. Com sua permissão, portanto, Figulo, quero propor uma emenda ao seu decreto: "Toda pessoa que pedir, que tente pedir, ou que patrocine pedidos de votos em troca de dinheiro estará sujeita a uma pena de dez anos de exílio." — Isso provocou um "Oohh!" excitado de exclamação por parte de todos no recinto.

De onde eu me encontrava, não dava para ver o rosto de Crasso, mas Cícero depois me garantiu, deliciado, que ele ficou vermelho, já que aquele trecho — "ou que patrocine pedidos de votos" — tinha endereço certo, e todo mundo sabia que era o dele. O cônsul acatou candidamente a emenda e quis saber se algum dos presentes tinha algo contra. Mas a maioria estava surpresa demais para reagir, e aqueles que, como Crasso, tinham mais a perder não ousaram se expor em público opondo-se abertamente a ela. Dessa forma, a emenda não encontrou resistência, e quando a casa se dividiu em relação ao decreto principal, ela foi aprovada por larga margem. Figulo, com seus lictores à frente, deixou o recinto, e todos os senadores se alinharam sob a luz do sol para vê-lo subir ao rostro e entregar o decreto ao arauto para que este procedesse imediatamente à sua leitura. Eu vi Híbrida fazer um movimento na direção de Crasso, mas Catilina pegou-o pelo braço, enquanto Crasso abandonava rapidamente o fórum para evitar ser visto com seus protegidos. As três semanas usuais teriam agora que ser respeitadas para que o decreto pudesse ser votado, o que significava que o povo iria se manifestar praticamente na véspera da eleição consular.

Cícero ficou satisfeito com sua obra, devido à possibilidade que agora se abria, caso a *Lex Figula* fosse aprovada e ele viesse a perder a eleição por causa de suborno, de mover um processo não só contra Catilina e Híbrida, mas também contra seu arquiinimigo, Crasso. Afinal, mal fazia dois anos que uma dupla de cônsules eleitos fora destituída dos cargos por práticas eleitorais condenáveis. Mas para ter êxito numa ação dessa magnitude ele precisaria de provas, e a pressão para encontrá-las era cada vez mais intensa. Agora ele passava cada hora do dia em busca de apoio, reunindo-se com uma multidão de partidários, mas nunca com um *nomenclator* colado ao seu cotovelo para sussurrar os nomes dos eleitores: diferentemente de seus oponentes, Cícero orgulhava-se imensamente de ser capaz de lembrar de milhares de nomes, e nas raras ocasiões em que encontrava alguém de cuja identidade havia se esquecido, sempre dava um jeito de se sair bem.

Eu tive grande admiração por ele naquela época, pois ele devia saber que tinha tudo contra si e que eram grandes as chances de ser derrotado. A profecia de Piso em relação a Pompeu mostrara-se amplamente correta, e o grande homem não mexeu um dedo para ajudar Cícero durante a campanha. Ele se estabelecera em Amiso, no extremo leste do mar Negro — que fica mais longe de Roma do que se pode imaginar — e de lá, como um grande potentado oriental, recebia homenagens de nada menos do que 12 reis nativos. A Síria fora anexada. Mitrídates havia batido em retirada. A casa de Pompeu no Esquilino estava toda decorada com as proas das cinqüenta trirremes piratas capturadas e atualmente era conhecida como *domus rostra* — um verdadeiro templo para seus admiradores de toda a Itália. Que importância Pompeu ainda poderia dar às lutas insignificantes de pobres mortais? As mensagens de Cícero não recebiam respostas. Quinto ficava revoltado ante tamanha ingratidão, mas Cícero era mais realista:

— Se gratidão é o que você espera, melhor arranjar um cachorro.

TRÊS DIAS ANTES da eleição, e na véspera de ser votada a lei do suborno, chegou-se enfim a um momento crucial. Ranúnculo veio correndo ao encontro de Cícero com a notícia de que encontrara um agente de suborno chamado Gaio Salinator, que proclamava poder vender trezentos votos por 500 sestércios cada um. Ele era dono de um bar em Subura chamado Bacante, e ficou acertado que Ranúnculo iria ao encontro dele naquela mesma noite, lhe daria o nome do candidato em quem os eleitores comprados deveriam votar, e, ao mesmo tempo, passaria o dinheiro a um *seqüestre* de confiança de ambos. Quando Cícero soube disso ficou muito agitado, e insistiu em acompanhar Ranúnculo ao encontro, disfarçando seu rosto conhecido sob um capuz. Quinto foi contra, considerando o plano arriscado demais, mas Cícero teimou que precisava colher provas.

— Terei Ranúnculo e Tiro me protegendo — ele falou (admito que era uma das suas piadas) —, mas talvez você possa conseguir que alguns dos nossos leais partidários estejam bebendo nas imediações, para o caso de precisarmos de mais assistência.

Eu estava então com quase 40 anos, e após uma vida dedicada exclusivamente a atividades burocráticas, minhas mãos eram macias como as de uma senhora. Caso tivéssemos algum problema, Cícero, a quem exercícios diários haviam conferido um físico de impressionar, é que haveria de *me* proteger. Apesar disso, abri o cofre do gabinete e comecei a separar as moedas de prata de que iríamos necessitar. (Ele possuía um fundo de campanha bem fornido, composto de presentes de admiradores, que guardava para financiar despesas como a viagem à Gália Cisalpina: não se tratava exatamente de dinheiro de propinas, embora os doadores com certeza se mostrassem mais à vontade sabendo que Cícero era conhecido por nunca se esquecer de um nome.) Seja como for, toda aquela prata foi acondicionada num cinturão que eu tinha que levar preso à cintura, e com um lastro pesado, em todos os sentidos, eu desci com Cícero para a escuridão de Subura. Ele compunha uma estranha figura vestido naquela túnica com capuz tomada emprestada a um dos escravos, já que a noite estava muito quente. Mas naquela agitada zona pobre da cidade, gente trajando roupas esquisitas era uma visão de todo dia, e quando as pessoas viam um homem com um capuz enfiado na cabeça tratavam logo de se afastar, talvez com medo de que fosse lepra ou alguma doença deformadora passível de se pegar. Seguimos Ranúnculo, que foi enveredando, como um autêntico girino, pelo labirinto de alamedas estreitas e sujas que constituíam seu habitat natural, até que finalmente chegamos a uma esquina onde alguns homens, sentados de costas para a parede, faziam circular uma jarra de vinho. Sobre suas cabeças, ao lado da porta, havia uma pintura de Baco com as partes para fora, se aliviando, e o lugar tinha o cheiro correspondente. Ranúnculo entrou e nos levou, passando por trás do balcão, por uma escada estreita de madeira até um jirau onde Salinator estava à espera, com outro homem, o *seqüestre*, cujo nome eu nunca soube.

Estavam tão ansiosos para ver o dinheiro que nem prestaram atenção à figura encapuzada atrás de mim. Tive que tirar o cinturão e mostrar-lhes as moedas, e aí o *seqüestre* pegou uma balança e começou a pesar a prata. Salinator, que era uma criatura de cabelos sebosos, barrigudo feito um barril, observou a coisa por algum tempo e então disse a Ranúnculo:

— Parece que está tudo certo. Agora só falta me dar o nome do seu cliente.

— Eu sou o cliente — disse Cícero, removendo o capuz. Não é preciso dizer que Salinator o reconheceu na hora, e deu um passo atrás, assustado, o que o fez esbarrar no *seqüestre* e derrubar a balança com as moedas. O agente de suborno tentou se recobrar, procurando sem sucesso transformar o sem-jeito numa seqüência de reverências, e improvisar um discurso sobre a honra que sentia em poder de algum modo ajudar na campanha do senador, mas Cícero o fez se calar rapidamente. — Eu não preciso da ajuda de pobres coitados como você! Só preciso de informação.

Salinator mal começara a se lamuriar, dizendo que não sabia de nada, quando o *sequestre* pegou a balança e mergulhou escada abaixo. A meio caminho, porém, deu com a figura sólida de Quinto, que o fez girar e, agarrando-o pelo colarinho e pelos fundilhos da túnica, obrigou-o a retornar à sala. Eu fiquei aliviado ao ver, subindo as escadas atrás de Quinto, uma dupla de rapazes robustos que às vezes serviam a Cícero. À vista de tanta gente, e perante o advogado mais famoso de Roma, a resistência de Salinator começou a enfraquecer. E acabou de vez quando Cícero ameaçou levá-lo à presença de Crasso por tentar vender os mesmos votos duas vezes. Ele ficou mais apavorado pela perspectiva de se ver outra vez nas mãos de Crasso do que por qualquer outra coisa, o que me fez recordar da frase de Cícero dita anos antes referindo-se ao Velho Careca: o touro mais perigoso do rebanho.

— Então o seu cliente é Crasso? — repetiu Cícero. — Pense muito bem antes de negar.

O queixo de Salinator tremeu levemente: o sinal mais próximo de uma concordância que ousou fazer.

— E você ia liberar trezentos votos para Híbrida e Catilina na eleição para cônsul?

Novamente ele esboçou uma concordância.

— Para eles — ele falou — e os outros.

— Outros? Você está se referindo a Lêntulo Sura para pretor?

— Sim. Este aí. E os outros.

— Você continua falando em "outros" — disse Cícero, franzindo o rosto. — Quem são esses "outros"?

— Fique com essa sua boca fechada! — gritou o *seqüestre*, mas Quinto deu-lhe um murro na boca do estômago que o fez gemer e se calar de dor.

— Não ligue para ele — falou Cícero tratando de acalmá-lo. — É má companhia, eu conheço esse pessoal. Pode falar. — E pôs a mão encorajadora no braço do agente de suborno. — Que outros?

— Coscônio — disse Salinator, dando uma olhadela furtiva para a figura que se contorcia no chão. Em seguida respirou fundo e foi dizendo rapidamente, em voz baixa: — Pomptino. Balbo. Cecílio. Labieno. Fabério. Guta. Bulbo. Calídio. Tudício. Válgio. E Rulo.

À menção de cada nome Cícero parecia mais estupefato.

— É isso? — ele disse, quando Salinator terminou. — Tem certeza de que não esqueceu de ninguém do senado? — Ele olhou para Quinto, que olhava para ele igualmente surpreso.

— Não se trata apenas de dois candidatos a cônsul — disse Quinto. — São três candidatos a pretor e *dez* a tribuno. Crasso está tentando comprar o governo inteiro!

Cícero não era homem de demonstrar surpresa, mas nem ele foi capaz de disfarçar aquela noite.

— Isso é completamente absurdo — ele protestou. — Quanto custou cada um desses votos?

— Quinhentos para cônsul — respondeu Salinator, como se estivesse vendendo porcos no mercado. — Duzentos para pretor. Cem para tribuno.

— Então você está me dizendo — falou Cícero, franzindo a testa à medida que fazia os cálculos — que Crasso se dispõe a pagar três quartos de milhão apenas por trezentos votos do seu pessoal?

Salinator concordou com a cabeça, desta vez de forma mais enérgica, até mesmo com uma certa satisfação e orgulho profissional.

— É o mais magnífico apoio político de que alguém será capaz de se lembrar!

Cícero virou-se para Ranúnculo, que estava olhando pela janela vigiando qualquer problema na rua.

— Quantos votos você acha que Crasso pode ter comprado ao todo a este preço?

— Para se sentir seguro da vitória? — replicou Ranúnculo, enquanto considerava a questão cuidadosamente. — Entre uns 7 ou 8 mil.

— *Oito mil?* — repetiu Cícero. — Oito mil votos custariam a ele *20 milhões* de sestércios. Já viram coisa parecida? E, no final das contas, nem é ele que está no cargo em pessoa, mas locupletou o poder de idiotas como Híbrida e Lêntulo Sura. — E voltando-se novamente para Salinator: — Ele lhe deu alguma justificativa para um gasto desses?

— Não, senador. Crasso não é homem muito dado a responder perguntas.

Quinto jurou.

— Bom, dessa vez ele vai ter que responder à porra de umas perguntinhas — ele disse, e para aliviar a frustração deu outro chute na barriga do *sequestre*, que estava tentando se levantar, mandando o sujeito, em meio a gemidos e contorções, novamente para o chão.

QUINTO QUERIA TIRAR até o último fiapo de informação daqueles dois pobres agentes, e depois ou ir com eles até a casa de Crasso exigir que parasse com seus esquemas fraudulentos, ou então arrastá-los à presença do senado, registrando suas confissões de culpa e requerendo o adiamento das eleições. Mas Cícero manteve a cabeça mais fria. Com a maior cara de pau, agradeceu a Salinator pela honestidade, disse a Quinto que fosse tomar um bom copo de vinho e se acalmar, e me mandou recolher nosso dinheiro. Depois, quando retornamos à casa, ele se sentou no gabinete e ficou jogando sua bolinha de couro de uma mão para a outra, enquanto Quinto reclamava que ele tinha sido um tolo ao deixar escapar os dois agentes de suborno, que agora certamente avisariam Crasso ou sumiriam da cidade.

— Não farão nem uma coisa nem outra — replicou Cícero. — Procurar Crasso e contar a ele o que aconteceu seria o mesmo que assinar os próprios atestados de óbito. Crasso jamais deixaria vivas testemunhas tão incriminatórias, e eles sabem disso. E fugir daria praticamente no mesmo, apenas com a diferença de que demoraria um pouco mais para trazê-los de volta. — Para lá e para cá, para cá e para lá — assim ia a bola. — Além do mais, nenhum crime foi cometido. Suborno é algo muito difícil de se provar, na melhor das hipóteses, e impossível quando sequer um voto foi dado. Crasso e o senado iriam apenas rir de nós. Não, a melhor coisa é deixá-los em liberdade, onde ao menos sabemos como encontrá-los novamente, e poderemos intimá-los caso venhamos a perder a eleição. — Ele atirou a bola mais alto e pegou-a com um movimento ágil. — Você tem razão numa coisa, contudo, Quinto.

— É mesmo? — disse Quinto com azedume. — Quanta gentileza!

— A ação de Crasso nada tem a ver com sua inimizade por mim. Ele não gastaria 20 milhões simplesmente para frustrar *minhas* esperanças. Só investiria 20 milhões se o retorno provável fosse *enorme*. O que poderia ser? Nessa matéria eu confesso minha total incompetência. — Ficou olhando para a parede por um momento. — Tiro, você sempre se deu bem com o jovem Célio Rufo, não é?

Lembrei-me das tarefas desagradáveis que eu fora obrigado a fazer por ele, das mentiras que contara para mantê-lo longe de problemas, do dia em que ele roubou minhas economias e me convenceu a não contar a ladroagem a Cícero.

— Razoavelmente, senador — respondi cauteloso.

— Vá falar com ele amanhã de manhã. Seja sutil. Veja se consegue extrair dele alguma dica sobre o que Crasso está aprontando. Afinal, os dois moram sob o mesmo teto. Ele deve saber de algo.

Passei boa parte da noite acordado, ponderando aquilo tudo, e me sentindo cada vez mais ansioso em relação ao futuro. Cícero também não dormiu muito. Eu pude ouvi-lo andando para lá e para cá, lá em cima. Sua força de concentração parecia quase penetrar pelas tábuas do assoalho, e quando finalmente o sono me veio, foi inquieto e cheio de sobressaltos.

Na manhã seguinte, deixei Laurea cuidando das visitas de Cícero e saí caminhando os quase 2 quilômetros que separavam nossa casa da de Crasso. Ainda hoje, quando o céu não está nublado e o calor de meados de julho se mostra opressivo mesmo após o sol se pôr, eu murmuro comigo mesmo:

— Tempo de eleição! — e sinto novamente aquele frio no estômago que me é tão familiar. Um som de martelos e serras vinha do fórum, onde os operários estavam terminando de erguer as rampas e cercas em torno do Templo de Castor, pois era chegado o dia em que o decreto do suborno seria submetido à votação do povo. Eu cortei caminho por trás do templo e parei para beber um pouco de água morna da fonte de Juturna. Não tinha a menor idéia do que dizer a Célio. Não sou um bom mentiroso — nunca fui — e só então me dei conta de que devia ter pedido a

Cícero para me orientar em relação a isso, mas agora já era tarde demais. Subi a trilha para o Palatino, e quando alcancei a casa de Crasso disse ao porteiro que tinha uma mensagem urgente para Célio Rufo. Ele perguntou se eu não queria esperar lá dentro, mas declinei e, enquanto ele ia avisar o rapaz, atravessei a rua e tentei passar o mais despercebido possível.

A casa de Crasso, como o próprio dono, exibia ao mundo uma fachada bem modesta, embora eu tenha sido alertado de que isso era enganoso, e que, uma vez lá dentro, tudo parecia bem familiar. A porta era escura, baixa e estreita, mas robusta e com duas janelas pequenas, gradeadas, uma de cada lado. Uma trepadeira subia pelos muros pintados de ocre suave. O telhado em terracota também era antigo, e as beiradas das telhas que cobriam a construção estavam quebradas e encardidas, como uma fileira de dentes quebrados. Poderia ser a casa de algum banqueiro arruinado, ou de um senhor de terras momentaneamente encrencado que teve que deixar a casa da cidade cair aos pedaços. Imagino que era o jeito de Crasso demonstrar que era tão extraordinariamente rico que não tinha necessidade de exibir uma bela aparência, mas é claro que naquela rua de milionários isso apenas servia para chamar ainda mais atenção para sua riqueza, e havia algo quase vulgar naquela falta de vulgaridade estudada. A portinha escura era constantemente aberta e fechada por visitantes que entravam e saíam, revelando o nível das atividades internas, o que me trouxe à mente a imagem de um ninho de vespas que, externamente, se mostrava apenas como um buraquinho na alvenaria. Não reconheci nenhum daqueles homens, até ver Júlio César sair. Ele não me viu, saiu caminhando apressado descendo a rua em direção ao fórum, seguido por um secretário carregando uma pasta de documentos. Logo depois, a porta se abriu novamente e surgiu Célio. Ele parou no vestíbulo, pôs a mão em concha sobre os olhos para protegê-los do sol e perscrutou a rua à minha procura. Imediatamente percebi que ele passara a noite toda fora, e não estava de muito bom humor por ter sido acordado. A barba por fazer cobria-lhe o belo queixo, e punha a língua para fora a todo momento, engolindo e fazendo careta, como se o gosto fosse ruim demais para manter na boca. Veio andando cautelosamente em minha direção, e quando me perguntou o que eu queria, pelo amor dos deuses, eu falei sem pensar que precisava que ele me emprestasse um dinheiro.

Ele ficou me olhando sem parecer acreditar.

— Para quê?

— É uma garota — eu respondi de qualquer maneira, simplesmente porque era o tipo de coisa que ele costumava me dizer quando queria dinheiro e eu não sabia mais o que falar. Tentei levá-lo um pouco mais para longe da casa, com receio de que Crasso pudesse aparecer e nos ver juntos. Mas ele se livrou e ficou ali mesmo de pé na calçada.

— Uma garota — ele repetiu, incrédulo. — Você? — E aí começou a rir, mas isso evidentemente fez sua cabeça doer, por isso parou e levou os dedos delicadamente às têmporas. — Se eu tivesse algum dinheiro, Tiro, o daria a você com o maior prazer, como um presente, só pelo prazer de vê-lo na companhia de outro ser vivente que não Cícero. Mas isso nunca vai acontecer. Você não é do tipo chegado a garotas. Pobre Tiro, você não é de tipo algum, pelo menos dos que eu conheço. — Ele se aproximou bem de mim. — Para que você precisa de verdade desse dinheiro? — Pude sentir o cheiro de vinho azedo do seu hálito, e não pude evitar fazer uma careta, que ele interpretou como admissão de culpa. — Você está mentindo — ele falou, e aí um risinho atravessou lentamente seu rosto mal barbeado. — Cícero mandou você aqui para tentar descobrir alguma coisa.

Eu implorei com ele para nos afastarmos da casa, e dessa vez ele aceitou. Mas a idéia de andar evidentemente não o agradava. Estacou de novo, ficou muito pálido e ergueu um dedo como a me avisar de alguma coisa. Em seguida seus olhos e sua garganta se esbugalharam, ele soltou um grunhido alarmante e deixou escapar uma golfada de vômito tão intensa que me fez lembrar uma criada de quarto esvaziando um balde de uma janela do segundo andar na rua. (Peço perdão por esses detalhes, mas a cena me voltou totalmente à cabeça após sessenta anos, e só me causou risos.) Seja como for, aquilo pareceu funcionar como uma purga; a cor voltou e ele logo pareceu mais renovado. Perguntou-me o que Cícero queria saber.

— O que você acha? — eu retruquei, um tanto impaciente.

— Gostaria de poder ajudá-lo, Tiro — ele falou, limpando a boca com as costas da mão. — Você sabe que eu o faria se pudesse. Morar com Crasso não tem nem de longe a mesma graça do que morar com Cícero. O Velho Careca é uma tremenda merda, pior até do que meu pai. Ele quer me ver estudando contabilidade o dia inteiro, e não pode haver matéria mais chata do que essa, fora direito comercial, que foi a tortura do mês passado. Quanto à política, que me agrada, ele é cuidadoso e me mantém afastado dessa espécie de assunto.

Tentei fazer-lhe mais algumas perguntas, em relação, por exemplo, à visita de César aquela manhã, mas logo ficou bem claro que ele era totalmente ignorante em relação aos planos de Crasso. (Pode ser que ele tenha mentido, mas dada sua habitual prolixidade, eu duvido.) Quando lhe agradeci, mesmo assim, e me virei para partir, ele me segurou pelo cotovelo.

— Cícero deve estar mesmo muito desesperado — ele falou, com uma expressão de seriedade pouco usual — para pedir minha ajuda. Diga-lhe que lamento por isso. Ele vale mais que uma dúzia de Crassos e meu pai juntos.

EU NÃO ESPERAVA VER Célio de novo por algum tempo, e tirei-o da cabeça pelo resto do dia, que foi totalmente dedicado à votação do decreto de suborno. Cícero estava muito atuante junto às tribos no fórum, indo de uma para outra com toda a equipe elogiando a proposta de Figulo. Ele ficou especialmente satisfeito ao encontrar, sob o estandarte em que se lia VETÚRIA, várias centenas de cidadãos da Gália Cisalpina, que haviam respondido bem à sua campanha e vinham votar pela primeira vez. Ele ficou conversando com eles durante um bom tempo sobre a importância de se acabar com a corrupção, e quando voltou tinha o brilho de lágrimas nos olhos.

— Pobre gente — ele sussurrou — vir de tão longe para ser ludibriado pelo dinheiro de Crasso. Mas se conseguirmos que essa lei seja aprovada eu ainda terei uma arma para destruir o canalha.

Minha impressão era de que o apoio a ele estava se mostrando efetivo, e que quando posta em votação a *Lex Figula* passaria, pois a maioria não era corrupta. Mas o simples fato de uma medida ser honesta e sensata não garante que vá ser aprovada; bem ao contrário, é o que tem comprovado a minha experiência. Logo de manhã cedo, o tribuno populista Múcio Orestino — o qual, quem se lembra?, tinha sido ex-cliente de Cícero numa acusação de roubo — subiu ao rostro para denunciar o decreto como um ataque dos aristocratas à integridade da plebe. Ele na verdade chegou a citar o nome de Cícero como homem "despreparado para ser cônsul" — foram exatamente essas suas palavras — que posava de amigo do povo mas jamais fizera qualquer coisa por ele a não ser aquilo que atendesse seus interesses egoístas. Isso levou metade da multidão a apupar e vaiar enquanto a outra metade — provavelmente a formada por quem estava acostumado a vender votos e queria continuar fazendo — gritava em apoio.

Aquilo foi demais para Cícero. Afinal, ainda no ano passado ele garantira a absolvição de Múcio, e se um rato emplumado como ele estava abandonando o navio que afundava, era sinal de que já devíamos estar a meio caminho do fundo do mar. Ele foi subindo os degraus do templo, vermelho de calor e de raiva, exigindo direito de resposta.

— Quem está pagando o *seu* voto, Múcio? — ele bradou, mas Múcio fingiu não ouvir. A multidão ao nosso redor agora apontava para Cícero, exigindo sua presença no rostro e clamando ao tribuno que lhe desse a palavra, mas obviamente aquilo era a última coisa que Múcio queria. Ele também não queria um voto para o decreto que deveria derrotar. Erguendo o braço, anunciou solenemente que vetava a lei, e em meio a cenas de pandemônio, com embates entre as facções rivais, a *Lex Figula* foi derrotada. Figulo imediatamente anunciou que convocaria uma sessão do senado para o dia seguinte para debater o que fazer.

Foi um momento amargo para Cícero, e quando finalmente chegamos em casa e ele conseguiu fechar a porta à multidão de partidários na rua, eu pensei que ele fosse desmaiar outra vez, como na véspera das eleições para edil. Pela primeira vez estava se sentindo cansado demais para brincar com Túlia. E nem quando Terência desceu com o pequeno

Marco e lhe mostrou como o menino havia aprendido a dar uns passos vacilantes e sem ajuda, ele não o segurou e jogou para cima, como fazia normalmente, mas se limitou a apertar-lhe as bochechas e brincar com sua orelha com ar ausente, logo se dirigindo ao gabinete — apenas para se deter, surpreso, na soleira da porta, ao ver que quem estava sentado à sua mesa de trabalho era ninguém menos do que Célio Rufo.

Laurea, que aguardava do lado de dentro da porta, pediu desculpas a Cícero e explicou que pedira a Célio que aguardasse no *tablinum*, como qualquer visitante, mas que ele havia insistido dizendo que seu assunto era confidencial e que não podia ser visto nas áreas comuns.

— Tudo bem, Laurea. Eu sempre fico feliz em ver o jovem Célio, embora receie — ele acrescentou, apertando a mão do rapaz — que vai me achar uma péssima companhia ao fim de um dia longo e frustrante.

— Bom, então quem sabe — disse Célio, risonho — eu traga a notícia que irá alegrá-lo?

— Crasso morreu?

— Pelo contrário — riu Célio —, está vivo até demais, e planejando uma grande reunião para esta noite em comemoração antecipada à sua vitória nas pesquisas.

— Verdade? — disse Cícero, e imediatamente, ao toque daquela inconfidência, eu o vi começar a se reanimar de novo, como uma flor murcha após um pingo de chuva. — E quem estará nessa reunião?

— Catilina. Híbrida. César. Não tenho certeza de mais quem. Mas as cadeiras estavam sendo preparadas quando saí de lá. Soube de tudo por um dos secretários de Crasso, que saiu pela cidade fazendo o convite enquanto a assembléia popular ainda estava acontecendo.

— Muito bem, muito bem — murmurou Cícero. — O que eu não daria para ter uma orelha ouvindo por esse buraco de fechadura!

— Mas você pode conseguir uma — respondeu Célio. — A reunião vai ser no salão em que Crasso trata de todos os seus assuntos de trabalho. Freqüentemente, mas esta noite não, segundo disse o meu informante, ele gosta de manter um secretário à mão, para fazer alguma anotação do que foi dito, mas sem que a outra pessoa saiba. Para essa finalidade ele mandou construir uma pequena cabina de escuta. É um mero cubículo, oculto por detrás de uma tapeçaria. Ele me apresentou ao lugar quando me ensinava a ser um homem de negócios.

— Você está querendo me dizer que Crasso fica bisbilhotando *em pessoa*? — Cícero perguntou, embasbacado. — Que espécie de estadista seria capaz de uma coisa dessas?

— Existe muita coisa que um homem promete quando acha que não há testemunhas — foi exatamente o que ele falou.

— Então você acha que é capaz de se esconder naquele lugar, e fazer um relato do que foi falado?

— Eu, não — ele descartou a idéia. — Não sou secretário. Pensei em Tiro — ele disse, batendo no meu ombro — com sua miraculosa taquigrafia.

EU GOSTARIA DE PODER me gabar de ter voluntariamente me oferecido para aquele compromisso suicida. Mas não seria verdade. Ao contrário. Opus todo tipo de objeções práticas ao esquema de Célio. Como é que eu entraria na casa de Crasso sem ser notado? E como sairia de lá? Como iria identificar quem estava falando no burburinho de vozes estando escondido atrás de um painel? Mas para todas as minhas perguntas Célio tinha respostas. O fato era que eu estava aterrorizado.

— E se me pegarem? — protestei com Cícero, chegando finalmente ao ponto que realmente me apavorava — e me torturarem? Não posso garantir que sou tão corajoso a ponto de não traí-lo.

— Cícero poderá simplesmente negar ter qualquer conhecimento sobre o que você estava fazendo — disse Célio, inutilmente, acho eu, do meu ponto de vista. — Além do mais, todo mundo sabe que provas obtidas sob tortura não têm validade.

— Estou começando a me sentir fraco — brinquei, fingindo perder as forças.

— Olha a compostura, Tiro — disse Cícero, que estava ficando cada vez mais excitado quanto mais ia ouvindo. — Não haverá tortura nem julgamento. Eu garanto. Se o pegarem, eu próprio negociarei sua soltura, e pagarei o preço que for para que você não seja maltratado. — Ele tomou minhas mãos naquele gesto típico seu de demonstrar sinceridade, e me olhou bem dentro dos olhos. — Você está mais para meu segundo irmão do que para meu escravo, Tiro, e isso desde que fomos juntos estudar filosofia em Atenas durante aqueles anos todos. Você se lembra, não? Eu deveria ter conversado com você sobre a sua liberdade antes, mas é que sempre parecia surgir alguma nova crise para desviar minha atenção do assunto. Então, deixe-me dizer agora, com Célio aqui por testemunha, que minha intenção é lhe dar a liberdade. Sim, e aquela vida simples no campo que há tanto tempo você deseja. E posso até ver o dia em que irei cavalgando da minha casa até a sua pequena fazenda, e me sentarei em seu jardim, e enquanto observamos o sol ir baixando ao longe, por sobre alguma plantação de oliveiras ou de um vinhedo, falaremos das grandes aventuras que vivemos juntos. — Ele soltou minhas mãos, e aquela visão bucólica tremulou no ar quente por mais um longo instante antes de sumir. — Agora — ele falou bruscamente — essa minha decisão não é, em absoluto, uma pré-condição para que você aceite a missão, quero deixar bem claro: você já merece isso faz tempo. Eu jamais lhe ordenaria arriscar-se por mim. Você sabe como a minha situação ficou abalada esta noite. Você deve fazer o que achar melhor.

Aquelas foram quase que literalmente as palavras dele: como eu poderia esquecê-las?

XVII

A reunião estava marcada para o começo da noite, o que significava que não havia tempo a perder. Enquanto o sol se escondia por detrás do Esquilino e eu subia a encosta do Palatino pela segunda vez naquele dia, tive uma premonição de estar caindo numa armadilha. Como é que eu, ou Cícero, podíamos ter certeza de que Célio não transferira sua lealdade para Crasso? Na verdade, "lealdade" não seria uma palavra absurda para aplicar a alguma diversão momentânea, passageira, escolhida pelo capricho do meu jovem companheiro? Mas agora não havia mais o que fazer a respeito. Célio já ia me conduzindo por uma pequena aléia nos fundos da casa de Crasso. Afastando para o lado a cortina espessa de uma trepadeira, ele pôs à vista uma portinha de ferro lavrado que dava a impressão de estar trancada, enferrujando, havia bastante tempo. Porém, com um golpe certeiro de ombro, Célio fez com que ela se abrisse silenciosamente e nós pulamos para dentro de uma despensa vazia.

Assim como a de Catilina, a casa era muito antiga, e tinha sido modificada ao longo dos séculos, de modo que eu me perdia facilmente à medida que seguíamos pelos corredores sinuosos. Crasso era famoso pela quantidade de escravos altamente capacitados que possuía — ele costumava alugá-los, como uma espécie de agência de empregos — e com tantos deles circulando por ali a trabalho parecia impossível que pudéssemos chegar ao nosso destino sem sermos notados. Mas se Célio havia desenvolvido alguma habilidade durante tantos anos estudando direito em Roma era essa, a de entrar e sair clandestinamente dos lugares. Atravessamos um pátio interno, nos escondemos numa antecâmara no momento em que passava uma criada, depois entramos num salão enorme, deserto, com paredes recobertas por finas tapeçarias de Corinto e Babilônia. Cerca de umas vinte cadeiras douradas achavam-se distribuídas em semicírculo, no centro, e inúmeras luminárias e candelabros iluminavam todo o perímetro. Célio rapidamente pegou uma das luminárias, atravessou o salão e levantou a ponta de um pesado tapete de lã que mostrava Diana abatendo um cervo com uma lança. Atrás dele havia uma alcova, do tipo que dava para se colocar uma estátua, com altura e profundidade suficientes para abrigar um homem, com um pequeno nicho na parte de cima para uma luminária. Eu me enfiei rapidamente ali dentro, pois já dava para ouvir vozes masculinas se aproximando. Célio levou um dedo aos lábios, piscou para mim e cuidadosamente recolocou o tapete no lugar. O som de seus passos apressados foi se tornando cada vez mais fraco e eu me vi só.

No início eu me senti meio cego, mas aos poucos fui me acostumando à luz mortiça da lâmpada a óleo bem atrás do meu ombro. Quando encostei o olho no tapete percebi que havia pequenos orifícios vazando o tecido de maneira a permitir uma visão completa do salão. Escutei mais passos, e então, de repente, minha vista foi obscurecida pela parte posterior de uma cabeça enrugada, rósea e careca, e a voz de Crasso ecoou bem alto em meus ouvidos — tão alto que quase perdi o equilíbrio com o choque — conclamando alegremente os convidados a segui-lo. Ele se movimentou, e as silhuetas de outros homens foram passando bem diante de mim a caminho de seus lugares: o exibido do Catilina; Híbrida, com sua cara de beberrão; César, todo elegante e afetado; o impecável Lêntulo Sura; Múcio, o herói da noite; e um par de notórios agentes de suborno — esses eu reconheci, juntamente com vários outros senadores que concorriam aos cargos de tribuno. Todos pareciam de ótimo humor, fazendo piadas, e Crasso precisou bater palmas para ser ouvido.

— Cavalheiros — ele falou, de pé diante deles e de costas para mim —, obrigado por terem vindo. Temos muito que conversar e pouco tempo para fazê-lo. O primeiro item da nossa pauta é o Egito. César?

Crasso sentou-se, e César se levantou. Jogou para trás uns fios de cabelos esparsos prendendo-os atrás da orelha com o dedo indicador. Com todo cuidado, para não fazer o menor barulho, abri meu bloco de notas, preparei o estilete e, quando César começou a falar com aquela voz rascante inconfundível, eu também comecei a escrever.

COM O PERDÃO DE UMA certa falta de modéstia de minha parte, naquela conjuntura meu sistema taquigráfico era uma invenção maravilhosa. Embora eu deva admitir que Xenofonte desenvolveu uma versão primitiva uns quatro séculos antes, a dele era mais uma espécie de auxílio à composição escrita do que propriamente um sistema de estenografia. Além do mais, só servia para a língua grega, ao passo que o meu condensa todo o latim, com seu imenso vocabulário e sua gramática complexa, em quatrocentos símbolos. E o faz, além do mais, de tal forma que o sistema pode ser ensinado a qualquer aluno que se interesse; em tese, até uma mulher pode virar estenógrafa.

Como sabem aqueles que possuem esse tipo de habilidade, poucas coisas prejudicam tanto a taquigrafia quanto dedos trêmulos. A ansiedade deixa as pontas dos dedos flexíveis como lingüiças calabresas, e eu cheguei a temer que meu nervosismo aquela noite fosse ser um entrave à escrita rápida. Mas, uma vez iniciado, achei o processo surpreendentemente tranqüilo. Mal tinha tempo de parar para pensar no que estava anotando. Ouvia as palavras — Egito, colonos, terras públicas, comissários — sem sequer compreender seu significado; tratava meramente de não perder nada do que era dito. De fato, minha maior dificuldade prática era mesmo o calor: parecia um forno aquele buraco; o suor corria em bicas para dentro dos meus olhos e a transpiração nas palmas das mãos deixava o estilete difícil de segurar. Apenas de vez em quando, ao me debruçar para diante e apertar os olhos de encontro ao pano para identificar quem estava falando, eu me dava conta do tamanho do risco que estava correndo. Então experimentava uma sensação de tremenda vulnerabilidade, piorada pelo fato de que a platéia freqüentemente parecia olhar direto para mim. Catilina, em especial, mostrava-se fascinado pela ilustração da tapeçaria que me dava refúgio, e o pior momento de toda a noite, de longe, foi quando, já no final, Crasso declarou encerrada a reunião.

— E quando nos encontrarmos novamente — ele disse — o destino de todos nós, como o de Roma, terá sido transformado para sempre.

— Quando os aplausos terminaram, Catilina se levantou e caminhou na minha direção, e enquanto eu me encostava todo na parede, ele passou a palma da mão pela tapeçaria, a menos de um palmo do meu rosto suado. A forma como aquele vulto passeou diante dos meus olhos ainda tem o poder de me despertar à noite com um grito. Mas ele só queria parabenizar Crasso pela beleza da tapeçaria, e após uma breve conversa sobre onde a havia comprado, e — inevitavelmente, tratando-se de Crasso — de quanto custara, os dois foram embora.

Eu esperei muito tempo, e quando finalmente me atrevi a olhar pelo buraco, vi que o salão estava vazio. Só o desarranjo das cadeiras denunciava que houvera uma reunião ali. Precisei fazer um esforço para me controlar e não rasgar a tapeçaria e sair correndo rumo à porta. Mas o combinado é que eu esperaria Célio, por isso me obriguei a ficar sentado naquele lugar apertado, com as costas coladas à parede, os joelhos dobrados e os braços em volta deles. Não fazia idéia do quanto havia demorado a reunião, a não ser que tinha sido longa o bastante para preencher os quatro blocos que eu havia trazido, nem por quanto tempo eu permaneci sentado ali. É até possível que tenha dormido, porque, quando Célio voltou, as luminárias e as velas, inclusive a minha, já tinham se extinguido, e a escuridão era total. Eu dei um pulo quando ele puxou a tapeçaria. Sem dizer uma palavra, estendeu a mão para me guiar e, juntos, fomos andando sorrateiramente pela casa adormecida até a despensa. Após alcançar com dificuldade a aléia, me virei para lhe sussurrar um obrigado.

— Não precisa — ele murmurou de volta. Eu mal pude perceber o brilho excitado de seus olhos ao luar, olhos tão grandes e reluzentes que, quando ele acrescentou: "Eu aproveitei bastante", entendi que não se tratava de mera fanfarronice, e que o tolo estava mesmo dizendo a verdade.

JÁ PASSAVA BEM da meia-noite quando, afinal, eu voltei para casa. Todo mundo estava dormindo, mas Cícero se achava à minha espera na sala de jantar. Dava para ver que estava ali fazia horas pela quantidade de livros espalhados em volta do sofá. Ele deu um salto quando eu surgi.

— E aí? — ele falou, e quando eu fiz uma mesura para dizer que minha missão tinha sido bem-sucedida, ele beliscou minha bochecha e declarou que eu era o secretário mais corajoso e esperto que jamais outro estadista tivera. Eu tirei os blocos do bolso para mostrar a ele, que foi logo pegando um, abriu-o e levou para perto da luz.

— Ah, claro, estão todos ainda nesses seus malditos hieróglifos — ele disse, dando-me uma piscadela. — Venha, sente-se aqui que vou lhe trazer um pouco de vinho, e você vai me contar tudinho. Quer comer alguma coisa? — Ele olhou em volta vagamente; o papel de garçom não lhe ia bem. Logo eu estava sentado diante dele com um copo de vinho intocado e uma maçã, com meus blocos de notas espalhados à minha frente, como um menino de escola escolhido para recitar a lição.

Não tenho mais aquelas tabuletas de cera, mas Cícero manteve minha transcrição posterior entre seus arquivos mais secretos, e olhando-a agora não me sinto surpreso de não ter conseguido acompanhar a discussão original. Os conspiradores, obviamente, tinham se encontrado muitas outras vezes antes, e suas deliberações daquela noite pressupunham um amplo conhecimento. Havia muita coisa a respeito de calendário legislativo, emendas a projetos de lei e divisão de responsabilidades. Portanto, não dá para imaginar que eu simplesmente fosse lendo o que escrevera com a maior clareza. Levamos muitas horas, os dois, para montar o quebra-cabeça de inúmeros sinais misteriosos, tentando encaixar uma coisa com outra, até, afinal, termos tudo bem claro ante nossas vistas. Com muita freqüência Cícero exclamava algo do tipo:

— Demônios argutos! Que demônios mais argutos! — Levantava-se e ficava perambulando devagar, depois voltava para trabalhar mais um pouco.

E, para resumir, e deixar vocês por dentro, ficou claro que a trama que César e Crasso deviam estar costurando havia muitos meses dividia-se em quatro partes. Primeira: eles almejavam assumir o controle do Estado conquistando todos os cargos nas eleições gerais, garantindo assim não só os dois postos de cônsul, mas também todos os dez de tribunos, além de um par de pretores: os agentes de suborno contaram que a coisa era mais ou menos um *fait accompli*, com o apoio a Cícero se enfraquecendo dia a dia. A segunda etapa consistiria na proposição, pelos tribunos, de uma lei ampla de reforma agrária já em dezembro, que exigiria o desmembramento das grandes porções de terras públicas, particularmente as planícies férteis da Campânia, e sua imediata redistribuição como fazendas para 5 mil dos habitantes plebeus da cidade. O terceiro passo envolvia a eleição, em março, de dez comissários, liderados por Crasso e César, que receberiam imensos poderes para vender terras conquistadas no exterior, e para utilizar os recursos assim obtidos para obrigatoriamente comprar mais vastas propriedades na Itália, para um programa ainda maior de reassentamento. O quarto e último estágio implicava nada menos do que a anexação do Egito no próximo verão, tendo como pretexto o disputado testamento de um dos seus governantes mortos, o rei Ptolomeu sei-lá-quantos, expresso 17 anos antes, através do qual ele supostamente teria legado o país inteiro ao povo romano; mais uma vez, as receitas correspondentes caberiam aos comissários, graças à posterior aquisição de terras na Itália.

— Pelos deuses: isso é um golpe de estado disfarçado de reforma agrária! — berrou Cícero, quando finalmente chegou ao fim dos registros. — Essa comissão de dez, Crasso e César à frente, é que terá o verdadeiro comando do país; os cônsules e demais magistrados serão meros fantoches. E o domínio deles aqui dentro será conservado perpetuamente por meio de procedimentos de extorsão lá fora. — Ele voltou a se sentar e ficou calado por um bom tempo, os braços cruzados, o queixo caído sobre o peito.

Eu estava exausto pelo que tivera que suportar e só pensava em ir me deitar. Entretanto, as primeiras luzes do verão que começavam agora a invadir a sala mostravam que nós havíamos trabalhado a noite inteira e que já era a véspera da eleição. Escutei lá fora o coro de passarinhos saudando a aurora, e logo em seguida ouvi os passos de alguém descendo as escadas. Era Terência de camisola de dormir, cabelos desgrenhados, cara amarrotada de sono, com um xale envolvendo-lhe os ombros estreitos. Eu me levantei respeitosamente e desviei os olhos, sentindo-me constrangido.

— Cícero! — exclamou ela, sem me notar. — O que é que você está fazendo aqui embaixo a essa hora?

Ele ergueu os olhos para ela e explicou, timidamente, o que havia ocorrido. Terência possuía uma mente muito ágil para tudo o que fosse matéria de política ou finanças — não tivesse nascido mulher, e considerando-se todas essas qualidades, sabe-se lá onde ela poderia ter chegado — e, naturalmente, no momento em que se apercebeu da coisa, ficou horrorizada, pois tratava-se de uma aristocrata até a medula, e a idéia de privatizar terras públicas e entregá-las à plebe era, a seu ver, um passo no caminho da destruição de Roma.

— Você tem que liderar a luta contra isso — ela cobrou de Cícero. — É o que pode ganhar a eleição para você. Todos os cidadãos decentes ficarão do seu lado.

— Ah, ficarão, é? — Cícero pegou uma das minhas anotações. — Uma oposição dura a isso pode respingar perigosamente em cima de mim. Uma grande parcela dos senadores, metade por patriotismo e outra metade apenas por pura ganância, sempre foi a favor de se tomar o Egito. E, pelas ruas, o grito de "Fazendas livres para todos!" é bem mais capaz de angariar adeptos para Catilina e Híbrida do que custar-lhes votos. Não, estou numa armadilha. — Ele olhou para a transcrição da reunião e balançou lentamente a cabeça, como um artista melancolicamente contemplando a obra de algum rival talentoso. — É de fato um esquema fantástico — um movimento de um autêntico gênio político. Somente César poderia imaginar algo assim. E, quanto a Crasso, pelo desembolso de uns míseros 20 milhões ele pode ter grandes esperanças de vir a controlar grande parte da Itália e o Egito inteiro. Até você tem que admitir que é um belo retorno de investimento.

— Mas você precisa fazer *alguma coisa* — insistiu Terência. — Não pode simplesmente deixar que as coisas aconteçam.

— E o que exatamente você gostaria que eu fizesse?

— E ainda dizem que você é o homem mais inteligente de Roma! — ela respondeu exasperada. — Não parece óbvio? Vá ao senado esta manhã, agora mesmo, e revele o que eles estão tramando. Denuncie-os!

— Que tática brilhante, Terência — Cícero replicou sarcasticamente. Eu estava começando a achar aquela minha posição no meio deles cada vez mais desconfortável. — Eu revelo a existência de uma medida popular ao mesmo tempo em que a denuncio. Você não está me escutando: as pessoas que mais vão se beneficiar com ela são *meus partidários.*

— Pois bem, você só tem que culpar a si mesmo por depender tanto dessa corja! Esse é o problema dessa sua demagogia, Cícero, você acha que é capaz de controlar a turba, mas é a turba que sempre acaba devorando você. Você acreditou seriamente que poderia vencer homens como Crasso e Catilina quando se fez um leilão público de princípios? — Cícero resmungou irritado; no entanto eu percebi que ele não discutiu com ela. — Mas me diga — ela prosseguiu, espetando-o de longe — se esse "esquema fantástico", como você diz, ou "iniciativa criminosa", como eu prefiro chamar, é realmente tão popular quanto você alardeia, por que esse segredinho todo durante a noite? Por que eles não tratam disso abertamente?

— Porque, minha querida Terência, os aristocratas pensam como você. Eles nunca apoiariam isso. As grandes propriedades públicas seriam retalhadas e repartidas em primeiro lugar, e só depois seus latifúndios privados. Cada vez que Crasso e César derem uma fazenda a alguém, estarão arregimentando um novo cliente. E assim que os patrícios começarem a perder o controle da terra, eles estarão perdidos. Além disso, como você acha que Catulo ou Hortênsio reagiria a receber ordens de uma comissão de dez homens eleitos pelo povo? O povo! Para eles, isso soaria como uma revolução, Tibério Graco outra vez. — Cícero jogou o bloco de notas novamente sobre a mesa de jantar. — Não, eles iriam armar e subornar e matar para preservar o *status quo*, exatamente como sempre fizeram.

— E estariam com a razão! — Terência olhou enfezada para ele. Seus punhos estavam cerrados; tive a impressão de que ela iria bater nele. — Eles tinham razão quando tiraram os poderes dos tribunos, assim como tinham razão quando tentaram deter esse *nouveau-riche* provinciano do Pompeu. E se você tivesse um mínimo de bom senso, iria agora procurá-los e lhes diria "Cavalheiros, eis o que Crasso e César estão se propondo a fazer: apóiem-me e tentarei pôr um cobro a tudo isso" !

Cícero suspirou, nervoso, e desabou de novo no sofá. Por um instante ficou em silêncio. Mas então, de repente, ergueu os olhos para ela.

— Pelos céus, Terência — ele falou calmamente —, que megera mais esperta é você! — Ele se levantou de um salto e lhe deu um beijo no rosto. — Minha megera esperta e brilhante, você está absolutamente certa. Ou melhor, parcialmente certa, porque na verdade *eu* não tenho necessidade alguma de fazer qualquer coisa a respeito. Vou simplesmente transferir isso para Hortênsio. Tiro, quanto tempo você levaria para fazer uma bela cópia dessa transcrição? Não precisa colocar tudo, só o suficiente para deixar Hortênsio com água na boca?

— Algumas horas — eu disse, meio assustado com sua incrível mudança de humor.

— Rápido! — ele disse, mais tomado de excitação do que eu jamais o vira, se bem me recordo. — Arranje-me uma pena e um papel!

Fiz o que ele mandou. Cícero mergulhou a ponta de metal no vidro de tinta, ficou um instante pensativo e então escreveu o seguinte, enquanto Terência e eu observávamos por sobre seus ombros:

De: Marco Túlio Cícero

Para: Quinto Hortênsio Hortalo

Saudações!

Sinto que é meu dever patriótico compartilhar com você em segredo esse registro de uma reunião ocorrida na noite passada na residência de M. Crasso, envolvendo G. César, L. Catilina, G. Híbrida. P. Sura e diversos candidatos a tribuno cujos nomes certamente lhe serão familiares. Pretendo investir contra alguns desses cavalheiros em um discurso hoje no senado, e caso você se interesse em discutir um pouco mais o assunto, estarei logo mais na casa de nosso estimado amigo comum,

T. Ático.

— Isso deve funcionar — ele disse, soprando a tinta para secá-la. — Agora, Tiro, faça a melhor cópia que puder de suas anotações, incluindo evidentemente todas as passagens capazes de fazer gelar o sangue azul dele, e entregue-a, com essa minha carta, pessoalmente, nas mãos de Hortênsio, mas pessoalmente: não a um assessor qualquer. Pelo menos uma hora antes de começar a sessão do senado. Mande também um dos nossos levar uma mensagem para Ático, pedindo-lhe que venha falar comigo antes de eu sair. — Ele me entregou a carta e entrou apressado.

— O senhor quer que eu peça a Sositeu ou a Laurea para fazer entrar seus clientes? — eu fui atrás dele, porque agora já podia ouvi-los protestando do lado de fora da rua. — Quando quer que eu abra as portas?

— Não quero nenhum cliente na casa esta manhã! — ele gritou em resposta, já no meio da escada. — Eles podem me acompanhar até o senado, se quiserem. Você tem muito trabalho a fazer e eu um discurso para preparar.

Seus passos pisaram firme as tábuas sobre nossas cabeças rumo ao quarto e eu me vi sozinho com Terência. Ela tocou as bochechas com as mãos, no lugar em que o marido lhe dera um beijo, e me olhou meio confusa.

— Discurso? — ele falou. — De que discurso ele estará falando?

Mas devo confessar que não fazia a menor idéia, e assim não tenho como me gabar de ter dado uma mãozinha, nem de haver tomado conhecimento prévio, dessa extraordinária peça acusatória que o mundo inteiro conhece como *In toga candida*.

ESCREVI O MAS RÁPIDO e o melhor que pude dentro do que meu cansaço permitia, trabalhando o documento como o roteiro de uma peça, primeiro o nome do "personagem" e em seguida seu "texto". Cortei inúmeras partes que considerei irrelevantes, mas aí, no final, fiquei me perguntando se eu seria realmente competente para avaliar isso. De qualquer forma, resolvi manter comigo minhas anotações caso necessitasse me reportar a elas ao longo do dia. Uma vez feito isso, selei e coloquei tudo num cilindro, e parti. Tive que abrir caminho aos empurrões em meio à multidão de clientes e curiosos que bloqueavam a rua e me puxavam a túnica querendo saber quando o senador iria aparecer.

A casa de Hortênsio no Palatino foi comprada, anos mais tarde, pelo nosso querido e amado imperador — o que dá uma idéia de como era linda. Eu nunca havia estado ali antes e precisei parar algumas vezes para pedir informação. Ficava bem no alto da colina, no lado sudoeste, dominando o Tibre, e a vista dava a impressão de se estar no campo ao invés da cidade, do verde-escuro das árvores à curva prateada suave do rio e os campos lá embaixo. Seu cunhado Catulo, como acho que já mencionei, era o dono da casa ao lado, e a área toda — perfumada pelo cheiro de madressilvas e murta, e silenciosa, exceto pelo canto dos passarinhos — recendia a bom gosto e dinheiro velho. Até o mordomo parecia um aristocrata, e quando eu lhe disse que tinha uma mensagem pessoal do senador Cícero para seu patrão, pode-se até pensar que eu soltara um peido, tal a expressão de desagrado que perpassou seu rosto ossudo à menção daquele nome. Ele quis tirar o cilindro das minhas mãos, mas eu não deixei, e então me fez esperar no átrio, onde as máscaras de todos os ancestrais consulares de Hortênsio olhavam-me com olhos vazios, mortos. Sobre uma mesa de três pés, a um canto, havia uma esfinge, lindamente talhada em uma única e enorme peça de marfim, e me dei conta de que devia ser aquela mesma esfinge que Verres dera a seu advogado tantos anos atrás, e sobre a qual Cícero tinha feito sua piada. Eu estava me curvando para examiná-la quando Hortênsio entrou na sala às minhas costas.

— Bom — ele disse, quando me endireitei, sentindo-me culpado —, nunca pensei em ver um representante de Marco Cícero sob o teto dos meus ancestrais. De que se trata?

Ele vestia sua toga senatorial completa, apenas com pantufas nos pés em vez de sapatos, e obviamente estava acabando de se preparar para ir ao debate matinal. Também me pareceu estranho ver o velho inimigo assim, desarmado, fora da arena. Dei-lhe a carta de Cícero, que ele abriu e leu na minha frente. Assim que viu os nomes nela contidos me lançou um olhar penetrante, e eu seria capaz de jurar que ele se mostrou interessado, apesar de ser muito bem-educado para demonstrá-lo.

— Diga-lhe que vou examinar quando tiver tempo — ele disse, pegando o documento e voltando devagar por onde havia entrado, como se nada menos interessante tivesse sido colocado em suas mãos bem-tratadas —, embora eu tenha certeza de que tão logo se viu fora do alcance da minha vista, ele deva ter corrido para a biblioteca e rompido o lacre. Quanto a mim, voltei ao ar puro e desci para a cidade pelas Escadas de Caci, em parte porque ainda faltava algum tempo para começar a sessão do senado e, assim, eu podia me dar ao luxo de dar um belo passeio, e em parte porque o outro caminho me obrigaria a passar mais perto da casa de Crasso do que gostaria. Fui parar naquela região da via Etrusca em que se localizavam todas as lojas de perfumes e incensos, e o ar cheiroso e o peso do meu cansaço combinaram-se para me fazer sentir quase como se estivesse drogado. Meu espírito parecia totalmente alheio ao mundo real e suas preocupações. Naquela hora, amanhã, eu me lembro de ter pensado, a votação no Campo de Marte estará bem avançada, e provavelmente poderíamos saber se Cícero seria ou não eleito cônsul, e em qualquer circunstância o sol brilharia e no outono haveria de chover. Fiquei ali no Fórum Boário observando as pessoas comprando flores, frutas e tudo o mais, e me perguntei como seria não ter interesse algum por política e simplesmente viver, como diz o poeta, *vita umbratilis*, "uma vida à sombra". Era isso o que eu planejava fazer quando Cícero me desse a liberdade e a fazenda. Comeria dos frutos que cultivaria, beberia o leite das cabras que criaria; fecharia à noite o meu portão e não daria mais a menor pelota para outra eleição. Isso era o mais perto da sabedoria a que eu já chegara.

Quando finalmente cheguei ao fórum, duzentos ou mais senadores estavam reunidos no *senaculum* sob os olhares de uma multidão de basbaques — gente de fora, a julgar pelas roupas rústicas, e que tinha vindo a Roma para as eleições. Figulo estava sentado em sua cadeira consular à porta do senado, com os áugures a seu lado, aguardando o quórum, e havia uma ligeira agitação toda vez que algum candidato adentrava o fórum com seu séquito de partidários. Eu vi Catilina chegar, acompanhado por uma curiosa mistura de jovens aristocratas e escória das ruas, e logo em seguida Híbrida, cujo séquito barulhento de devedores e viciados em jogo, tais como Sabídio e Pantera, passava uma impressão quase respeitável se comparada à de Catilina. Os senadores começaram a se acomodar no recinto, e eu já estava começando a me perguntar se teria acontecido algo com Cícero quando, da direção do Argileto, ouviu-se o som de tambores e flautas e em seguida duas colunas de rapazes fizeram uma roda a um canto do fórum, trazendo nas cabeças ramos de louro recém-colhidos, enquanto crianças corriam agitadas em volta deles. Atrás vinha um grupo de respeitáveis cavalheiros romanos liderados por Ático, seguidos por Quinto com uma dúzia ou mais de senadores de segundo escalão. Algumas criadas atiravam pétalas de rosas. Era um espetáculo muitíssimo superior a qualquer outro que seus rivais haviam preparado, e a multidão ao meu redor aplaudia calorosamente. No meio de toda aquela movimentação febril, como no olho de um furacão, vinha o candidato em pessoa, envolto na reluzente *toga candida*, sua velha conhecida de três vitoriosas campanhas eleitorais. Era raro eu poder vê-lo assim a distância — geralmente estava colado atrás dele — e pela primeira vez pude apreciar o grande ator que ele era, pois quando vestia um traje assumia o personagem. Todas as qualidades que a alvura tradicionalmente simboliza, claridade, honestidade, pureza, pareciam estar personificadas em sua figura sólida e em seu olhar firme ao passar ao meu lado, sem me ver. Eu poderia jurar, pelo seu jeito de andar, e pelo ar de alheamento, que ele estava concentrado no discurso. Fui me incorporar ao final do cortejo e pude ouvir os aplausos dos seus partidários à medida que ele ingressava no recinto, e os apupos de seus oponentes em resposta.

Fomos mantidos a distância até o último senador entrar, e só então pudemos ter acesso ao recinto da casa. Eu garanti meu lugar de costume, junto à coluna da porta e tive a atenção imediatamente despertada por alguém que se espremia ao meu lado. Era Ático, parecendo pálido de tão nervoso.

— Como é que ele encontra forças para fazer isso? — ele perguntou, mas antes que eu pudesse responder qualquer coisa, Figulo se levantou para comunicar à assembléia popular que seu decreto fora rejeitado.

Ele falou por algum tempo, e aí convocou Múcio para justificar seu veto a uma medida que havia sido aprovada pela casa. Fez-se um clima pesado, opressivo no plenário. Eu podia ver Catilina e Híbrida no meio dos aristocratas, com Catulo sentado bem à sua frente na bancada consular, e Crasso a poucos assentos dele. César achava-se no mesmo lado do plenário, na área reservada aos ex-edis. Múcio se levantou e, em tom grave, esclareceu que seu dever sagrado determinava que agisse no interesse do povo, e que a *Lex Figula*, longe de proteger tal interesse, constituía uma ameaça à segurança e um insulto à honra do povo.

— Que absurdo! — gritou uma voz do outro lado do corredor central, que imediatamente reconheci como a de Cícero. — Você foi comprado!

Ático se agarrou ao meu braço.

— Lá vem ele! — sussurrou-me.

— Minha consciência... — Múcio tentou prosseguir.

— Sua consciência nada tem a ver com isso, seu mentiroso! Você se vendeu como uma prostituta!

Então ouviu-se aquele som surdo e contínuo provocado por centenas de homens cochichando entre si, e subitamente Cícero estava de pé, o braço estendido, querendo o debate. No mesmo instante eu ouvi uma voz atrás de mim pedindo passagem, e todos nos comprimimos para abrir caminho a um senador que chegava atrasado, que se revelou como Hortênsio, até o plenário. Ele atravessou apressadamente o corredor central, fez uma reverência ao cônsul e tomou seu assento ao lado de Catulo, com quem rapidamente começou uma troca de cochichos. Nesse instante os partidários de Cícero entre os *pedarii* manifestavam-se exigindo que lhe dessem a palavra, à qual, dado que ele era um pretoriano, em nível hierárquico superior ao de Múcio, inegavelmente fazia jus. Com muita relutância, Múcio deixou-se conter pelos senadores sentados à sua volta, e então Cícero apontou para ele, o braço, envolto pelo branco da túnica, rijo e reto, como uma estátua da Justiça vingadora, e declarou:

— Uma prostituta, Múcio, é isso que você é... sim, e uma prostituta traiçoeira, ainda por cima, porque só ontem você declarou à assembléia popular que eu não estaria preparado para ser cônsul. Logo eu, o primeiro homem que você foi procurar quando o processaram por roubo! Bom para defendê-lo, Múcio, mas não tão bom para defender o povo romano, não é? Mas por que deveria eu me incomodar com o que você diz a meu respeito, se o mundo inteiro sabe que você está sendo pago para me difamar?

Múcio ficou vermelho. Brandiu o punho e começou a vociferar insultos, mas eu não conseguia escutá-los devido ao tumulto generalizado. Cícero olhou-o com desprezo, e depois ergueu a mão pedindo silêncio.

— Mas quem é Múcio, afinal? — ele disse, como que cuspindo o nome e descartando-o com um gesto dos dedos. — Múcio não passa de uma puta no meio de uma trupe inteira de prostitutas comuns de aluguel. O dono delas é um homem de berço nobre, e a corrupção seu instrumento preferido; e creiam-me, cavalheiros, ele o toca como uma flauta! É um corruptor de jurados, um corruptor de eleitores e um corruptor de tribunos. Não surpreende que ele se oponha ao nosso decreto contra a corrupção, e que o método que esteja usando para barrá-lo seja a corrupção. — Ele fez uma pausa e baixou o tom da voz. — Eu gostaria de compartilhar algumas informações com esta casa. — O senado achava-se agora em silêncio absoluto. — A noite passada, Antônio Híbrida e Sérgio Catilina se reuniram, juntamente com outros, na casa desse tal homem de berço nobre...

— Diga o nome dele! — alguém gritou, e por um momento eu pensei que Cícero de fato o faria. Ele olhou para Crasso do outro lado do corredor com uma intensidade tão calculada que poderia perfeitamente tê-lo tocado no ombro, tão evidenciado ficou quem ele tinha em mente. Crasso se mexeu ligeiramente no assento e inclinou-se lentamente para diante, sem jamais tirar os olhos de Cícero: devia estar pensando no que viria a seguir. Dava para se sentir que todos no recinto tinham a respiração presa. Mas Cícero queria caçar uma outra presa, e com um esforço quase palpável afastou seu olhar do de Crasso.

— Esse homem, como eu disse, de berço nobre, após subornar o decreto do suborno, agora tem um novo esquema em vista. Agora pretende comprar a eleição a cônsul, não para si próprio, mas sim para suas duas criaturas, Híbrida e Catilina.

Naturalmente, os dois se levantaram no mesmo instante para protestar, como Cícero deve ter calculado que fariam. Porém, como hierarquicamente eles estavam abaixo dele, era-lhe permitido deixá-los esperando a vez.

— Bem, aí estão eles — ele falou, virando-se para as bancadas de trás —, o melhor que o dinheiro é capaz de comprar! — Deixou os risos aumentarem e escolheu o momento perfeito para acrescentar: — Como nós, advogados, dizemos, *caveat emptor*!

Nada é mais injurioso para a dignidade e a autoridade de um político do que ser objeto de mofa, e quando isso ocorre, é vital se mostrar totalmente despreocupado. Mas Híbrida e Catilina, assediados de todos os lados por fortes gargalhadas, não eram capazes de se decidir entre permanecer de pé, em atitude desafiadora, ou sentar e fingir indiferença. Acabaram tentando fazer ambas as coisas, sentando e levantando como uma dupla de trabalhadores tocando o braço de uma bomba, o que só fez aumentar a hilaridade geral. Catilina, em especial, estava nitidamente perdendo o controle, pois, como a maioria das pessoas arrogantes, a única coisa que não conseguia tolerar era ser gozado. César tentou vir em seu socorro, erguendo-se para perguntar onde Cícero pretendia chegar, mas Cícero se recusou a acatar sua intervenção e o cônsul, divertindo-se como todo mundo, desistiu de chamar a atenção de Cícero.

— Vamos começar pelos pequeninos — continuou Cícero, depois que seus dois alvos finalmente se sentaram. — Você, Híbrida, jamais teria sido eleito pretor, e jamais o seria caso eu não tivesse tido pena de você e recomendado seu nome às centúrias. Vive abertamente com uma cortesã, não é capaz de falar em público, mal consegue se lembrar do próprio nome sem a ajuda de um *nomenclator*. Você não passava de um ladrão no governo de Sula, e desde então tornou-se um alcoólatra. Em suma, você é uma piada; mas uma piada da pior categoria, aquela que demora demais.

O plenário agora estava ainda mais silencioso, pois aqueles eram insultos que levam um homem a ser seu inimigo para o resto da vida, e quando Cícero se virou para Catilina, Ático se agarrou ao meu braço ainda mais ansiosamente.

— Quanto a você, Catilina, não é mesmo uma proeza e um prodígio desses nossos duros tempos você nutrir esperanças, sequer ter a pretensão, de vir a se tornar cônsul? A quem você faz tal pedido? Aos chefes de estado que, dois anos atrás, recusaram-se a permitir até que você se candidatasse? Será à ordem dos cavalheiros, que você dizimou? Ou ao povo, que ainda se lembra da monstruosa crueldade com que você cortou em pedaços seu líder, um aparentado meu, Gratidiano, e saiu arrastando sua cabeça, que ainda respirava, pelas ruas até o Templo de Apolo? Ou pede isso aos senadores, que, graças à autoridade de que estão investidos, quase o puniram com a perda de todos os seus privilégios, e o entregaram acorrentado aos africanos?

— Eu fui absolvido! — rosnou Catilina, dando um pulo e pondo-se de pé.

— Absolvido! — ironizou Cícero. — Você? Absolvido? Você, que caiu em desgraça devido a todo tipo de perversão sexual e prodigalidade;

que manchou as mãos no mais terrível dos assassinatos, que pilhou os próprios aliados, que violou as leis e os tribunais de justiça? Você, que se casou adulteramente com a mãe da filha que primeiro depravou? Você, absolvido? Então só consigo imaginar que os cavalheiros romanos devem ter sido todos uns mentirosos; que a prova documental de uma cidade honrada inteira era falsa; que Quinto Metelo Pio contou mentiras; que a África contou mentiras. Absolvido! Óh desgraçado, que não se dá conta de que não foi absolvido por aquela decisão, mas tão-somente reservado para um tribunal mais severo, e para um castigo mais terrível!

Isso seria demais até para o mais impassível dos homens ouvir, mas em Catilina causou uma espécie de insanidade assassina. Ele soltou um berro animal de fúria primitiva e se lançou por cima das bancadas à sua frente, enveredando por entre Hortênsio e Catulo e mergulhando pelo corredor central na tentativa de alcançar aquele que tanto o atormentava. Mas é claro que aquela era precisamente a reação que Cícero estivera tentando fazê-lo exibir com suas provocações. Ele se contraiu mas ficou firme enquanto Quinto e alguns outros ex-soldados tratavam de fazer um cordão à sua volta — não que tivesse sido necessário, pois Catilina, apesar de grande como era, já fora contido pelos lictores do cônsul. Seus amigos, entre os quais Crasso e César, rapidamente o pegaram pelos braços e começaram a arrastá-lo de volta ao seu lugar, enquanto ele esperneava, distribuía pontapés e urrava, enfurecido. O senado inteiro estava de pé, tentando ver o que se passava, e Figulo precisou suspender a sessão até que a ordem fosse restabelecida.

Quando a sessão foi reaberta, Híbrida e Catilina, como mandavam os costumes, tiveram a oportunidade de responder, e cada um, tremendo de ódio, lançou um monte daqueles tradicionais insultos sobre Cícero — ambicioso, não confiável, intrigante, "homem novo", estrangeiro, covarde, desertor do serviço militar —, enquanto seus partidários os aplaudiam obedientemente. Mas nenhum dos dois tinha o talento acusatório de Cícero, e até seus mais ferrenhos defensores devem ter se desapontado com sua incapacidade de responder à acusação central: que as candidaturas de ambos baseavam-se na corrupção por um misterioso terceiro elemento. Era evidente que Hortênsio e até mesmo Catulo o aplaudiam à meia-força. Já Cícero vestiu uma máscara profissional e sentou-se, sorrindo e indiferente às acusações gritadas por eles, aparentemente tão preocupado quanto um pato na chuva. Só bem mais tarde — após Quinto e seus colegas militares o escoltarem rapidamente para fora do recinto de modo a evitar um novo ataque por parte de Catilina, e só após termos alcançado o porto seguro da casa de Ático no Quirinal, com a porta fechada e as trancas passadas — só então ele pareceu compreender a extensão do que tinha feito.

XVIII

Agora nada mais restava a Cícero senão esperar pela reação de Hortênsio. Passamos o tempo na tranqüilidade apática da biblioteca de Ático, cercados por toda aquela antiga sabedoria, sob os olhares dos grandes filósofos, enquanto, além do terraço, o dia ia amadurecendo e se apagando, e a vista da cidade ficava mais amarelecida e empoeirada ao calor da tarde de julho. Eu gostaria de me lembrar de havermos apanhado um exemplar ao acaso e empregado nosso tempo trocando idéias sobre Epicuro, ou Zenão, ou Aristóteles, ou de Cícero ter dito algo profundo sobre democracia. Mas a verdade é que ninguém estava muito interessado em debater teoria política, especialmente Quinto, que havia agendado uma visita de campanha à sempre apinhada Porta Emília e lamentava que o irmão estivesse perdendo um tempo valioso na busca de apoio popular. Nós relembramos o teatro que foi o discurso de Cícero ("Vocês precisavam ver a cara de Crasso pensando que eu ia dizer o nome dele!") e especulamos sobre a provável resposta dos aristocratas. Caso eles não mordessem a isca, Cícero estaria em posição extremamente perigosa. A toda hora ele me perguntava se eu tinha certeza absoluta de que Hortênsio lera a carta, e a toda hora eu precisava responder que não tinha a menor dúvida disso, já que ele o fizera bem na minha frente.

— Então vamos dar-lhe mais uma hora — Cícero dizia, e retomava seu perambular incessante, parando uma vez e outra para fazer algum comentário azedo com Ático:

— Eles costumam ser pontuais, esses seus amigos espertinhos? Ou... Diga-me uma coisa, é considerado um crime contra as boas maneiras consultar um relógio?

Era a décima hora, segundo o belíssimo relógio de sol de Ático, quando finalmente um dos escravos entrou na biblioteca para anunciar que o mordomo de Hortênsio chegara.

— Quer dizer que agora ele pensa que nós temos que negociar com os criados dele? — resmungou Cícero. Mas se encontrava tão ansioso por notícias que correu em pessoa ao átrio, e nós todos atrás dele. Ali se encontrava aguardando o mesmo sujeito ossudo, de ar superior, que eu havia encontrado na casa de Hortênsio naquela manhã; não se mostrou muito mais educado dessa vez. Sua mensagem era a de que viera na carruagem de dois lugares de Hortênsio para conduzi-lo a um encontro com seu patrão.

— Mas eu tenho que ir com ele — protestou Quinto.

— Minhas ordens são para levar apenas o senador Cícero — respondeu o mordomo. — A reunião é extremamente delicada e confidencial, e requer a presença de apenas mais uma outra pessoa, aquele secretário que tem trato fácil com as palavras.

Eu não fiquei nem um pouco feliz com aquilo, e Quinto também não. Eu para evitar covardemente ser inquirido por Hortênsio, e ele porque aquilo era um acinte, e talvez também (para ser mais justo) por estar preocupado com a segurança do irmão.

— E se for uma arapuca? — ele quis saber. — E se Catilina estiver lá, ou pegar você no trajeto?

— O senhor estará sob a proteção do senador Hortênsio — disse o mordomo com firmeza. — Dou-lhe a palavra de honra dele, na presença de todas essas testemunhas.

— Eu vou ficar bem, Quinto — disse Cícero, pousando uma mão tranqüilizadora sobre o braço do irmão. — Não é do interesse de Hortênsio que algo venha a me suceder de ruim. Além do mais — ele sorriu — eu sou amigo aqui de Ático, e que melhor garantia de salvo-conduto existe do que essa? Vamos lá, Tiro, vamos descobrir o que ele tem a dizer.

Deixamos a relativa segurança da biblioteca e descemos à rua, onde nos aguardava um belo *carpentum*, com as cores de Hortênsio pintadas na lateral. O mordomo se instalou na frente, ao lado do cocheiro, enquanto eu me sentava atrás com Cícero, e assim partimos colina abaixo. Entretanto, em vez de dobrar para o sul rumo ao Palatino, como esperávamos, seguimos em frente na direção norte, para a Porta Fontinália, juntando-nos ao fluxo de tráfego dos que deixavam a cidade ao final do dia. Cícero puxou ostensivamente as dobras da sua toga branca para cima da cabeça, aparentemente a fim de se proteger das nuvens de poeira levantadas pelas rodas, mas na verdade para evitar ser visto por algum eleitor seu dentro de um veículo pertencente a Hortênsio. Assim que saímos da cidade, entretanto, ele baixou o capuz. Cícero claramente não estava nada feliz por sair da área urbana de Roma, pois, a despeito de suas palavras corajosas, ele sabia que um acidente fatal seria algo muito fácil de se arranjar ali. O sol estava grande e baixo, mal começando a se pôr por detrás daqueles jazigos de família maciços que margeavam a estrada. Os choupos projetavam sombras alongadas que caíam escuras sobre a nossa trilha, como fendas profundas. Durante algum tempo, ficamos atrás de um moroso carro de boi, mas então o cocheiro desceu o chicote e acelerou, bem a tempo de ultrapassá-lo por pouco antes que uma carruagem a caminho da cidade tirasse um fino de nós. Suponho que foi então que nós dois tenhamos entendido para onde estávamos indo, e Cícero baixou novamente o capuz, cruzou os braços e curvou a cabeça. Que pensamentos deviam estar lhe passando pela mente? Saímos da estrada e começamos a subir uma encosta íngreme, seguindo por uma trilha para veículos recém-pavimentada com cascalho. Conhecemos uma jornada sinuosa, passando por riachos céleres e em meio a bosques de pinheiros perfumados e depressivos, onde pombos chamavam-se na escuridão, até que por fim demos com um par de enormes portões abertos, e além deles uma imensa villa com um parque particular, que reconheci pela planta que Gabínio havia mostrado à multidão invejosa reunida no fórum como sendo o palácio de Lúculo.

ANOS DEPOIS DISSO, sempre que sinto o cheiro de cimento fresco e pintura recente, penso em Lúculo e naquele incrível mausoléu que ele ergueu para si próprio além dos muros de Roma. Que figura brilhante, melancólica — talvez o maior general que os aristocratas produziram em cinqüenta anos, mas privado da vitória final no Oriente pela chegada de Pompeu, e levado pelas intrigas políticas de seus inimigos, entre eles Cícero, a se auto-exilar durante anos, desonrado e incapaz até de comparecer ao senado porque, caso atravessasse as fronteiras da cidade, perderia seu direito a um triunfo. Como ele ainda conservava o *imperium* militar, havia sentinelas por todos os lados e lictores mal encarados com bastões e machados postavam-se na entrada — na verdade tantos lictores que Cícero chegou a pensar que um segundo general da ativa deveria estar na área.

— Você acha que é possível que Quinto Metelo esteja aqui também? — ele sussurrou enquanto seguíamos o mordomo pelo interior cavernoso. — Pelos deuses, acho que está sim!

Atravessamos vários salões atulhados de objetos pilhados na guerra até finalmente chegarmos ao grande aposento conhecido como Salão de Apolo, onde um grupo de seis pessoas conversava sob um mural da divindade lançando uma seta de fogo de seu arco dourado. Ao som de nossos passos sobre o piso de mármore a conversa cessou e fez-se um silêncio gritante. Quinto Metelo estava mesmo entre eles — mais gordo, mais grisalho, e mais acabado devido aos anos de comando em Creta, mas ainda aquele mesmo homem que tentara intimidar os sicilianos a desistir de processar Verres. De um lado de Metelo estava seu velho aliado dos tribunais, Hortênsio, com seu rosto duro e bem feito incapaz de expressar emoções, e do outro lado, Catulo, magro e agudo feito uma lâmina. Isaurico, o grande ancião do senado, também estava presente — ele devia estar com uns 70 anos naquela tarde de julho, mas não aparentava (era uma dessas pessoas que nunca parecem ter a idade que têm: iria viver até os 90, e iria ao funeral de quase todos ali naquela sala); eu percebi que ele estava segurando a transcrição que eu entregara a Hortênsio. Os dois irmãos Lúculo completavam o sexteto. Marco, o mais novo, era uma figura carimbada da bancada da frente do senado. Lúcio, o famoso general, paradoxalmente eu não fui capaz de reconhecer, já que ele passara 18 dos últimos 23 anos combatendo no exterior. Deveria estar com seus 55 anos, e rapidamente percebi por que Pompeu tinha um ciúme tão doentio dele — por que ambos tinham literalmente chegado às vias de fato quando se encontraram na Galácia para a passagem de comando no Oriente — porque a arrogância de Lúculo era tão impressionante que fazia até Catulo parecer meio comum.

Foi Hortênsio quem quebrou o mal-estar, dando um passo à frente para apresentar Cícero a Lúculo. Cícero estendeu a mão e, por um instante, eu achei que Lúculo se recusaria a apertá-la, pois só o que ele sabia de Cícero é que ele era partidário de Pompeu e um daqueles políticos populistas que haviam ajudado a engendrar sua desgraça. Mas afinal ele a apertou, muito a contragosto, como quem joga uma esponja suja na latrina.

— Imperador — disse Cícero, curvando-se educadamente. Da mesma forma cumprimentou Metelo: — Imperador.

— E quem é esse? — perguntou Isaurico, apontando para mim.

— É meu secretário, Tiro — Cícero respondeu —, que registrou a reunião na casa de Crasso.

— Bom, eu não acredito em uma só palavra do que está escrito aqui — replicou Isaurico, brandindo a transcrição. — Ninguém poderia ter anotado tudo isso enquanto a conversa transcorria. Está além da capacidade humana.

— Tiro desenvolveu um sistema de estenografia próprio — Cícero explicou. — Permitam que ele mostre as notas que fez a noite passada.

Eu tirei meus blocos de anotações do bolso e os entreguei a eles.

— Impressionante — falou Hortênsio, examinando atentamente minha transcrição. — Quer dizer que esses símbolos substituem os sons, é isso? Ou palavras inteiras?

— Basicamente palavras — eu respondi — e algumas frases mais comuns.

— Então prove — disse Catulo agressivamente. — Anote o que eu digo. — E mal me dando tempo para abrir um bloco novo e pegar o estilete, começou a falar rapidamente: — Se o que eu li aqui for verdade, o Estado se encontra ameaçado por uma guerra civil, resultado de uma conspiração criminosa. Se o que li é falso, trata-se do embuste mais monstruoso da nossa história. De minha parte, não creio que seja verdade, porque não creio que semelhantes anotações possam ter sido produzidas por uma mão viva. Que Catilina é esquentado todos nós sabemos muito bem, mas ele é um romano autêntico e nobre, e não um fora-da-lei ardiloso e ambicioso, e eu prefiro a palavra dele à de um homem novo, sempre! O que você quer de nós, Cícero? Você não pode acreditar seriamente, depois de tudo o que tem acontecido entre nós, que eu possa vir a apoiar sua candidatura a cônsul. Então o que você quer?

— Nada — respondeu Cícero elegantemente. — Eu apenas obtive uma informação que pensei pudesse interessá-los. Passei-a para Hortênsio, e isso foi tudo. Vocês é que me trouxeram aqui, estão lembrados? Não pedi para vir. Eu, sim, é que deveria perguntar: O que querem *vocês*, cavalheiros? Querem ficar entre Pompeu e seus exércitos no Oriente, e Crasso e César e a população urbana na Itália, e ver sua vida gradualmente ameaçada? Querem confiar sua proteção a dois homens que apóiam para cônsul, um estúpido, outro louco, que não conseguem sequer administrar a própria casa, que dirá os negócios da nação? É isso o que querem? Tudo bem. Eu, ao menos, tenho a consciência tranqüila. Cumpri meu dever patriótico de avisá-los do que está acontecendo, mesmo vocês jamais tendo sido meus amigos. Eu ainda acredito ter demonstrado, com meu comportamento corajoso de hoje no senado, minha disposição de barrar esses criminosos. Nenhum outro candidato a cônsul fez isso, ou fará no futuro. Eu fiz deles meus inimigos e mostrei a vocês o que eles são. Mas de você, Catulo, e de todos vocês, eu não quero *nada*; e se só o que querem é me insultar, desejo-lhes boa-tarde.

Ele se virou e começou a caminhar em direção à porta, comigo em sua cola, e imagino que a tenha considerado a mais longa caminhada que já dera na vida, porque já havíamos praticamente alcançado a antesala meio às escuras — e com ela, certamente, o vazio negro do esquecimento político — quando uma voz (que era a do próprio Lúculo) bradou:

— Leia isso! — Cícero estacou, e nós dois nos viramos ao mesmo tempo. — Leia isso — repetiu Lúculo. — O que Catulo acabou de falar.

Cícero me fez um gesto com a cabeça e eu tratei de ir pegar, todo desajeitado, o meu bloco.

— Se o que eu li aqui for verdade — eu comecei, recitando naquele jeito meio esquisito, inseguro, da estenografia sendo decifrada —, o estado se encontra ameaçado por uma guerra civil, resultado de uma conspiração criminosa. Se o que li é falso, trata-se do embuste mais monstruoso da nossa história. De minha parte não creio que seja verdade porque não creio que semelhantes anotações possam ter sido produzidas por uma mão viva...

— Ele pode ter decorado isso — objetou Catulo. — É um truque barato, do tipo que se costuma ver sendo praticado por um prestidigitador no fórum.

— A parte final — insistiu Lúculo. — Leia a última coisa que seu patrão falou.

Eu corri o dedo pelas anotações.

— Vocês jamais tendo sido meus amigos, eu ainda acredito ter demonstrado, com meu comportamento corajoso de hoje no senado, minha disposição de barrar esses criminosos. Nenhum outro candidato a cônsul fez isso ou fará no futuro. Eu fiz deles meus inimigos e mostrei a vocês o que eles são. Mas de você, Catulo, e de todos vocês, eu não quero nada; e se só o que querem é me insultar desejo-lhes boa-tarde.

Isaurico pigarreou. Hortênsio balançou a cabeça, e disse algo como:

— Eu falei — ou — Eu avisei — não me lembro exatamente, ao que Metelo replicou:

— É, bom, tenho que dizer que para mim é prova suficiente. — Catulo se limitou a me fuzilar com os olhos.

— Volte, Cícero — disse Lúculo, fazendo-lhe um sinal com a mão. — Estou satisfeito. O registro é autêntico. Deixemos de lado por ora a questão de quem precisa mais de quem, e vamos adotar como premissa que cada um aqui precisa do outro.

— Eu ainda não estou convencido — grunhiu Catulo.

— Então deixe-me convencê-lo com uma única palavra — disse Hortênsio, já impaciente. — César. César, com o dinheiro de Crasso, dois cônsules e dez tribunos por trás!

— Quer dizer então que teremos que negociar com essa espécie de gente? — Catulo suspirou. — Bom, com Cícero pode ser — ele concedeu. — Mas nós com certeza não precisamos de *você* — ele se virou e apontou para mim, bem na hora em que, como sempre, eu já me postava atrás do meu patrão. — Não quero ver essa criatura e seus truques a uma distância mínima de 1 quilômetro de mim, escutando o que dizemos e anotando tudo com esse maldito método no qual não confio nem um pouco. Se algo vai se passar entre nós, nunca deverá ser divulgado.

Cícero vacilou.

— Tudo bem — ele falou relutantemente, e me lançou um olhar de quem pede desculpas. — Espere lá fora, Tiro.

Eu não tinha motivos para ficar ofendido. Afinal, não passava de um escravo: um apêndice, uma ferramenta, uma "criatura", como Catulo afirmou. Mesmo assim senti-me tremendamente humilhado. Guardei meu bloco e fui andando até a ante-sala, e dali continuei a caminhar passando por todas aquelas salas, cada uma dedicada a uma divindade — Vênus, Mercúrio, Marte, Júpiter — enquanto os escravos, de sandálias acolchoadas, moviam-se silenciosamente com suas tochas flamejantes por entre os deuses, acendendo luminárias e candelabros. Fui parar do lado de fora, no agradável e acolhedor entardecer do parque, onde as cigarras cantavam, e por motivos que nem agora sou capaz de explicar, descobri que estava chorando, mas suponho que foi porque eu devia estar muito cansado.

O SOL ESTAVA QUASE nascendo quando eu despertei, com as pernas dormentes e meio úmido devido ao orvalho. Por um momento não me dei conta de onde estava nem de como tinha chegado ali, mas então vi que me encontrava em cima de um banco de pedra na frente da casa, e que era Cícero quem me acordava. Seu rosto sobre mim estava sério.

— Terminamos — ele falou. — Temos que voltar depressa para a cidade.

— Olhou para onde a carruagem estava aguardando e levou os dedos aos lábios para me avisar que não dissesse nada na frente do mordomo de Hortênsio. Foi, portanto, em silêncio que subimos no *carpentum* e, ao deixarmos o parque, lembro de ter me virado para olhar pela última vez aquela enorme villa, onde os archotes ainda queimavam ao longo dos terraços, mas já agora perdendo sua intensidade à medida que a luz pálida da manhã surgia; dos outros aristocratas, nem sinal.

Cícero, ciente de que dentro de pouco menos de duas horas ele deveria deixar sua casa para ir ao Campo de Marte para a eleição, apressava o cocheiro para que fosse mais rápido, e assim aqueles pobres cavalos devem ter sido chicoteados até a pele ficar em carne viva. Mas estávamos com sorte porque as estradas estavam vazias, a não ser por alguns poucos eleitores apressados que caminhavam em direção à cidade para votar, e dessa forma, a toda velocidade, chegamos à Porta Fontinália na hora em que ela estava sendo aberta, em seguida subimos as ladeiras pavimentadas do Esquilino mais velozmente do que um atleta seria capaz. Bem diante do Templo de Telos, Cícero mandou o cocheiro parar e nos deixar descer, para percorrermos a pé o trecho final do caminho — ordem que me deixou confuso, até eu entender que ele queria evitar ser visto pela multidão de seus partidários, que já começava a se formar do lado de fora da porta da casa. Ele disparou na frente, naquele seu jeito, com as mãos cruzadas nas costas, ainda guardando os pensamentos para si mesmo, e notei que sua toga, sempre de um branco reluzente, estava manchada de lama. Descemos pela lateral da casa e entramos pela portinha dos fundos, usada pelos criados, e lá demos de cara com o gerente comercial de Terência, o odioso Filotimo, que obviamente estava voltando de algum encontro noturno com uma das escravas. Cícero nem o viu, de tão preocupado com o que acontecera e com o que estava para acontecer. Seus olhos estavam vermelhos de cansaço, o rosto e o cabelo castanho cobertos pela poeira da viagem. Ele me disse para ir abrir a porta e deixar as pessoas entrarem. Em seguida subiu a escada.

O primeiro da casa a aparecer foi Quinto, que naturalmente quis saber o que tinha acontecido. Ele e os demais haviam esperado pela nossa volta na biblioteca de Ático até quase a meia-noite, e ele estava furioso e ansioso em igual medida. Isso me deixou numa situação constrangedora, e só consegui gaguejar que preferia que ele fizesse as perguntas diretamente ao irmão. Para ser honesto, ver Cícero e seus piores inimigos juntos numa reunião daquelas me parecia tão irreal que eu era quase capaz de achar que tinha sonhado. Quinto não ficou satisfeito, mas por sorte fui salvo de maiores embaraços graças à imensa quantidade de visitantes que avançava porta adentro. Escapei, alegando que precisava verificar se tudo estava preparado no *tablinum*, e de lá segui direto para o meu pequeno cubículo para lavar o pescoço e o rosto com a água morna da minha bacia.

Quando vi Cícero, cerca de uma hora mais tarde, ele mais uma vez demonstrou aqueles incríveis poderes de recuperação que eu havia observado como sendo a marca distintiva de todo político bem-sucedido. Vendo-o descer a escada vestindo uma toga branca recém lavada e passada, o rosto lavado e barbeado e o cabelo penteado e perfumado, ninguém poderia imaginar que ele não dormia havia duas noites. A casa apertada já estava tomada por seus correligionários. Cícero estava com o pequeno Marco, que completara um ano, cuidadosamente equilibrado sobre os ombros, e foi tal o alvoroço quando os dois surgiram que várias telhas do teto devem ter se soltado: não admira que a pobre criança tenha começado a berrar. Cícero rapidamente colocou-o no chão, para o caso de isso ser visto como um mau sinal para o dia, e passou-o a Terência, que permanecera de pé atrás dele na escada. Ele sorriu para ela, e disse algo, e naquela hora eu compreendi pela primeira vez o quanto os dois haviam se tornado mais próximos com o passar dos anos: que aquilo que começara como um casamento de conveniência transformara-se na mais formidável cumplicidade. Não consegui escutar o que se passou entre ambos, e logo em seguida Cícero desceu para se juntar à multidão.

Era tanta gente lá dentro que foi difícil para Cícero passar do *tablinum* para o átrio, onde Quinto, Frugi e Ático achavam-se rodeados por uma mostra bastante razoável de senadores. Entre os presentes para demonstrar apoio estavam o velho amigo de Cícero, Sérvio Sulpício; Galo, o renomado especialista em jurisprudência, que se recusara a participar da eleição; o velho Frugi, com quem Cícero estava estabelecendo uma relação familiar; Marcelino, que o apoiava desde o julgamento de Verres; e os senadores que ele havia representado nos tribunais, como Cornélio, Fundânio, Orquívio, e ainda Fonteius, o ex-governador corrupto da Gália. Desse modo, à medida que eu percorria os aposentos da casa atrás de Cícero, era como se os últimos dez anos tivessem todos voltado, tantas eram as batalhas jurídicas meio esquecidas que estavam ali representadas; até Popílio Laenas, cujo sobrinho Cícero livrara de uma acusação de parricídio no dia em que Stênio veio nos procurar, estava lá. O clima era mais parecido a uma reunião de família do que a um dia de eleição, e Cícero, como sempre nessas ocasiões, se encontrava em seu elemento: duvido que haja um único correligionário a quem ele não tenha apertado a mão, e com quem não tenha estabelecido um momento, ainda que breve, de contato, suficiente para fazê-lo sentir-se especial.

Pouco antes de sairmos, Quinto puxou-o de lado para perguntar, ainda meio aborrecido, se bem me lembro, onde diabos ele havia se metido na noite anterior — quase tinha mandado homens para procurá-lo — ao que Cícero, ciente de que havia muita gente ao redor, respondeu tranqüilamente que lhe contaria mais tarde. Mas isso só fez com que Quinto se sentisse mais agravado.

— Quem você está pensando que eu sou? — ele perguntou. — Sua empregadinha? Vamos, conte-me agora! — E então Cícero contou-lhe, bem rapidamente, da viagem ao palácio de Lúculo e da presença ali de Metelo e Catulo, assim como de Hortênsio e Isaurico.

— O bando dos patrícios em peso! — sussurrou Quinto excitado, já esquecido inteiramente de sua irritação. — Meus deuses, quem mais seria capaz de imaginar uma coisa dessas? E eles vão nos apoiar?

— Nós conversamos durante horas e horas, mas no final eles não quiseram se comprometer sem discutir antes com as outras grandes famílias — replicou Cícero, olhando nervosamente em torno para se certificar de que ninguém estivesse escutando. Mas a confusão era grande demais para que ele pudesse ser ouvido. — Hortênsio, eu acho, deve ter concordado com a idéia. Catulo permanece do contra, por instinto. Os outros farão o que recomendarem seus próprios interesses. Só precisamos aguardar e ver.

Ático, que escutava tudo, disse:

— Mas eles acreditaram na autenticidade da prova que você apresentou?

— Acho que sim. Graças a Tiro. Mas podemos discutir tudo isso mais tarde. Coragem, cavalheiros — ele falou, apertando as mãos de cada um de nós — temos uma eleição a vencer!

Raramente um candidato terá proporcionado um espetáculo mais esplêndido do que o que Cícero deu ao longo de sua caminhada colina abaixo até o Campo de Marte, e muito disso deve-se a Quinto. Montamos um desfile com trezentas a quatrocentas pessoas, entre músicos, rapazes carregando ramos verdes com fitas amarradas, garotas com pétalas de rosas, atores de teatro amigos de Cícero, senadores, cavalheiros, comerciantes, barraqueiros, os curiosos de sempre, espectadores das sessões dos tribunais, trabalhadores braçais, funcionários públicos, representantes das comunidades romanas na Sicília e na Gália Cisalpina. Provocamos um tremendo estardalhaço de aplausos e gritaria ao penetrarmos no campo com uma grande concentração de eleitores à nossa frente. Sobre eleições sempre se disse, pela minha experiência, que, independentemente de qual esteja sendo realizada no momento, é a mais importante da História, e naquele dia, pelo menos, essa se revelou uma verdade indiscutível, com a emoção ampliada pelo fato de que ninguém sabia o que iria acontecer, dada a intensa atividade dos agentes de corrupção, o número elevado de candidatos e a inimizade entre eles após os ataques de Cícero a Catilina e Híbrida no senado.

Tínhamos previsto problemas, e por isso Quinto teve a precaução de posicionar alguns dos nossos partidários mais robustos imediatamente atrás e na frente do irmão. Quando nos aproximamos dos locais de votação minhas preocupações aumentaram, pois podíamos ver Catilina e seus seguidores postados bem ao lado da tenda do coordenador eleitoral. Alguns desses elementos nos provocaram quando chegamos ao recinto, mas o próprio Catilina, após um olhar rápido e pleno de desprezo em direção a Cícero, começou a conversar com Híbrida. Eu cochichei com o jovem Frugi que estava surpreso por ele não ter ao menos montado um espetáculo de intimidação — afinal, era sua tática habitual —, ao que Frugi, que não tinha nada de tolo, respondeu:

— Ele não acha que vá precisar, tem total confiança na vitória. — Essas palavras me deixaram muito ansioso.

Mas aí se passou algo muito impressionante. Cícero e os demais senadores que disputavam tanto a eleição para cônsul quanto para pretor — talvez umas duas dúzias de homens — concentravam-se na pequena área reservada aos candidatos, delimitada por uma cerca baixa que os separava dos correligionários. O cônsul principal, Márcio Figulo, conversava com o áugure, verificando se estava tudo preparado para dar início à votação, quando exatamente nessa hora surgiu Hortênsio, seguido por um grupo de cerca de vinte homens. A multidão se abriu para lhe dar passagem. Ele se aproximou da cerca e chamou Cícero, que interrompeu a conversa com um dos candidatos — Cornifício, eu acho — para atendê-lo. O fato em si já causou surpresa no povo, pois era sabido que não havia muita simpatia entre aqueles dois velhos rivais, e ouviu-se um murmúrio entre os circunstantes; Catilina e Híbrida chegaram a se virar para ver a cena. Por instantes Cícero e Hortênsio se olharam, em seguida curvaram a cabeça ao mesmo tempo cumprimentando-se, cada um esticou o braço e lentamente apertaram-se as mãos. Nenhuma palavra foi dita, e com as mãos sempre apertadas, Hortênsio meio que se virou para os homens atrás dele e ergueu o braço de Cícero sobre sua cabeça. Um grande rumor de aplausos, misturado a algumas vaias e apupos, explodiu da multidão atenta, pois não restava dúvidas quanto ao significado do gesto: eu, com toda a certeza, jamais esperei ver algo parecido. *Os aristocratas apoiando Cícero!* Imediatamente, os assessores de Hortênsio sumiram no meio da multidão, presumivelmente para espalhar entre os agentes dos nobres nas centúrias a informação de que deveriam acompanhar tal apoio. Eu arrisquei uma olhadela para Catilina e vi em seu rosto uma expressão mais de perplexidade do que outra coisa, pois o incidente, apesar de claramente significativo — as pessoas continuavam cochichando a respeito —, foi tão rápido que Hortênsio já estava se afastando. Um instante depois, Figulo convocou os candidatos para que o acompanhassem ao palanque para que a votação pudesse ter início.

SEMPRE É POSSÍVEL identificar um idiota: é o sujeito que diz que sabe quem irá ganhar uma eleição. Uma eleição, contudo, é algo vivo — quase se pode dizer que é a coisa mais vigorosamente viva que existe —, com milhares e milhares de cérebros e membros e olhos e pensamentos e desejos, que se dobra e desdobra e transcorre de um jeito que ninguém é capaz de prever, às vezes somente pelo prazer de comprovar que os sabichões erram. Isso eu aprendi no Campo de Marte naquele dia, quando vísceras eram inspecionadas, os céus eram esquadrinhados para se observar vôos suspeitos de pássaros, bênçãos dos deuses eram invocadas, todos os epiléticos tinham que ser retirados da área (porque, naquela época, um ataque de epilepsia, ou *morbus comitialis*, automaticamente invalidava os procedimentos), toda uma legião era mobilizada para o entorno de Roma de modo a prevenir um eventual ataque-surpresa, a lista de candidatos era lida, as trombetas soavam, a bandeira vermelha era hasteada no topo do monte Janículo, e o povo romano começava a dar seu voto.

A honra de ser a primeira das 193 centúrias a votar era decidida por sorteio, e ser membro desta *centuria praerogativa*, como era chamada, era tido como uma rara benção, já que o que ela decidia freqüentemente constituía o padrão para as que viriam em seguida. Somente as centúrias mais ricas eram escolhidas para o sorteio, e me lembro de ter ficado olhando os ganhadores daquele ano, uma seleção de comerciantes e banqueiros beneméritos, perfilarem-se garbosamente sobre a ponte de madeira e desaparecer por detrás dos biombos. Seus votos foram rapidamente contados, Figulo veio à frente de sua corte e anunciou que eles haviam colocado Cícero em primeiro e Catilina em segundo. De imediato ouviu-se um rumor surdo, porque todos aqueles idiotas a que me referi anteriormente haviam previsto que Catilina seria o primeiro e Híbrida o segundo, e então, de repente, o rumor virou comemoração à medida que os partidários de Cícero, percebendo o que estava ocorrendo, passaram a fazer uma ruidosa manifestação que se espalhou por todo o Campo de Marte. Cícero, que se encontrava de pé debaixo do toldo do palanque consular, permitiu-se apenas o mais breve dos sorrisos, e então, tal era o ator que havia naquele homem, conferiu a seus traços fisionômicos uma expressão de dignidade e autoridade apropriada a um cônsul romano. Catilina — que se achava o mais distante possível de Cícero, com todos os demais candidatos alinhados entre os dois — parecia ter levado uma bofetada. Só a expressão de Híbrida era vazia — ou porque ele estivesse bêbado, como de costume, ou por ser estúpido demais para perceber o que estava se passando, não sei dizer. Quanto a Crasso e César, ambos tinham estado andando para lá e para cá e conversado perto do local de onde os eleitores surgiam depois de votar, e eu seria capaz de dar boas gargalhadas quando os vi entreolhando-se, incrédulos. Fizeram uma rápida reunião e logo partiram em direções opostas, sem dúvida para procurar entender como o gasto de 20 milhões de sestércios não fora capaz de lhes assegurar a *centuria praerogativa*.

Se Crasso tivesse de fato comprado os 8 mil votos, conforme os cálculos de Ranúnculo, eles seriam mais do que suficientes para definir a eleição. Mas essa votação era especialmente complicada, devido ao interesse que despertava em toda a Itália, e à medida que o pleito avançava foi ficando evidente que o corruptor-chefe tinha atirado bem longe do alvo. Cícero sempre tivera o apoio firme da ordem eqüestre, assim como o dos seguidores de Pompeu e o das classes inferiores. Agora que Hortênsio, Catulo, Metelo, Isaurico e os irmãos Lúculo estavam no comando dos blocos de eleitores controlados pelos aristocratas, ele estava recebendo um voto de cada centúria, seja como primeira ou segunda preferência, e logo a única questão que restava era saber quem seria seu colega de posto. Por toda a manhã dava a impressão de que seria Catilina, com minhas anotações (que encontrei outro dia) revelando que ao meio-dia a contagem era a seguinte:

Cícero	81 centúrias
Catilina	34 centúrias
Híbrida	29 centúrias
Sacerdos	9 centúrias
Longino	5 centúrias
Cornifício	2 centúrias

Mas aí chegou a hora dos votos das seis centúrias compostas exclusivamente de aristocratas, as *sex suffragia*, e elas acabaram de enterrar qualquer chance de Catilina, de tal forma que se há uma imagem que eu conservo na mente entre todas daquele dia memorável é a dos patrícios, depois de dar seu voto, passando ao lado dos candidatos. Como o Campo de Marte se estende para além dos limites da cidade, nada poderia impedir Lúcio Lúculo, e com ele Quinto Metelo, ambos com suas túnicas escarlates e uniformes militares, de dar seus votos, e a aparição deles causou uma sensação — nada, porém, como a grande ovação que comemorou o anúncio de que a centúria deles havia votado em Cícero, primeiro, e Híbrida, em segundo. Depois deles veio Isaurico, o velho Cúrio, Emílio Alba, Cláudio Pulcro, Júnio Servílio — o marido da irmã de Catão, Servília — o ancião Metelo Pio, máximo pontífice, muito doente para andar mas carregado numa liteira, seguido pelo filho adotivo, Cipião Nasica... E a cada vez o comunicado era o mesmo: Cícero em primeiro, e depois Híbrida; Cícero em primeiro, e depois Híbrida; Cícero em primeiro... Quando, finalmente, Hortênsio e Catulo passaram, deu para perceber que nenhum dos dois teve coragem de olhar Catilina nos olhos, e assim que foi anunciado que até a centúria deles também havia votado em Cícero e Híbrida, Catilina deve ter compreendido que suas chances haviam terminado. Nesse ponto Cícero tinha 87 centúrias, Híbrida 35 e Catilina 34 — pela primeira vez no dia Híbrida passara a frente do seu companheiro de chapa, mas o mais importante é que os aristocratas haviam publicamente derrotado um dos seus, e da maneira mais brutal. Depois disso, a candidatura de Catilina estava efetivamente morta, embora tenha que se louvar seu comportamento. Eu havia previsto que ele explodiria de ódio, ou que avançaria sobre Cícero para tentar matá-lo com as próprias mãos. Mas, em vez disso, postou-se de pé durante todo aquele dia longo e quente, enquanto os cidadãos passavam por ele e suas esperanças de ser cônsul naufragavam junto com o sol, mantendo uma calma imperturbável, mesmo quando Figulo avançou para ler o resultado final da eleição:

Cícero	193 centúrias
Híbrida	102 centúrias
Catilina	65 centúrias
Sacerdos	12 centúrias
Longino	9 centúrias
Cornifício	5 centúrias

Nós comemoramos até nossas gargantas doerem, embora Cícero parecesse excessivamente preocupado para um homem que acabava de alcançar a meta de sua vida, e eu me senti estranhamente inquieto. Ele agora adotara de vez o que eu mais tarde denominei como sua "aparência consular": o queixo sempre ligeiramente apontado para o alto, a boca mantida numa atitude de determinação, e os olhos aparentemente direcionados para algum ponto glorioso a distância. Híbrida estendeu a mão para Catilina, que a ignorou, e desceu os degraus do pódio como se estivesse em transe. Estava arruinado, na bancarrota — provavelmente ele só teria mais um ou dois anos antes de também ser corrido do senado. Procurei em torno por Crasso e César, mas eles haviam abandonado o campo horas antes, logo que Cícero ultrapassou o número de centúrias necessário para vencer. O mesmo fizeram os aristocratas. Foram todos para casa no instante em que Catilina se viu inapelavelmente liquidado, como esses homens que são encarregados de alguma missão desagradável — por exemplo, matar um cão de caça valioso que contraiu raiva — e que depois só querem saber do cálido conforto dos próprios corações.

E ASSIM MARCO TÚLIO CÍCERO, aos 42 anos, a idade mínima permitida, alcança o supremo *imperium* de ser cônsul romano — e o alcança, surpreendentemente, graças ao voto unânime das centúrias, e na condição de "homem novo", sem contar com família, fortuna ou poder militar: um feito jamais conseguido antes ou depois. Nós retornamos naquela tarde do Campo de Marte para sua modesta casa, e depois de agradecer aos seus correligionários e vê-los partir, e de receber as congratulações de seus escravos, ele deu ordens para que os sofás da sala de jantar fossem levados para o terraço, para poder jantar a céu aberto, como tinha feito naquela noite — que agora parecia tão distante — em que pela primeira vez manifestou sua ambição de se tornar cônsul. Eu fiquei honrado com o convite para me juntar ao restrito núcleo familiar, já que Cícero insistia em dizer que jamais teria atingido sua meta sem mim. Por um segundo delirante eu achei que ele fosse me recompensar com a liberdade e me dar aquela fazendinha ali mesmo e naquela hora, mas ele não falou nada a respeito e não me pareceu o momento nem o lugar adequados para tocar no assunto. Ele estava num sofá com Terência, Quinto estava com Pompônia, Túlia com o noivo, Frugi, e eu reclinado com Ático. Nessa idade avançada não sou capaz de me lembrar do que comemos ou bebemos, mas me recordo perfeitamente de que cada um repassou as próprias lembranças do dia, e especialmente daquele extraordinário espetáculo que foi a aristocracia votando em massa em Cícero.

— Diga-me uma coisa, Marco — Ático quis saber, naquele seu jeitão materialista, depois de muito, e bom, vinho —, como você conseguiu convencê-los? Porque, embora eu saiba que você é um gênio com as palavras, esse pessoal o desprezava, tinha uma ojeriza absoluta em relação a qualquer coisa que você dissesse ou defendesse. O que você ofereceu a eles, além de deter Catilina?

— Obviamente — respondeu Cícero —, eu tive que prometer que vou liderar a oposição a Crasso e César e aos tribunos quando eles editarem esse decreto de reforma agrária.

— Vai ser uma briga boa — disse Quinto.

— Só isso? — insistiu Ático. Acredito, olhando para trás, que ele estava agindo como um bom inquiridor, e que sabia a resposta à pergunta antes mesmo de fazê-la, provavelmente por intermédio de seu amigo Hortênsio. — Você não concordou com nada mais mesmo? Vocês passaram muitas horas lá dentro...

Cícero pareceu meio sem jeito.

— Bom, tive que me comprometer — ele falou, relutantemente — a propor no senado, quando cônsul, que Lúculo seja premiado com um triunfo, e Quinto Metelo idem.

Agora, finalmente, eu entendia por que Cícero parecia tão sério e preocupado à saída da reunião com os aristocratas. Quinto largou o prato e olhou para ele com um horror indisfarçável.

— Quer dizer então que primeiro eles querem que você vire o povo contra você mesmo ao bloquear a reforma agrária, e depois exigem que se torne inimigo de Pompeu ao distribuir triunfos aos seus maiores rivais?

— Receio, meu irmão — disse Cícero timidamente — que a aristocracia não seja capaz de obter sua riqueza sem promover uma boa barganha. Eu resisti o máximo que pude.

— Mas por que acabou concordando?

— Porque precisava ganhar.

— Ganhar exatamente o quê?

Cícero ficou calado.

— Ótimo — disse Terência, batendo no joelho do marido. — Eu acho isso tudo ótimo.

— Claro, você tem mesmo que achar! — protestou Quinto. — Mas semanas depois de tomar posse, Marco não terá mais ninguém a seu lado. O povo irá acusá-lo de traição. O pessoal de Pompeu fará a mesma coisa. E os aristocratas vão se livrar dele tão logo deixe de servir a seus propósitos. Quem vai sobrar para defendê-lo?

— Eu defendo você — disse Túlia, mas pela primeira vez ninguém riu da lealdade precoce da menina, e até Cícero só foi capaz de exibir um sorriso forçado. Mas então ele se recobrou.

— Quer saber, Quinto? — ele disse — Você está estragando a noite. Entre dois extremos sempre existe uma terceira via. Crasso e César precisam ser contidos: eu posso me encarregar desse caso. E no que se refere a Lúculo, todos concordam que ele merece um triunfo centenas de vezes maior pelo que fez na guerra a Mitrídates.

— E Metelo? — interrompeu Quinto.

— Tenho certeza de ser capaz de encontrar algo elogiável até mesmo em Metelo, se você me der tempo suficiente.

— E Pompeu?

— Pompeu, como sabemos todos, não passa de um humilde servo da república — replicou Cícero, com um ligeiro aceno de mão. — E o mais importante — acrescentou, meio irônico — é que ele não está aqui.

Houve uma pausa, e então, com certa relutância, Quinto começou a rir.

— Ele não está aqui — repetiu. — Bem, isso é verdade. — Depois de algum tempo, estávamos todos rindo; de fato, era mesmo para rir.

— Assim é melhor! — Cícero sorriu para nós. — A arte da vida consiste em tratar dos problemas à medida que aparecem, em vez de estragar o humor se preocupando com eles por antecipação. Sobretudo esta noite. — E então uma lágrima lhe veio aos olhos. — Sabem a quem deveríamos fazer um brinde? Creio que devemos erguer uma taça em homenagem à memória do nosso querido primo Lúcio, que estava aqui sob este teto quando falamos pela primeira vez nesse assunto de cônsul, e que tanto gostaria de poder presenciar esse dia. — Ele ergueu sua taça, e todos nós erguemos as nossas junto com ele, apesar de eu não conseguir deixar de me lembrar do último comentário de Lúcio para Cícero: "Palavras, palavras, palavras. Não há limites para os sofismas que você é capaz de fazê-las construir?"

Mais tarde, depois que todos se foram, para suas casas ou para suas camas, Cícero se recostou num dos sofás, com as mãos atrás da cabeça, olhando as estrelas. Eu me sentei silenciosamente no sofá do lado oposto com meu bloco de notas preparado, caso ele precisasse de alguma coisa. Tentei ficar alerta. Mas a noite estava agradável e eu já quase desmaiando de cansaço, e quando minha cabeça pendeu para frente pela quarta ou quinta vez, ele me olhou e disse que eu fosse descansar um pouco:

— Você agora é o secretário particular de um cônsul eleito. Vai precisar manter a mente tão aguçada quanto seu estilete. — Enquanto eu me levantava para sair, ele voltou a contemplar os céus. — Como a posteridade irá nos julgar, Tiro? — ele falou. — Essa é a única questão que importa a um estadista. Mas, antes de julgar, ela primeiro precisa se lembrar de quem somos nós. — Eu esperei um instante para ver se ele queria acrescentar mais alguma coisa, mas ele pareceu haver se esquecido da minha existência, e então fui embora e o deixei às voltas com seus pensamentos.

Este livro foi composto na tipografia Stone
Serif, em corpo 9,5/16, e impresso em papel
off-white no Sistema Digital Instant Duplex
da Divisão Gráfica da Distribuidora Record.